KURT LEHMKUHL

Kohlegier

BRAUNES GOLD Der pensionierte Kriminalhauptkommissar Rudolf-Günther Böhnke muss, auf Bitte seiner Lebensgefährtin Lieselotte Kleinereich, den idyllischen Eifelort Huppenbroich verlassen, um den vermissten Studenten Paul Mertens aus Aachen zu suchen. Als der ermordet wird, gerät Konrad Bauer, ebenfalls RWTH-Student, in Verdacht. Er verschwindet spurlos. Nach dem Mord an einem zweiten Studenten erkennt Böhnke ein System: Der erste Student wurde im Bereich Garzweiler II ermordet und recherchierte über die Problematik des Tagebaus Inden. Der zweite befasste sich mit dem Tagebau Garzweiler II und wurde am Tagebau Inden ermordet. Bauer beschäftigte sich mit dem Tagebau Hambach. Das lenkt den Verdacht auf einen Promotionsstudenten aus Köln, der befürchten muss, dass die drei Studenten aus Aachen mit ihren Ergebnissen seine Promotionsarbeit infrage stellen könnten. Aber ist er tatsächlich der Täter? Oder doch Bauer? Böhnke hat nicht nur daran Zweifel, sondern im Zuge seiner Ermittlungen auch daran, ob der Braunkohletagebau im Rheinischen Revier noch zeitgemäß ist.

Kurt Lehmkuhl, 1952 in der Nähe von Aachen an einem Sonntag geboren, war mehr als 30 Jahre als Redakteur im Zeitungsverlag Aachen tätig. Durch die Beschäftigung mit dem Strafrecht im Rahmen des Jurastudiums in Bonn hat er schon früh damit angefangen, Kriminalromane zu schreiben, zunächst nur gedacht als Geschenke für Freunde. Zur ersten Veröffentlichung kam es eher zufällig 1996, als er von einem Verlag darauf angesprochen wurde. Seit 2008 erscheinen seine Krimis im Gmeiner-Verlag. Neben der Tätigkeit als Journalist und Schriftsteller ist der Autor auch als VHS-Dozent für kreatives Schreiben im Kreis Heinsberg tätig.

Bisherige Veröffentlichungen im Gmeiner-Verlag:
Fundsachen (2015)
Printenprinz (2013)
Kardinalspoker (2012)
Dreiländermord (2010)
Nürburghölle (2009)
Raffgier (2008)

KURT LEHMKUHL

Kohlegier

Kriminalroman

GMEINER SPANNUNG

Besuchen Sie uns im Internet:
www.gmeiner-verlag.de

Im Ehnried 5, 88605 Meßkirch
Telefon 07575/2095-0
info@gmeiner-verlag.de

1. Auflage 2016

Lektorat: Claudia Senghaas, Kirchardt
Herstellung: Mirjam Hecht
Umschlaggestaltung: U.O.R.G. Lutz Eberle, Stuttgart
unter Verwendung eines Fotos von: © Teka77 / photocase.de
Druck: CPI books GmbH, Leck
Printed in Germany
ISBN 978-3-8392-1825-9

Personen und Handlung sind frei erfunden.
Ähnlichkeiten mit lebenden oder toten Personen
sind rein zufällig und nicht beabsichtigt.

1. KAPITEL

Was sollte dieser Unfug? Typisch Frau.

Er schmunzelte. Er war zu gut drauf, um sich über diese kleine Störung zu ärgern. Kaum hatte er sich von ihr nach dem Frühstück verabschiedet und fuhr in Richtung Düsseldorf, da meldete sie sich auch schon mit einer Nachricht auf seinem Handy. Wie immer mit unterdrückter Rufnummer und ohne Namen. Aber wer sonst außer sie sollte bei ihm um diese frühe Zeit anklopfen?

»Ich habe noch eine Überraschung für dich. Wir treffen uns gleich auf der Autobahnraststätte Ruraue. Ganz am Ende, wo das Klettergerüst für Kinder steht.«

Auf die Überraschung war er gespannt. Viel Zeit hatte er nicht. Sein Flugzeug, das ihn in den Urlaub auf Fuerteventura bringen sollte, würde seinetwegen nicht warten. Aber er kannte seine Freundin gut genug, um zu wissen, dass sie nicht scherzte. Sie würde tatsächlich am Treffpunkt auf ihn warten und wäre garantiert nicht zu Scherzen aufgelegt, wenn er nicht anhielte.

Ob sie in einem der Fahrzeuge saß, die ihn auf der Autobahn überholten, oder ob sie auf anderen Strecken zur Raststätte kommen würde, darüber machte er sich keine Gedanken. Sie fand immer Mittel und Wege, ihr Ziel zu erreichen.

Der Verkehr auf der A 44 von Aachen in Richtung Norden hielt sich bei Tagesanbruch noch in Grenzen. Auf dem Rastplatz bei Jülich parkten verstreut nur einige wenige Pkws. Er war langsam an dem kleinen Restaurant vorbeigefahren, als er endlich das Wohnmobil erkannte, das rechts vorne neben dem im Sand installierten Metallgestänge auf der Fahrbahn stand.

Bestimmt hatte sie diese Stelle gemeint. Knapp hinter dem Wohnmobil hielt er an und wunderte sich, dass hinter ihm ein weiteres Fahrzeug stoppte. Unvermittelt war er eingeklemmt. Ehe er etwas sagen konnte, war ein Mann auf seinen Beifahrersitz gesprungen.

»Was willst du denn hier?«, fragte er verwundert.

Die Antwort bestand in einer Pistole, die ihm an den Kopf gehalten wurde. »Schnauze. Fahr weiter.«

»Wohin?«

»Das wirst du noch früh genug merken.«

2. KAPITEL

»Commissario, dein kriminalistischer Spürsinn ist gefragt.« Die Dringlichkeit, mit der ihre Stimme aus dem Telefon klang, ließ keinen Widerspruch zu.

»Ist nicht. Ich bin im Ruhestand«, knurrte Böhnke widerstrebend in dem Wissen, dass er schon verloren hatte, bevor er überhaupt wusste, was genau Lieselotte von ihm wollte.

Die von ihm erwartete Antwort kam prompt: »Ist wohl. Du hast lange genug auf deiner faulen Haut bei freier Kost und Logis in meinem Haus herumgelungert. Ich habe Arbeit für dich, mein Freund.«

»Und was?« Das wenig erbauliche Telefonat störte ihn bei der Lektüre eines Zeitungsartikels aus dem Plangebiet des Braunkohlentagebaus Garzweiler II, der seine Aufmerksamkeit erregt hatte. »Mach schon!«, forderte er Lieselotte auf.

»Also, es handelt sich um eine gute Kundin, oder besser gesagt um die Tochter einer guten Kundin. Ach nee, eigentlich um den Freund der Tochter der Kundin. Und jetzt macht man sich Sorgen.«

»Wer?« Böhnke musste sich zwingen, nicht ungehalten zu werden. Lieselotte nervte ihn in ihrer Umständlichkeit. »Wer macht sich Sorgen? Die Kundin oder die Tochter der Kundin oder der Freund der Tochter der Kundin?«

Wieder erhielt er die Antwort, auf die er hätte wetten können; immerhin kannte er seine Liebste und ihre Eigenarten schon seit mehr als zwei Jahrzehnten: »Alle.«

»Und warum machen sich alle Sorgen?« Böhnke stöhnte ins Telefon.

»Weil der junge Mann verschwunden ist. Und keiner weiß, wo er ist.«

»Super«, feixte Böhnke, »und darum bittet dich deine Kundin, respektive die Tochter der Kundin oder vielleicht auch beide, ich solle mich gefälligst auf die Suche nach dem Jüngling machen.« Der habe sich wahrscheinlich mit seiner Freundin zerstritten und sich aus dem Staub gemacht, vermutete er laut. »Am besten geben die eine Vermisstenanzeige auf und kaufen bei dir Beruhigungspillen.«

»Rudolf-Günther, du nimmst mich nicht ernst.« Lieselottes Tonfall wurde streng; verbunden mit der seltenen Nennung seines Vornamens ein untrügerisches Zeichen dafür, dass es weder Zeit für Scherze noch für Belanglosigkeiten gab. Ohne Vorankündigung legte sie auf, und Böhnke wusste, worauf er als Nächstes würde wetten können.

Seufzend legte er das Telefon beiseite und griff erneut zur Zeitung. Eine knappe halbe Stunde würde ihm für die Lektüre bleiben, schätzte er, während er nach dem Artikel suchte.

Wie die Zeitung berichtete, hatte es am Vortag einen Leichenfund gegeben, in der Nähe der Abbaukante des Tagebaus Garzweiler II, der sich langsam und scheinbar unaufhaltsam gen Westen in Richtung Erkelenz schob. Bei Reinigungsarbeiten im Autobahndreieck Jackerath in der Nähe von Immerath hatten Mitarbeiter der Straßenmeisterei im Regenüberlaufbecken ein Fahrzeug entdeckt und sofort eine Bergung veranlasst. Das durchschimmernde Dach des Wagens knapp unterhalb der Wasseroberfläche war ihnen aufgefallen. Sie waren davon ausgegangen, dass irgendjemand seinen alten Karren billig entsorgen wollte, anstatt ihn zum nur ein paar Meter entfernten Schrottplatz zu bringen. Es wäre nicht das erste Mal gewesen, dass das Wasserbecken als Mülldeponie missbraucht worden wäre. Im Modder entdeckten sie immer wieder ausgediente Rasenmäher oder Fahrräder, Mopeds oder Fernsehgeräte. Sogar die Überreste eines Schweins waren ihnen schon in die Hände gekommen. Ziemlich sicher konnten sie davon ausgehen, dass der Wagen nicht nach einem Unfall auf der Autobahn in den künstlichen See gestürzt war. Zwischenfälle jeglicher Art waren in den letzten vier Wochen nicht gemeldet worden, wie die Zeitung mit einem Hinweis auf die Presseberichte der Autobahnpolizei schrieb. Außerdem hätte es nach einem Unfall an den Bäumen und den Büschen zwischen der Fahrbahn und dem tiefer gelegenen Wasserbecken Spuren gegeben, abgeknickte Äste oder zerfetztes Buschwerk. Ein schleuderndes Auto hätte eine Schneise in die Anpflanzung geschlagen, die jedem in der benachbarten Straßenmeisterei Jackerath aufgefallen wäre. Insofern sprach alles dafür, dass der Wagen in voller Absicht bis ans Ufer gefahren und dann im Wasser versenkt worden war.

Doch nachdem ein Kran das Gefährt an Land gehievt hatte, mussten sich die Männer erschrocken eingestehen, dass sie mit ihrer Vermutung danebenlagen. Einen schwarzen Polo der aktuellen Baureihe hatte der Kranführer am Haken. Mit dem Öffnen der Fahrertür schoss ihnen nicht nur ein Wasserschwall entgegen, es kippte ihnen auch ein Körper vor die Füße. Damit war aus der illegalen Müllentsorgung ein makabrer Todesfall geworden, wie die Zeitung wahrscheinlich ungewollt zynisch erläuterte.

Despektierlich wirkte auf Böhnke sogar die Bemerkung: ›Der sofort herbeigerufene Notarzt konnte nur noch den Tod des Fahrers feststellen.‹ Es handelte sich um einen Mann, so viel konnte und wollte die Polizei mitteilen. Wer der Tote war, und seit wann der Polo im Wasser lag, müsste noch ermittelt werden, erklärte der Pressesprecher. Auch könne nicht gesagt werden, dass der Fahrer zugleich der Halter des Wagens sei.

Wahrscheinlich, so vermutete der Reporter, stammte der Tote aus der Stadt oder der Städteregion Aachen. Mit dem Hinweis auf einen Zeugen, womit er im Prinzip jeden am Fundort meinen könnte, schrieb er, dass das Fahrzeug ein AC-Kennzeichen besitze. Abschließend ließ er sich zu einer Behauptung hinreißen, die nur dem Zweck diente, den neugierig gemachten Leser dazu zu verleiten, am nächsten Tag wieder zur Zeitung zu greifen. ›Ob der Fahrer bei Bewusstsein oder eventuell alkoholisiert war, als er in das Becken fuhr, ist eine der Fragen, die wir in einer der nächsten Ausgaben vielleicht beantworten können.‹

Böhnke hingegen stellte sich nach dem Telefonat mit seiner Partnerin eine ganz andere Frage.

3. KAPITEL

Die Wette, die ihm mit Sicherheit von keinem Wettbüro der Welt angeboten worden wäre, hätte er garantiert gewonnen. Auf seine Lieselotte war halt Verlass.

»Commissario, dein kriminalistischer Spürsinn ist gefragt.« Exakt eine halbe Stunde nach dem ersten Telefonat meldete sich seine Lebensgefährtin wieder. Diesmal in einem ruhigen Tonfall und eher bittend, statt fordernd.

»Wie kann ich dir helfen, meine Liebe?« Böhnke gab sich entgegenkommend. Von vornherein ihr Anliegen abzulehnen oder schroff zu wirken, hätte das Gespräch wahrscheinlich sehr schnell in eine hitzige Atmosphäre gelenkt. Darauf konnte er gerne verzichten. »Was gibt es?«

»Du musst Paul Mertens suchen.«

Bei diesem Paul Mertens konnte es sich im Prinzip nur um den Freund der Tochter der Kundin handeln, dachte sich Böhnke, bevor Lieselotte fortfahren konnte.

Wie von ihm erwartet, bestätigte sie seinen Gedanken. »Paul Mertens ist der Freund von Susanne Brettschneider. Das ist die Tochter meiner Kundin Gerda Brettschneider.«

Okay, hätte er am liebsten unterbrechend eingeworfen, weil er befürchtete, dass er sich zunächst einen medizinischen Exkurs über den Gesundheitszustand von Gerda Brettschneider anhören musste und über die Medikamente, die die Frau in der Apotheke von Lieselotte Kleinereich erhielt. »Sie gehört schon seit Jahrzehnten zu meinem Kundenstamm, und ich kenne auch Sabine, seit sie ein kleines Kind war. Da gibt es ein gewisses Vertrauensverhältnis. Und da die beiden wissen, dass du mal bei der Kripo warst, haben sie mich einfach gefragt, ob du nicht mal deine Fühler ausstrecken kannst.«

»Nach Paul Mertens.«

»Genau. Der junge Mann ist von jetzt auf gleich spurlos verschwunden. Ohne ein Abschiedswort zu hinterlassen und ohne einen Hinweis.«

»Sagen die Frauen?« Böhnke fragte vorsichtig nach. Bei Lieselottes Fantasie konnte er auf manche Überraschung gespannt sein.

Prompt schränkte die Apothekerin ein. »Das habe ich mir gedacht, nachdem sie mir gesagt haben, dass er sich seit fast drei Wochen nicht gemeldet hat.«

»Das ist dann also deine Interpretation. Na gut.« Er bremste sich in seiner Belehrung. »Wie auch immer. Susanne Brettschneider hat also ihren Freund vor knapp drei Wochen das letzte Mal gesehen. Richtig?«

»Richtig.«

»Was hatte er denn vorgehabt?«

»Woher soll ich das denn wissen?«, antwortete Lieselotte leicht aufbrausend mit einer Gegenfrage. »Ich weiß nur, dass er Student ist.«

»Es hätte ja sein können, dass deine Kundin was gewusst und dir gesagt hätte«, sagte er bedächtig. Er hatte einfach keine Lust, mit Lieselotte in einen erregten Disput zu geraten. Er wusste, was er tun würde, aber er wollte seiner Liebsten die Möglichkeit geben, ihm den entsprechenden Vorschlag zu machen. »Was meinst du denn, wie ich helfen kann?«

»Am besten ist wohl, du redest selbst mit Susanne Brettschneider, und dann kannst du ja entscheiden, ob das ein Fall für deine ehemaligen Kollegen ist«, schlug sie erwartungsgemäß vor. »Ich habe auch schon einen Termin ausgemacht. Morgen um 15 Uhr in meiner Apotheke. Du musst ja sowieso nach Aachen. Oder hast du deinen Arztbesuch schon wieder vergessen?«

»Der ist um 14 Uhr«, antwortete er. Er musste schmunzeln, genau an diese Terminabfolge hatte er gedacht. Er würde sich gerne mit der jungen Frau unterhalten, meinte er. Nach kurzer Überlegung schob er noch eine Frage nach: »Weißt du vielleicht, was für ein Auto ihr Freund fährt?«

»Kann ich dir sagen«, sagte Lieselotte erstaunlich schnell. »Der fährt einen schwarzen Polo mit Aachener Kennzeichen, so wie ich. Ich weiß das, weil er ein paar Mal Frau Brettschneider zur Apotheke gefahren hat. Sie hat ihn mir dann stolz als ihren zukünftigen Schwiegersohn vorgestellt.«

Böhnke stöhnte. Jetzt hatte er Liselotte wieder auf ein für ihn falsches Gleis gesetzt. Sie würde ihm wahrscheinlich langatmig einen Vortrag über das Familienleben der Brettschneiders der letzten Jahrzehnte mit Hochzeiten und gescheiterten Hochzeiten halten, als wenn ihn das auch nur die kleinste Bohne interessieren würde.

Aber sie überraschte ihn. »Warum willst du das wissen?«, fragte sie verblüfft.

Das gehöre schon zu seiner Recherche, antwortete er ausweichend. Er wollte Lieselotte nicht beunruhigen, zumal sie offensichtlich noch nichts wusste von dem Toten im Regenüberlaufbecken am Autobahnkreuz Wanlo. Darüber hatte zwar ein Bericht im Regionalteil der Aachener Zeitung gestanden. Aber jemand wie seine Liebste, die im Prinzip niemals aus ihrer Heimatstadt herausgekommen war, las nur den Aachener Lokalteil. Sie interessierte sich wie viele der Öcher einfach nicht für das, was sich außerhalb ihrer Kaiserstadt ereignete.

Böhnke jedenfalls konkretisierte für sich seine Frage, nachdem er zwei Fakten kannte: fast drei Wochen verschwunden, und schwarzer Polo mit AC-Nummernschild.

Handelte es sich bei dem Toten am Tagebaurand möglicherweise um Paul Mertens?, fragte er sich zum zweiten Mal.

4. KAPITEL

Das ungewisse Schicksal von Mertens bereitete ihm keineswegs eine unruhige Nacht. Zwar ließ es ihn, allein schon wegen Lieselottes Einsatz für dessen Freundin Susanne, nicht kalt, aber es beschäftigte ihn nicht nachhaltig. Da hatte es in seiner langjährigen Tätigkeit bei der Kriminalpolizei andere, gravierendere Situationen gegeben, die ihm tatsächlich den Schlaf geraubt hatten. Insbesondere einige Fälle, die er in seiner letzten langjährigen Funktion als Leiter der Abteilung für Tötungsdelikte bei der Kriminalpolizei Aachen im Polizeipräsidium in der Soers auf den Tisch bekommen hatte, hatten ihm weitaus mehr zu schaffen gemacht; wenn er etwa einen pädophilen Mörder jagte und er den Eltern sagen musste, dass sie ihre Kinder nie mehr wiedersehen würden. Verglichen damit war ein verschwundener Freund nun wirklich kein Grund zu übertriebenem Aktionismus.

Böhnkes Interesse wurde schlagartig größer, als er am Morgen beim Frühstück die Tageszeitung aufschlug. Es gab nichts Neues zu berichten, hieß es im Regionalteil. Warum dann aber ein ellenlanger Artikel über nicht Neues geschrieben werden musste, verwunderte ihn schon. Der größte Teil, das erkannte er schnell, war eine Wiederholung des schon Bekannten.

Lediglich neu war die Mitteilung, dass die Polizei bislang keine Angaben über den Toten machen könnte, weil zum einen noch kein Obduktionsergebnis vorliegen würde, und zum anderen die Auswertung des Fahrzeugs, der darin befindlichen Gegenstände und der Kleidung des Mannes nicht abgeschlossen sei. Die Argumentation kam Böhnke fadenscheinig vor. Ausweis, Führerschein, Geldbörse, eventuell einen Koffer oder eine Tasche hätten die ehemaligen Kollegen doch längst überprüfen können, dachte er sich.

Offensichtlich hatte die Argumentation aber dem Journalisten genügt. Der Mann begeisterte sich vielmehr an seiner Recherche über die mögliche Zeit, die der Wagen in dem Überlaufbecken gelegen hatte. Dank der Unterstützung eines Meteorologen hatte er die Niederschlagsmengen der letzten Wochen ermittelt und war zu der Erkenntnis gekommen, dass der Zeitraum zwischen zwei und drei Wochen liegen müsste. Das ergebe sich, so seine Berechnung, zum einen aus der Niederschlagsmenge, der Verdunstungsmenge, dem aktuellen Wasserstand und dem wahrscheinlichen zum Zeitpunkt des merkwürdigen und zugleich tragischen Unfalls.

Der Journalist schrieb zu Böhnkes Erstaunen von einem Unfall, ohne eine Quellenangabe dafür anzugeben. Schlüssig hingegen schien seine Rechenaktion, die sogar von der Polizei bestätigt wurde. Vor drei Wochen sei der Wasserstand in dem Becken so niedrig gewesen, dass ein Auto nur bis knapp unterhalb der Oberfläche hätte versinken können. Dann hätte es den ersten großen Regen gegeben und den Anstieg des Pegels. In den Tagen danach sei im Prinzip mehr Regen gefallen als Wasser verdunstet, und erst im Laufe der aktuellen Woche sei der Wasserstand wieder auf denjenigen vor drei Wochen gefallen. Verbunden mit der Annahme, der Wagen mit der Leiche habe sich schon seit längerer Zeit in dem Becken befunden, liege die Annahme auf der Hand, man müsse von einer Dauer von zwei bis drei Wochen ausgehen.

Ein Indiz mehr, dass es sich um Paul Mertens handeln könnte, überlegte Böhnke. Mehr aber auch nicht. Unabhängig von dieser Vermutung beschlich ihn ein ungutes Gefühl. Warum ließ sich die Polizei so viel Zeit bei der Identifizierung des Mannes? Und warum gab sich die Zeitung klaglos mit dieser Vorgehensweise zufrieden? Wahrscheinlich wusste die Polizei mehr, und ebenso wahrscheinlich war es, dass der Journalist eingeweiht war und mit der Zusage geködert worden war, er würde später als Erster und Einziger von der Polizei über die tatsächlichen Umstände des als Unfall bezeichneten Zwischenfalls informiert. Die Methode war Böhnke nicht fremd. Er hatte sie auch schon praktiziert bei Erpressungen, aber auch bei Mordermittlungen, bei denen die Presse darum gebeten wurde, bestimmte Informationen nicht zu veröffentlichen, weil sie Täterwissen beinhalteten oder dem Täter nutzen könnten. In aller Regel hielten sich die Journalisten an diese Bitte, weil sie wussten, bei anderer Gelegenheit bevorzugt bedient zu werden.

Damit war aber für ihn immer noch nicht geklärt, ob es sich bei dem Toten nicht doch um Paul Mertens handelte. Diese Information auf dem kurzen Dienstweg zu erhalten, schminkte Böhnke sich ab. Sein ehemals heißer Draht ins Polizeipräsidium nach dem krankheitsbedingten Ausscheiden aus dem Dienst war inzwischen erkaltet, und das Verhältnis zu seinem Nachfolger alles andere als kollegial. Da werde er wohl eher einen klärenden Anruf von Lieselotte erhalten, dachte er sich. Sollte der Tote Paul Mertens sein, würde sicherlich bald Susanne Brettschneider Bescheid wissen und über ihre Mutter auch Lieselotte.

5. KAPITEL

Das Anschlagen des Telefons kam für ihn nicht unerwartet. Böhnke hatte eigentlich damit gerechnet, dass er noch am Vormittag angerufen würde, aber er musste sich bis nach dem Mittagessen gedulden. Die Zwischenzeit hatte er, jedenfalls in der Sprachregelung seiner Liebsten, sinnvoll genutzt, indem er den längst überfälligen Hausputz vorgenommen hatte. Wenn er schon auf Dauer in ihrem Ferienhaus in Huppenbroich lebte, das zu seinem Hauptwohnsitz geworden war, musste er sich auch um die Sauberkeit und den Erhalt der Immobilie kümmern. Schon vor vielen Jahren hatten sie aus dem leer stehenden, heruntergekommenen Gemäuer, in dem es nach dem Krieg für kurze Zeit einen Hühnerstall gegeben hatte, eine schicke Ferienwohnung gemacht. Nach ihrer Berufstätigkeit wollten sie dort ihren gemeinsamen Lebensabend verbringen. Für ihn war diese Zeit unfreiwillig früher gekommen. Nach seinem krankheitsbedingten Ausscheiden aus dem Dienst hatte er sich in das abgelegene Dorf zurückgezogen, während Lieselotte weiterhin ihre Apotheke in Aachen betrieb. Ihre erweiterte Wochenendbeziehung hatte durchaus Vorteile, wie Böhnke zwischenzeitlich erkannt hatte, und wenn es nur darum ging, abends in Ruhe in der Dorfkneipe einen Plausch zu halten, ohne daran denken zu müssen, dass im ›Hühnerstall‹ jemand auf ihn wartete. In ein paar Jahren würde es auch Lieselotte in ihren kleinen Geburtsort in der Nordeifel zurückziehen. Gerne zu ihm. Ob es dazu kommen würde, stand in den Sternen. Seine ungewöhnliche Krankheit, gegen die die Ärzte keine konkrete Therapie oder ein wirksames Medikament kannten, konnte seinem Leben jederzeit ein Ende setzen. Es konnte aber auch sein, dass er noch einige Jahre vor sich hatte – und von dieser optimistischen Annahme ging Böhnke für sich aus. Für ihn war ein Glas halb voll, nicht halb leer. Er machte sich keine Gedanken mehr über die Zukunft oder über die Zeit, die ihm noch auf Erden blieb. Seine Gedanken kreisten eher um das Aktuelle, um den Arbeitsauftrag von Lieselotte.

Der Anruf bereitete dem Hausputz ein willkommenes Ende. Er war gespannt, was ihm Lieselotte berichten würde, als er mit einem trockenen »Ich höre« das Telefonat annahm.

»Alles andere wäre schlecht«, konterte eine ihm wohlbekannte Stimme, die nicht die seiner Liebsten war. »Commissario, dein kriminalistischer Spürsinn ist gefragt.«

»Schon wieder«, brummte Böhnke in die Muschel. Er sah keinen Grund, den Anrufer zu grüßen, der sich weder vorgestellt, noch einen Gruß abgesondert hatte. Das hätte der Pensionär auch nicht von Tobias Grundler erwartet. Er nahm seinen Freund aus Aachen so, wie er war, ein wenig schnoddrig, ein wenig von sich selbst eingenommen, lässig und fernab von jeglichen Konventionen. Sie hatten sich schon vor Jahren kennengelernt, als er als Kommissar und der viel jüngere Grundler als Rechtsanwalt gemeinsam einige knifflige Verbrechen aufgeklärt hatten. Ihre Freundschaft hatte auch nach seiner Pensionierung Bestand. Vielleicht war sie sogar noch intensiver geworden, dachte sich Böhnke, wenn er auf die letzten beiden Jahre zurückblickte, in denen sie viel zusammengearbeitet hatten. »Warst du bei Lieselotte in der Lehre?«

»Wie kommst du darauf?«, fragte Grundler verblüfft.

»Vergiss es. Warum störst du meine heilige Hausmannstätigkeit?«

»Weil ich dich gerne bei einem Fall dabei hätte.«

Böhnke schwieg zu dieser Antwort. Sollte Grundler doch zunächst konkret werden, dann konnte er immer noch absagen. Andererseits war er sich fast schon sicher, was er tun würde.

»Du kennst bestimmt den Landwirt Karl Bauer bei euch in Huppenbroich«, fuhr Grundler fort, nachdem ihm das Schweigen zu lange wurde. »Der Landwirt hat einen Sohn, der in Aachen studiert.«

»Und der Sohn ist verschwunden«, warf Böhnke schnell dazwischen.

»Nein. Wieso sollte er?«

Der Kommissar wiederholte sich. »Vergiss es.«

»Also, Konrad Bauer ist Student in Aachen und momentan Hausbesetzer.«

»Das hatten wir doch schon einmal«, erinnerte sich Böhnke spontan. »Weißt du noch, damals, als der britische Premierminister den Karlspreis bekommen hat?«

»Commissario, wir leben heute und nicht gestern«, stöhnte Grundler theatralisch. »Das ist jetzt etwas ganz anderes. Bauer und seine Freunde haben kein Haus in Aachen besetzt, sondern eines in Immerath.«

»Und jetzt fehlt ihm das Geld für die Tapete oder was?« Böhnke hatte es sich längst abgewöhnt, sich über seine Unart zu ärgern, die meisten seiner Fragen mit ›und‹ zu beginnen. »Oder hat er kein Geld mehr für eine Zugfahrt von Immerath nach Aachen?«

»Du bist und bleibst ein Witzbold. Immerath hat keinen Bahnhof. Da musst du zuerst nach Erkelenz, glaube ich. Immerath hat gar nichts. Nicht einmal eine Zukunft. Bauer und seine Freunde haben ein leeres Haus in einem nahezu leeren Dorf besetzt, das wegen des Braunkohlentagebaus Garzweiler II abgerissen wird. Jetzt hat er den Werkschutz und die Stadtverwaltung Erkelenz am Hals und etliche Klagen wegen Hausfriedensbruch, Sachbeschädigung, Widerstand gegen die Staatsgewalt und diverser anderer Kleinigkeiten.«

»Warum?«

»Warum er das Haus besetzt hat, oder warum das Dorf überhaupt abgerissen werden muss?«

Böhnke hörte über die Frage hinweg. Immerath, Student, waren die Stichworte, die in ihm den Gedanken auslösten. In der Nähe von Immerath war der Wagen mit dem Toten im Überlaufbecken entdeckt worden. Studenten hatten sich in Immerath eingenistet. Paul Mertens war Student. Ob es da einen Zusammenhang gab?

Die Antwort auf seine Frage war ihm nicht mehr wichtig. »Ich bin dabei. Du wolltest also nach Immerath fahren. Wann geht's los, mein Freund?«

»Morgen früh gegen acht hole ich dich ab. Auf der Fahrt kann ich dir dann alles erzählen«

»Einverstanden.« Böhnke freute sich über die durchaus willkommene Abwechslung. »Aber unter zwei Bedingungen.«

»Als da wären?«

»Erstens müsste ich um 14 Uhr in Aachen bei meinem Doktor sein, und zweitens musst du bis morgen Früh herausbekommen haben, um wen es sich bei dem Toten aus dem Tümpel am Autobahnkreuz Jackerath handelt. Oder hast du von dem noch nichts gehört?«

Er sei doch nicht vom Mond, entgegnete Grundler. »Warum willst du das wissen?«

»Sag ich dir, wenn wir morgen unterwegs sind.« Böhnke war überzeugt, dass der Anwalt dank seiner guten Beziehungen zu den Ermittlungsbehörden die Informationen herausbekommen würde, die die Zeitung ihren Lesern verschwiegen hatte.

6. KAPITEL

»Du siehst gut aus«, meinte Grundler, als er am Morgen Böhnke in Huppenbroich begrüßte.

»Und du wie ein alt gewordener Dauerstudent, du Lügner.« Den Pensionär störte es im Prinzip nicht, wenn Grundler in grauem Sweatshirt und Bluejeans herumlief; auch wenn es nicht die übliche Kleidung eines seriösen Rechtsanwalts einer renommierten Aachener Kanzlei war. Der Jurist war zu seinem Freund Dr. Dieter Schulz zurückgekehrt, nachdem er nach seiner Auszeit zunächst ein eigenes kleines Büro betrieben hatte. Aber der Mann Anfang 40 ließ sich weder in seine Kleiderfragen noch in seine Arbeitsmethoden hineinreden.

Gerne hatte Böhnke die herzliche Umarmung im Hauseingang erwidert. »Hast wohl kein Hemd mehr im Schrank?«, frotzelte er.

»Du hast ja auch keinen Schlips mehr«, entgegnete Grundler grinsend. Die Zeit, in der Böhnke akkurat in Anzug gekleidet seine Arbeit verrichtete, war längst vorbei. Grob kariertes Flanellhemd und Jeans waren seine Alltagskleidung, die er nur dann austauschte, wenn er an der Seite von Lieselotte in Aachen oder bei gesellschaftlichen Ereignissen unterwegs war.

»Wenn du das nächste Mal kommst, dann bitte in einem vernünftigen Wagen«, ächzte der Kommissar, als er sich in den schwarzen flachen Porsche mühte, den sein Freund in der Einfahrt abgestellt hatte. »Das ist nichts für alte, kranke Männer.« Insgeheim freute er sich über Grundlers Bemerkung zu seinem Zustand. In der Tat fühlte er sich wohl und gut, nichts deutete äußerlich auf seine Krankheit hin, und Beschwerden hatte er momentan auch keine.

»Was treibt dich eigentlich dazu, dich um einen kleinen Hausbesetzer zu kümmern?«, fragte er interessiert, während Grundler vorsichtig rückwärts auf die Kapellenstraße einbog. »Das ist doch gar nicht deine Kragenweite, weder Mord und Totschlag noch Erpressung und Raubüberfall. Oder gehen dir die Mandanten aus?«

Schmunzelnd nahm der Anwalt die Frage auf. »Dafür gibt es zwei Gründe. Zum einen kommt mein Mandant aus Huppenbroich, was eigentlich schon Grund genug ist, zum anderen hat es etwas mit dem Braunkohletagebau zu tun.« Seine blauen Augen funkelten. »Wenn ich etwas hasse, dann ist es diese sinnlose Vernichtung unserer Region durch die Tagebaue. Ich kann diesen Schwachsinn vielleicht nicht verhindern, aber ich kann ein paar Nadelstiche setzen.«

»Dann geht es dir also gar nicht um den Hausbesetzer, sondern um deine persönliche Überzeugung?«

»Man kann das eine tun, ohne das andere zu lassen«, antwortete Grundler. »Ich finde es toll, was der junge Bauer macht. Ich werde versuchen, dass er unbeschadet aus dieser Sache herauskommt. Die Sorge seines Vaters, Vorstrafen wegen dieser Aktion könnten sich nachteilig auf die berufliche Zukunft von Konrad auswirken, kann ich durchaus teilen. Den Staatsdienst kann er sich dann ebenso abschminken wie eine Tätigkeit bei einem großen Konzern, der mit dem Tagebaubetreiber RWE Power zusammenarbeitet.«

Er schaute Böhnke an, der sich auf dem Beifahrersitz in dem tief liegenden Sportwagen offensichtlich nicht wohlfühlte. »Außerdem«, fuhr er grinsend fort, »haben sich anscheinend alle Kriminellen aus Aachen zurückgezogen, nachdem sie gemerkt haben, dass du noch auf der Welt bist. Und schließlich gibt mir das Mandat die Gelegenheit, häufiger nach Huppenbroich zu kommen. Ich muss mich doch um unser ›Haus der Stiftungen‹ kümmern und um unseren Repräsentanten vor Ort.«

Die zwei Stiftungen, die in einem alten Haus ihren Sitz hatten, waren auch Böhnke ein Anliegen geworden. Eine der beiden Stiftungen war von Grundlers Partnerin nach einer immensen Erbschaft ins Leben gerufen worden, die andere war auf Initiative von Böhnke gegründet worden. Ihm waren Millionen angeboten und geschenkt worden, nachdem er als Privatmann Verbrechen aufgeklärt hatte. Er gehörte zum Stiftungsrat und hatte die Immobilie in

Huppenbroich tagtäglich im Blick, in der er die Organisation erledigte, die Gremien tagten, und in der auch Grundler oft mit Sabine am Wochenende verweilte.

»Du kommst vom Thema ab«, brummte Böhnke. »Du willst doch nur ein wenig Abwechslung.«

»Wie recht du hast«, bestätigte Grundler. »Immer nur Scheidungen und Erbschaftsangelegenheiten, das ist langweilig.«

Böhnke klammerte sich fest, als sie endlich die Autobahnauffahrt Lichtenbusch erreicht hatten und Grundler auf der A 44 das Gaspedal durchdrückte. Bei dem Tempo würde er graue Haare bekommen, wenn er nicht schon welche hätte. »Wie fährst du eigentlich?«

»Schnell und sicher«, antwortete der Anwalt gelassen. »In Richtung Düsseldorf bis zum Autobahndreieck Jackerath, und dann sind wir auch schon fast in Immerath.«

Oder auf dem Friedhof, kommentierte Böhnke für sich. »Sag mal, was kannst du mir denn über den Toten aus dem Wasserbecken flüstern?«

»Nichts«, entgegnete der Anwalt. »Noch nichts. Man hat mir versprochen, dass ich die Informationen heute gegen Mittag bekomme.«

Böhnke gab sich mit der Auskunft zufrieden, obwohl sie sehr vage war. Das ›man‹ war zwar ebenso wenig aussagekräftig wie die Zeitangabe, aber er war sicher, dass ihn sein junger Freund nicht absichtlich vertröstete. Beim morgendlichen Blick in die Zeitung hatte er sich schon gewundert. Keine Zeile war über den merkwürdigen Zwischenfall zu lesen, als sei das Thema nicht mehr von Interesse. Oder es war derart brisant, dass absichtlich alle schwiegen, hatte er gemutmaßt.

»Das scheint eine größere Nummer zu sein«, ließ sich Grundler noch einmal vernehmen, der wohl ahnte, dass seine Antwort nur geringen Informationswert besaß. »Mein Informant muss noch recherchieren. Da sind anscheinend verschiedene Dezernate bei der Kripo beteiligt, und außerdem zanken sich die Staatsanwaltschaften Aachen und Mönchengladbach um eine mögliche Zuständigkeit.«

7. KAPITEL

Das sollte ein Dorf sein!

Böhnke rieb sich ungläubig die Augen, als sie Immerath erreichten. Ein angerostetes Ortseingangsschild, auf dem auf die Zugehörigkeit von Immerath zur Stadt Erkelenz hingewiesen wurde, stand windschief am Rand einer nicht gewarteten, von Schlaglöchern übersäten Straße. Verstört erblickte er ein Hinweisschild der Stadt Erkelenz, auf dem darauf hingewiesen wurde, dass eine Zufahrt nur zwischen 6 und 21 Uhr erlaubt sei. Für die Zeit zwischen 21 und 6 Uhr sei eine Fahrt in den Ort nur Bewohnern und Berechtigten mit einer entsprechenden Erlaubnis gestattet.

Wenn es einmal Häuser an den Seiten gegeben haben sollte, war davon nichts mehr übrig. Allenfalls abgesenkte Bordsteine wiesen auf ehemalige Zufahrten hin. Nur wenige vereinzelte Gebäude, zumeist zweigeschossig und aus Backstein, standen an ehemaligen Straßen. Wohin Böhnke auch blickte, er erkannte meistens eingeebnete Flächen, auf denen Gras wuchs. Ab und an erkannte er einen knospenden Busch oder einen Baum. Trist und tot wirkte Immerath. Daran konnten auch die milde Frühlingsluft und die erwachende Natur nichts ändern.

»Hier hat es einmal ein Krankenhaus und den sogenannten Immerather Dom gegeben«, erläuterte Grundler, der Böhnkes Bestürzung bemerkt hatte. »Hier gab es Geschäfte und eine Apotheke, Kneipen und kleine Betriebe. Ist aber alles abgerissen worden. Mehr als 1000 Menschen haben hier einmal gewohnt und gearbeitet. Sie sind fast alle umgesiedelt worden, und manch einer hat seinen Job verloren.« Langsam steuerte er den Wagen über die holprige Straße. »Jetzt gibt es nur noch ein paar Unentwegte oder Unentschlossene, die hier noch hausen. Wohnen kann man das ja nicht nennen.«

»Aber die haben wenigstens Strom und Wasser?«

»Haben die, wenn auch nur notgedrungen«, erläuterte Grundler. »Solange hier noch Hauseigentümer wohnen und das öffentliche Straßennetz noch von der Stadt Erkelenz betrieben wird, solange müssen die Grundversorgung und die Kanalisation aufrechterhalten bleiben. Du kannst gar nicht so schnell gucken, wie hier Tabula rasa gemacht wird, wenn der Bergbautreibende das letzte Haus aufgekauft und die Stadt ihre Einrichtungen abgetreten hat. Eine Woche später wirst du hier gar nichts mehr finden. Dann wirst du an der Zufahrtstraße nicht mehr ein temporäres, sondern ein permanentes Durchfahrt-verboten-Schild finden und den Hinweis, dass du dich auf einem privaten Firmengelände befindest.«

»Und dann kommen die Bagger und graben nach der Braunkohle?«

»Nicht unbedingt.« Grundler schüttelte verneinend den Kopf. »Das kann dann noch Jahre dauern, ehe die Erde aufgerissen wird. Dem Konzern geht es zunächst nur darum, an das Land zu kommen. Der Abbau-Zeitplan ist nur ungefähr und steht auf einem anderen Blatt.« Er lenkte den Sportwagen behutsam um eine Kurve und fuhr auf ein alleinstehendes eingeschossiges Haus zu. »Da müssen wir hin. Diese Hütte wird besetzt.«

Um diese mickrige Bleibe ist es eigentlich nicht schade, dachte sich Böhnke, als er das Gemäuer erblickte. Zwei kleine Fenster flankierten eine alte Holztür, von der schon die braune Farbe abblätterte. Die Ziegel auf dem Dach hatten Moos angesetzt. Das Modernste schien eine Satellitenschüssel zu sein, die sich aus der Verankerung am brüchigen Kamin gelöst hatte und nun, nur vom Kabel gehalten, in der Luft schaukelte.

»Sieht heruntergekommen aus«, meinte Grundler. »Aber das bleibt ja nicht aus, wenn sich niemand drum kümmert und die Nachbarhäuser abgerissen sind. Das Haus gehört übrigens einer Seniorin, die noch nicht verkauft hat. Deshalb wartet man auch mit der Abrissbirne.«

»Darin hat sich jetzt Bauer verschanzt, und die Frau hat ihn wegen Hausfriedensbruch angezeigt?« Böhnke wunderte sich über den Aufwand, den Grundler wegen einer derartigen Lappalie betrieb.

»Nein«, antwortete der Anwalt, während sie ausstiegen. »Die Frau weiß wahrscheinlich gar nichts davon, dass Bauer in dem Haus ist. Die Anzeige wurde, wie es so schön heißt, von ›interessierten Kreisen‹ erstattet. Insofern ist die ganze Sache dubios.«

Kaum hatten sie den Porsche verlassen, da näherten sich zwei Männer in Arbeitskleidung, die offensichtlich in einem an der Seite geparkten Transporter gewartet hatten. Was sie hier wollten, fragte ein stämmiger Kerl grimmig und stellte sich wie sein Kollege breitbeinig vor den Hauseingang. Drohend griffen sie an den Gürtel, an dem sich Schlagstöcke befanden.

Böhnke und Grundler hatten Mühe, sich ein Lachen zu verkneifen. So einfach ließen sie sich nicht von provozierenden Mitarbeitern eines Sicherheitsdienstes aus der Ruhe bringen.

Was sie hier wollten, fragte Böhnke streng zurück, derweil Grundler nach dem Handy griff.

»Was machen Sie?«, fauchte ihn einer der zivilen Schutzmänner an.

Grundler schaute mitleidig zu ihm auf. »Was ich mache? Ich rufe gerade die Polizei an und bitte sie, zu kommen. Denn hier gibt es zwei Typen, die begehen gerade eine Freiheitsberaubung. Das findet Ihr Chef wahrscheinlich gar nicht toll, wenn Sie von der Polizei vernommen werden und eine Anzeige bekommen. Und jetzt Ihre Namen bitte!«

Verächtlich winkte der Mann ab. »Wir sind hier, damit keiner zu Schaden kommt. Aber wenn Sie sich unbedingt die Haxen brechen wollen …« Er gab seinem Kollegen einen Wink und trollte sich zu dem Transporter.

»Da könnte ich kotzen«, schimpfte Grundler. »Die führen sich auf, als gehörte ihnen das Land. Die haben garantiert schon mein Nummernschild notiert und forschen nach.« Er stapfte auf das Haus zu und hämmerte gegen die Tür.

»Herr Bauer, lassen Sie mich bitte herein! Ich bin's, Ihr Anwalt.«

8. KAPITEL

»Schön, Sie hier zu sehen, Herr Böhnke.« Unbefangen begrüßte Bauer den Kommissar. Bereitwillig hatte er die beiden Männer ins Haus eintreten lassen. Der muffige Geruch im schmalen dunklen Hausflur stieg Böhnke sofort unangenehm in die Nase. An die Schummrigkeit musste er sich ebenso gewöhnen wie an die niedrigen Decken in dem kleinen Raum, in den sie Bauer geführt hatte.

»Alles ziemlich provisorisch hier«, meinte der Bewohner entschuldigend. »Das Haus ist heruntergekommen und im Prinzip unbewohnbar.«

»Und dennoch wohnen Sie hier«, unterbrach ihn Böhnke. Er brauchte einige Momente, ehe er wusste, woher ihm der Student trotz des veränderten Aussehens bekannt vorkam. Bauer war einer der Drahtzieher gewesen bei der skurrilen Aktion in Huppenbroich, als die Dorfgemeinschaft mit aller Macht und Raffinesse versucht hatte, eine Thujahecke zu verhindern, die den Anblick und den Ruf des Buchendorfes gestört hätte. Im Nachhinein konnte Böhnke über die erfolgreiche Aktion schmunzeln. Als er erfahren hatte, wer alles dahinter steckte, war ihm nicht zum Lachen zumute gewesen. Da hätte er kurz vor einer Ehekrise gestanden, wenn er denn verheiratet gewesen wäre.

»Sie hausen aber nicht alleine hier?«, fragte Böhnke mit einem suchenden Blick. Die verschiedenen Schuhpaare im Hausflur waren ihm wohl aufgefallen.

»Das stimmt. Mit mir ist ein befreundetes Pärchen hierher gekommen. Die beiden sind unterwegs nach Titz oder Keyenberg, um Lebensmittel zu besorgen.« Bauer konnte sich ein Schmunzeln nicht verkneifen. »Sie haben natürlich recht mit Ihrer Bemerkung, dass wir hier hausen. Wohnen kann man das bestimmt nicht nennen. Das ist vielmehr ein Ausharren.« Bauer bot ihnen Plätze auf dem ausgebleichten Sofa an, während er selbst mit einem einfachen Holzstuhl vorliebnahm. »Sie sehen ja selbst, dass das eine Bruchbude ist.«

»In der Sie sich illegal aufhalten.« Böhnke hatte keine Lust auf ein Gespräch über die Qualität des Wohnens im Allgemeinen und im Besonderen im fast toten Immerath.

»Davon kann keine Rede sein«, widersprach ihm der Student vehement. »Dieses Haus gehört der Großtante einer Freundin, die es einmal erben soll. Sie hat mir und meinen Freunden erlaubt, sich hier einzunisten.«

Er grinste Böhnke und Grundler an. »Ist das etwa illegal?«

»Sagen wir, es ist zumindest ungewöhnlich, sich hier aufzuhalten«, antwortete Grundler. Er hatte Böhnke beobachtet, der nicht sonderlich begeistert wirkte. Die

Umgebung war ungastlich, der Student wirkte nicht nur selbstbewusst, sondern entsprach auch äußerlich nicht der Vorstellung, die sich Böhnke von Studenten machte. Bauer wäre mit seinen langen Rastalocken und dem zersausten Bart bei Böhnke eher als Kommunarde, denn als lernwilliger Student durchgegangen, als den ihn sein Vater unlängst noch in der Gaststätte in Huppenbroich stolz bezeichnet hatte. Das ausgewaschene T-Shirt, das wohl einmal blau gewesen war, die aus der Form geratenen Jeans, die dicken selbst gestrickten Socken und die unvermeidlichen-vermeintlichen Gesundheitssandalen verstärkten bei dem Kommissar den Eindruck.

»Keine Sorge, ich dusche jeden Tag«, versicherte Bauer ungefragt. Er hatte sich seinen Teil bei Böhnkes skeptischer Musterung gedacht.

Grundler räusperte sich. »Wie lange wollen Sie denn hier ausharren?«

»Ich weiß es nicht. Das hängt davon ab, wann die Hütte hier verkauft wird und man mich zwingen wird, den Ort zu verlassen. So lange bleibe ich hier und harre der Dinge und vor allem der Freunde und Journalisten.«

»Wie in Hambach«, meinte Grundler zu Böhnkes Erstaunen.

»Ja, wie in Hambach«, sagte Bauer mit einem Lächeln.

Der Student habe wochenlang in einem Baumhaus im Hambacher Forst gelebt, um gegen die Abholzung des Hambacher Forstes wegen des Braunkohletagebaus Hambach zu protestieren, klärte Grundler den offensichtlich unwissenden Kommissar auf. Erst als der Bergbautreibende mit polizeilicher Unterstützung angerückt wäre und den Baumhäusern mit Kettensägen und Baggern den Garaus bereitet hätte, sei Bauer mit seinen Mitstreitern abgerückt. Einer der Aktivisten hätte sich danach sogar in einer Erdhöhle verkrochen. Nach ihm hätte der Werkschutz noch tagelang gesucht.

»Hast du nichts davon mitbekommen?«

»Nein.« Böhnke winkte ab. Es gab andere Dinge, die ihm wichtiger erschienen als das Leben in einem Baumhaus und die Vertreibung daraus. Und wenn die Angelegenheit wichtig gewesen wäre, hätte die WDR-Lokalzeit darüber berichtet, sagte er sich. Andererseits, wenn er daran dachte, wie viele Journalisten sich ein Zubrot bei Unternehmen und Organisationen verdienten, indem sie Podiumsdiskussionen leiteten oder Gastbeiträge für Firmenzeitungen schrieben, würden sie über eine Sache vielleicht erst dann berichten, wenn es genehm war.

»Und nachdem Sie da weichen mussten, haben Sie es sich hier bequem gemacht?«

Bauer lachte auf. »Das hier ist eine Protestaktion, nachdem ich und meine Freunde einsehen mussten, dass wir in unserem Kampf für den Erhalt des Hambacher Forstes alleine dastanden. Politiker haben eh nichts mit uns im Sinn, und dann ist uns auch noch der BUND gewissermaßen in den Rücken gefallen. Die Umweltschützer hatten vor dem Verwaltungsgericht Aachen gegen die Abholzung geklagt und nach dem Urteil gegen sie auf ein weiteres juristisches Vorgehen verzichtet.«

Kein Wunder, dachte Böhnke. Der BUND wollte sich nicht wieder eine blutige Nase holen, nachdem er im Garzweiler-II-Verfahren vor dem Bundesverfassungsgericht kläglich gescheitert war. An dieses Verfahren erinnerte er sich, weil darüber in seiner Tageszeitung lang und breit berichtet worden war.

»Der Hambacher Forst ist nicht zu retten und der

Tagebau Hambach nicht zu stoppen«, sagte Bauer nüchtern. Erst vor Kurzem und quasi unter Ausschluss der Öffentlichkeit habe die Bezirksregierung Arnsberg, in ganz NRW zuständig für Bergbau, den dritten Rahmenbetriebsplan für die Fortführung des Tagebaus genehmigt. »Dieser Genehmigungsbescheid bildet die Grundlage für den Weiterbetrieb des 1978 begonnenen Tagebaus über 2020 hinaus und bis 2030 innerhalb der durch den Braunkohlenplan vorgegebenen Grenzen«, dozierte der Student.

»Und jetzt versuchen Sie Ihr Glück beim Tagebau Garzweiler?«

»Ja, Herr Böhnke, und ich bin davon überzeugt, dass wir bei diesem Tagebau noch etwas bewirken können. Ich kann mir nicht vorstellen, dass er tatsächlich wie vorgesehen, bis 2030 oder noch darüber hinaus betrieben wird. Ich gehe jede Wette darauf ein, dass einige Dörfer, deren Umsiedlung jetzt noch geplant ist, nicht umgesiedelt werden müssen, weil RWE Power vorher seine Pläne geändert hat.«

Über Sinn und Zweck von Garzweiler II zu streiten, danach stand Böhnke nicht der Sinn. Er hätte ohnehin keine Argumente gehabt, anders als Bauer, der offenbar bestens mit der Materie vertraut war. Er wechselte lieber das Thema.

»Beeinträchtigt diese Aktion denn nicht Ihr Studium?«

Wieder lachte Bauer. »Keineswegs. Man könnte sie sogar als Teil meines Studiums bezeichnen. Ich nutze die Zeit hier, um an meiner Abschlussarbeit zu arbeiten.«

»Was studieren Sie denn?«, fragte Böhnke neugierig. Er hätte Bauer eher in der philosophisch-soziologischen oder vielleicht noch psychologisch angehauchten Ecke vermutet und war über die Antwort doch verblüfft.

»Wirtschaftsgeografie, Geografie und Wirtschaftswissenschaften. Ich bin jetzt im 8. Semester und stehe kurz vor dem Abschluss. Im Anschluss habe ich übrigens schon eine Doktorandenstelle an der Uni Bochum. Die wollen unbedingt einiges von mir über die Braunkohle erfahren.«

»Und wie heißt der Titel Ihrer Abschlussarbeit?«

»Die wirtschaftliche Notwendigkeit des Braunkohletagebaus Hambach vor dem Hintergrund der Zunahme der erneuerbaren Energien.«

»Und Sie kommen natürlich zu der Erkenntnis, dass der Tagebau Hambach nicht notwendig ist.« Böhnke gab sich keine Mühe, seine Ironie zu verbergen.

Doch Bauer lachte wieder nur herzhaft auf. »Im Gegenteil, Herr Böhnke. Wir können auch in Zukunft nicht auf den Braunkohletagebau Hambach verzichten. Aber das würde jetzt zu weit führen, Sie ausführlich darüber aufzuklären.«

Er wandte sich Grundler zu, der schweigend dem Gespräch gefolgt war. »Was führt Sie zu mir?«

»Die Sorge Ihres Vaters über Ihr Wohlergehen, und die Befürchtung, Sie könnten sich illegal verhalten.«

»Keine Sorge«, beruhigte Bauer den Anwalt. »In dem Moment, in dem RWE Power im Grundbuch als Eigentümer dieses Grundstückes eingetragen ist, mache ich hier die Mücke. Aber so lange mache ich noch ein bisschen Stimmung.«

»Warum eigentlich?«, platzte Böhnke wieder dazwischen. »Wenn Sie doch für den Tagebau sind.«

Bauer rieb die Hände übers Gesicht. »Ich habe nicht gesagt, dass ich für den Tagebau bin. Ich bin notgedrungen für die Fortführung des Tagebaus Hambach, weil er ausreicht und erforderlich ist für die Energieversorgung der Region und weil er wirtschaftlich gesehen die meisten Vorteile und die wenigsten Nachteile für den Konzern, die Kommunen und die Menschen in der Region bietet. Aber ich bin gegen den Tagebau Garzweiler II und im Prinzip auch gegen den Tagebau Inden. Denn es gibt, wie Sie sicherlich wissen, drei Großtagebaue im Rheinischen Revier. Zwei davon brauchen wir aus unterschiedlichen Gründen nach meiner Auffassung nicht mehr.«

»Okay.« Grundler erhob sich mühsam aus dem tiefen Sofa. »Ich kann also Ihrem Vater sagen, es sei alles im grünen Bereich. Und Sie wissen, dass Sie mich sofort anrufen, wenn irgendetwas passiert.«

Noch mehr Mühe als er hatte Böhnke, um von dem Möbelstück aufzustehen.

Der Pensionär reichte Bauer versöhnlich die Hand. »Nichts für ungut. Aber ich habe, ehrlich gesagt, nicht viel Ahnung von der Materie.«

»Ich schicke Ihnen gerne meine Arbeit zu«, bot Bauer freundlich an, »da haben Sie mal etwas anderes zu tun, als immer nur in Huppenbroich spazieren zu gehen. Lesen bildet.«

Diese Bemerkung passte Böhnke überhaupt nicht. Dieser zottelige Student hatte sein Wohlwollen schon wieder verspielt.

»Kennen Sie eigentlich Paul Mertens?«, fragte er unvermittelt.

Mit Überraschung registrierte er das irritierte Blitzen in Bauers Augen.

»Ja«, antwortete der Student langsam. »Ich kenne ihn aus der Uni. Und wir haben eine Zeitlang in einem Studentenheim auf einem Flur gewohnt. Aber wir hatten nie näheren Kontakt. Der ist abgebrochen, als ich vor einem guten Jahr dort ausgezogen bin.«

»Haben Sie das Gleiche studiert?«

»Teilweise. Mertens hat Wirtschaftsgeografie und Wasserwirtschaft studiert.«

»Wissen Sie, was aus ihm geworden ist?«

»Woher sollte ich?« Bauer blickte Böhnke zornig an. »Der dürfte auch kurz vor dem Abschluss stehen. Aber ehrlich gesagt interessiert mich der Kerl weniger als ein querliegender Furz. Das war ein Spinner.«

»War?« Grundler horchte auf.

»War oder ist, was soll das? Er war ein Spinner.«

»Und warum?«

»Der hatte eine obskure Theorie zur Grundwasserproblematik beim Tagebau Garzweiler II.« Bauer winkte verächtlich ab. »Der hatte sich am angeblichen Erkelenzer Meer festgebissen.«

»Kenne ich nicht«, entfuhr es Böhnke spontan. »Nie was von gehört.«

»Ich auch nicht«, feixte der junge Mann. »Das Erkelenzer Meer, das gibt es nämlich gar nicht.«

9. KAPITEL

»Kannst du mir freundlicherweise verraten, wer Paul Mertens ist?« Grundler hatte den Sportwagen auf der Autobahn in Richtung Aachen auf Touren gebracht, als er endlich die Frage stellte, auf die Böhnke schon seit einigen Minuten gewartet hatte.

»Paul Mertens ist der Freund von Susanne Brettschneider, der Tochter von Gerda Brettschneider«, antwortete der Kommissar beiläufig. »Kennst du nicht und brauchst du nicht zu kennen.«

»Aber du wirst mich kennenlernen, wenn du mich mit einer so blöden Antwort abfertigen willst.«

Böhnke lachte. »Mehr kann ich dir auch nicht sagen. Da musst du warten, bis ich heute Nachmittag mit Susanne gesprochen habe.«

Vielleicht würde es ja schon früher die Antwort geben, wenn endlich Grundler seine Informationen bekam.

Lange brauchte er nicht zu warten. Nur wenige Momente später meldete Grundlers Handy ein Gespräch.

»Was gibt's?«, fragte der Anwalt nach einem Tastendruck aufs Lenkrad.

»Kann ich sprechen?«, hörte Böhnke aus dem Lautsprecher eine männliche Stimme. »Oder sind Sie nicht allein oder unterwegs?« Auf dem Display im Armaturenbrett erkannte er eine Telefonnummer, die er einem Anschluss im Polizeipräsidium zuordnete.

Grundler sah seinen Beifahrer kopfschüttelnd an.

»Hätte ich sonst angenommen?«, fragte er zurück. »Was können Sie mir sagen?«

»Viel, verdammt viel. Warum haben Sie immer nur das Glück, Ihre Nase in Sachen zu stecken, die jenseits aller Normen sind?«

Zur Sache bitte, stöhnte Böhnke lautlos vor sich hin. Was war nun mit dem Toten aus dem Becken?

»Es ist immer noch nicht bekannt, um wen es sich bei dem Toten handelt. Wir haben nur wenige gesicherte Erkenntnisse. Seit fast drei Wochen hat der Mann in dem Wagen in der Brühe gelegen. Er hatte weder Papiere bei sich noch persönliche Gegenstände. Es kann nur gesagt werden, dass es sich um einen Mann Mitte 20 bis Anfang 30 handelt, wahrscheinlich jemand ohne Migrationshintergrund.«

»Wird denn jemand vermisst?«

»Niemand, der in Nordrhein-Westfalen oder im benachbarten Ausland infrage kommen könnte. Wir haben alle Vermisstenmeldungen durchgecheckt«, antwortete die Stimme. Der Anrufer schien die anfängliche Vorsicht abzulegen. »Aber jetzt wird es erst richtig interessant, Herr Grundler. Und zwar aus zwei Gründen.«

»Der erste«, forderte Grundler zur Eile auf.

»Die Nummernschilder, die sich an dem Wagen befanden, sind gestohlen. Sie gehören tatsächlich zum Fahrzeug eines Rentners aus Aachen. Er hat den Diebstahl vor rund zwei Wochen gemeldet. Wir haben ermittelt, dass er nichts mit dem Geschehen zu tun hat. Somit haben wir das Problem, den Halter des versenkten Wagens zu ermitteln.«

Nach einer kurzen Verschnaufpause meldete sich der Mann wieder. »Aber das ist noch das kleinere Problem. Das größere besteht darin, dass der Tote ein kleines, aber effektives Loch in der linken Schläfe hat. Der ist nach unseren Ermittlungen und den medizinischen Untersuchungen mit einem aufgesetzten Schuss getötet worden.«

»Dann haben also Unbekannte einen noch nicht identifizierten Mann erschossen und in dem Becken in einem Auto versenkt, an dem gestohlene Kennzeichen befestigt waren.«

»So ist es, Herr Grundler. Warum wollen Sie das eigentlich wissen?«

Der Anwalt hörte über die Frage hinweg. »Könnte es vielleicht sein, dass es sich bei dem Toten um Paul Mertens handelt?« Er hatte folgerichtig die Frage gestellt, die Böhnke auf der Zunge lag.

»Wer soll das sein? Wie kommen Sie darauf?«

»Paul Mertens ist Student in Aachen und der Freund einer gewissen Susanne Brettschneider. Er wird seit ungefähr drei Wochen vermisst, und ich bin an der Suche nach ihm beteiligt.«

Mit dem Vorschlag, man werde das informative Gespräch in ein paar Tagen wieder aufnehmen, beendete Grundler das Telefonat. »Bis dahin werden wir beide mehr wissen.«

»Und jetzt?« Böhnke wollte gar nicht wissen, wer der Informant von Grundler war. Da war es schon besser, wenn er nicht wusste, welcher seiner ehemaligen Kollegen die Plaudertasche war. Es hätte ihn sonst noch in einen Gewissenskonflikt und ein Loyalitätsproblem bringen können. Sein Interesse war ein anderes. Er hoffte, dass er Lieselotte nicht eine schreckliche Tatsache mitteilen musste.

»Jetzt wird es richtig interessant.« Grundler frohlockte. »Jetzt geht es weiter mit Mord oder Totschlag statt eines Hausfriedensbruchs, der gar keiner ist.«

»Vielleicht hat ja Bauer damit zu tun«, gab Böhnke zu bedenken. »Der war richtig eingeschnappt, als ich ihn auf Paul Mertens angesprochen habe. Kam mir jedenfalls so vor.«

10. KAPITEL

Sollte er sich freuen oder ärgern? Den Arztbesuch hätte er sich schenken können, meinte Böhnke für sich, als er mit einem Rezept in der Brieftasche zu Lieselottes Apotheke in der Nähe des Markts marschierte und dabei wie immer einen zufriedenen Blick auf das mächtige gotische Rathaus warf. Im dortigen Krönungssaal, der noch an Kaiser Karls Zeiten erinnerte, hatte er schon einige heikle Situationen erlebt, wenn bei der Verleihung des Karlspreises die Sicherheit der Ehrengäste nicht gewährleistet schien.

Sein langjähriger Arzt hatte keine Veränderung der Werte seit der letzten Untersuchung vor drei Monaten festgestellt und Böhnke als medizinische Wundertüte bezeichnet. Beide wussten, dass das momentane Wohlbefinden urplötzlich umschlagen konnte, dann spielten alle Organe verrückt und veränderten sich alle Parameter in Dimensionen, die mit keiner Statistik in Einklang zu bringen waren. Mit jeder Attacke seines Körpers rückte

Böhnke dem Ableben näher, insofern war er froh, dass er seit Längerem von einem Schwächeanfall verschont geblieben war. Also freue ich mich, sagte er sich und ärgerte sich zugleich über die verschriebenen Tabletten, die die Krankenkasse ein horrendes Geld kosteten, aber nichts an den stets drohenden Attacken änderten. Lieselotte achtete penibel genau darauf, dass er die Pillen ordnungsgemäß einnahm. Eher ihretwegen und streitvermeidend, als von der Wirksamkeit des Medikaments überzeugt, schluckte er das Zeug.

Lieselotte und Susanne Brettschneider warteten schon auf ihn. »Pünktlichkeit ist und bleibt Glückssache«, lästerte die Apothekerin munter, als er kurz nach 15 Uhr das Geschäft betrat. Er hörte über den leichten Tadel hinweg und wandte sich der jungen Frau zu, die verloren vor einem Regal mit hochpreisigen Teesorten stand. Lieselotte kümmerte sich schon wieder um einen Kunden, dem sie eindringlich zuredete, die Tabletten auch zu nehmen, die ihm verordnet worden waren. Irgendwie tröstlich, dachte sich Böhnke schmunzelnd, dass ich nicht der einzige Mensch auf der Welt bin, der sich Gardinenpredigten der energischen Frau anhören muss.

»Böhnke«, grüßte er freundlich und reichte Susanne Brettschneider die Hand. Die zierliche Frau, schätzungsweise 25 Jahre alt, drückte erstaunlich fest zu, wie Böhnke registrierte. Der Händedruck sprach für ein ausgeprägtes Selbstbewusstsein, obwohl die Frau ihn scheu mit großen braunen Augen anschaute. Ein Rehlein, sagte sich Böhnke, eine Frau, die in einem Mann einen Beschützerinstinkt weckt und die weiß, dass es so ist.

Gerne nahm sie seinen Vorschlag an, ihr Gespräch in einem Café zu führen.

»Braucht ja nicht jeder mitzuhören, was wir besprechen«, meinte er mit einem angedeuteten Blick auf Lieselotte, die sie nicht aus ihren Augen ließ.

Van den Daele musste es sein; wie selbstverständlich hatte sich Susanne zu dem Traditionscafé im historischen Stadtkern am Büchel begeben, und Böhnke war ihrer Wahl gerne gefolgt. Selbstverständlich würde es auch sein, dass er die Rechnung zu begleichen hätte für sein Kännchen Kaffee, ihren Frühlingstee und die beiden Stücke gedeckten Apfel mit Schlagsahne.

Sie sei Studentin, hatte sie ihm gesagt, als sie endlich an einem abseits gelegenen Tisch des urgemütlichen Cafés Platz genommen und ihre Bestellung aufgegeben hatten. Sie mache sich Sorgen um ihren Freund Paul Mertens.

»Warum?«, fragte Böhnke knapp.

»Weil er seit mehr als drei Wochen spurlos verschwunden ist. So kenne ich ihn gar nicht. Er hat sich nicht mehr gemeldet.«

»Aber er hat sich verabschiedet?«

»Ja.« Susanne schob eine Strähne ihres langen braunen Haars aus dem Gesicht. »Wir haben uns frühmorgens nach einem kurzen Frühstück verabschiedet, weil er in den Urlaub nach Fuerteventura fliegen wollte. Das war vor ziemlich genau drei Wochen.«

Ob es nicht ungewöhnlich sei, dass ihr Freund ohne sie Urlaub machen wolle, hakte Böhnke nach.

»Das war kein üblicher Urlaub. Paul wollte die Zeit nutzen, um an seiner Abschlussarbeit fürs Studium zu feilen.« Es sei schon richtig gewesen, dass er ohne sie gefahren sei, meinte sie mit einem Blick, den Böhnke nicht interpretieren konnte.

Etwa nachdenken über das vermeintliche Erkelenzer Meer? Böhnke verkniff sich die Frage. »Und er hat sich weder aus dem Urlaub gemeldet noch nach seiner Rückkehr?«

Das Rehlein sah ihn verwundert an. »Ich weiß noch nicht einmal, ob er überhaupt losgeflogen ist. Er wollte mit seinem Auto zum Flughafen nach Düsseldorf. Dort habe ich sämtliche Parkplätze in Flughafennähe abgesucht, aber sein Auto nicht gefunden.«

»Und was sagt der Reiseunternehmer oder die Fluggesellschaft?«

»Von denen bekomme ich keine Auskunft.« Susanne zuckte resignierend mit den Schultern. »Datenschutz. Und solange es keine Vermisstenmeldung oder Polizeiermittlungen gibt, würde man sich nicht äußern.«

»Haben Sie denn irgendwelche Hinweise?« Böhnke konnte sich nur schwer vorstellen, dass Mertens sang- und klanglos von der Bildfläche verschwunden war. »Da muss es doch irgendetwas geben.«

»Es gibt nichts, Herr Böhnke.« Ihr Stimmfall wurde zornig. »Warum kapiert das niemand? Paul ist weg, und ich weiß nicht, warum.«

So kamen sie nicht weiter, überlegte der Kommissar, während er sich das letzte Stückchen der köstlichen Apfeltorte in den Mund schob. Er schluckte. »Okay. Dann stelle ich mal ein paar Fragen, die meine Kollegen bei der Polizei vielleicht bei einer Vermisstenmeldung stellen würden. Einverstanden?« Er schluckte nochmals und wertete ihr kurzes Nicken als Einverständnis.

»Kennen Sie die Marke und das Kennzeichen vom Wagen Ihres Freundes?«

»Er fährt einen schwarzen Polo mit dem Kennzeichen

AC-SB-6614.« Susanne lächelte. »Das ist der Tag, an dem wir uns kennengelernt haben.«

»Er hat ein Handy?«

»Ja, aber es ist nicht aktiv. Ich habe schon am Tag des Abflugs versucht, ihn zu erreichen, um zu erfahren, ob er gut angekommen ist. Aber es ist nicht aktiviert. Und das Aufladegerät liegt in seinem Zimmer.«

Sein leichtes Stirnrunzeln verstand sie sofort. »Ich habe es dort gesehen. Ich habe einen Schlüssel zu seiner Wohnung.«

Dann sollte man gemeinsam einmal dorthin gehen, schlug Böhnke vor. Vielleicht fände er Anhaltspunkte, die sie übersehen hätte.

Susanne war einverstanden, musste ihn aber auf einen anderen Tag vertrösten, da sie den Schlüssel nicht bei sich hatte.

»Okay«, sagte Böhnke bedächtig. »Kann es sein, dass das Verschwinden Ihres Freundes mit seiner Abschlussarbeit zusammenhängt?«

»Wieso?«

»Könnte doch sein?«, antwortete er ausweichend. Wie hatte Bauer den Verschwundenen genannt? Einen Spinner. »Vielleicht passte jemandem seine Arbeit nicht.«

»Das kann durchaus so sein«, bestätigte Susanne. »Paul hat sich mit der Grundwasserproblematik des Tagebaus Garzweiler II bei Mönchengladbach beschäftigt und ist zu Ergebnissen gekommen, die nicht im Sinne des Tagebaubetreibers sind. Aber die haben Paul schon zu verstehen gegeben, dass seine Meinung unmaßgeblich sei. Die haben zwar darum gebeten, von seiner Arbeit einige Exemplare zu bekommen. Aber bestimmt nicht, um sie als neue Bibel zu preisen.« Sie lächelte kurz. »Paul hat so oft von seiner Arbeit gesprochen, dass ich ihren Titel schon auswendig kenne.«

»Und wie lautet er?«, fragte Böhnke aus purer Höflichkeit.

»Risiken und Gefahren des Tagebaus Garzweiler II für das Grundwasser in der Erkelenzer Börde und mögliche Auswirkungen auf das Gebiet der Stadt Erkelenz.«

»Und zu welchen Ergebnissen kommt Ihr Freund?«

»Kann ich Ihnen nicht sagen, weil wir nicht konkret darüber gesprochen haben. Er hat mir nur gesagt, es seien besorgniserregende, wenn der Tagebau tatsächlich in der bisher genehmigten Form durchgeführt würde.« Nachdenklich rührte sie in der Teetasse. »Ich habe zu Hause eine CD mit der letzten Fassung der Arbeit. Für alle Fälle und zur Sicherheit, falls sein Rechner abstürzen würde oder so, hat Paul gesagt. Ich habe aber noch nicht nachgeguckt.« Sie sah auf. »Ich brenne Ihnen gerne eine Kopie.«

»Gerne«, hörte sich Böhnke sagen und stellte fest, dass er jetzt schon das zweite Angebot für eine Lektüre über den Braunkohletagebau in der Region erhalten hatte.

Sollte er? Er zauderte und nahm den letzten Schluck seines erkalteten Kaffees. »Kennen Sie eigentlich Konrad Bauer? Das müsste ein Kommilitone von Paul sein.«

Susanne erblasste für einen Moment. »Das ist mein Exfreund«, sagte sie schnell. »Ich habe mich vor etwas mehr als einem Jahr von ihm getrennt und kurz danach Paul kennengelernt. Konrad hat Paul nie gemocht. Das habe ich immer festgestellt, wenn wir uns mal in der Mensa, in der Uni oder bei einer Feier zufällig getroffen haben.«

»Eifersüchtig?«

»Ich glaube schon«, sagte Susanne nachdenklich. »Der glaubt wohl immer noch, er könnte noch einmal bei mir landen. Kann er sich aber abschminken.« Sie lächelte beinahe schon entschuldigend. »Der ist sogar mal nach unserer Trennung mit einer Pistole zu mir gekommen. Aber das hat sich als harmlos herausgestellt. Er wollte die defekte Pistole zur Reparatur zu einem Waffenhändler bringen.«

Böhnke war es unangenehm, die Frage zu stellen, aber sie musste gestellt werden: »Ist es indiskret zu fragen, warum Sie Bauer den Laufpass gegeben haben?«

»Ganz einfach, ich habe erkannt, dass wir nicht zusammenpassen. Soll vorkommen in der Liebe. Und dann hat er sich auch verändert.«

»Inwiefern?«

»Er rutschte immer mehr in so eine fundamentalistische Ökoecke und begann auf einmal, aktionistisch statt argumentativ gegen den Braunkohletagebau im Rheinischen Revier zu kämpfen.« Dagegen habe sie im Prinzip nichts, weil auch sie die Nutzung der fossilen Brennstoffe kritisiere, betonte sie. »Aber man muss die Kirche im Dorf lassen. Baumhäuser im Hambacher Forst und ähnliche populistische Aktionen helfen doch nicht. Man muss den Menschen die Risiken der fossilen Energieträger und ihrer Gewinnung bewusst machen, um dadurch auf die Politiker Druck ausüben zu können. Anders kriegen sie keinen Bagger gestoppt. Und wir müssen die Dinger stoppen, sonst sind wir nicht nur mitschuldig an der Klimaveränderung, sondern auch an der Vernichtung unserer Umwelt und der Natur. Denn die Braunkohleverstromung hat mit einer Nachhaltigkeit der Energieversorgung überhaupt nichts zu tun. Im Gegenteil.«

Böhnke wunderte sich über die Vehemenz, mit der die zierliche Frau gegen die Braunkohle sprach. Er hatte ihr schweigend zugehört und wartete mit seiner nächsten pikanten Frage, bis sie sich wieder abgeregt hatte.

»Sie haben von dem Toten aus dem Wasserbecken am Autobahndreieck Jackerath gehört?«

Susanne schluckte schwer. »Glauben Sie etwa …?«

»Ich weiß es nicht.« Beschwichtigend hob Böhnke die Hände. »Ich schließe es eigentlich aber aus«, sagte er gegen seine Überzeugung. »Man hat im Wagen des Toten nichts gefunden, was auf Paul schließen lässt.« Hoffentlich fragt sie jetzt nicht, woher ich das weiß, sagte er sich.

Sie tat ihm unwissentlich den Gefallen. »Was soll ich denn jetzt tun, Herr Böhnke?«

Kurz dachte er nach. Dann griff er nach einer Visitenkarte in seiner Jackentasche. »Hier haben Sie die Rufnummer meines Freundes Tobias Grundler. Dem bestellen Sie Grüße von mir und sagen ihm das, was Sie mir gerade gesagt haben. Besonders wichtig ist es, dass Sie ihm das Autokennzeichen nennen. Und …«, er machte eine kurze Pause, »wenn Sie den Zahnarzt von Paul kennen, sagen Sie es Grundler.« Wieder hob er die Hände. »Ich will auf Nummer sicher gehen, dass nicht Paul der Tote ist. Die Sicherheit wollen Sie doch auch. Oder?«

Susanne nickte bestätigend.

»Gut, und dann müssen wir noch einen Termin ausmachen. Für den Fall, dass Paul nicht urplötzlich wieder auftaucht, möchte ich mir gerne einmal seine Wohnung ansehen.«

»Sicher«, sagte Susanne und holte aus ihrer Handtasche einen kleinen Briefumschlag, den sie vor Böhnke auf den Tisch legte. »Sie können jederzeit anrufen und entweder mit mir oder meinem Anrufbeantworter reden«, schlug sie ihm höflich vor. Sie stand auf, reichte ihm die Hand zum Abschied mit festem Druck, bedankte sich dabei für seine Einladung ins Café und entfernte sich schnell aus seinem Blickwinkel.

Neugierig öffnete er den Umschlag und griff nach einem festen Stück Papier. Neben einer Mobilnummer las er, während er auf die Bedienung mit der Rechnung wartete: Dr. Susanne Brettschneider, Vermögensverwaltung und Vermögensberatung.

11. KAPITEL

Er wusste nicht, wo die Zeit geblieben war, als er beim Blick auf die Standuhr am Elisenbrunnen feststellte, dass es schon kurz vor Ladenschluss war. Er musste sich beeilen, um Lieselotte noch in der Apotheke abfangen zu können. Nach dem Gespräch mit Susanne Brettschneider war er zum Katschhof gegangen. Er konnte sich einfach nicht sattsehen an diesem einmaligen Flecken Erde mit dem historischen Rathaus am einen und dem prächtigen Dom am anderen Ende. Dieser Bereich bedeutete für ihn gelebte Geschichte, hier konnte er sich vorstellen, wie es früher einmal gewesen war in Aquisgrana zur Zeit Karls des Großen. Zu seinem Bedauern war der Zutritt zum Rathaus und damit zum stattlichen Krönungssaal wegen einer Veranstaltung verschlossen, am Dom gab es wie fast immer Restaurierungsarbeiten verbunden mit einem Höllenlärm von Bohrgeräten, der schmerzhaft in seine Ohren drang. Schnell verließ er das kirchliche Gelände und fand sich wenig später in seiner Lieblingsbuchhandlung wieder. Lange hielt er sich in der Abteilung mit Bildbänden über Aachen auf. Nachdem er mehrere Bücher durchblättert und dabei erkannt hatte, dass es noch viele Flecken in dieser alten Stadt gab, die er trotz seiner langjährigen Arbeit vor Ort noch nicht kannte, entschloss er sich, auf einen Einkauf zu verzichten.

›Morde und andere Missetaten‹, so nannte ein Stadtführer vor dem Tourismusbüro am Elisenbrunnen den Rundgang, zu dem er einige Interessenten begrüßte. Dessen freundliche Aufforderung, ob er sich nicht an der spannenden und gruseligen Tour beteiligen wolle, lehnte Böhnke dankend ab. Von Morden und Missetaten hatte er genug in der Realität erlebt, da brauchte er sich nicht auch noch kriminelle Anekdötchen oder historische Gräueltaten antun. Nur am Rande bekam er die Schilderung des Stadtführers mit, dass schon Casanova in Aachen einen Teil seiner Zeit verbrachte und sich dabei nicht immer an Recht und Gesetz gehalten habe, wenn er wohlhabende Damen beglückte, die glaubten, im Aachener Mineralwasser einen Jungbrunnen entdeckt zu haben. Den Elisenbrunnen, das klassizistische Wahrzeichen von Bad Aachen als Kurstadt, konnte sie dabei nicht gemeint haben, dachte sich Böhnke schmunzelnd. Das mineralhaltige Wasser mit Heilkraft, das aus dem Kran floss, roch nicht nur nach faulen Eiern, es schmeckte auch faulig. Aber es sollte gesund sein, hieß es. Dennoch verzichtete Böhnke darauf, es seinen Nachbarn gleich zu tun und nach einem der Plastikbecher zu greifen, um das heiße Quellwasser zu trinken. Er blickte lieber zur Standuhr.

»Zu spät, mein Lieber.« Lieselotte öffnete bereitwillig, als er an das Glas der verschlossenen Apothekentür klopfte. »Wir haben seit drei Minuten Feierabend. Bereitschaftsdienst haben die Kollegen von der Münster-Apotheke.«

»Gibt es denn da auch so eine charmante Chefin wie hier?«, brummte Böhnke und kramte das Rezept über seine verordneten Tabletten hervor. »Und haben die da auch diese Medizin?«

Lachend nahm ihn Lieselotte in die Arme und küsste ihn. »Commissario, du bist unmöglich.«

»Und du bist schön.«

»Quatsch, ich bin eine alte Schachtel und habe fast noch mehr graue Haare als wie du.«

»Stimmt nicht«, sagte Böhnke, während er sich aus der Umarmung schälte. »Du siehst nicht aus wie 55.« Lieselotte sah gut aus, war groß, schlank, mit einem kurzen Haarschnitt und in ein elegantes Kostüm gekleidet. An ihrer Seite wirkte er jetzt in Jeans und Flanellhemd unpassend wie ein Tanzbär bei einer Gala, was ihn jedoch nicht störte.

»Aber ich bin es. Aber Gott sei Dank bin ich noch nicht 60 wie du.« Schnell hatte sie die Tabletten gefunden. »Macht fünf Euro.«

»Wieso das denn?«

»Nachtzuschlag, mein Lieber«, antwortete sie.

Als er verstört sein Portemonnaie öffnete, langte sie flink nach einem 50-Euro-Schein. »Wenn du mich damit zu einem kleinen Abendessen einlädst, erlass ich dir die fünf Euro.«

»Aber nur, wenn in den 50 Euro auch eine Übernachtung bei dir enthalten ist, sonst brauche ich nämlich das Geld für ein Taxi nach Huppenbroich.«

Lange hatten sie sich nicht in der vornehmlich mit Studenten gefüllten Gaststätte an der Pontstraße aufgehalten. Jeweils einen Salatteller und ein Mineralwasser, mehr brauchten sich nicht. Außerdem wollte Lieselotte in ihre Wohnung. Ein Abend ohne Tagesschau war für sie fast schon ein verlorener Abend. »Und wenn du dann noch an meiner Seite sitzt, bin ich die glücklichste Frau der Welt, Commissario.«

Nein, sie sei nicht neugierig, versicherte Lieselotte, aber sie müsse wissen, was er mit Susanne Brettschneider erlebt habe. Sonst könnte sie doch nicht mitreden, wenn die Mutter der Frau in die Apotheke käme.

Böhnke sah sich geradezu genötigt, lang und breit zu erzählen, wie er den Nachmittag verbracht hatte, und war froh, als das Telefon ihr Gespräch unterbrach.

»Da will wahrscheinlich wieder jemand eine Packung Aspirin«, stöhnte Lieselotte auf dem Weg zum Flur.

»Für dich«, sagte sie kurz angebunden, als sie Momente später ins Wohnzimmer zurückkehrte. »Hast du eigentlich nie Feierabend? Das ist ja schlimmer als wie früher.«

Lieselotte würde nie ihre Aachener Herkunft verleugnen können, dachte Böhnke schmunzelnd. Wer sonst auf der Welt konnte mit einer derartigen Selbstverständlichkeit dieses »als wie« bei einem Vergleich über die Lippen bringen?

»Ich höre.«

»Warum hast du eigentlich ein Handy, wenn du nicht drangehst?«

»Du hast mich doch erreicht, Tobias. Also was willst du?« Er lehnte sich bequem in die Couch zurück und behielt recht mit seiner Vermutung, dass das Telefonat wohl länger dauern würde.

»Vielen Dank für die neue Mandantin«, antwortete Grundler unüberhörbar ironisch. »Frau Doktor Susanne Brettschneider, die hat mir gerade noch gefehlt zu meinem Glück.«

»Wieso?«

»Die ist, so habe ich den Eindruck, jung, dynamisch, unerschrocken und dann auch noch intelligent. Eine gefährliche Mischung. Wenn es nach der geht, springe ich jetzt wie ein Flummi umher und kümmere mich nur um sie.«

»Außerdem ist sie durchaus attraktiv«, ergänzte Böhnke, was bei Lieselotte, wie von ihm beabsichtigt, ein leichtes Stirnrunzeln auslöste.

»Und obendrein reich.«

»Aha.« Zu mehr reichte Böhnkes Wortschatz nicht.

»Du kennst die Familie Brettschneider nicht?«, fuhr Grundler fort. »Das ist eine der größten Immobiliendynastien im Rheinland. Die haben überall zwischen Düsseldorf, Köln und Aachen Häuserkomplexe, da könntest du eine komplette Kleinstadt drin unterbringen. Mit der Hausverwaltung hast du echt Arbeit und keine Zeit für etwas anderes. Deshalb hat mich übrigens die Frau damit beauftragt, dich bei der Suche nach ihrem vermissten Freund zu unterstützen.«

Böhnke schwieg. So hatte er nicht geplant. Aber es war ihm auch nicht unrecht, Grundler an seiner Seite zu wissen.

»Sie hat sofort nach eurem intimen Plauderstündchen bei mir angerufen. Sie wusste zwar nicht, warum ausgerechnet ich von ihr das Autokennzeichen und die Adresse des Zahnarztes bekommen sollte, aber sie hat mir die Informationen bereitwillig gegeben. Außerdem soll ich für sie eine Vermisstenanzeige bei der Polizei erstatten. Pfiffig, wie die Perle ist, hat sie mir auch noch ein Foto von Paul Mertens zugemailt und gesagt, wie groß, wie schwer und wie alt er ist. Jetzt erwartet sie von mir Ergebnisse. Bis morgen früh.«

»Um neun.«

»Nee, um acht.« Grundler lachte ins Telefon. »Als könnte ich hexen. Aber ich habe ihr zugesagt, dass ich mich sofort kümmern würde.«

»Was du selbstverständlich getan hast.«

»Was denkst du denn? Ich habe sofort bei meinen Freunden in der Soers angerufen und die Angaben weitergeleitet. Und …«, Grundler legte eine Spannungspause ein, »du glaubt es nicht, ich habe sogar schon eine Reaktion erhalten. Eben erst, und dann habe ich sofort versucht, dich zu erreichen. Aber der Herr Kommissar treibt sich ja lieber im Bett einer Apothekerin herum, als sich in einem Hühnerstall zu erholen oder mit seinem Handy zu spielen.«

»Weiter«, knurrte Böhnke. »Ich will wieder ins Bett zurück.«

»Eine, sagen wir mal gute Nachricht habe ich erhalten. Nach dem ersten Augenschein ist es wohl so, dass es sich bei dem Toten nicht um Paul Mertens handelt. Das wird seine Frau Doktor bestimmt freuen.«

»Und warum nicht?«

»Die Haarfarbe und die Farbe der Augen stimmen nicht überein. Der Tote scheint etwas kleiner als Mertens, aber auch etwas schwerer zu sein. Daher gehen die Ermittlungsbehörden von einem anderen Mann aus, so mein guter Bekannter. Endgültige Klarheit soll es morgen geben, wenn man eine Gebisskarte von Mertens bekommen hat.«

»Und was ist mit dem Autokennzeichen?«

»Damit haben sich die Jungs noch nicht intensiv beschäftigt, die wollten erst Klarheit über die Leiche haben. Aber ich werde morgen auch darüber informiert.«

»Und ich von dir?«

»Erwartest du etwa etwas anderes, Commissario? Und jetzt träum was Schönes in den Armen einer schönen Frau.«

Interessiert hatte ihm Lieselotte zugehört, als er das Telefonat mit Grundler zusammenfasste. »Da ist es bei aller Tragik doch erfreulich für Susanne Brettschneider, dass ihr Freund noch lebt«, meinte sie. »Das ist wenigstens etwas. Oder?«

Böhnke blieb ihr eine ehrliche Antwort schuldig. Es gab allenfalls die Indizien, dass Mertens nicht der Tote im Wagen war. Aber das bedeutete nicht, dass er noch lebte. Der junge Mann war und blieb zunächst verschwunden.

»Für mich ist der Tag vorbei«, sagte Lieselotte gähnend. Sie stand auf. »Du weißt, wo du mich findest.«

»Ich komme sofort«, rief er ihr hinterher. In der Garderobe suchte er nach seinem Handy in der Jackentasche und aktivierte den Ton, den er am Nachmittag vor dem Gespräch in dem Café mit Susanne Brettschneider ausgeschaltet hatte.

12. KAPITEL

Der Radetzkymarsch war sicherlich nicht die übliche Melodie, die während der Fahrt in einem Linienbus erklang. So war sich Böhnke der allgemeinen Aufmerksamkeit gewiss, als sich in seiner Jackentasche lautstark das Handy meldete. Begleitet von spöttischen Blicken und ungehaltenem Kopfschütteln kramte er umständlich nach dem Gerät, aus dem die Lautstärke des Musikstücks ununterbrochen anstieg.

»Zugabe«, grölte ein Jugendlicher zur Begeisterung seiner Kameraden, als Böhnke endlich das Telefon unter Kontrolle gebracht und sich flüsternd gemeldet hatte.

»Wo treibst du dich denn jetzt schon wieder herum?«, hörte er Grundler fragen.

»Bin auf dem Weg nach Simmerath«, antwortete er leise. Es brauchte nicht jeder mitzubekommen, was er sagte. Es reichte ihm, dass ihn die Mitfahrer anstarrten und vermeintlich interessiert zuhörten. »Was gibt es so Wichtiges.«

»Neue Informationen. Die sind wirklich fix, deine Jungs aus der Soers.«

Das waren nicht seine Jungs, maulte Böhnke in sich hinein. Von den Kollegen aus dem Polizeipräsidium im Tal der Soers neben dem gigantischen Reitstadion kannte er nur noch die wenigstens. Der Generationswechsel war schneller gekommen, als er gedacht hatte. Die neuen Kriminalbeamten kannten ihn wahrscheinlich nur noch vom Namen, und die alten warteten vermutlich unmotiviert auf ihr altersbedingtes Ausscheiden aus dem Dienst.

»Es ist also definitiv: Bei dem Toten aus dem Wasserloch handelt es sich nicht um Paul Mertens. Das haben die Pathologen einwandfrei dank der Gebisskarte nachweisen können.«

»Was uns alle freut«, brummte Böhnke.

»Was alle freut, bis auf diejenigen, die wegen des unbekannten Toten trauern oder trauern werden«, widersprach Grundler. Es gebe keinerlei Hinweise auf dessen Identität. »Entweder war das ein Einzelgänger ohne familiäre Beziehungen, oder er wird aus irgendwelchen Gründen nicht vermisst.« Es sei nur erstaunlich, dass es überhaupt keine Anhaltspunkte gab. »Seine Mörder, davon gehen mittlerweile die Ermittler aus, haben auch alles entfernt, was auf seine Herkunft deuten könnte. Das macht die Sache so merkwürdig.«

»Was weiß man denn überhaupt?«, hakte Böhnke nach.

»Man weiß, dass es sich um einen jungen Mann Mitte 20 bis Anfang 30 handelt, dass er blaue Augen und kurze braune Haare hat, dass er altersüblich mit Jeans und Polohemd von der Stange gekleidet war, dass er bislang ordnungsbehördlich nicht in Erscheinung getreten ist.«

»Also ein unbeschriebenes Blatt, das niemandem gehört.«

»Ja, wenn du so willst. Ein ganz normaler Bürger, der von niemandem gesucht wird.«

»Student?«

»Möglicherweise. Vielleicht aber auch Zeitungswerber, Landstreicher oder jemand, der nur zur falschen Zeit am falschen Ort war.«

»Und dann irrtümlich erschossen wurde«, kommentierte Böhnke ironisch.

»Commissario, wir wissen nicht, was da passiert ist am Autobahnkreuz«, stöhnte der Anwalt. »Aber das ist nicht alles. Ich habe noch etwas für dich.«

»Was?«

Grundler machte es kurz: »Das Auto, in dem der Mann saß, ist das von Paul Mertens.« Anhand des Kennzeichens hatte die Polizei beim Straßenverkehrsamt die Fahrgestellnummer ermittelt. »Und der Wagen hat eindeutig diese Nummer.«

»Warum hat man dann das Kennzeichen abmontiert und ein gestohlenes angebracht?« Böhnke wunderte sich. »Das macht doch keinen Sinn.«

»Woher soll ich das wissen?« Auch da könne man nur spekulieren. »Fest steht nur, dass sich jemand viel Mühe gemacht hat, indem er von einem anderen Auto die Kennzeichen gestohlen hat, um sie an dem Auto von Paul Mertens anzubringen, in dem dann ein Unbekannter erschossen wurde.«

Konnte es sein, dass Mertens selbst hinter der ominösen Sache steckte, dass er der Mörder des Unbekannten war?

»Ich schließe nichts aus«, antwortete Grundler. »Aber im Prinzip wissen wir nichts.«

»Doch«, entgegnete Böhnke eine Spur zu heftig. »Wir wissen, dass Paul Mertens an einem Tag vor drei Wochen mit dem Auto zum Flughafen nach Düsseldorf fahren wollte. Und wir wissen, dass in seinem Auto ein Unbekannter getötet wurde. Aber wir wissen nicht, wo sich Paul Mertens aufhält.«

»Auf keinen Fall auf Fuerteventura«, unterbrach ihn Grundler. »Das haben die Jungs inzwischen ebenfalls herausbekommen. Mertens hat nach den Unterlagen der Fluggesellschaft den Flug nicht angetreten und ist nach Angaben des Reiseveranstalters auch nicht in seinem Urlaubshotel angekommen.«

Der ASEAG-Bus näherte sich der Endstation in Simmerath. »Der Kerl ist bestimmt im Erkelenzer Meer ersoffen«, sagte Böhnke abschließend.

»Muss ich das verstehen?«, fragte Grundler zweifelnd.

»Nein. Das musst und kannst du nicht verstehen. Das war Blödsinn.«

13. KAPITEL

War sein Gedanke wirklich so blöd gewesen? Die Einkäufe in einem Supermarkt in Simmerath fürs Wochenende hatte Böhnke schnell erledigt. Am morgigen Samstag nach Dienstschluss würde Lieselotte zu ihm kommen. Da war es gut und wichtig, dass der Kühlschrank gefüllt und die Einkäufe getätigt waren. So blieb ihnen wenigstens mehr Zeit füreinander. Mit den zwei Plastiktüten bepackt machte er sich nachdenklich auf den Fußweg durchs Tiefenbachtal nach Huppenbroich. Der kilometerlange Weg bergab und wieder bergauf war ihm inzwischen in Fleisch und Blut übergegangen. Er achtete gar nicht mehr bewusst auf die Umgebung, und er wurde in aller Regel auch nicht mehr von den wenigen Autofahrern auf der schmalen Straße als verirrter Wanderer betrachtet.

Konnte er davon ausgehen, dass Mertens noch lebte? Oder war Mertens ein Mörder? Warum ließ er sein Auto in Jackerath zurück, obwohl er noch am Morgen in den Urlaub fliegen wollte? Das passte nicht und ließ ihn zu dem Schluss kommen, dass Mertens nicht freiwillig gehandelt hatte. Oder sollte die Urlaubsreise ebenso wie die Aufgabe des Fahrzeugs nur ein großes Ablenkungsmanöver gewesen sein?

Warum mache ich mir eigentlich so viele Gedanken?, fragte sich Böhnke, während er, nachdem er die Talsohle mit dem Jugendzeltplatz durchschritten hatte, schnaufend die Serpentinen hinaufging. Das Laufen fiel ihm heute schwer. Das Blut pochte in seinem Kopf, es rauschte in seinen Ohren. Fast wie am Meer, dachte er sich, nur nicht so idyllisch.

Weniger die beiden vollgepackten Tüten als vielmehr die frühlingshafte Sonne machte ihm dabei zu schaffen.

Das Hupen des in seinem Rücken herannahenden Wagens war durchaus willkommen.

Er blieb stehen, stellte die Einkäufe ab und streckte sich. Vielleicht nahm ihn der Fahrer mit ins Dorf, hoffte er.

Bereitwillig ließ ihn der ehemalige Wirt der Dorfkneipe in den Geländewagen einsteigen.

»Ich wollte ohnehin zu dir, Kommissar«, sagte er. Für ihn wie für fast alle in Huppenbroich war Böhnke, obwohl seit fast vier Jahren pensioniert, immer noch der Kommissar. »Es ist wegen eurem Haus für die Stiftung. Ich möchte gerne auf die Wiese, für meine Pferde, woll.« Seine westfälische Herkunft konnte der Mann, seit über

40 Jahren eingeheirateter Nordeifeler, nicht verheimlichen. »Das ist doch schade für das Gras, wenn das keiner frisst.« Seine prämierten Kaltblüter waren sein großes Hobby, die Kutschfahrten mit ihm eine Attraktion, die inzwischen viele Touristen in den kleinen Ort lockten.

»Kein Problem«, sagte Böhnke, »solange du dafür sorgst, dass sie nicht abhauen oder mir die Blumen wegfressen.« Er hatte sich nach hinten gedreht, um seine Einkaufstüten auf dem Rücksitz abzulegen, als sein Blick auf ein Jagdgewehr fiel.

»Jäger oder Schütze?«, fragte er interessiert.

»Weder noch. Das Gewehr ist von Karl Bauer. Ich hatte es mir ausgeliehen.«

»Warum?«

»Wenn du mich nicht verrätst, sage ich es dir.«

»Ich will es nicht wissen«, entgegnete Böhnke. Über den möglicherweise unrechtmäßigen Gebrauch der Schusswaffe wollte er besser nicht informiert sein. »Wenn du damit auf keinen Menschen geschossen hast oder schießen willst, ist das schon in Ordnung.«

»Wir sind doch nicht im Wilden Westen, woll«, sagte der Altwirt lachend. »Und es ist ja auch nicht jeder so ein Waffennarr wie die beiden Bauer.«

»Wieso?«, fragte Böhnke interessiert.

»Na, der Alte ist ein passionierter Sammler von Jahrgewehren, und der Junge ist einer der besten Sportschützen, die wir je in der Nordeifel gehabt haben. Der hat mit seiner Pistole sogar schon Meistertitel erschossen.« Er bremste kurz ab, bevor er auf die Kapellenstraße abbiegen konnte. »War schon schade, dass er mit dem Sport aufgehört hat, woll. Aber ich glaube, der schießt dir jetzt noch aus zehn Metern die Pupille aus dem Auge.«

Dann würde er garantiert aus kürzester Entfernung auch nicht eine Schläfe verfehlen, fiel es Böhnke spontan ein. Aber er verkniff sich die Bemerkung. »Warum hat er denn aufgehört?«

»Andere Interessen, Stress im Studium und viel Arbeit auf dem Bauernhof. Der Konrad will den Hof nämlich voll auf Öko umkrempeln. Der Karl macht das Spiel sogar mit, weil er hofft, dass dann sein Sohn einmal den Betrieb übernimmt.«

»Klappt das denn?«

»Weiß ich nicht. Ich weiß nur, dass die auf einmal mehr Geld für die Eier von ihren freilaufenden Hühnern haben wollen. Die laufen überall herum, auch über meine Weiden.«

»Und dann knallst du sie mit dem Jagdgewehr vom alten Bauer ab?«

»Kommissar, du hast Ideen«, lachte der agile Altwirt. »Du siehst überall Verbrechen, woll.«

14. KAPITEL

Der Samstagmorgen war für Böhnke zum Büroalltag geworden. Zwei Stunden nahm er sich für die Post, die im Briefkasten am Haus der Stiftungen lag, das alle nur

Billas Haus nannten. Er war erstaunt, welche Resonanz die von Grundlers Freundin Sabine gegründete Stiftung zur Förderung des Schulunterrichts in Afrika und die zweite Stiftung zur Förderung der Kinder und Jugendlichen in der Städteregion Aachen hatten.

Ehrenamtlich wie Grundler, dessen Freundin Sabine und der Kölner Oberbürgermeister erledigte Böhnke die wenigen Geschäfte, die momentan anfielen. In aller Regel hatte er Handwerkerrechnungen zu begleichen, die nach dem Umbau der ehemaligen Bleibe von Schmitze Billa noch ausstanden. Einen Brief vom Finanzamt leitete er per Fax weiter an das Büro des Oberbürgermeisters, ein Schreiben vom Amtsgericht Aachen faxte er in die Anwaltskanzlei. Ein Dankesschreiben einer Schulklasse aus Burundi heftete er ab, mehrere Anfragen nach Unterstützung kopierte er und verteilte sie in die Ablagen seiner Mitstreiter. Gemeinsam würden sie auf ihrer Sitzung in der nächsten Woche darüber befinden, ob eine neue Schule in einem Dorf in Burundi gebaut und ob das Gehalt eines Lehrers dort übernommen werden sollte. Außerdem war darüber zu entscheiden, ob sie Geld zur Verfügung stellen sollten für das Mittagessen von Schülern an Ganztagsschulen in der Region. Auch zwei Spendenschecks hatte die Post zugestellt.

Gerne hatte Böhnke diese Arbeit übernommen. Nur über den unvermeidlichen Hausputz ließ er nicht mit sich streiten. Die Reinigung seiner Bleibe reichte ihm, für die Sauberkeit in diesem Haus war Sabine zuständig; ein Grund mehr, weshalb sie mit Tobias viele Tage und Nächte darin verbrachte; fast schon zu viele nach Böhnkes Geschmack. Denn häufig meinten die beiden, ihm Gesellschaft leisten zu müssen. Aber er war lieber allein, die täglichen Spaziergänge in Huppenbroich und der Umgebung wollte er nicht missen, und Mitläufer, die ihm die Ohren vollredeten, brauchte er auch nicht. Er wollte seine Ruhe haben, sich überraschen lassen von zufälligen Begegnungen, wenn er durch den Buchenwald oder entlang der heckengesäumten Wiesen ging. Und er wollte entscheiden, wann er wie schnell wohin ging.

Heute wusste er genau, welchen Weg er einschlagen wollte, als er das Haus verschloss und auf die leere Kapelenstraße trat. Er würde Eier von freilaufenden Hühnern kaufen, hatte er sich vorgenommen. Wer weiß, was ihm Karl Bauer über die Schießfertigkeiten seines Sohnes Konrad sagen konnte.

»Du bei mir? Nicht bei Aldi oder Lidl?« Bauer tat erstaunt, als Böhnke in den Hofladen eintrat.

»Weder Aldi noch Lidl. Ich will frische Eier von glücklichen Hühnern. Sechs«, entgegnete der Pensionär.

»Ob die Hühner glücklich sind, kann ich dir nicht sagen. Sie haben es mir nämlich noch nicht gesagt«, scherzte der Landwirt, während er nach einer Packung im Regal hinter der Verkaufstheke griff. »Aber frisch sind die Eier garantiert.« Er zeigte auf den roten Prägestempel. »Es lebe die Bürokratie. Aber du kannst sehen, dass die Eier von gestern sind. Schenke ich dir, damit du auf den Geschmack und wieder kommst.« Er grinste, wodurch sein wettergegerbtes Gesicht noch faltiger wurde, und Böhnke erkannte, warum Bauer den Spitznahmen ›Knitter‹ trug. »Du kommst doch nicht, weil ich glückliche Hühner und frische Eier habe, dich treibt doch etwas anderes zu mir. Du warst noch nie hier.«

»Tja«, Böhnke kratzte sich über sein kurz geschorenes graues Haar. »Wenn ich ehrlich sein soll, ich komme wegen Konrad.«

»Ach, der Hausbesetzer.« Bauer lachte. »Ich find das im Prinzip gut, was er macht. Ich habe nur Angst, dass er sich vielleicht die Zukunft versaut.«

»Ich weiß«, unterbrach ihn Böhnke. »Ich war mit meinem Freund Grundler bei ihm in Immerath.« Der Sohn mache einen vernünftigen Eindruck. »Er soll bloß nicht anfangen, mit einer Pistole um sich zu schießen.«

Bauer stutzte kurz. »Wie kommst du denn darauf? Nur weil er einmal ein Meisterschütze war? Der hat schon seit Jahren keine Pistole mehr in der Hand gehabt. Der schießt nur, wenn er mit mir auf die Jagd geht, und dann auch nur ganz gezielt und nach Vorgaben.«

»Er hat ja auch wenig Zeit«, meinte Böhnke bedächtig. »Jetzt so kurz vor seinem Abschluss. Meinst du, der packt das?«

»Der macht das schon. Das ist ein Guter.« Bauer lächelte milde. »Auch wenn der Kerl sich einfach nicht bei seinem alten Vater meldet. Habe gestern Abend versucht, ihn am Telefon zu erreichen. Aber da meldet sich nur sein Anrufbeantworter wie auch heute Morgen, obwohl ich ihn gestern um Rückruf gebeten habe.«

»Vielleicht hat er keine Zeit.« Böhnke grinste. »Vielleicht hat er ja seine alte Liebe wiederentdeckt.«

»Du meinst die Frau Doktor? Nee, nee, die passten nicht zueinander. Ist schon gut, dass die nicht mehr zusammen sind.« Der Landwirt schaute durch die gläserne Tür ins Freie. »Obwohl – das war schon ein tolles Pärchen.«

»Und was ist mit ihrem Neuen, Paul Mertens?«

»Muss ich den kennen?« Bauer schüttelte unmissverständlich den Kopf und zeigte um sich.

»Das mit dem Hofladen, das ist übrigens auf Konrads Mist gewachsen. Und das war guter Mist. Er hat mich Gott sei Dank dazu gebracht, meinen Hof umzurüsten, weg vom Milchvieh und hin zum ökologischen Landbau. Wir züchten jetzt Hochlandrinder und eine alte Hausschweinrasse, alle winterfest und viel pflegeleichter als die Rotbunten. Und«, Bauer rieb Daumen und Zeigefinger gegeneinander, »unterm Strich haben wir mit weniger Zeit- und Geldaufwand mehr in der Tasche. Jetzt kann meine Frau sogar jeden Samstag zum Friseur nach Imgenbroich. Kommissar, ich sag dir eins: In der Natur und im Einklang mit der Natur liegt unsere Zukunft, auch wenn wir beide bestimmt nicht mehr 30, 40 Jahre leben werden. Aber wir können eine Welt weitergeben, die gesünder ist als die jetzige.«

Ob Konrad seinen Vater auf diesen Ökotrip gebracht hatte? Böhnke wagte nicht, seine Vermutung zu äußern. Er sah sich neugierig in dem kleinen Hofladen um. Gemüse, Kartoffeln, Obst, Säfte, eine Fleischtheke, in dem Geschäft gab es im Prinzip alle Lebensmittel, die er brauchte.

»Du siehst, du musst nicht unbedingt in den Supermarkt fahren, um einzukaufen.« Bauer hatte die Musterung durchaus verstanden. »Wenn du den Sprit und die Zeit einrechnest, ist es hier auch nicht viel teuer. Aber immer frisch und immer gesund.«

»Und irgendwann wird Konrad den Betrieb übernehmen.«

»Ich hoffe es, aber ich kann es ihm nicht befehlen. Vielleicht machte er ja auch etwas mit erneuerbaren Energien. Das ist sein großes Thema.«

»Wieso?« Böhnke sah einen Widerspruch. »Der schreibt doch über den Braunkohletagebau Hambach. Das ist doch wohl gerade das Gegenteil von erneuerbarer Energie.«

Über dieses Thema solle er sich besser mit Konrad als mit ihm unterhalten, meinte Bauer. »Wenn du willst, steck ich dir mal seine Arbeit in den Briefkasten. Interessant. Wenn du das gelesen hast …« Er zeigte wieder sein verknittertes Gesicht. »Lies das Buch und mach dir deine eigenen Gedanken.«

»Die du dir schon gemacht hast?«

»Richtig. Und ich habe meine Konsequenzen daraus gezogen.«

»Welche?«

Bauer schüttelte verständnislos seinen fast unbehaarten Kopf. »Was bist du doch für ein Ignorant, Kommissar! Hast du denn gar nicht mitbekommen, dass wir sämtliche Dächer unserer Scheunen und Stallungen, die nach Süden ausgerichtet sind, mit Solaranlagen vollgepflastert haben?« Wieder rieb er sich die Finger. »Mehr Geld kannste nicht verdienen. Ich produziere dank der Sonne mehr Strom, als ich verbrauche, und ich bezahle bei der Nutzung für die Kilowattstunde weniger, als andere.« Das sei zwar volkswirtschaftlich gesehen Schwachsinn, aber bekanntlich stinke Geld nicht. »Und ich tue was für die Umwelt, weil ich bei der Stromgewinnung keine Giftgase in die Luft jage.«

Wenn alle so denken würden, dachte sich Böhnke.

»Wenn alle so denken würden wie wir und zum einen auf Stromsparen und zum anderen auf erneuerbare Energien setzen würden, kämen wir fast ohne Kohlekraftwerke und Kohleverstromung aus, sage ich mal. Und die ganze Chose würde sich sogar rechnen, wenn es für niemanden Subventionen geben würde.« Bauer hatte den Gedanken aufgenommen. Er winkte ab. »Aber das ist ja gar nicht gewollt.« Er lief rot an. »Unseren Politikern ist gar nicht daran gelegen, dass es so kommt. Die kriechen immer noch den Stromkonzernen in den Arsch«, ereiferte er sich, um sich sofort wieder zu beruhigen, als die Türglocke anschlug und eine junge Frau das Geschäft betrat.

»Vielen Dank für deinen Einkauf, Kommissar. Und komm bald wieder.«

15. KAPITEL

Irgendwie leben wir in einer verrückten Welt, dachte sich Böhnke auf dem Rückweg zu seiner Wohnung. Ein Zeitungsartikel über ein neues Kohlekraftwerk in Lünen, den er vor wenigen Tagen gelesen hatte, kam ihm in Erinnerung. Für 1,5 Milliarden Euro war dort ein Steinkohlekraftwerk in Betrieb gegangen, das für 1,5 Millionen Haushalte Strom und zugleich Fernwärme liefern sollte. Angeblich war es mit einem Wirkungsgrad von 46 Prozent das sauberste in Europa, was bei Böhnke die Folgerung auslöste, dass demnach 54 Prozent der Energie nutzlos verpuffte. Vom ersten Tag an würde, so schrieb die

Zeitung, das Kraftwerk rote Zahlen schreiben, weil der Strompreis, der an der Strombörse erzielt würde, abgestürzt sei. Die haben also ein Kraftwerk gebaut, das nur Schulden verursacht, folgerte Böhnke. Verrückte Welt. Vielleicht hätte man mit Inbetriebnahme des modernen Kraftwerks ein altes verschrotten sollen, das einen noch geringeren Wirkungsgrad hat, dachte er sich. Aber wahrscheinlich bin ich da zu naiv und ahnungslos.

Nicht als verrückt, sondern als lebensgefährlich beschrieb die Zeitung in der aktuellen Ausgabe einen Zwischenfall, der sich am Braunkohlentagebau Inden ereignet hatte. Eine rund 200 Quadratmeter große Fläche am Tagebaurand war abgebrochen und in den Tagebau gerutscht. Der Böschungsrutsch habe mehrere Tausend Kubikmeter Erde fast 100 Meter in die Tiefe gerissen. ›Da kann man nur froh sein, dass es an der Abbaukante nur Ackerfläche gibt‹, hatte Böhnke gelesen. In der Stellungnahme des Tagebaubetreibers wurde eine Lebensgefahr ausgeschlossen. Zwar sei es aus geophysikalischen Gründen verbunden mit Witterungseinflüssen möglich, dass es am Rande eines Tagebaus Erdrutsche gebe, aber sie seien zum einen nicht alltäglich, und zum anderen seien die Tagebaue abgesichert. Das Betriebsgelände sei schließlich für die Öffentlichkeit gesperrt, sodass sich niemand unbefugt am Rande einer Grube aufhalten dürfe. Außerdem würde durch ständige Patrouillen des Werkschutzes größtmögliche Kontrolle ausgeübt, damit kein Betriebsfremder an den Tagebau herantreten kann. Bislang jedenfalls habe es in allen Tagebauen im Rheinischen Revier keine Personenschäden durch Abrutschungen gegeben.

Der Zeitungsreporter hingegen blieb skeptisch, wie

Böhnke in dem Kommentar neben der Berichterstattung las. Er bemängelte die Informationspolitik des Unternehmens, weil es erst auf wiederholte Anfrage bestätigte hatte, dass es tatsächlich den Erdrutsch gegeben habe, und sah darin eine wenig vertrauensbildende Maßnahme für die Bürger in der Umgebung. Sie seien sensibilisiert nach den Erdrutschen in den Tagebauen der Lausitz, bei denen sogar unlängst ein komplettes Haus mit in den Abgrund gerissen und unter den Erdmassen verschwunden sei. Die Böschungsproblematik werde beim Tagebau Inden verharmlost, behauptete der Reporter mit einem Verweis auf Umweltschützer, und lasse die Besorgnis wachsen, ob denn nach einer Auskohlung die Uferregion des dann entstehenden Indeschen Meeres sicher sei.

Noch ein Meer, dachte sich Böhnke. Wasser statt Kohle. War das die Zukunft der Region?

Darüber machte er sich keine Gedanken mehr, als endlich Lieselotte am Nachmittag ankam. Ihr geschäftsmäßiges Kostüm hatte sie gegen Bluse und Jeans getauscht, so gefiel sie Böhnke besser und so war sie sicherlich auch zweckmäßiger gekleidet in Huppenbroich. Seinen Hausputz hatte sie zwar argwöhnisch, aber dann doch ohne Nachbesserungsmaßnahmen akzeptiert.

»Eigentlich könnten wir draußen noch was machen«, meinte sie mit einem Blick durch die große Glasfront im Wohnzimmer in den Garten.

»Und was?«, brummte Böhnke wenig begeistert.

»Du packst dir Besen und Eimer und fegst die Einfahrt«, schlug sie vor.

»Und du?«

»Ich ruhe mich ein wenig aus.«

»Super«, knurrte er und trollte sich davon. Aber sie hatte ja recht, redete er sich ein. Es wurde allmählich Zeit, die Spuren des Winters zu beseitigen.

Kaum hatte er sich überwunden und seine Lustlosigkeit abgelegt, als Lieselotte neben ihm im Geräteschuppen stand.

»Bevor ich's noch vergesse. Du hast am Montag ein Date.«

»Mit wem?«

»Mit deiner neuen Freundin.«

»Quatsch.« Er mochte eine derartige nichtssagende Aussage nicht.

»Susanne Brettschneider kommt dich besuchen. Sie war heute Morgen in der Apotheke und hat mich gebeten, dich zu informieren. Weißt du, was sie will?«

»Mit mir zum Tanzkränzchen nach Münstereifel.« Sie werde wohl mit ihm die Wohnung ihres vermissten Freundes aufsuchen, nahm er an. Aber wollte er das überhaupt noch?

»Ist egal. Es ist jedenfalls wichtig, dass du dich mit ihr triffst. Du weißt, ihre Mutter ist eine meiner besten Kundinnen.«

Damit hatte er die Antwort auf seine rhetorische Frage: Er wollte.

»Sonst noch was?« Er packte sich den Rechen, mit dem er die restlichen Blätter und das Astwerk auf dem Rasen zusammentragen wollte. Ohne ihre Antwort abzuwarten, machte er sich an die Arbeit.

Er staunte nicht schlecht, als er Lieselotte wenig später statt auf dem Sofa im Wohnzimmer an der Einfahrt zur Kapellenstraße entdeckte.

»Das nennst du ausruhen?«, lästerte er. »Ich rackere

wie ein Weltmeister, und du guckst dir eine leere Straße an.«

»Die war bis eben nicht leer«, entgegnete sie. »Ich hatte ein sehr interessantes Gespräch mit einem sehr interessanten Mann, der aber leider schon verheiratet ist. Mit einer Frau, die gerade vom Friseur gekommen ist.«

»Was wollte Knitter von dir?«, fragte Böhnke zu ihrer Verblüffung, und er freute sich, dass er richtig lag.

»Woher weißt du?«

»Ich bin Kommissar, schon vergessen?«

Lieselotte lachte und umarmte ihn. Erst jetzt bemerkte er, dass sie einen Aktenordner in der Hand hielt.

»Deine Jugendliebe Karl Bauer hat dir bestimmt die Arbeit von Konrad vorbeigebracht, damit ich sie lese. Stimmt's?«

»Commissario, du bist ein Genie«, hänselte sie ihn. »Aber er hat nicht nur den Ordner mitgebracht. Er hat auch Sorgen.«

»Wegen Konrad?«

Sie nickte. »Der Junge hat sich immer noch nicht gemeldet. Konrad geht einfach nicht ans Telefon. Ob du nicht mal nachforschen könntest, wollte er wissen.«

»Bin ich Kindermädchen?«

»Nein, aber du bist mein Liebster.« Lieselotte gab ihm einen Kuss. »Wie wär's, wenn du mit mir morgen dahin fährst, wo du mit Tobias schon warst? Da, wo Konrad das Haus besetzt, nach Immenrath.«

»Immerath«, verbesserte er sie. Verrückte Welt, sagte er sich wieder. Da stand die Eifel vor dem ersten großen Touristenansturm in diesem Jahr, weil das Frühlingswetter zum Ausflug einlud, und sie machten sich auf den Weg ins Flachland. Eine Tour in den Norden zum Tagebau Garzweiler II war immer noch besser als Gartenarbeit, sagte er sich. »Aber nur, wenn es keine Böschungsabbrüche gibt.«

»Was?«

»Vergiss es.«

16. KAPITEL

»Rudolf-Günther, wo sind wir denn hier gelandet?« Erschrocken hielt sich Lieselotte die Hände vor den Mund, als sie langsam in ihrem Polo an dem einsam vor sich hinrostenden Ortseingangsschild vorbeifuhren.

»Du kannst doch lesen. Wir sind weder im verträumten Bullerbü noch im idyllischen Huppenbroich. Willkommen in Immerath.« Er hatte gewusst, was ihn erwarten würde, für Lieselotte war der Besuch in einem dem Tod geweihten Ort im Vorfeld des Braunkohletagebaus eine neue Erfahrung. Es sei unfassbar, dass hier einmal Menschen gelebt hätten mit Kirche, Schule und Krankenhaus, meinte sie und zeigte auf die wenigen Bauruinen mit zugemauerten Fenstern und Türen.

»Alles andere ist schon abgerissen«, bemerkte Böhnke, »abgerissen, planiert und begrünt.«

Da wachse im wahrsten Sinne des Wortes Gras über die Sache, kommentierte Lieselotte kopfschüttelnd. Geradezu als Hohn verstand sie das Stoppschild an einer ehemaligen Kreuzung, vor dem Böhnke ordnungsgemäß angehalten hatte.

Immerhin, so erklärte er ihr, befänden sie sich noch auf einer öffentlichen Straße, auch wenn es nur noch angedeutete Straßenzüge und überflüssige Gehsteige gab. Irgendwann in ein paar Jahren wäre hier das Loch, meinte er. Dann kratze man auch hier die Braunkohle aus der Tiefe.

»Und was ist mit den Menschen?«

Böhnke zweifelte an der Ernsthaftigkeit von Lieselottes Frage. Sie musste doch auch mitbekommen haben durch die permanente überregionale Berichterstattung in der Zeitung, dass die Menschen umgesiedelt worden waren. Wenn er sich richtig erinnerte, war von etlichen Tausend Menschen die Rede, die wegen des Tagebaus Garzweiler II ihre Dörfer verlassen und sich außerhalb des Plangebiets ansiedeln mussten. Allein in der Stadt Erkelenz war von über 7000 Umsiedlern die Rede, hinzu kamen noch die aus den ebenfalls vom Tagebau betroffenen Kommunen wie etwa Mönchengladbach.

Nein, das meine sie nicht, belehrte sie ihn. »Finden die das gut oder werden sie gezwungen.«

»Was weiß ich«, entgegnete Böhnke. »Manch einer ist vielleicht froh, aus so einem Kaff wegzukommen, manch einer wäre lieber hier geblieben, als auf seine alten Tage noch einmal umziehen zu müssen. Aber wenn wir glauben, den Strom aus der Braunkohle haben zu müssen, müssen eben einige weichen.«

»Oder ins Gras beißen«, meinte Lieselotte drastisch. Sie schaute kopfschüttelnd aus dem Seitenfenster in die begrünte Leere. »Soll ich mich mehr wundern über die Trostlosigkeit oder über die wenigen Leute, die hier noch leben, oder über die Neugierigen, die hier herumstöbern.« Ihr war nicht entgangen, dass einige Fahrzeuge am Rande geparkt waren und Sonntagsspaziergänger umherliefen.

»Wer weiß, was die hier suchen. Wir jedenfalls haben unsere Suche beendet.« Böhnke stellte den Wagen vor dem alten Haus ab. »Wir können ja mal fragen, ob Konrad da ist.« Er schaute sich um und wunderte sich, dass er nicht den Wagen des Sicherheitsdienstes entdeckte. War die Hausbesetzung etwa beendet?

Davon könne keine Rede sein, antwortete ihm eine junge Frau, die auf sein Klopfen die Holztür geöffnet hatte. Nachdem Böhnke sich vorgestellt hatte, gab sie sich schüchtern als Luise Seibold zu erkennen, eine Kommilitonin von Konrad, die ihn mit ihrem Freund bei der Hausbesetzung unterstütze.

»Was gibt's?« Energisch schob ein kräftiger Mann die Frau zur Seite und pflanzte sich raumfüllend in den Türrahmen. »Wer sind Sie und was wollen Sie?«

Höflich trug Böhnke sein Anliegen vor, während Lieselotte mit strengem Blick den Mann musterte. Er würde ihr nicht gefallen, dachte sich Böhnke, er tritt zu dreist auf. Jeans und Shirt hatten ebenso eine Wäsche verdient wie das ungekämmte, lange Haar. »Sind Sie auch ein Kommilitone von Konrad Bauer? Wir wollen zu ihm.«

Konrad sei nicht da, und er wisse auch nicht, wann er zurückkäme, bekam Böhnke zur Antwort. Er sei zum Aussichtspunkt des Tagebaus unterwegs und wolle danach noch die Sümpfungsgalerie kontrollieren und Wasserproben nehmen. Konrads Vater könne unbesorgt sein, meinte er auf Böhnkes Hinweis, dass sich Konrad schon seit ein paar Tagen nicht mehr gemeldet habe. »Der ist immer unterwegs. Ich werde ihm ausrichten, dass er sich melden soll. Sonst noch was?« Deutlich gab der Kleiderschrank zu verstehen, dass er das Gespräch beenden wollte.

»Ja«, antwortete Böhnke gelassen. »Haben Sie was von dem Toten im Wasserbecken an der Autobahn bei Jackerath gehört?«

»Gehört nichts, nur gelesen. Mehr als das, was in der Zeitung stand, weiß ich nicht darüber. Interessiert uns aber auch nicht. Die Zeitung sollte lieber über unsere Hausbesetzung berichten und über den Psychoterror, dem wir hier ausgesetzt sind. Oder meinen Sie, es macht Spaß, den ganzen Tag über bespitzelt zu werden?«

»Ich sehe keine Spitzel«, entgegnete Böhnke, während er sich demonstrativ umschaute.

»Die machen wahrscheinlich eine Inspektionstour durch die verlassenen Dörfer. Aber Sie können sicher sein, dass sie wieder kommen«, sagte der Mann. Grimmig blickte er aus Augen, die hinter buschigen Brauen versteckt waren. Er wollte die Tür schließen, aber Böhnke kam ihm mit der nächsten Frage zuvor.

»Hören Sie! Kennen Sie Paul Mertens?«

Der Mann stoppte in seiner Bewegung. »Paul Mertens? Ich kenne einen Paul Mertens von der Uni, er schreibt wie Konrad Bauer eine Arbeit über den Tagebau, habe ich jedenfalls gehört. Der gehörte mal einer Gruppe an, die gegen die Braunkohle kämpfte. Was soll damit sein?«

»Der ist verschwunden.«

»Na und?« Er wisse nur, dass Mertens sich nicht gerade viele Freunde gemacht habe mit seinem Engagement gegen den Braunkohletagebau. Der komme aus Bergheim.

Jetzt war es an Böhnke zu fragen: »Na und?«

Mertens stamme aus einer Familie, in der fast alle schon

seit Generationen mit und von der Braunkohle und dem Tagebau lebten. »Die haben alle Jobs gehabt bei Rheinbraun, dem jetzigen RWE Power, oder bei Zulieferfirmen.« Da sei Mertens quasi das Schwarze Schaf in der Familie. »Ich kann mir nicht vorstellen, dass die begeistert sind, wenn ihr Sohn gegen ihren Arbeitgeber schießt. Vielleicht haben sie ihn ja aus dem Verkehr gezogen.« Damit war für den Riesen das Gespräch endgültig beendet. Grußlos schloss er die Tür.

»So ein ungehobelter Flegel«, schimpfte Lieselotte auf dem Weg zum Auto. »Der hat überhaupt keine Manieren und sollte es mal mit Wasser versuchen. Und die dumme Kuh bei ihm, die sollte sich unter die Dusche stellen und zum Friseur gehen.«

17. KAPITEL

Ob sie je schon einmal einen Braunkohletagebau gesehen habe, fragte Böhnke, während er wieder aus dem ehemaligen Dorf herausfuhr.

Wie erwartet, verneinte seine Partnerin.

»Ich auch nicht«, sagte er, »also suchen wir jetzt die Aussichtsplattform, von der dein Frauenschwarm eben gesprochen hatte.«

»Schau mal!« Lieselotte wies ihn an der Kreuzung auf ein verwittertes Schild hin. »Hier sind wohl viele gegen den Tagebau.«

»Ja zur Heimat. Stoppt Rheinbraun«, las Böhnke. »Muss schon verdammt lange hier stehen«, sagte er vor sich hin. »Wenn da noch Rheinbraun draufsteht.« Es fiel ihm wieder ein. Diese Schilder hatte er schon vor Jahren an den Ortseingängen im Erkelenzer Osten gesehen, als er hier dienstlich zu tun hatte.

»Der Protest ist wohl keine Eintagsfliege«, mutmaßte Lieselotte.

»Für manchen ist er eine Lebensaufgabe«, entgegnete Böhnke. Er konzentrierte sich wieder auf die Straße. Er erinnerte sich, bei der Abfahrt von der Autobahn an der Landstraße ein Hinweisschild gesehen zu haben, und freute sich, dass ihn seine Erinnerung nicht getrogen hatte. Tatsächlich brauchte er auf der Landstraße nur weiter zu fahren, statt auf die A 61 abzubiegen, und er wurde unweigerlich bis zum Parkplatz an der Plattform geleitet.

Man befinde sich auf Privatgelände, mahnte ein großes Schild an der Zufahrt. Man habe auf den Wegen zu bleiben und dürfte die Plattform nur über den Zugang wieder verlassen.

Mit Staunen stellte Böhnke fest, dass nicht nur der Parkplatz gut gefüllt war, sondern auch am Aussichtspunkt großer Andrang herrschte.

»Hier ist mehr los als wie bei uns«, flüsterte Lieselotte, als sie sich fast schon ehrfürchtig der Plattform näherte. Sie war wie ein Sky Walk gebaut. Sie mussten über Gitterroste gehen, die einen Blick in die Tiefe erlaubten, bis sie endlich auf der stabilen, in den Tagebau hineinreichenden Plattform standen.

»Was ist das denn?«, entfuhr ihr, als sie den ersten Blick auf den Tagebau erhaschte. »Das ist ja riesig.«

Böhnke nickte stumm. Auch er hatte mit diesem Ausmaß der Kohlegrube nicht gerechnet. Er musste über den von ihm gewählten Begriff ›Grube‹ schmunzeln. Das erinnerte ihn an ›Häschen in der Grube‹ und hatte etwas Niedliches und Überschaubares an sich. Aber diese ›Grube‹ wurde seiner Vorstellung von einer Grube eigentlich nicht gerecht. Sie war vielmehr das Gegenteil einer Grube, weder harmlos noch wünschenswert, sondern erschreckend und bedrohlich. Das war keine Grube, das war ein riesiges Loch, das sich bis zum Horizont erstreckte. Nur diffus war zu erkennen, dass dort das Ende der gewaltigen Aushöhlung der Erde war. In Etagen abgestuft öffnete sich der Tagebau. Deutlich erkennbar waren die verschiedenen Schichten, die von mächtigen Schaufelbaggern stufenförmig abgekratzt wurden. Mutterboden, Kies, braune Schichten, wieder gelbfarbige Schichten, erneut Braunkohle. Böhnke zählte nicht die verschiedenen Stufen, die bis zu einer Ebene am Grund reichten, auf dem er Lastwagen erkannte, die nur noch die Größe von kleinen Spielzeugautos hatte.

Langsam näherte sich eine Gruppe, die offensichtlich von einem Führer über das Geschehen informiert wurde. »Wie gesagt, ist der Tagebau Garzweiler II einer von dreien im Rheinischen Revier«, hörte er den Mann sagen. »Hier wird rund ein Drittel der Braunkohle für die Verstromung in den Kraftwerken gewonnen. Jährlich sind es etwa 40 Millionen Tonnen, die hier gefördert und dann verstromt werden.«

»Mit welchem Wirkungsgrad?«, hörte sich Böhnke fragen.

»Rund 30 Prozent«, antwortete der Führer und setzte unbeeindruckt seinen Vortrag fort. »Es wird natürlich nicht nur Braunkohle gefördert, sondern neben Abraum auch hochwertiger Mutterboden und Kies.« Man könne es an den verschiedenfarbigen Sohlen erkennen, die nacheinander abgeräumt würden. Mit Transportbändern würden die Materialien von der Abbaustelle zur weiteren Verwendung an andere Stellen verbracht. »Es wird damit am anderen ausgekohlten Ende des Tagebaus die Rekultivierung vorgenommen.« Quasi wandere so der Tagebau. Was vorne abgebaggert werde, werde größtenteils am anderen Ende wieder verfüllt. So werde es beim Tagebau Garzweiler II bis 2045 sein. Dann sei die letzte Braunkohle gefördert.

»Und dann bleibt ein Loch«, kommentierte jemand wenig begeistert. Der Stimme nach hätte es Konrad Bauer sein können, aber er war es nicht, wie Böhnke erkennen musste. »Es kommt ja zwangsläufig zu einem Mengendefizit, wenn Sie die Kohle verfeuern. Woher nehmen Sie denn die Erde, um das Loch zu füllen?«

Die Frage konnte den Führer nicht in Verlegenheit bringen. »Sie haben es genau erkannt, es bleibt ein Defizit. Mit dem Abraum von Garzweiler II, der im Prinzip hier beginnt, füllen wir zunächst den Tagebau Garzweiler I. Das ist quasi der Bereich, den sie jetzt vor sich sehen.« Er deutete auf das weitläufige Loch, das nach Schätzung von Böhnke mehr als zehn Quadratkilometer groß und rund 400 Meter tief war. »Nach dem Ende von Garzweiler II wird ein sogenannter Restsee etwa in der Größe des Chiemsees entstehen.« Das Wasser dafür würde bis zum Ende des Jahrhunderts vornehmlich aus dem Rhein gewonnen werden. An den Plänen für die Befüllung würde man sicherlich zeitnah arbeiten. Es gebe bisher einige Ideen zur technischen Umsetzung, jedoch keine konkrete Maßnahme. »Aber noch haben wir ja ein paar Jahrzehnte bis zum Restsee.«

»Das Erkelenzer Meer.« Wieder hatte sich Böhnke zu Wort gemeldet. »Oder?«

Ein leichtes Blitzen zeigte sich in den Augen des Mannes. »Wenn Sie den zukünftigen See so bezeichnen wollen.« Damit war für ihn der Ausflug in die Zukunft beendet. Er widmete sich ausführlich der Abbautechnik und der enormen Ingenieurleistung, die es erst ermöglichten, einen derartigen Tagebau durchführen zu können.

Sie habe genug gesehen, meinte Lieselotte. »Lass uns fahren«, sagte sie und zog Böhnke am Ärmel mit sich. »Wenn das demnächst ein Erkelenzer Meer gibt, dann können wir da ja Urlaub machen«, sagte sie vergnügt.

»Mit Verlaub«, mischte sich eine junge Stimme ein. Sie gehörte, wie Böhnke sah, einer Frau, die am Abgang der Plattform stand. »Wenn der Restsee kommt, dann werden Sie, bei allem Respekt, wahrscheinlich nicht mehr leben. Das dauert nämlich noch rund 90 Jahre.« Die Frau lächelte Lieselotte gewinnend an. »Ich selbst werde das wohl auch nicht mehr mitbekommen.« Sie suchte in ihrer Tasche nach einer Broschüre. »Wenn es Sie interessiert, habe ich hier eine Informationsschrift. Ich bin vom BUND und versuche, den Leuten hier auch die andere Seite nahezubringen, die die Leute von der Öffentlichkeitsarbeit des Bergbautreibenden gerne verschweigen.«

»Wie das Erkelenzer Meer«, mischte sich Böhnke ein.

»Ich glaube, da liegen Sie falsch. Denn der Restsee soll nicht Erkelenzer Meer heißen. Damit ist was anderes gemeint.«

»Und was?«

Die Frau pustete durch. »Das hat was mit dem Grundwasser zu tun. Angeblich soll es im Gebiet von Garzweiler II in der Erkelenzer Börde eine unvorstellbar große Grundwasserblase geben. Diese nennt man das Erkelenzer Meer. Aber ihre Existenz wird von fast allen Wasserwirtschaftsexperten verneint.« Jetzt lächelte sie Böhnke an. »Das ist eine komplizierte Materie. Und vielleicht auch eine Definitionssache. Da blicke ich auch nicht so richtig durch. Aber einer meiner Kollegen von der RWTH beschäftigt sich intensiv damit.«

»Und der heißt zufälligerweise Paul Mertens?«

Das Staunen stand der Frau ins Gesicht geschrieben. »Kennen Sie ihn?«

»Nein«, antwortete Böhnke. »Ich suche ihn.«

Sie könne ihm nicht helfen. Sie habe ihn schon vor Monaten aus den Augen verloren. »Wir alle warten darauf, was er über das Erkelenzer Meer erarbeitet hat. Das könnte für unsere Arbeit für den Umweltschutz von großer Bedeutung sein. Deshalb wäre es schön, wenn Sie uns sofort informierten, wenn Sie ihn gefunden haben.« Sie deutete auf die Broschüre, die sie Lieselotte gegeben hatte. »Darin finden Sie unsere Anschrift.«

18. KAPITEL

Damit sei ja ihr Einstieg in eine Fachbibliothek zum Braunkohlentagebau gegeben, schmunzelte Lieselotte auf dem Weg zum Parkplatz. Erst die Arbeit von Konrad Bauer, jetzt die Broschüre der Naturschützer. »Was machen wir jetzt?«

»Konrad suchen«, brummte Böhnke. »In Rest-Immerath ist er nicht, am Aussichtspunkt ist er nicht, da kann er nur an der ominösen Brunnengalerie sein.«

Was er sich darunter vorzustellen hatte, wusste er nicht. Wo er sie finden könnte, ahnte er. »Wahrscheinlich in der Nähe des Tagebaus«, sagte er, während er zurück in Richtung Immerath fuhr. Er werde auf der Straße parallel zum Tagebau entlangfahren, schlug er vor. Nach dem Hinweisschild würde er nach Borschemich und weiter nach Wanlo kommen.

»Ist das gemeint?«, fragte Liselotte skeptisch und deutete auf das Feld, das sich links von ihnen erstreckte. In regelmäßigen Abständen gab es zwischen Straße und Autobahn, hinter der sich noch der Tagebau versteckte, eingezäunte Flächen, auf denen technisches Gerät stand, Röhren, Generatoren, Antennenmasten. Das dürfte die Brunnengalerie sein, mutmaßte Böhnke. Rund 30 dieser eingezäunten Bereiche zählte er.

Kurzerhand lenkte er den Wagen auf den Feldweg, auf dem er einen Mann erkannt hatte, der dort mit zwei Hunden im Schlepptau spazieren ging. Bernhardiner, wie er feststellte. Somit dürfte es sich garantiert nicht um Konrad Bauer handeln.

»Aber vielleicht hat er ihn ja gesehen«, machte er sich und Lieselotte Hoffnung.

Freundlich grüßend näherten sie sich dem Mann, der, wie Böhnke schätzte, in seinem Alter war, mit unfrisiertem grauen Lockenkopf, gekleidet wie ein Landwirt bei der Arbeit auf dem Acker. Auf das strenge Kommando hockten sich die beiden großen Hunde neben ihn.

Ob sie sich verfahren hätten?, fragte er Böhnke höflich. Er musste laut sprechen, der Lärm der Autobahn war größer, als es den Anschein hatte, wenn man an ihr vorbeifuhr. Auch sorgte ein permanentes Brummen für eine unangenehme Geräuschkulisse.

Davon könne keine Rede sein, antwortete Böhnke. »Wir suchen die Brunnengalerie.« Irgendwie kam ihm der Mann bekannt vor.

»Da stehen Sie mittendrin.« Der Mann deutete auf die durch Gitter abgesperrten Bereiche. Er schaute verärgert drein. »Da sind die Brunnen, die uns das ganze Wasser abpumpen.«

»Wieso?«, fragte Lieselotte ahnungslos.

»Na, wie soll denn sonst der Kohleabbau funktionieren?« Der Mann lachte bitter auf. »Die müssen doch das Grundwasser abpumpen, damit denen die Grube nicht vollläuft. Wenn die nicht pumpen würden, würde denen das Loch absaufen und die Bagger meterhoch im Wasser stehen.« Und je mehr Wasser das Unternehmen abpumpen müsse, umso mehr Wasser würde aus Richtung Westen nachfließen.

Darüber hatte sie sich noch keine Gedanken gemacht, gestand Lieselotte. »Was passiert denn mit dem Wasser?«

»Es wird zu einer Aufbereitungsanlage transportiert, dort bearbeitet und dann an anderen Stellen wieder in die Erde gepumpt. Etwa im Naturpark Schwalm-Nette. Dahin muss Wasser geliefert werden, damit der erhalten bleiben kann, weil ihm von unten das Grundwasser entzogen wird.«

»Also ein Kreislauf«, meinte Böhnke.

Theoretisch sei das vielleicht der Fall, aber tatsächlich könne man das so nicht sagen, widersprach ihm der Mann. Er wirkte auf Böhnke durchaus kompetent. »Das Wasser, das hier abgepumpt wird, ist von einer anderen Zusammensetzung als das Wasser im Naturpark. Wenn man es von hier aus direkt dorthin bringen würde, wäre innerhalb weniger Jahre der Naturpark kein Naturpark mehr, weil die Pflanzen und Bäume kaputt gehen würden.«

»Warum?« Lieselotte staunte.

»Weil das Wasser von hier extrem eisenhaltig ist, das Wasser dort aber gar kein Eisen enthält. Also wird das Wasser in einem Wasserwerk enteisent und aufbereitet, damit es genutzt werden kann. So gesehen hängt der Naturpark am Tropf.« Er lächelte gequält. »Wenn irgendwann der Bergbautreibende keine Lust oder kein Geld mehr hat oder von der Politik und den Behörden nicht mehr zur Wasserlieferung verpflichtet wird, fällt auch der Naturpark trocken und geht vor die Hunde.« Wieder deutete er mit einer ausholenden Armbewegung um sich. »So wie das Land hier.«

Er kniete sich hin. »Hier ist der Boden doch schon kaputt. Wenn Sie genau hinsehen, sehen Sie rostbraune Erde. Das ist das Eisen. Weil wir hier kein Grundwasser haben, müssen wir das Land bewässern mit dem Wasser, das wir geliefert bekommen. Das ist aber nicht aufbereitet, sondern so, wie es abgepumpt wird. Je mehr Grundwasser aber fehlt, umso intensiver ist die Konzentration der Mineralien wie etwa Eisen. Das Eisen wiederum verdichtet den Boden und lässt keine Wurzeln mehr ins Erdreich eindringen. Daher kann auch nichts mehr richtig wachsen.«

»Woher wissen Sie das?« Böhnke wollte sich die seiner Meinung nach übertriebene Darstellung nicht zu eigen machen.

»Weil ich selber als letzter noch verbliebener Gärtner und Betreiber einer Baumschule hier in der Ecke massiv davon betroffen bin.« Er tätschelte einen der Hunde. »Viel ist nicht mehr geblieben. Und das Wenige werden die uns auch noch wegnehmen.«

Aber es sei ja nicht nur das Wasser, das der Tagebau den Menschen nähme. Es sei ja auch die Heimat und die Gesundheit.

»Haben Sie jemals etwas von der Feinstaubproblematik gehört?«, fragte er.

Gehört schon, meinte Böhnke, aber nie wirklich als für ihn wesentlich erachtet. Bei ihm in Huppenbroich gab es keinen Feinstaub, da gab es allenfalls Blütenpollen und frische Luft.

»Der Feinstaub macht uns kaputt, der geht in die Lunge und andere Organe und macht uns krank. Allein hier im Bereich Immerath, Borschemich, Wanlo hat es in den letzten Jahren überdurchschnittlich viele Lebererkrankungen gegeben mit zahlreichen Transplantationen und Todesfällen.« Er winkte abfällig ab. »Aber das interessiert keinen.«

Wollte er sich tatsächlich etwas über Krankheiten und Erkrankungen anhören? Nein, entschied Böhnke für sich, ich habe mit meiner eigenen genug zu tun.

Er wechselte lieber das Thema. »Sagen Sie, kennen Sie zufälligerweise Konrad Bauer, einen jungen Mann mit Rastalocken, der in Immerath ein Haus besetzt hat?«

»Konrad? Aber klar doch. Ich kenne viele, die sich mit dem Tagebau beschäftigen. Konrad war schon bei uns in der Baumschule und hat sich über meine Probleme mit dem Betrieb, meiner Gesundheit und meiner mehrfach gescheiterten Umsiedlung informiert.«

»Dann kennen Sie bestimmt auch Paul Mertens?«

»Paul? Natürlich. Paul ist für mich der Experte schlechthin, wenn es um das Grundwasser in der Erkelenzer Börde geht. Der schreibt jetzt sogar eine Arbeit darüber.«

»Wann haben Sie die beiden denn zuletzt gesehen?« Lieselotte kam Böhnke mit der Frage zuvor.

»Konrad bin ich vor ein paar Tagen noch auf einem Spaziergang hier begegnet. Paul hat sich schon seit Monaten nicht mehr bei mir gemeldet.«

»Sagen Sie«, Böhnke war ein Gedanke gekommen, »gibt es denn mehrere, die sich mit Ihnen über den Tagebau und die Probleme unterhalten?«

Das könne man wohl sagen. Der Gärtner lachte auf. »Nicht nur Studenten aus Aachen, Köln oder so. Ich habe Journalisten aus aller Welt bei mir gehabt, die Berichte über mich und meine kleine Baumschule gemacht haben.«

Das war's! Böhnke fiel es endlich ein. Er hatte den Mann ein paar Mal in Sendungen im Lokalfernsehen und in Artikeln in der Zeitung gesehen.

»Kennen Sie noch Namen von anderen Studenten außer Konrad Bauer und Paul Mertens? Ich bin nämlich auf der Suche nach den beiden«, fügte er schnell hinzu, als er den fragenden Blick des Mannes erkannte, »und vielleicht wissen ja Kollegen von denen etwas über ihren Verbleib.«

Er habe alles archiviert, sagte der Mann. Alle Medienberichte, alle Besuche von Studenten. Gerne würde er ihm diese Liste mailen, aber nur, wenn er auf eine Frage eine Antwort bekomme.

»Wissen Sie, wer der Tote aus dem Wasserloch an der Autobahn ist?«

»Weder Konrad Bauer noch Paul Mertens, das kann ich Ihnen mit Garantie sagen. Mehr aber auch nicht.« Böhnke sah den Mann an. »Warum wollen Sie das wissen?«

Weil es ihn interessiere, antwortete der Baumschuler. Er wollte sich wieder auf den Weg machen. »Es würde mich nicht wundern, wenn das etwas mit dem Tagebau zu tun hat«, sagte er, bevor er den Bernhardinern das Kommando gab, vorauszulaufen. Die Visitenkarte von Lieselotte mit ihrer E-Mail-Adresse hatte er dankend in seinen abgetragenen Lodenmantel gesteckt.

»Ob wir jemals was von dem Mann hören werden?« Lieselotte war skeptisch. »Der vergisst uns bestimmt. Der hat genug mit sich und seiner Gesundheit zu tun. Hast du etwa nicht gesehen, wie gelb der war?«

Jetzt, da sie es sagte, fiel es Böhnke auf.

»Der hat garantiert Leberprobleme«, behauptete sie, und er wollte ihr nicht widersprechen. Er konzentrierte sich vielmehr auf den Straßenverlauf, als er als Linksabbieger auf die Schnellstraße wollte, die zur Autobahnauffahrt führte. Wenig später warteten sie an der nächsten Linksabbiegerspur, um auf die A 44 auffahren zu können.

»Da vorne ist übrigens das Becken, in dem der Tote gefunden wurde«, sagte er beiläufig.

»Willst du da nicht hin?«, fragte Lieselotte. Vielleicht könnte er ja Hinweise finden auf Paul Mertens.

Böhnke lehnte ab. Seine Kollegen hatten bestimmt alle relevanten Spuren gesichert. »Wir sind doch nicht in einem

Krimi, in dem rein zufällig ein Schnüffler das entscheidende Teil entdeckt, das die Kripo übersehen hat. So was gibt es nur im Film.«

Obendrein war es unwahrscheinlich, dass er nach fast vier Wochen noch fündig werden könnte, wobei er noch nicht einmal wusste, was er finden sollte. »Und außerdem wird es Zeit, dass wir heimkommen.«

Auf der Rückfahrt ließ er seinen Gedanken freien Lauf. Wo war er wegen Lieselotte hineingeschlittert? Er suchte einen Paul Mertens, in dessen Wagen, an dem ein gestohlenes Kennzeichen befestigt war, ein Unbekannter tot aufgefunden wurde, wahrscheinlich ermordet. Und jetzt suchte er auch noch Konrad Bauer, der eine Gemeinsamkeit mit Paul Mertens hatte. Beide Studenten beschäftigten sich mit dem Thema Tagebau. Mertens hatte dabei die Grundwasserproblematik bei Garzweiler II im Blick, Bauer untersuchte die Wirtschaftlichkeit des Tagebaus Hambach.

Ob es einen Zusammenhang gab, wusste er nicht. Aber er sah auch keine Notwendigkeit, über einen Zusammenhang zu spekulieren.

»Ist schon gigantisch, so ein Tagebau.« Lieselotte beendete seine Überlegungen. »Soll ich das nun gut finden oder nicht?« Sie deutete auf die Windräder, die sie von der Autobahn sehen konnte. »Möchtest du solche Spargel bei dir vor der Haustür?«

»Ich möchte Strom«, antwortete Böhnke. Einen Vorteil hätten die Windräder, gab er seiner Partnerin zu bedenken. »Die Braunkohle verbrennst du nur einmal und verschleuderst dabei den Großteil der in ihr enthaltenen Energie. Die Windräder drehen sich immer.«

»Fast immer«, belehrte ihn Liselotte. »Wenn der Wind nicht geht, kein Rad sich dreht.«

19. KAPITEL

Ob er am Morgen das Blättchen übersehen hätte, fragte ihn die Apothekerin, als sie nach der Rückkehr die sonntägliche Werbezeitung aus dem Briefkasten zog. Sie müsse nach ihrer Abfahrt geliefert worden sein, meinte er, sie wäre ihm garantiert aufgefallen. In den letzten Wochen war es häufiger zu einer sehr späten Zustellung gekommen, was er nicht als besonders tragisch empfand, weil er die Zeitung und die darin enthaltenen Reklamezettel ohnehin ungelesen ins Altpapier beförderte. Er wollte Lieselotte die Werbesendung abnehmen, aber sie hielt ihn zurück.

»Schau mal«, sagte sie erstaunt und zeigte auf die Titelseite, »da steht was von einer Leiche im Tagebau Inden.« Über das Fragezeichen hinter der Überschrift sah sie hinweg.

Doch die in der Überschrift angedeutete Behauptung erwies sich im Artikel als vages Gerücht. Bezug nehmend auf das Abrutschen der Böschung am Tagebau in den letzten Tagen ließ die Zeitung einen nicht genannten

Anwohner zu Wort kommen, der einen Schrei gehört haben wollte zu dem Zeitpunkt, zu dem es den Kantenabbruch gegeben haben könnte.

Das sei so etwas wie der berühmte Schuss, den man in Autobahnnähe hören würde, meinte Böhnke. Der entpuppe sich meistens als harmloses Knallen eines Auspuffs. Ähnlich werde es in diesem Fall sein. Vermutlich waren Äste eines Baumes abgebrochen oder hatten Vögel laut gekrächzt, und irgendjemand hatte in einiger Entfernung die Schallwellen als menschlichen Schrei wahrgenommen. Für ihn war nach der Lektüre klar, der Autor hatte einen spektakulären Einstieg in die Geschichte haben wollen, damit er sich von der Tageszeitung unterscheiden konnte, die schon am Vortag von dem Böschungsbruch berichtet hatte.

»Und wenn es doch den Schrei eines Menschen gab, der in den Tagebau stürzte und von den Erdmassen verschüttet wurde, was dann?«

»Wir sind hier nicht in der Lausitz, wo die Häuser direkt neben dem Loch stehen und dann verschluckt werden. Das kann hier nicht passieren«, entgegnete Böhnke unter Berufung auf die Aussagen in der Tageszeitung.

»Dann gibt es also keine Leiche im Tagebau Inden und der Schrei ist eingebildet«, meinte Lieselotte unzufrieden.

So werde es sein, brummte Böhnke. Er war froh, dass es an der Haustür schellte und er deswegen dieses unergiebige Gespräch beenden konnte. Üblicherweise würde Lieselotte so lange auf ihrer Position bestehen, bis er die Möglichkeit einräumte, sie könnte vielleicht doch recht haben.

Manch einer hatte vielleicht eine Leiche im Keller. Aber von einer Leiche im Tagebau, davon hatte er noch nie gehört.

»Herein, wenn's kein Schneider ist«, sagte er launig beim Öffnen der Tür.

»Es ist kein Schneider, es ist ein Bauer«, antwortete Karl Bauer nicht minder launig. Er habe am Nachmittag eine SMS von Konrad erhalten, berichtete er. Alles sei in Ordnung, er sei im Stress und werde sich bald melden, wenn er etwas mehr Ruhe habe. »Das wollte ich euch nur gesagt haben, damit du dich nicht mehr mit Konrad beschäftigen musst.« Und schon machte sich der Landwirt wieder aus dem Staub.

Lieber gestresst, als tot, dachte sich Böhnke und hoffte, dass das auch auf Konrad zutraf. Damit war die Realität für heute vergessen. Es war Tatort-Zeit im Ersten und somit Zeit für das beliebte Spielchen, wer am schnellsten den Täter herausgefunden hatte.

20. KAPITEL

Den Bösewicht hatte er schnell ausgemacht bei dem schrulligen Tatort aus Fulda, schneller als Lieselotte, auch wenn er ihr wie fast immer den Triumph als besserer Ermittler überließ, aber auf keinen Fall schneller als beim Unbekannten vom Wasserbecken und beim nächsten merkwürdigen Todesfall.

Als er am Montag beim Frühstück die Zeitung aufschlug, wurde das Gerücht zur Wirklichkeit. Im Tagebau Inden war tatsächlich eine Leiche entdeckt worden. Bei der Kontrolle der Abraumkante vor dem Anrücken der Bagger hatten Bergleute den leblosen Körper gefunden. Wie die Zeitung mit Hinweis auf eingeweihte Kreise berichtete, was für Böhnke nicht mehr bedeutete, als dass es sich um ein Gemisch von Vermutungen, Fakten, Schlussfolgerungen und Hörensagen handelte, war die Leiche teilweise von der Erdmasse verschüttet, die beim Abbruch bis auf die erste Sohle in den Tagebau gerutscht war.

»Ich hab's ja immer gesagt«, kommentierte Lieselotte, ehe sie ihn nach einem satten Kuss verließ, um zu ihrer Arbeit nach Aachen zu fahren.

Die Identität der Leiche sei noch nicht geklärt, hieß es in dem Bericht. Es solle sich allerdings um eine männliche Person handeln. Über die Todesursache gab es noch keine Erkenntnisse. Ob der Mann abgerutscht sei, als es den Abbruch gab, oder ob er bereits dort gelegen hatte und durch den Abbruch verschüttet wurde, das müsse noch geklärt werden. Die Staatsanwaltschaft sei, da es sich um einen ungeklärten Todesfall handle, wie immer eingeschaltet worden. Die Ermittler wollten aber am Sonntag noch keine Presseauskünfte erteilen und vor einer Stellungnahme die Obduktion abwarten, die an diesem Montag in der Pathologie in Köln durchgeführt würde. Auch der Bergbautreibende hielt sich mit Informationen zurück. Er bestätigte allenfalls, dass es den Leichenfund gegeben habe.

Es war schon geschickt, wie Böhnke anerkennend feststellte, wie der Autor des Berichts dann doch noch Aussagen des Unternehmens bekommen hatte. Er hatte auf Todesfälle im Tagebau hingewiesen, wie etwa den Tod eines Mechanikers beim Aufbau eines Baggers für den Tagebau Hambach oder das Unglück beim Neubau eines Braunkohlekraftwerks am Tagebau Garzweiler, als beim Einsturz eines Baugerüsts mehrere Monteure ums Leben kamen. In beiden Fällen hätten die bedauerlichen Unglücksfälle nichts mit dem Tagebaubetrieb und der Sicherheit des Tagebaus zu tun, ließ der Autor einen ungenannten Konzernsprecher zu Wort kommen. Diese Geschehnisse seien nicht mit dem jetzigen Leichenfund vergleichbar. Eventuell handle es sich um einen Unfall. Unvorsichtigerweise und unerlaubterweise könnte sich der Mann am Tagebaurand aufgehalten haben, als es zu dem Abrutschen des Erdreichs kam.

Größtenteils folgte danach eine Wiederholung der Informationen, die Böhnke schon am Sonntag gelesen hatte. Abbrüche seien bisweilen geophysikalisch bedingt, könnten nach starken Regenfällen eintreten oder auch durch Erschütterungen des Bodens, etwa durch Lastwagen oder durch Bagger. Es schien Böhnke, als wollte der Autor bei dem Leser den Eindruck erwecken lassen, solche Abbrüche seien für den Bergbautreibenden durchaus normal und alltäglich.

Ob man sich Sorgen machen müsste wegen der zukünftigen Uferbefestigung des Indeschen Meeres nach der Auskohlung? Nicht, dass demnächst Spaziergänger von der Böschung in den See stürzten. Ein wenig weit hergeholt empfand Böhnke diese Verbindung zwischen dem aktuellen Tagebau und der zukünftigen Nutzung des ausgekohlten Gebiets. Rückschlüsse auf die zukünftige Uferbefestigung könnten keinesfalls angestellt werden, hieß es in der Aussage des Konzernsprechers. Die Befestigung werde sicherlich allen Vorschriften gerecht werden, ließ er verlauten. Allerdings könne nichts konkret gesagt werden, da die Planung dafür noch gar nicht begonnen habe. Bislang gebe es nur die Maßgabe, statt des ursprünglich beabsichtigen und genehmigten Verfüllens das Restloch als Indesches Meer zu gestalten. Für die Planung des Sees einschließlich seiner Wasserbestückung habe man noch einige Jahre Zeit. Zunächst werde der Tagebau Inden ja noch bis 2030 betrieben.

Wie bei Garzweiler II, erinnerte sich Böhnke an den Vortrag am Aussichtspunkt. Man habe ja noch Zeit, um sich Gedanken zu machen, wie das Wasser von Köln nach Erkelenz geleitet wird. »Das Wasser von Kölle es joot«, kam ihm ein Lied der Bläck Fööss in den Sinn.

Ob die Kölner ihr gutes Wasser freiwillig abgeben würden?

21. KAPITEL

Pünktlich auf die Minute erschien Susanne Brettschneider in Huppenbroich. Böhnkes Anruf am frühen Morgen war zwar auf ihrem Anrufbeantworter gelandet, doch hatte sie offensichtlich seinen Wunsch abgehört, sie möge ihn um elf abholen. Er war sich allerdings nicht mehr sicher, ob er mit ihr nach Aachen fahren würde. Das hing von der Antwort auf seine Frage ab, die er unbedingt geklärt haben wollte, bevor er für sie aktiv wurde.

»Warum haben Sie sich mir gegenüber als Studentin ausgegeben, Frau Doktor Brettschneider?« Er hielt ihr noch im Türrahmen die Visitenkarte entgegen, bevor sie ihn überhaupt grüßen konnte.

Wenn ihr scheuer Blick und das schüchterne Gehabe Milde bewirken sollte, lag sie bei Böhnke falsch. Von Rehaugen oder Äußerlichkeiten ließ er sich nicht ablenken. »Oder würden Sie etwa eine promovierte Vermögensberaterin als Studentin bezeichnen?«

»Im Prinzip nicht. Da haben Sie recht, Herr Böhnke«, antwortete sie mit einem verlegenen Lächeln, das nach seiner Ansicht durchaus auch schelmisch wirken sollte. »Bei mir gilt aber sowohl als auch.« Sie habe nach ihrem wirtschaftswissenschaftlichen Studium und der Promotion in Maastricht im Wintersemester an der RWTH ein Studium der Wirtschaftsgeografie begonnen. »Dabei spielte bestimmt auch meine Bekanntschaft mit Konrad Bauer und Paul Mertens eine Rolle.« Dieses Studium sei im Vergleich zu ihrem ersten relativ einfach, und sie würde es so nebenbei betreiben. Sie habe ihm wohl, meinte sie mit einem entschuldigenden Lächeln in Böhnkes Richtung, aus Versehen die falsche Visitenkarte gegeben. »Ich hoffe, Sie sind mir nicht böse. Oder?«

Konnte er ihr böse sein? Hätte er von Beginn an gewusst, um wen es sich bei der Frau handelte, hätte er sich wahrscheinlich nicht eingemischt. Er hatte ihren Studentenstatus als Argument für seine Hilfsbereitschaft angesehen, aber inzwischen konnte er sich gar nicht mehr zurückziehen. Dadurch, dass er Karl Bauer zum Gefallen dessen Sohn Konrad suchte, war er schon zu sehr in das Geschehen verstrickt. Konrad Bauer und Paul Mertens waren beide mit Susanne bekannt, beide waren sie verschwunden. Und konnte er ausschließen, dass es sich bei dem Verschwinden nur um eine zufällige Parallelität handelte? Er traute der SMS nicht, die von Konrads Handy versandt worden war. Niemand konnte garantieren, dass der junge Mann selbst der Absender gewesen war.

Aber diese Vermutung behielt er besser für sich.

Missmutig schüttelte Böhnke den Kopf, während er an der Garderobe nach seiner Jacke griff.

»Lassen Sie uns fahren, sonst wird es für mich zu spät.« Er wollte am frühen Nachmittag wieder in Huppenbroich sein, um endlich wieder seinen Alltagsrhythmus aufzunehmen.

Erst suchend, dann staunend schaute er zunächst auf die Zufahrt zum Haus und dann auf den Grünstreifen an der Straße. Dort hatte seine Fahrerin das Auto abgestellt, das er im ersten Moment nicht als Auto angesehen hätte. Für ihn war der kleine Fiat, den Susanne per Fernbedienung öffnete, eine Sardinenbüchse, aber kein Auto. Der Fiat 500 war schon zu seiner Zeit als Führerscheinanfänger kein Gefährt gewesen, in das er sich freiwillig eingezwängt hätte.

»Keine Bange«, meinte Susanne lachend. »Das ist tatsächlich ein Auto, und es fährt sogar.« Sie hatte seinen skeptischen Blick richtig verstanden. »Das ist kein Schrotthaufen, das ist ein ganz neuer Fiat 500.«

Zwar klein, aber dennoch geräumiger, als Böhnke gedacht hatte. Er saß nicht schlechter als im Porsche, mit dem ihn Grundler kutschiert hatte. Erstaunt horchte er auf, als die junge Frau den Wagen startete und losfuhr. Er vermisste die üblichen Motorengeräusche.

»Keine Sorge, alles in Ordnung«, beruhigte ihn Susanne. »Sie haben das große Glück, in einem Fiat 500e unterwegs zu sein. Das ist ein reines Elektroauto. Klein, fein, mein.«

»Und teuer.« Böhnke genoss durchaus das leise Gleiten über die Straße, das sicherlich seinen Preis haben musste.

»Nicht ganz billig«, räumte Susanne ein. »Aber im Verbrauch wesentlich günstiger als die Benziner und außerdem umweltfreundlicher.«

»Klar, mit Strom aus dem Braunkohlekraftwerk.«

»Wäre auch damit günstiger, aber ich mache meinen eigenen Strom.« Susanne ließ sich durch seine provozierend gemeinte Frage nicht verunsichern. »Ich habe eine Garage mit Solarzellen. Die Strommenge, die ich da ernte, reicht allemal, um die Batterien zu füllen. Den überschüssigen Strom schicke ich ins Netz und verdiene damit noch etwas.«

»Und wie oft tanken Sie, wenn ich so fragen darf?«

»Jeden Abend kommt der Kleine an den Stecker. Morgens ist sein Speicher wieder voll.«

»Und reicht für eine Fahrt zum Bäcker und zurück.«

Susanne lachte wieder. »Wenn der Bäcker in Düsseldorf wäre, dann hätten Sie recht.« Er möge einmal überlegen, wie viele Kilometer er üblicherweise an einem Tag fahre, regte sie an. »Ich möchte behaupten, es sind weniger als 150 Kilometer. Und die schaffen Sie mit einer Batterieladung allemal. Ich komme mit meinem Stromer bis zum Flughafen nach Köln oder Düsseldorf und zurück. Weitere Strecken lege ich ohnehin meistens mit dem Zug oder dem Flugzeug zurück. Also rechnet sich die Anschaffung für mich.«

»Die aber für den Normalverdiener immer noch zu teuer ist.«

»Weil's gewollt ist«, behauptete die Frau. »Politik, Benzinkonzerne, Automobilhersteller, sie alle wollen das Elektroauto im Prinzip nicht. Dass sie es überhaupt als Nische dulden, ist meines Erachtens nur ein scheinheiliges Feigenblatt.« Sie schüttelte unwirsch den Kopf. »Wir müssen wohl erst alle in einer total verseuchten und zerstörten Umwelt hocken, ehe wir umdenken. Wenn wir so weitermachen wie bisher mit der Verbrennung der fossilen Brennstoffe und der Verhinderung der erneuerbaren Energien, ist es nur eine Frage der Zeit, bis wir uns selbst umgebracht haben.«

Böhnke schwieg. Noch so 'n Ökofreak, dachte er sich. Was änderte denn ein einziges Elektroauto?

»Was ich mache, ist nicht mehr als ein Tröpflein auf dem heißen Stein. Und ich kann es mir finanziell auch leisten. Aber ich gehe mit gutem Beispiel voran. Ich zeige, wie man nachhaltig Energie erzeugen und auch noch sparen kann.« Ob er wisse, wie hoch der Anteil der erneuerbaren Energien in Deutschland sei, fragte sie schmunzelnd.

»Bin ich hier bei einem Ratequiz?«, knurrte Böhnke. »Acht Prozent«, sagte er, um eine Zahl zu nennen.

Acht Prozent sei gut, meinte Susanne, nur gelte diese Zahl für eine andere Stromquelle, nämlich für den Strom aus Atomkraftwerken. Erneuerbare Energien machten momentan rund ein Viertel des produzierten Stroms aus. »Wenn das so weitergehen würde, bräuchten wir in einigen Jahren oder Jahrzehnten keine Kohlekraftwerke mehr oder erheblich weniger, als wir momentan haben.«

»Womit wir bei Konrad Bauer wären«, unterbrach sie

Böhnke. »Der schreibt doch an einer Arbeit, in der er darlegen will, dass wir nur noch einen Tagebau hier in der Region bräuchten.«

»Kann sein«, sagte die Frau einsilbig und beendete damit das Gespräch. Über ihren ehemaligen Freund zu reden, schien ihr zuwider.

Zeitlich gesehen machte es keinen Unterschied, ob er mit dem Stromer oder mit einem herkömmlichen Pkw nach Aachen fuhr, wie ihm der Blick auf die Uhr zeigte, als Susanne ihren Wagen in der Nähe der Schanz auf dem Parkplatz vor einem Studentenwohnheim aus Beton und Glas abstellte. Hier war er schon einmal gewesen wegen eines Tötungsdeliktes, erinnerte er sich. Wegen der Bahngleise direkt gegenüber dem Wohnblock war ein Totschlag an einem Bewohner zunächst als Selbstmord angesehen worden. Er hatte dann aber herausgefunden, dass dem jungen Mann ein Eifersuchtsdrama zum Verhängnis geworden war.

»War angenehm«, sagte er, nachdem er sich mühsam aus dem Kleinwagen geschält hatte.

»Sie Heuchler«, lachte Susanne. »So ein Miniauto ist im Prinzip nichts für normal große Menschen wie Sie. Für lange Fahrten in den Urlaub ist es daher aus zwei Gründen ungeeignet. Die fehlende Reichweite und die Bequemlichkeit.«

Sie brauchte nicht lange in ihrer Handtasche zu kramen, bis sie den Schlüssel zu Mertens Wohnung gefunden hatte. Warum Lieselotte im Gegensatz dazu immer so lange brauchte, bis sie den Inhalt ihrer Tasche sortiert hatte, würde eine der ungelösten Fragen seines Lebens bleiben.

»Es gibt hier auf jeder Etage Wohngruppen, in denen sich jeweils sechs Studenten auf einem Flur eine Küche und einen Gemeinschaftsraum teilen«, erläuterte Susanne, während sie durch das helle Treppenhaus in die vierte Etage kletterten. Die zahlreiche Post, die sie aus dem überquellenden Briefkasten ihres Freundes in der Wand voller Briefkästen im Eingangsbereich genommen hatte, hatte sie achtlos in ihre Tasche gestopft. »Ist ohnehin zum größten Teil Reklame.«

Als sie die gläserne Zwischentür zum Flur des Wohnbereichs öffnete, fühlte sich Böhnke vom beißenden Küchengeruch fast erschlagen.

»Das ist das Ergebnis der Kochkünste unserer asiatischen Kommilitonen«, erklärte ihm Susanne. »Was die alles in ihren Wok werfen, ist unvorstellbar.« Aber es schmecke. »Und die gehen auf die Barrikaden, wenn hier jemand Reibekuchen oder Spaghettisoße anbrennen lässt.«

Anscheinend waren sie allein auf dem Flur. Beiderseits schaute er auf verschlossene Türen, auf denen zum Teil unterschiedliche Poster hingen, von politischen Sprüchen bis hin zu skurrilen Zeichnungen.

Susanne hatte sich einer der hölzernen Zimmertüren am anderen Ende des Flures genähert, die sie problemlos öffnete.

»Dann treten Sie ein in Pauls Reich«, forderte sie Böhnke einladend auf.

Er war überrascht von der Sauberkeit und Ordnung in dem Apartment. Unter einer Studentenbude hatte er sich landläufig eine ungeordnete Ansammlung von Büchern und Ordnern in einfachen Holzregalen, einen angehäuften Kleiderberg und ein paar revolutionär wirkende Poster an der Wand hinter dem Bett vorgestellt. Aber dieser Raum sah aus wie ein frisch gereinigtes Hotelzimmer. Neben dem Eingang gab es eine kleine saubere Nasszelle. Das Bett war gemacht, der Schreibtisch aufgeräumt. Die Regale waren sorgfältig bestückt. Allein die abgestandene Luft störte die Harmonie.

»Paul hält alles tiptop in Ordnung«, kommentierte Susanne seinen kritischen Blick. Sie war zum Fenster geeilt und öffnete es. »Frischluft kann nicht schaden.« Auffordernd schaute sie Böhnke an. »Dann wollen wir uns mal auf die Suche machen, ob wir einen Hinweis finden über den Verbleib von Paul.«

Wo sollte er was finden? Böhnke schien es unpassend, in der Wohnung eines Unbekannten herumzustöbern. Bei einem Toten oder im Fall eines Verbrechens hätte er keine Bedenken gehabt. Aber so? Er beobachtete Susanne, die am Schreibtisch sitzend ungeniert den Tischkalender durchblätterte. »Nichts Besonderes«, urteilte sie kurz darauf, um nach einem der Aktenordner zu greifen, die auf dem Regal neben dem Schreibtisch standen.

»Wonach suchen Sie eigentlich?«, fragte Böhnke.

»Keine Ahnung. Oder wissen Sie was Besseres, was wir tun könnten?«

Schweigend drehte sich Böhnke um und ging in die fensterlose Nasszelle. Waschbecken, Dusche und Toilettenschüssel waren sauber, Handtücher lagen ordentlich gestapelt auf einem Hängeregal. Das Fehlen eines Kulturbeutels, einer Zahnbürste und des Rasierzeugs wertete er als Zeichen für die geplante längerfristige Abwesenheit von Mertens. Wie hatte Frau Doktor treffend gesagt? »Nichts Besonderes.«

Susanne saß immer noch am Schreibtisch und blätterte in den Aktenordnern. Jene, die sie gesichtet hatte, lagen ungeordnet neben ihr.

»Hier stimmt was nicht«, murmelte sie vor sich hin. Sie suchte im Regal nach einem bestimmten Ordner, den sie entschlossen aus der Reihe herauszog. Schnell blätterte sie durch die eingehefteten Blätter. »Sag ich doch«, sagte sie mehr zu sich als zu Böhnke, der verwundert neben ihr stand, und suchte nach einem weiteren Ordner. Nach der Durchsuchung pustete sie durch und wandte sich Böhnke zu.

»Wenn mich nicht alles täuscht, und ich täusche mich nie, fehlen hier etliche Unterlagen. Ich weiß es, denn ich habe sie alle gelesen.«

»Und was soll fehlen?«

»Es fehlen alle Unterlagen über die Grundwasserlagerstätten in der Erkelenzer Börde. Quasi die Basis für die These von Paul zum Erkelenzer Meer.«

»Woher wissen Sie …?«

»Ich kenne alle Unterlagen«, sagte sie schnell und entschlossen. »Ich habe alle gelesen und war dabei, als Paul sich diese Informationen holte. Und jetzt sind sie verschwunden.«

»Ist das so wichtig? Immerhin hat Ihr Freund die Arbeit doch im Prinzip schon geschrieben.«

»Das meinen Sie doch nicht ernst?« Susanne sah Böhnke entsetzt an. »Erstens sind die Unterlagen weg, zweitens hat Paul keine Belege mehr für seine These, und drittens lassen sich aus den Unterlagen Hinweise auf den Informanten von Paul geben, der verständlicherweise unerkannt bleiben will, weil er hier in Aachen an einem Institut arbeitet und die Unterlagen Teil eines Forschungsprojektes für einen großen Kunden sind. Das geht schon fast in den Bereich der Industriespionage«, behauptete sie.

»So«, sagte sie und wandte sich einem Stapel von CDs zu. »Hier muss eine von den Dire Straits dabei sein. Darin befindet sich aber nicht nur die Musik, sondern auch eine Kopie von Pauls Arbeit.« Sie griff zu einer CD-Hülle, öffnete sie und zeigte sie triumphierend. »Sehen Sie, die Kopie-CD fehlt. Glauben Sie mir jetzt, dass hier jemand herumgesucht hat?«

»Vielleicht hat Mertens die Sachen mitgenommen, als er weggefahren ist.«

»Hat er nicht«, widersprach sie vehement. »Ich war hier, als er seinen Koffer packte, und ich habe gesehen, dass er die Unterlagen und die CD nicht aus den Regalen genommen hat.«

Böhnke wollte sich noch keine Meinung bilden. »Kann es nicht sein, dass Ihr Freund noch einmal zurückgekommen ist, ohne dass Sie es wissen?« Immerhin gebe es keinerlei Einbruchsspuren. Es scheine also, als seien die Dinge zielgerichtet weggenommen worden. Selbst am Türschloss gab es keine Auffälligkeiten, wie er sich vergewisserte. »Es kann im Prinzip nur so sein, dass die Tür mit dem Originalschlüssel oder mit einem nach dem Original gefertigten Nachschlüssel geöffnet wurde. Oder wollen Sie mir da widersprechen?«

»Ja«, antwortete Susanne vehement. »Es macht doch keinen Sinn, dass Paul sich hier die CD mit der Kopie holt. Der hat den Text doch auf seinem Laptop und kann davon jederzeit eine neue Kopie ziehen. Und außerdem habe ich ja auch noch ein Exemplar. Nein.« Sie schüttelte ihr langes braunes Haar. »Ich kann mir nur vorstellen, dass irgendjemand, von dem wir noch nichts wissen, Paul den Schlüssel abgenommen hat und von ihm die Informationen über die Verstecke bekommen hat.«

»Freiwillig?«

»Ich will es hoffen«, antwortete die Frau. »Aber ich kann es, ehrlich gesagt, nicht glauben.«

»Wissen Sie, was Sie da vermuten?« Böhnke wollte seine Gedanken lieber nicht äußern.

»Ich will es nicht wissen. Ich verlasse mich nur auf Fakten.« Entschlossen schulterte sie ihre Tasche. »Ich schlage vor, wir fragen herum, ob jemand was bemerkt hat in den letzten Wochen. Kommen Sie!«

Er musste schmunzeln. Sie nahm ihm alle Arbeit ab, und er fragte sich, warum er überhaupt mitgekommen war. Aber so hatte Susanne einen Zeugen. War das der Grund für seine Anwesenheit? Wollte sie einen Zeugen haben?

Die wenigen Studenten, denen sie auf den Gängen und im Treppenhaus begegneten, kannten Paul entweder gar nicht oder hatten nichts bemerkt, was Susanne zu der Bemerkung veranlasste: »Die kümmern sich um nichts als um sich selbst.«

Auch der Hausmeister, der, warum auch immer, wie so viele Hausmeister auf den Namen Krause hörte, schüttelte auf Susannes Fragen bedauernd den Kopf. »Hier ist nichts Ungewöhnliches passiert. Und Einbrecher haben wir nicht im Haus. Hier ist in den letzten drei Jahren keine einzige Tür geknackt worden.«

Böhnkes Bitte, ob er eine Namensliste der Bewohner haben könnte, lehnte Krause mit einem müden Lächeln und dem Hinweis auf den Datenschutz ab.

»Kein Problem, die Liste kriegen Sie«, sagte Susanne zuversichtlich auf dem Weg zu ihrem Auto. »Auch wenn ich nicht weiß, wozu sie gut sein soll.«

»Weiß ich auch noch nicht, aber vielleicht finden wir ja darauf interessante Namen, wie etwa Konrad Bauer oder so.« Böhnke schaute die junge Frau fragend an. »Wie wollen Sie an die Liste kommen?«

Sie ließ wieder das helle Lachen erklingen, das ihm so gut gefiel. »Betriebsgeheimnis, Herr Kommissar. Nein, ich sag's Ihnen. Wir haben auch Häuser ans Studentenwerk vermietet. Da werde ich an der richtigen Stelle die richtige Person fragen, die mir noch einen Gefallen schuldig ist. So eine Liste zu besorgen, ist doch wohl ein Kinderspiel.« Sie sah ihn betrübt an. »Ich besorge die Liste, und Sie besorgen Paul. Einverstanden?«

Das war in seinen Augen kein guter Handel. »Ob Liste oder nicht, es ist dringend, dass wir Ihren Freund finden.«

22. KAPITEL

»Zurück nach Huppenbroich?«

»Nein. Noch nicht«, antwortete Böhnke. »Sie haben doch etwas für mich. Und das bringen wir zur Apotheke von Frau Kleinereich.«

Susanne hatte sofort verstanden und schlug den Weg in die Innenstadt ein. Mehr vor Ampeln wartend als zügig vorwärtskommend näherten sie sich langsam dem Markt. »Das ist der Vorteil bei einem Stromer«, klärte ihn Susanne zufrieden auf. »Ich brauche nur Energie, wenn ich fahre, ich gewinne Energie, wenn ich bremse, und ich verpeste beim permanenten Warten nicht die Luft mit meinen Abgasen.«

»Und Sie bekommen Ihren Strom nicht aus einem Braunkohlekraftwerk der Region.«

»Richtig, konsequent und in gewisser Weise auch ein Luxus, den sich nicht jeder leisten kann«, sagte sie nüchtern, während sie unbeeindruckt vom Schild, das eingeschränktes Halteverbot anmahnte, ihren Wagen auf dem Kopfsteinpflaster am Bordstein abstellte. So schnell seien die Politessen nicht, meinte sie. Bis die hier vorbeikämen, wären sie längst wieder unterwegs.

Wie fast immer hatte Lieselotte nur wenig Zeit für ihn. Bereitwillig nahm sie die CD entgegen, die Susanne nach einem schnellen Griff in ihre Tasche herausgefischt hatte. Sie werde sie am Abend auf ihren Rechner überspielen und einen Ausdruck machen, sicherte sie Böhnke zu.

»Den bringe ich dir ebenso mit wie eine Liste, die mir der Gärtner schon zugemailt hat.« Den fragenden Blick von Susanne übersah sie. Es war ihr nicht wichtig, die junge Frau über den Sinn ihres an Böhnke gerichteten Satzes aufzuklären. Dass er wusste, wovon sie sprach, nahm Lieselotte als selbstverständlich an.

»Sie machen sich große Sorgen um Ihren Freund?« Beinahe beiläufig stellte er die Frage auf der Rückfahrt in die Eifel, während er Susanne kurz von der Seite ansah. Es war ihm aufgefallen, dass sie zum wiederholten Mal auf ihre Lippe biss, wenn er von Paul sprach.

»Ja schon«, antwortete sie langsam, als sei ihr das Thema unangenehm. »Ich mache mir schon Sorgen um Paul. Aber eigentlich ist er nicht mehr mein Freund.«

»So?« Böhnke wunderte sich. Warum dann dieses Theater und dieses Engagement?

»Meine Mutter glaubt vielleicht immer noch, wir seien das füreinander geschaffene Paar. Deshalb setzt sie auch alles daran, Paul zu finden, und hat Ihre Frau informiert, um Sie einzubinden. Ich habe ihr noch nicht gesagt, dass es vorbei ist.« Sie schwankte, ob sie fortfahren sollte. Doch dann gab sie sich einen Ruck. »Ich werde mich von Paul trennen. Er ist einfach nicht meine Kragenweite. Ich wollte es ihm aber erst sagen, wenn er mit seinem Studium fertig ist. Der ist so sensibel, der hätte alles kurz vor Schluss hingeschmissen. Das wollte ich nicht. Deshalb habe ich gewartet.« Sie sah Böhnke entschlossen an. »Aber so soll unser Verhältnis nicht enden. Einfach verschwinden, geht nicht. Ich will ihm schon persönlich sagen, dass unsere Beziehung beendet ist.«

Sollte er ihr glauben? Böhnke schenkte sich eine Antwort auf seine Frage. Dankend verabschiedete er sich von ihr, als sie ihn an der Zufahrt vor seinem Häuschen aussteigen ließ.

»Es wird schon werden«, sagte er belanglos und winkte ihr nach, als sie fast lautlos fortfuhr.

Er war froh, endlich wieder seine Ruhe zu haben. Ständig unterwegs zu sein, das brauchte und das wollte er nicht mehr. Er genoss die Einsamkeit von Huppenbroich, die fast schon zu oft unterbrochen wurde; glücklicherweise regelmäßig durch Lieselotte, aber fatalerweise auch durch die kriminellen Ereignisse, in die er meistens gegen seinen Willen hineingezogen wurde. Die aktuellen Geschichten mit dem ermordeten Unbekannten aus dem Wasserloch in dem Wagen des verschwundenen Paul Mertens und dem abwesenden Konrad Bauer waren ihm nicht geheuer, wobei er hoffen wollte, dass das Schicksal von Bauer nicht mit dem der anderen beiden Männer zusammenhing. Aber bei meinem Glück wird das garantiert doch der Fall sein, dachte er sich.

Am liebsten hätte er sich aus der Geschichte zurückgezogen, doch er war schon zu sehr darin verstrickt, befürchtete er, als er gedankenversunken seinen Spaziergang durch den Ort machte. Er wusste oft nicht, wohin ihn sein Weg führen würde. Auch dieses Mal lief er ziellos durch Huppenbroich in Richtung Sportplatz und dann weiter über die Felder.

Endlich Frühling!, freute er sich und ließ sich die Sonne ins Gesicht scheinen.

Erschrocken zuckte er zusammen, als er hinter sich das lärmende Hupen eines Signalhorns und das Dröhnen eines Traktors vernahm.

»Kommissar, ich fahr dich noch mal über den Haufen, weil du ohne Sinn und Verstand durch die Gegend rennst«, rief ihm Karl Bauer zu, der sein Gefährt auf dem unbefestigten Feldweg neben dem Spaziergänger zum Stehen gebracht hatte. »Willste mit zurück ins Dorf?«

Nach einem orientierenden Blick, der ihm zeigte, dass er sich ziemlich weit von Huppenbroich in Richtung Hammer entfernt hatte, nahm Böhnke das Angebot dankend an. Schätzungsweise zwei Stunden würde er brauchen, bis er wieder daheim war. Da kam ihm die Fahrgelegenheit gerade recht.

»Klar doch«, sagte er und versuchte, schwungvoll auf den Platz an der Seite von Bauer zu gelangen, was angesichts der gewaltigen Ausmaße des Traktors leichter gesagt als getan war. Allein schon die Reifen waren höher als er selbst. Im Vergleich dazu wirkte die schmale Leiter zur offenen Fahrerkabine wie aus einem Puppenhaus.

»Du brichst dir noch die Knochen«, feixte Bauer, der das umständliche Bemühen von Böhnke beobachtete. »Pass auf, dass du mir nicht schon runterfällst, bevor wir losfahren.«

»Und, was gibt's Neues von deinem Sohn?« Böhnke musste brüllen, um gegen den Fahrtlärm anzukommen. Ein größerer Kontrast war gar nicht möglich, eben noch der lautlose Stromer von Susanne Brettschneider, jetzt die stark motorisierte Landmaschine.

»Alles paletti.«

»Wie? Ist er nach Hause gekommen?«

»Nein.« Bauer schaute ihn unbesorgt an. »Der kommt doch ohnehin selten und ruft nur dann an, wenn er Lust hat. Da bin ich schon froh, wenn er mir 'ne SMS schickt.«

»Und in der letzten stand: ›Alles paletti‹?«

»Richtig. Und jetzt mach, dass du vom Trecker kommst.« Bauer hatte vor der Einfahrt zum ›Hühnerstall‹ gehalten. »Oder hast du noch Lust, bei mir Rindviecher zu kraulen?«

Dankend winkte Böhnke ab. »Ich kraule lieber mit dem Staubsauger den Teppich.«

Als er an der Garderobe seine Jacke an den Haken hing, tastete er ergebnislos in der Tasche nach dem Handy. Wie sein Blick auf den Wohnzimmertisch bestätigte, hatte er es darauf liegen gelassen. Das passierte ihm regelmäßig und brachte ihm ebenso regelmäßig einen Vorwurf von Lieselotte ein. Er müsse sein Handy immer bei sich tragen, versuchte sie, anscheinend vergeblich, ihm einzutrichtern. »Wenn du wieder einen Schwächeanfall bekommst, irgendwo bei einem Spaziergang durch die Wildnis, dann ist das Handy dein Lebensretter, Rudolf-Günther.«

Wenn er nicht gerade mal wieder in einem Funkloch steckte, von denen es viele gab in der abgelegenen menschenarmen Region, dachte er sich dann, während er ihr beschwichtigend zustimmte. Es würde nie wieder vorkommen, versicherte er treuherzig, aber es passierte eben doch immer wieder. So wie heute, als er nach der Rückkehr aus Aachen beim kurzen Aufenthalt in seiner Wohnung das Handy abgelegt und vor dem Spaziergang nicht wieder eingesteckt hatte.

Der Radetzkymarsch war mehrmals ungehört erklungen, wie das Display deutlich machte. Fünfmal hatte Grundler im Laufe der letzten Stunden angerufen, ehe er schlussendlich mit einer SMS sein dringendes Anliegen vortrug: ›Muss dich heute um 18 Uhr treffen. Komme nach Huppenbroich. Paul Mertens ist tot.‹

23. KAPITEL

Hatte er es gedacht? Hatte er es befürchtet? Kam Mertens' Tod wirklich so überraschend? Oder hatte er damit rechnen können?

Egal, sagte sich Böhnke auf dem Weg zu Billas Haus. Fakten zählten, und ein Fakt war, dass Paul Mertens tot war. Weiteres würde ihm wahrscheinlich Grundler berichten.

Der Anwalt war pünktlich. Böhnke schloss gerade die Haustür auf, als sein jüngerer Freund, der vom Alter her sein Sohn sein konnte, vorfuhr.

Grundler wirkte nachdenklich. Sein leises Pfeifen auf dem Weg zum Haus war ein deutliches Zeichen seiner Anspannung.

»Wann hast du von dem Tod erfahren?«, fragte Böhnke neugierig. Eine Begrüßung ersparte er sich ebenso wie sein Besucher. Sie gingen in die Küche, in der Böhnke an der Kaffeemaschine hantierte.

»Heute Nachmittag. Von meinen Freunden aus dem PP. Du hast doch bestimmt von dem Toten aus dem Tagebau Inden gelesen. Das ist Paul Mertens.« Grundler hatte sich an den Küchentisch gesetzt. Er rieb sich die Augen und gähnte. »Er wurde einwandfrei identifiziert anhand seiner Gebisskarte.« Dankend nahm er die gefüllte Kaffeetasse entgegen.

»Mit anderen Worten, er lag schon längere Zeit dort, ehe er gefunden wurde.« Warum sonst wäre eine Identifikation mittels Gebiss erforderlich geworden?

»Du sagst es. Er dürfte wohl rund drei Wochen dort gelegen haben. Am Tagebaurand vergraben und durch den Bergrutsch wieder freigelegt. Deine Kollegen vermuten, er ist dorthin gebracht und dort getötet worden, oder er war bereits tot und man hat ihn dort verscharrt. Mertens hatte übrigens nichts dabei, das auf seine Person hätte schließen können. Weder Papiere noch Geldbörse noch Schlüssel oder irgendetwas anderes in Hosen- oder Jackentaschen.«

Böhnke wurde hellhörig. »Getötet worden?«

»Er wurde ganz klar ermordet. Da hat die Kripo keine Zweifel. Klassischer Genickschuss. Die Hände hat man ihm mit Kabelbinder auf dem Rücken zusammengebunden.« Der Anwalt lachte bitter auf. »Da können wir ja fast schon von Glück reden, dass es einen Bergrutsch gab, bevor er irgendwann vielleicht einmal von einem Bagger zermalmt worden wäre.«

»Und was sagt man weiter im PP?«

»Commissario, alles binden die mir auch nicht auf die Nase. Aber viel dürften die ohnehin nicht haben. Die stellen sich dort jetzt wahrscheinlich genau die Fragen, die du auch auf Lager hast.«

Wahrscheinlich hatte Grundler recht.

»Wo ist denn der Zusammenhang zwischen dem unbekannten Ermordeten, den man in Mertens' Wagen gefunden hat, und Mertens? Warum wurde Mertens ermordet? Hat er den Unbekannten umgebracht und wurde dann selbst erschossen, oder hat ein anderer beide erschossen? Kannte man sich? Und woher?«

»Weiter so«, stöhnte Grundler. »Fragen über Fragen, und ich habe nur eine Antwort auf Lager, die ich heute selbst schon mehrfach bekommen habe: Ich weiß es nicht.«

»Okay.« Böhnke erhob sich von dem Küchenstuhl und trug die Kaffeetassen zum Geschirrspüler. »Lassen wir das Spekulieren und suchen nach weiteren Fakten.«

»Wo?«

»Tobias, du bist ein Witzbold. Wir müssen im Prinzip darauf warten, wie sich die Geschichte weiterentwickelt.« Er schaute seinen Freund besorgt an. »Und dann habe ich noch das Problem Konrad Bauer an der Backe. Der ist verschwunden.«

»Wie es Mertens war«, unterbrach ihn Grundler.

»Aber ich will nicht hoffen, dass wir ihn auch als Leiche wiederfinden.« Böhnke berichtete von den SMS, die Konrads Vater in den letzten Tagen erhalten hatte. »Wer sagt mir denn, dass sie tatsächlich von Konrad abgesetzt wurden?«

»Mal bloß nicht den Teufel an die Wand.« Auch Grundler war aufgesprungen und lief durch die Küche. Das war seine Art, konzentriert zu diskutieren. »Packen wir Konrad Bauer mit in das Paket, was nicht ganz abwegig ist. Denn er kennt Paul Mertens, immerhin war er dessen Vorgänger auf der Bettkante meiner Mandantin Susanne Brettschneider. Mertens und Bauer sind Studenten, beide beschäftigen sich mit dem Braunkohletagebau. Mertens mit dem Tagebau Garzweiler II und dem Grundwasser …«

»… und wird im Tagebau Inden tot aufgefunden«, unterbrach Böhnke kurz.

»Bauer beschäftigt sich mit dem Tagebau Hambach …«

»… und ist nach unserer Auffassung derzeit verschwunden.«

»Und der ermordete Unbekannte wird beim Tagebau Garzweiler gefunden.«

»Zufall?«, fragte Böhnke.

»Vielleicht, vielleicht auch nicht.« Grundler blieb verständlicherweise vage. Es wäre durchaus möglich, dass auch dieser Mann Student war und sich mit dem Tagebau Inden befasste. Sei nur eine Idee, räumte er ein, aber zugleich auch eine Arbeitsgrundlage. »Irgendwo müssen wir ja einen Pack-an haben.«

»Und was ist mit Frau Doktor?« Wenn Grundler schon mit Gedanken spielte, konnte er auch Susanne Brettschneider in das Spiel einbringen, sagte sich Böhnke.

»Die lassen wir zunächst draußen vor«, antwortete Grundler, womit er auch schon die Richtung andeutete, in der die Antwort auf Böhnkes nächste Frage ging.

»Hast du sie schon informiert?«

»Nein. Ich warte, bis deine Kollegen das tun. Offiziell wissen wir ja gar nicht, dass Mertens der Tote aus dem Tagebau Inden ist.«

Er solle sich übrigens nicht wundern, wenn er morgen nichts über Mertens in der Zeitung lese. »Die Kripo hält die Infos noch zurück, und unsere Freunde aus dem Zeitungsverlag Aachen machen momentan noch nicht viel Druck.«

Grundlers Einladung zu einem Abendessen in der Ortskneipe musste Böhnke dankend mit dem Hinweis auf den Montag als Ruhetag ausschlagen. »Da bleibt dir nur ein Butterbrot bei mir, Tobias.« Diese Einladung hingegen nahm Grundler dankend an.

Das Anschlagen des Telefons unterbrach Böhnkes Vorbereitungen des Abendbrots. Woher Susanne die Festnetznummer hatte, fragte er erst nicht, wahrscheinlich hatte Lieselotte sie rausgerückt.

»Was kann ich für Sie tun?«, fragte er floskelhaft, während er ungeniert und ohne Ankündigung den Lautsprecher des Geräts aktivierte. Wenn Grundler, immerhin Anwalt der Anruferin, mithörte, ersparte er sich die anschließende Berichterstattung.

»Was Sie tun können, müssen Sie entscheiden, wenn Sie gehört haben, was ich Ihnen sagen möchte«, antwortete die junge Frau. »Ich brauche nämlich Ihren Rat.«

»Und warum?«

»Sie haben doch mitbekommen, dass ich die Post von Paul aus dem Briefkasten genommen habe. Die habe ich jetzt zu Hause geöffnet, weil mir zwei Sachen merkwürdig vorkamen. Da war zum einen ein Brief des Reiseveranstalters, der Paul schrieb, es würde keine Erstattung geleistet, auch wenn er den Flug und die Reise nicht angetreten hätte. Eine nachträgliche Rückerstattung nach Ablauf der gebuchten Reise sei nach den allgemeinen Geschäftsbedingungen ausgeschlossen.«

»Haken Sie's ab«, unterbrach Böhnke ihren Redefluss. Er machte eine fragende Geste in Grundlers Richtung.

Doch der schüttelte verneinend den Kopf. Sag ihr bloß nicht, dass Mertens tot ist, wollte er damit ausdrücken, und Böhnke verstand.

»Was ist dann die andere Sache?«, fragte er schnell. Ob es überhaupt zulässig war, dass Susanne die Post von Mertens öffnete, wollte er lieber nicht thematisieren. Dazu war die Situation zu ernst und die strafrechtliche Bewertung zu belanglos.

Susanne lachte schrill auf. »Paul hat ein Knöllchen bekommen wegen zu schnellen Fahrens. Das Straßenverkehrsamt beim Kreis Düren hat ihm geschrieben.«

»Wann? Wo?« Böhnke und Grundler hatten aufgehorcht.

»Datiert ist das Schreiben vom Donnerstag letzter Woche, erwischt worden ist Paul angeblich am Tag seiner Abreise. Aber er kann es gar nicht gewesen sein.«

»Wieso nicht?«

»Das ist schnell erklärt. Auf einem der beiden Fotos aus der Blitze ist zwar das Kennzeichen einwandfrei zu erkennen, deshalb hat Paul wohl auch das Knöllchen bekommen, aber es ist nicht sein Auto. Es handelt sich um einen anderen hellen, wahrscheinlich weißen Wagen, vielleicht ein Wohnmobil. Pauls Auto ist aber schwarz.« Sie räusperte sich. »Das andere Foto zeigt den Fahrer. Es ist eindeutig nicht Paul. Paul ist alleine in Aachen losgefahren. Auf dem Bild sitzt aber ein anderer am Steuer.« Wieder räusperte sie sich. »Und dann ist mir noch etwas aufgefallen. Der Wagen wurde geblitzt, als er vom Autobahnkreuz Jackerath kommend in Richtung Aachen unterwegs war, also genau entgegengesetzt der Richtung nach Düsseldorf, in die Paul fahren wollte.«

Für einen Moment blieb es still in der Leitung, ehe sich Susanne wieder meldete. »Herr Böhnke, was bedeutet das, und was soll ich jetzt tun?«

Er überlegt nicht lange. »Was Sie tun, sind zwei Dinge. Nachdem Sie das Strafmandat mehrmals kopiert haben, geben Sie das Original der Polizei und berichten ihr das, was Sie jetzt mir berichtet haben. Dann besuchen Sie Ihren Anwalt und schließlich deponieren Sie eine Kopie für mich bei Frau Kleinereich. Verstanden?«

»Ja.«

»Gut, dann machen Sie sich am besten jetzt noch auf den Weg zur Polizei.«

»Warum?«

»Je schneller, desto besser«, antwortete Böhnke. Je

schneller Susanne durch die Polizei Bescheid wusste, dass Paul tot war, umso besser war es für ihn und Grundler. Aber diesen Gedanken behielt er tunlichst für sich.

»Okay. Und wenn ich morgen die Kopie zur Apotheke bringe, lege ich die Namensliste der Studenten aus dem Studentenheim bei. Die habe ich mir nämlich schon heute Nachmittag besorgt. Sie finden darauf nicht nur die aktuelle Belegung, sondern auch die der letzten Jahre.«

Böhnke wollte das Telefonat schnell beenden, doch die Frau bremste ihn aus.

»Die Frage, was ich jetzt tun soll, haben Sie mir beantwortet, aber nicht die Frage, was das Knöllchen bedeutet.«

Er hatte gehofft, auf diese Frage keine Antwort geben zu müssen. Er konnte ihr schlecht mitteilen, dass möglicherweise jemand am Steuer saß, der Paul getötet hatte.

»Ich weiß es nicht«, entgegnete er stöhnend. »Können Sie denn den Fahrer erkennen? Vielleicht ist es ein Bekannter oder Freund von Paul.«

»Weder Freund noch Bekannter, die würde ich alle kennen«, antwortete Susanne. »Der Typ trägt eine Sonnenbrille, hat langes Haar und einen schwarzen Bart. Den habe ich noch nie gesehen.«

Also nicht zu identifizieren, dachte sich Böhnke. Sonnenbrille, vermutlich Perücke, und einen falschen Bart oder einen echten, der längst abrasiert ist, da konnte man lange fahnden.

»Da kann man gar nichts machen«, sagte er in den Hörer. »Momentan weiß ich auch nicht weiter. Ich muss einmal darüber schlafen.«

Notgedrungen gab sich Susanne mit dieser Aussage zufrieden.

»Und? Weißt du, was das bedeutet?« Grundler hatte es sich auf der Eckbank in der Küche bequem gemacht und betrachtete Böhnke, der den Brotkorb aus dem Schrank geholt und auf dem Tisch abgestellt hatte.

»Das kann alles und nichts bedeuten«, antwortete Böhnke zunächst ausweichend. Es gebe wohl mehrere Möglichkeiten. Entweder sei Mertens abgefangen worden und man habe ihm Auto und Kennzeichen geraubt, oder er habe freiwillig sein Auto zur Verfügung gestellt. Dann aber sei er an der Mordgeschichte beteiligt. Dagegen spräche wiederum, dass er offenkundig selbst ermordet worden war.

»Oder er hat sich später mit seinen Komplizen zerstritten«, warf Grundler ein, »und wurde deshalb gekillt.«

»Warum hat er dann aber noch einen Urlaub gebucht und seiner Freundin weisgemacht, er würde losfahren, wenn er tatsächlich etwas anderes vorhatte, sich nämlich an dem Mordkomplott gegen den Unbekannten zu beteiligen?« Böhnke schüttelte den Kopf. »Das gibt irgendwie alles keinen Sinn. Gehen wir mal davon aus, dass er tatsächlich von Aachen aus nach Düsseldorf zum Flughafen fahren wollte. Nachweislich ist er dort nicht in den Urlaub geflogen. Also ist er entweder erst gar nicht nach Düsseldorf gefahren, oder er ist in Düsseldorf abgefangen worden und zurück gekommen.« Er sah Grundler fragend an. »Weißt du, um welche Uhrzeit das Foto von der Radarfalle geschossen wurde?« Das müsse auf dem Knöllchen stehen.

Er könne es schnell herausfinden, entgegnete der Anwalt. »Interessanter für mich ist, zu wissen, ob Mertens auch in dem geknipsten Wagen saß, freiwillig oder gezwungenermaßen.« Es sei ja wohl klar, dass er entweder schon am Tage seines Aufbruchs aus Aachen oder wenig später ermordet worden sei. Das spräche wohl dafür, dass er keine gemeinsame Sache mit anderen gemacht habe, sondern ebenso exekutiert worden sei wie der Unbekannte. Grundler winkte ab und langte nach der Brotscheibe, die er mit Käse belegte.

»Vielleicht sollten wir einmal anders anfangen: Wer könnte ein Interesse am Tod von Mertens haben und eventuell auch an dem Tod des Unbekannten? Hatten die beiden jungen Männer etwas, das einem anderen schaden konnte, und zwar derart existenziell schaden konnte, dass er den Tod der beiden für ihn als ›ultima ratio‹ ansah.«

»Woher soll ich das wissen?« Böhnke stöhnte. Konrad Bauer kam ihm in den Sinn. Möglicherweise war er eifersüchtig auf Mertens gewesen. Vielleicht war ja auch der Unbekannte mit Susanne Brettschneider befreundet gewesen. Konrad zu fragen, war unmöglich.

Die zweite Beziehung zwischen Bauer und Mertens war die Beschäftigung mit der Braunkohle. Aber auch hier kamen sie momentan nicht weiter.

»Wir müssten Frau Doktor fragen«, schlug Grundler vor. »Vielleicht war ja der Unbekannte der Ex-Ex-Freund vor dem Ex-Freund Bauer. Das wird bestimmt ein Schock, wenn sie erfährt, dass ihr Freund tot ist.«

»Ex-Freund«, verbesserte ihn Böhnke und klärte ihn auf.

»Da bekommt der Begriff Ex-Freund bei Frau Doktor ja eine ganz neue Bedeutung«, kommentierte Grundler. »Ex gleich tot.«

»Bloß nicht«, sagte Böhnke erschrocken und dachte unwillkürlich an Konrad Bauer.

24. KAPITEL

Sie überlege ernsthaft, in ihrer Apotheke eine Poststation einzurichten, meinte Lieselotte, als sie ihren abendlichen Telefonanruf machte. Ein täglicher Kontrollanruf könne nicht schaden, hatte sie gemeint, als er sich einmal über die abendliche Störung seines Fernsehgenusses beschwert hatte. »Dann weiß ich wenigstens, dass du noch lebst, Commissario«, hatte sie erklärt.

»Aber nur Briefmarken und Briefe«, entgegnete er trocken. »Bei schweren Paketen macht dein Rücken nicht mehr mit.«

Damit sei genug gescherzt, befand Lieselotte. »Deine neue Freundin Susanne Brettschneider meint wohl nur, ich sei deine Botin. Heute hat sie mir wieder einen Umschlag vorbeigebracht, mit der Bitte, ihn dir zukommen zu lassen. Was ist da drin?«

»Die Kopie eines Knöllchens und eine Namensliste, vermute ich stark.« Es wäre in der Tat schön, wenn er die Sachen schnell haben könnte.

Dafür würde sie nicht eine abendliche Tour nach Huppenbroich machen. Lieselotte zerschlug seine Hoffnung, bevor er eine entsprechende Äußerung abgeben konnte.

»Ich kann aber eines machen«, schlug sie vor. »Ich scanne die Sachen ein und maile sie an den Rechner in Billas Haus. Dann kann ich dir auch gleich die Arbeit von Paul Mertens rüberjagen. Wenn ich die ausdrucken will, brauche ich eine Ewigkeit. Das sind fast 100 Seiten.«

Ob sie schon einen Blick darauf geworfen hätte, fragte Böhnke.

»Nein.« Bisher habe sie sich nur mit der Arbeit von Konrad Bauer beschäftigt. »Spannend und interessant, kann ich dir sagen. Ich verstehe zwar nur die Hälfte, aber was ich verstehe und wenn ich die Zusammenfassung lese, bekomme ich eine ganz andere Sicht auf den Braunkohletagebau.«

Wenn schon, dachte sich Böhnke, der Tagebau interessierte ihn nicht so sehr wie der Autor der Studie. »Steht denn da irgendwo, wo Konrad die Arbeit geschrieben hat oder so?« Zugegebenermaßen eine blöde Fragestellung, aber im Gespräch mit Lieselotte nicht von Bedeutung, sie antwortete eh nur, was sie sagen wollte, und auch ohne gezielt gerichtete Frage.

»Konrad hat als Entstehungsort der Arbeit Huppenbroich angegeben, ansonsten ist immer nur vom Tagebau Hambach, einigen Dörfern, von denen ich noch nie was gehört habe, und Jülich die Rede.« Sie schnaufte durch. »Wenn du jetzt wissen willst, ob er die Arbeit irgendjemandem gewidmet hat, muss ich dich enttäuschen. Da gibt es keine Widmung. Nur im Vorwort ein Dankeschön an seine Eltern, die ihm das Studium ermöglicht und ihm immer den Rücken frei gehalten hätten.«

Nichts von Belang, entschied Böhnke für sich. Die Arbeit brauchte er bestimmt nicht zu lesen, zumal er ja das Ergebnis schon kannte: Nach Konrads Ansicht reichte der Tagebau Hambach für die Stromerzeugung im Rheinland, und deswegen konnte auf die Tagebaue Garzweiler II und Inden verzichtet werden. Wie der Student zu diesem Ergebnis gekommen war, war wohl nicht relevant, wie Böhnke ohnehin nicht in den Sinn kam, sich Konrads Ansicht zu eigen zu machen. Das Thema war viel zu komplex, um mitreden zu können.

»Wusstest du eigentlich, dass der Tagebau Hambach vor ein paar Jahren fast einmal abgesoffen wäre?«

Er wusste es nicht und es interessierte ihn auch nicht. Er beschäftigte sich mit Menschen, Opfern und Tätern, aber nicht mit absaufenden Tagebauen.

Lieselotte hörte über seine Antwort hinweg. »Da gab es wohl einmal einen Grundwassereinbruch auf der unteren Sohle, wenn ich das richtig verstanden habe. Da sind jeden Tag angeblich 35.000 Liter Wasser aus dem Boden geflossen. Die haben ohne Ende pumpen müssen, damit die Bagger nicht im Matsch versanken und das Wasser meterhoch in der Grube stand.«

»Und wie lang ist das Wasser geflossen?« Interesse heucheln und Fragen stellen, auf die sie hoffentlich keine Antwort wusste, so konnte er das Thema am schnellsten beenden, hoffte Böhnke.

»Keine Ahnung, wie lange das dauert. Aber Konrad äußert die Vermutung, dass durch diesen Grundwassereinbruch sich die Grundwasserverhältnisse großräumig verändert haben könnten. Selbst die Mineralwasserquellen in Gerolstein, das Grundwasser für die Brauerei in Bitburg und die Quellen bei uns in Aachen sollten durch diesen Austritt und das Abpumpen beeinträchtigt worden sein.«

»Behauptet Konrad. Und was sagen die Bergbaubetreiber?«

»Das behauptet Konrad nicht. Das stellt er als mögliche Vermutung auf und zitiert den Tagebaubetreiber, der diesen negativen Einfluss bestreitet. Damit hat Konrad dieses Thema beendet, da es ohnehin nicht von wesentlichem Belang für sein Kernthema, nämlich die wirtschaftliche Notwendigkeit und Bedeutung des Tagebaus, war.« Eigentlich sei es ja schade, dass man keinen See daraus hatte entstehen lassen. »Dann hätten wir vielleicht das Hambacher Meer gehabt.«

Und keine Braunkohle aus Hambach, meinte Böhnke für sich. Auch wenn er angestrengt nachdachte, konnte er sich nicht an die von Bauer geschilderten dramatischen Folgen des Wassereinbruchs in Hambach erinnern. Dunkel kam ihm in den Sinn, vor Jahren etwas über das Abpumpen von Grundwasser im Tagebau Hambach gelesen zu haben. Aber an Einzelheiten konnte er sich beim besten Willen nicht erinnern. Und über mögliche Folgen für das gute Aachener Mineralwasser hätten die lokalpatriotischen Tageszeitungen bestimmt informiert. Es sei denn, es hatte mal wieder einen Deal gegeben mit Anzeigenkampagnen, Spendenaktionen und freiwilligen Entschädigungsleistungen auf der einen Seite und einem Stillschweigen auf der anderen. War das vielleicht der Grund für das Aus des Aachener Kaiserbrunnens gewesen? Seine eigene Frage verwarf Böhnke sofort wieder als abwegig.

»Okay, Konrad hat also in Millionen Liter Grundwasser geplanscht und seine Arbeit über den Tagebau geschrieben. Was hilft mir das bei der Suche nach ihm?«

»Nichts, Commissario.«

»Eben.« Er wusste, dass jetzt noch etwas kommen würde. Schließlich musste Lieselotte immer das letzte Wort haben.

»Noch nichts, Commissario.«

25. KAPITEL

Der Erwerb des alten Hauses von Schmitze Billa für die Stiftungen und seine Tätigkeit dort hatten Böhnke einige Annehmlichkeiten gebracht, auf die er zuvor lange hatte verzichten müssen. Er war nicht mehr auf Liese-lottes Rechner angewiesen, um ins Internet zu gelangen und konnte endlich selbst an einem Rechner auf E-Mails und Dateien zurückgreifen, ohne nach Aachen zu fahren. Lange hatte er sich gegen die technischen Kommunikationsmöglichkeiten im ›Hühnerstall‹ gesträubt. Dort wollte er seine Ruhe haben und sich nicht einem E-Mail-Stress unterwerfen. So war Billas Haus ein Kompromiss, mit dem er gut leben konnte.

Wenn er ehrlich gegenüber sich selbst wäre, müsste er bestätigen, dass Internet und die schnelle Informationsübermittlung durchaus ihre Vorteile hatten. Auf einem der begehrten Plätze in dem Volkshochschulkursus für Senioren ›Auch im Alter sicherer Umgang mit neuer Technik‹ in Imgenbroich hatte er zugunsten eines Altersgenossen verzichtet, der wohl dringender auf die grundlegenden Handgriffe bei der Computernutzung hingewiesen werden musste. Es erstaunte ihn immer wieder, welche rasanten Veränderungen in den letzten Jahren eingetreten waren, er selbst hatte im aktiven Dienst zwar mit der Technologie gearbeitet, aber sie war inzwischen fast nicht mehr vergleichbar, was Schnelligkeit, Informationsmenge und Kommunikationsmöglichkeiten betraf. Er war den Neuerungen gegenüber aufgeschlossen, nur auf Facebook und Twitter und was sonst noch unter dem Begriff ›social media‹ als unbedingtes Muss für jeden fortschrittlichen, weltoffenen und kommunikationsfreudigen Menschen angepriesen wurde, verzichtete er. Man kann alles übertreiben, meinte er dazu. SMS und E-Mail reichten allemal, wenn ein Telefonat oder das direkte Gespräch unmöglich waren.

Mit schnellen und sicheren Klicks hatte Böhnke die elektronische Post von Lieselotte heruntergeladen und auf dem Rechner gespeichert. Er würde sie ausdrucken, denn das Lesen auf Papier erschien ihm immer noch komfortabler als das Lesen auf dem Computerbildschirm. Randnotizen, ein Zurückblättern, ein Wiederfinden einer vorherigen Textstelle – das war auf dem Papier leichter zu bewerkstelligen; jedenfalls für ihn.

Das Anschlagen der großen Glocke an der Haustür hinderte ihn daran, den Druckauftrag an den Drucker abzuschicken. Viele wussten nicht, dass er sich, wenn er nicht gerade zu Hause oder auf einem Spaziergang unterwegs war, in Billas Haus aufhielt. Da kam nur ein halbes Dutzend Menschen infrage.

Die Frau, die ihn am Hauseingang anlächelte, gehörte nicht zu diesem halben Dutzend, was ihn allerdings für einen Moment erstaunte.

»Frau Kleinereich hat mir gesagt, dass ich Sie heute Morgen wohl hier finde, wenn Sie nicht zu Hause sind. Sie haben sich ja nicht auf meinen Anruf gemeldet«, erläuterte Susanne Brettschneider mit einem durchaus vorwurfsvollen Unterton. »Ihre Frau hat mir außerdem gesagt, dass Sie Ihr Handy wahrscheinlich wieder in Ihrem Haus liegen gelassen haben.«

Stimmt. Das leichte Klopfen auf seine Hosentasche fand keinen Widerstand. Das mobile Telefon lag wieder da, wo es derzeit nach Auffassung seiner Liebsten nicht zu liegen hatte, nämlich irgendwo in seiner Wohnung, während er unterwegs war.

Er war sich unschlüssig, wie er sich verhalten sollte, als er die Besucherin eintreten ließ und sie in den Wohnbereich führte.

»Schön haben Sie es hier«, sagte Susanne nach ihrer Umschau. Im Inneren des alten Backsteinhauses erinnerte nichts mehr an vergangene Zeiten. Zum Garten hin hatten sie beim Umbau statt der kleinen Fenster eine große Glasfront errichten lassen. Die dunklen Tapeten waren weiß gestrichener Glasfaser gewichen, durch die vielen Leuchten wirkten die Räume größer, als sie tatsächlich waren. Das war modernstes Wohnen in uralter Bausubstanz. Und Billas Haus war nicht das einzige in Huppenbroich, das eine radikale Erneuerungskur im Inneren erfahren hatte.

»Hier könnte ich es mir auch gut gehen lassen. Die Stille, der Blick ins Grüne, da können die Gedanken abschweifen und der Mensch zur Ruhe kommen.«

Zur Sache, stöhnte Böhnke vor sich hin. Das ewige Loblied auf Huppenbroich und die Vorzüge des Lebens in diesem kleinen Dorf konnte er nicht mehr hören.

»Was führt Sie zu mir?«, fragte er höflich, aber zugleich bestimmt.

»Zunächst eine schlimme Nachricht. Wahrscheinlich wissen Sie es noch nicht. Paul ist tot. Die Polizei hat es mir gestern Abend gesagt, als ich dort war, um das Knöllchen abzuliefern.« Susanne wirkte gefasst, beileibe nicht wie ein scheues, verstörtes Reh, das man beruhigend in die Arme nehmen musste.

»Tut mir leid«, murmelte Böhnke.

»Mir auch«, sagte Susanne lakonisch. »So ein Ende hätte ich ihm nicht gewünscht. Jetzt weiß er noch nicht einmal, dass es aus war zwischen uns.« Sie lächelte verlegen. »Hört sich vielleicht für Sie gefühllos an, aber ich bin weder eine trauernde Witwe noch fühle ich mich persönlich betroffen von Pauls Tod.« Sie wischte sich eine Haarsträhne aus dem Gesicht. »So ist das Leben. Ich brauche nicht um Paul zu trauern. Getrauert habe ich um meinen Vater, als der vor zwei Jahren plötzlich starb. Na ja.« Sie schüttelte sich kurz. »Ich wollte es Ihnen selbst sagen, bevor Sie es irgendwoher erfahren und dann vielleicht auf krumme Gedanken kommen.«

»Wieso?« Böhnke horchte auf. »Was meinen Sie?«

»Wieso, fragen Sie? Ich kann mir doch die Gedankengänge vorstellen, die in einem Kommissar vorgehen, wenn er erfährt, dass ein junger Mann verschwunden ist, der dann tot aufgefunden wird, und dessen Freundin ihm den Laufpass geben wollte. Da könnte doch ein Anfangsverdacht aufkommen, die Freundin könnte etwas mit dem Verschwinden des Mannes zu tun haben.«

Böhnke ärgerte sich über solch einen Unfug. »Jetzt, wo Sie's sagen, kommen mir da tatsächlich solche Gedanken.« Warum sollte eine wohlsituierte junge Frau einen befreundeten Studenten umbringen wollen?

»Vergessen Sie sie lieber. Mehr noch, ich würde Sie gerne bitten, herauszufinden, was mit Paul passiert ist. Die Polizei sagt Ihnen vielleicht ja eher etwas als mir.«

Wenn sie sich da nicht täuscht, dachte sich Böhnke. Auf dem offiziellen Weg würde ihm wahrscheinlich niemand sagen, dass Mertens ermordet wurde. Dazu war er zum einen schon zu lange aus dem Dienst, und zum anderen war seine Beziehung zu seinem Nachfolger Schulze-Meyerdieck nicht gerade von gegenseitiger Sympathie geprägt.

Oder sollte er Susanne aufklären? Er entschied sich dagegen.

»Sie haben doch schon Tobias Grundler verpflichtet«, sagte er. »Reicht das nicht?«

»Er ist Anwalt, Sie sind Kommissar. Und wenn ich Sie jetzt frage, woher Sie wissen, dass er mein Anwalt ist, bin ich auf Ihre Antwort gespannt, Herr Böhnke.« Kurz hatte es in ihren braunen Augen geblitzt.

Er dachte über die richtige Wortwahl seiner Antwort nach.

»Lassen Sie es gut sein, Herr Böhnke. Sie haben ihn mir doch selbst empfohlen und Frau Kleinereich hat mir längst gesagt, dass Sie und Grundler tatsächlich befreundet sind. Vier Augen sehen mehr als zwei, deshalb würde ich Sie ja bitten, Pauls Schicksal aufzuklären.«

Warum lag der jungen Frau so viel daran?, fragte sich Böhnke.

»Ich will das geklärt haben, damit ja keine Zweifel aufkommen, ich könnte etwas mit dem Verschwinden und dem Tod zu tun haben«, erläuterte Susanne. »In meiner Branche ist viel auf Vertrauen aufgebaut. Da kommt es nicht gut, wenn ich in Zusammenhang mit einem Todesfall gebracht werden könnte.«

Unvermittelt wechselte sie das Thema. »Ich habe Ihnen übrigens viel mitgebracht«, sagte sie verheißungsvoll und griff in ihre Tasche. »Alles nur für Sie: eine Kopie des Knöllchens, eine Kopie der Namensliste vom Studentenwohnheim und eine Kopie von Pauls Arbeit. Frau Kleinereich hatte zum einen Zweifel, ob Sie sie ausgedruckt bekommen und zum anderen überhaupt ausdrucken wollen, da es ja fast 300 Seiten sind. Bei den Papierpreisen.« Sie sah ihn schmunzelnd an. »Sie würden ja auf jeden Cent achten, sagt Ihre Frau. Da wollte ich Ihnen die Kosten ersparen.«

Böhnke verzichtete auf einen Kommentar. Ihn als Pfennigfuchser zu bezeichnen, fand er unpassend, auch wenn er sich freute, den Drucker noch nicht aktiviert zu haben. »Dann habe ich ja genug zu lesen«, brummte er und nahm den Ordner in die Hand. »Das ist die richtige Abendlektüre.«

»Und spannender als mancher Krimi, sag ich Ihnen.«

Verwundert schaute er sich um, als er mit Susanne vor Billas Haus stand.

»Wo haben Sie denn Ihr Kinderauto gelassen?« Bis auf den alten ehemals dunkelgrünen Mercedes von Jansens Paul, der wohl schon seit Monaten am Straßenrand geparkt war, war die Straße leer.

»Mein Schnuckelchen steht vor Ihrem Hühnerstall. Ich wollte ein bisschen durch Huppenbroich laufen, um zu sehen, wie schön es hier ist.« Sie hakte sich wie selbstverständlich bei ihm ein. »Wir beiden Hübschen schlendern jetzt zurück zu Ihrer Bleibe, und Sie verraten mir, warum der Hühnerstall Hühnerstall heißt.«

Wieder so eine leidige Sache, die er nicht mehr hören konnte. Warum konnten ihn die Fremden hier in Huppenbroich nicht in Ruhe lassen, sondern wollten immer dasselbe wissen? 440 Einwohner, keine Durchfahrtstraße, eine Bushaltestelle, keine Schule, eine Kneipe, kein Geschäft, ein Fußballplatz, keine Ampel, eine Kapelle, keine Polizeistation, ein Kindergarten, kein Arzt, ein Friedhof –

und ein altes Backsteinhaus, das nach dem Krieg kurz als Hühnerstall genutzt wurde und jetzt ein komfortables Ferienhaus war.

»Sonst noch was?«

»Sie sollten Fremdenführer werden, mein Freund«, lachte Susanne und schmiegte sich an ihn.

Ihre Nähe war ihm durchaus nicht unangenehm. »Ich bin Kommissar, das reicht«, brummte er.

»Und als solcher wollen Sie mir bestimmt noch ein paar Fragen stellen. Stimmt's?«

War er so leicht zu durchschauen, oder lag es an Susanne? In der Tat lagen ihm ein paar Fragen auf der Zunge.

»Sie sagten, dass Sie mit Konrad Bauer befreundet waren, bevor Sie Paul Mertens kennenlernten. Haben Sie noch mal was von Konrad gehört?«

»In den letzten Wochen nicht mehr. Wir haben uns ab und zu zufällig in der Uni oder in der Stadt getroffen. Wir sind uns nicht spinnefeind, wir reden sogar noch miteinander. Aber es passte menschlich einfach nicht mit uns, denke ich mal.« Hatte sie fester an seinem Arm gedrückt, oder bildete er sich das bloß ein? Er beschloss, die Berührung zu ignorieren.

Vielleicht war seine nächste Frage indiskret, aber er entschloss sich dennoch dazu: »Und wer war der Vorgänger von Konrad?«

»Jean-Pierre«, antwortete Susanne spontan. »Meine erste große Liebe Jean-Pierre. Er war Gastdozent in Maastricht und kommt aus Kanada. Er hatte nur einen großen Nachteil. Dort war er verheiratet und hatte sogar schon zwei Kinder, wie ich zufällig erfuhr. Da konnte es mit uns nichts werden.« Sie lachte unbekümmert auf. »Und wie viele Kinder haben Sie?«

»Ich habe eine Frau und einen Freund, der mein Sohn sein könnte.« Böhnke staunte über seine Bereitwilligkeit, mit der er über seine Privatsphäre berichtete. Was hatte Susanne bloß an sich, dass er ihr das sagte?

»Na, ihr beiden Turteltauben. Wenn ich das Lieselotte erzähle, darfst du die nächsten Wochen nur in der Waschküche schlafen, Commissario.«

Überrascht drehte sich Böhnke um und blickte in das frech grinsende Gesicht von Karl Bauer, der sich unbemerkt von hinten genähert hatte. »Man könnte meinen, ihr seid ein frisch verliebtes Paar.«

»Wo kommst du denn her?«, fragte Böhnke verblüfft.

»Ich hab gerade auf einer Scheune meine Solaranlage abgestaubt«, frotzelte der Landwirt. Strahlend umarmte er die Frau.

»Grüß dich, mein Schatz.«

Irritiert ließ Böhnke den Blick zwischen Bauer und Susanne schweifen.

»Susanne ist eine ganz Liebe«, meinte der Landwirt, »aber leider nicht die Passende für meinen Konrad. Das sind zwei kompromisslose Alphatiere. Das kann nicht ein Leben lang gut gehen.« Er wolle gar nicht wissen, was Böhnke und Susanne trieben, meinte er beschwichtigend, es werde schon einen Grund dafür geben, dass sich ein Kommissar und eine erfolgreiche Jungunternehmerin in der Abgeschiedenheit von Huppenbroich zu einem vertraulichen Miteinander träfen.

»Genau«, brummte Böhnke. »Und wenn du mehr wissen willst, kann ich dir vielleicht in einigen Wochen etwas sagen.«

»Quatsch.« Resolut schaltete sich Susanne in das

Gespräch ein. »Herr Böhnke soll mir helfen, den Tod meines Ex-Freundes aufzuklären.«

Leicht zuckte Bauer zusammen. »Er ist erst verschwunden und jetzt tot?«

»Richtig. Wie kommst du darauf?«

Das sei nicht so wichtig, sprang Böhnke dazwischen. Er fehlte ihm noch, dass Bauer die Vermutung hatte, seinem Sohn könnte Gleiches widerfahren sein.

»Hast du Kontakt zu Konrad?«, fragte er ablenkend.

»Jein«, antwortete der Landwirt. »Zuerst hat er mir eine SMS geschickt. Dann hat er mich angerufen, aber ich hatte das Handy nicht dabei.«

»Also ist er wohl und munter«, folgerte Böhnke optimistisch, obwohl er keinen Grund dafür sah.

»Wenn du meinst, Commissario.« Bauer wandte sich wieder Susanne zu.

»Ich habe übrigens vor ein paar Tagen ein Foto gefunden. Da habt ihr mal eine Party bei uns gemacht.«

»Du meinst das Gruppenfoto?«

»Genau.«

»Her damit!«, forderte Böhnke schnell. Wer weiß, wozu er es noch gebrauchen konnte?

Er würde das Bild vorbeibringen oder in den Briefkasten werfen, versicherte ihm der Landwirt.

»Aber er bekommt es nur, wenn er mir verspricht, mir davon eine Kopie zumachen«, mischte sich Susanne ein. Sie umarmte Bauer kurz, dann hakte sie sich wieder bei Böhnke ein und setzte mit ihm den Weg zu seinem Häuschen fort.

26. KAPITEL

Der Schnappschuss von der Blitze auf der Autobahn gab in der Tat wenig Aufschluss über den Fahrer. Auf den ersten Blick hätte ihn Böhnke für einen Türken oder Asiaten mit einem schwarzen Vollbart gehalten. Die Sonnenbrille mit den dunklen Gläsern deutete darauf hin, dass dem Mann hinter dem Steuer wenig daran gelegen war, sein Äußeres preiszugeben. Darauf ließ auch die heruntergeklappte Sonnenblende schließen, die nur die Funktion haben konnte, so wenig wie möglich von dem Mann von außen zu erkennen. Weitere Personen waren auf der kleinen Ablichtung nicht zu sehen.

Hingegen machte die Dokumentation des Kennzeichens AC-SB-6614 deutlich, dass es missbräuchlich an einem hellen, wahrscheinlich weißen Auto montiert war, von dem Böhnke annahm, es sei auch gestohlen worden. Das würde ins Bild passen.

Das Foto bringt mir im Prinzip nur den Hinweis, dass es nicht mehr an Mertens' Fahrzeug angebracht ist, dachte er sich. Daraus Folgerungen zu ziehen, war müßig. Entweder verrannte er sich in eine Richtung und verlor dadurch die Kontrolle über das gesamte Geschehen oder, noch schlimmer, er versteifte sich auf eine einzige Erklärung, die sich später als total verfehlt herausstellte und durch die die richtige zu spät erkannt wurde. Abwarten und Fakten sammeln, so hatte schon immer seine Devise gelautet, sagte er sich, als er den Schnappschuss ablegte, um sich der Namensliste zu widmen.

Knapp 100 Namen fand er vor, zwei davon kannte er, Konrad Bauer als ehemaligen und Paul Mertens als momentanen Mieter einer Studentenbude. Die Namen mit einem Textmarker farblich zu unterlegen, konnte nicht schaden, beschloss er mit einem Griff in die Schublade des kleinen Schreibtischs in der Wohnzimmerecke.

Als er nach dem dicken Ordner mit der Arbeit von Mertens griff, pustete er durch. Sollte er sich tatsächlich dieses technische Werk antun? Er war skeptisch, dass sich in Mertens' Beschäftigung mit dem Tagebau Garzweiler II und der Grundwasserproblematik Hinweise für dessen Ermordung finden würden; immerhin war der junge Mann nicht in diesem Loch gestorben, sondern im oder am Tagebau Inden.

Nicht einmal unglücklich war er über das Anschlagen der Türglocke, nicht sonderlich überrascht war er von seinem Besucher.

»Karl, komm rein!«, forderte er Bauer auf. »Was hast du denn Schönes für mich?«, fragte er, obwohl er davon ausging, dass ihm der Gast in wenigen Augenblicken das zugesagte Gruppenfoto übergeben würde.

»Was wohl?«, war die prompte Gegenfrage. »Ich habe mir gedacht, bevor Susi-Mausi morgen früh bei dir anruft und dich fragt, ob du schon das Bild hast, bringe ich es dir lieber heute noch vorbei.« In einem Briefumschlag hatte er die großformatige Fotografie geschützt.

»Ist vor knapp eineinhalb Jahren entstanden. Da haben die Jungs und Mädels bei uns auf dem Hof ein Erntedankfest gefeiert. Schau mal, das ist Konrad, und das ist Susi.« Er zeigte auf die zwei lachenden Gesichter in einer Gruppe von rund 20 jungen Menschen.

Interessiert griff Böhnke nach dem Bild. Auf den ersten Blick erkannte er niemanden sonst.

»Ist denn auch Paul Mertens dabei?«

»Kenn ich nicht. Ich hab's nicht so mit den Namen. Da war nur einer, der war etwas merkwürdig. An den erinnere ich mich ab und zu. Ist was mit diesem Paul Mertens?«

»Ja«, antwortete Böhnke langsam, während er weiter das Bild betrachtete, »das war vielleicht Konrads Nachfolger bei Susi-Mausi.«

Das konnte – er konzentrierte sich, um möglichst keinen Irrtum zu begehen – nein, das musste die Studentin gewesen sein, die ihm die Tür in dem besetzten Haus in Immerath geöffnet hatte.

»Waren das alles Studenten aus dem Wohnheim?«

»Die meisten«, antwortete Bauer, »bis auf wenige Ausnahmen.«

»Auch die Frau hier?« Böhnke tippte mit dem Finger auf das teilweise sichtbare Gesicht. »Kennst du die?«

»Keine Ahnung. Die war wie so viele nur ein einziges Mal bei uns und das bei dieser Fete.«

»Okay.« Böhnke wollte seinen Gast schon wieder aus der Küchenzeile in den Hausflur bugsieren, als Bauer auf ein zweites Thema zu sprechen kam.

»Ich habe übrigens heute Nachmittag, kurz nachdem ich euch getroffen habe, Besuch bekommen. Das war auch so ein junger Mann Mitte oder Ende 20, vermutlich Student, gut gekleidet, kurze blonde Haare, höflich, ein wenig kurz geraten. Er wollte Konrad besuchen und dann von mir wissen, wo er ihn denn finden könne. Als ich ihn fragte, ob ich Konrad etwas ausrichten soll und er mir deswegen seinen Namen oder seine Handynummer geben könnte, hat er verneint. So wichtig sei es auch nicht, hat er gemeint, er würde noch einmal in ein paar Tagen wiederkommen.«

»Und dann ist er gefahren?«

»Ja. Mir kam das sehr überstürzt vor, als wolle er sich nicht lange mit mir beschäftigen.«

»Und mehr weißt du nicht?«

»Doch, Herr Kommissar. Ich kann dir sagen, dass er einen weißen Toyota fuhr, denn er hat ihn mitten auf unseren Hof gestellt, und ich kann dir sogar das Kennzeichen nennen.« Bauer fischte nach einem Zettel in seiner Hosentasche.

»Es lautet AC-SB-6614.«

27. KAPITEL

Verflixt und zugenäht! Böhnke fluchte vor sich hin. Wie lautete noch der Name der jungen Frau, die sich in dem schäbigen Haus im trostlosen Immerath vorgestellt und die er auf der Fotografie erkannt hatte? Einiges sprach dafür, dass sie auch in dem Wohnheim lebte oder gelebt hatte, wenn er Karl richtig verstanden hatte. Seine Augen flogen mehrmals über die Namensliste von Susanne. Zwar konnte er fast die Hälfte der Namen Studentinnen zuordnen, aber es war keiner dabei, von dem er sagen würde, das war der Name der Frau aus Immerath.

Das wurde ja immer verrückter. Erst die Verblüffung mit dem Autokennzeichen, jetzt das Erschrecken über seine eigene Vergesslichkeit. Er hatte noch eine Hoffnung, aber die war seine letzte Möglichkeit.

Böhnke streckte sich auf der Couch aus, das Telefon und die TV-Fernbedienung in Griffweite auf dem Tisch, die Unterlagen von Bauer und Susanne neben sich auf dem Boden.

Was hatte er an Informationen?, fragte er sich. Ob diese Informationen taugten, das Ableben von Mertens oder das Verschwinden von Bauer aufzuklären, war eine zweite Frage, die sich ihm jetzt noch nicht stellte.

»Also, was habe ich an neuen Informationen«, sagte er laut in den Raum.

Er kannte ein Kennzeichen, das von Mertens' Auto stammte, in dem ein Unbekannter erschossen aufgefunden wurde und das an einem oder zwei Fahrzeugen angebracht worden war, das oder die zweimal gesehen worden waren; auf der Autobahn und auf dem Bauernhof von Bauer in Huppenbroich. Offensichtlich hatte es zwei unterschiedliche Fahrer gegeben oder einen Verkleidungskünstler, der beide Rollen spielte. Damit schied aber der Kleiderschrank aus, der Lieselotte in Immerath unangenehm aufgefallen war. Den hätte Bauer bestimmt anders beschrieben als höflich, blond und klein, und der der Freund von …, verdammt noch mal, wie hieß die Frau? Ihr Name fiel ihm einfach nicht ein, der Griff zur Namensliste brachte ebenfalls keinen Erfolg.

Mit diesem unbefriedigenden Zustand würde er sich nicht zu Bett begeben, bestimmte er für sich und griff zähneknirschend zum Telefon. Es schlug an, bevor er es aktivieren konnte, was er nicht einmal als unpassend empfand. So ersparte er sich die Frage von Lieselotte, warum er sie entgegen ihrer Gepflogenheit abends anrufen und von ihr etwas wissen wollte, was er eigentlich selbst wissen könnte.

»Ich höre«, brummte er standardsatzmäßig, um prompt die übliche Erwiderung zu erhalten: »Da bin ich aber froh, dass du nicht taub bist.«

»Was gibt's?« Er gab sich kurz angebunden.

»Vieles, das dich interessieren könnte«, antwortete Lieselotte geheimnisvoll.

»Und was?«

»Es gibt da mindestens zwei interessante Parallelen zwischen der Arbeit von Konrad Bauer und der von Paul Mertens. Das habe ich gerade festgestellt.« Er müsse unbedingt die beiden Ausarbeitungen über die Tagebaue lesen.

»Dann wirst du erkennen, dass die Passage über den Wassereinbruch in Hambach sich fast wortwörtlich in der Arbeit über Garzweiler II wiederfindet. Sogar die Quellenangaben sind identisch.«

»Der eine hat vom anderen abgekupfert«, mutmaßte Böhnke laut.

»Glaub ich nicht. Die beiden haben sich ergänzt, nehme ich an. Denn diese Passage ist eigentlich nur ein Teil der Begründung, warum sich Mertens eben mit der Grundwassersituation in der Erkelenzer Börde befasst. Ich nehme sogar an, dass Bauer diesen Text von Mertens hat.«

»Wie kommst du darauf?«

»Weil ich beim Fazit von Mertens Arbeit auf eine Schlussfolgerung gestoßen bin, die von Bauer stammt, dass nämlich aus ökonomischen und ökologischen Gründen der Tagebau Hambach ausreicht, und auf die Tagebaue Garzweiler und Inden aus ökonomischen, vor allem aber aus ökologischen Gründen verzichtet werden kann.«

Lieselotte besaß ein gutes Gedächtnis, sagte sich Böhnke bewundernd. Beinahe beiläufig hatte er ihr von Konrads Untersuchungsergebnis berichtet, sie hatte es behalten und wieder gefunden.

»Ich habe bisher nur quergelesen«, fuhr Lieselotte fort, »aber die Arbeit über das Grundwasser ist so interessant, dass ich sie komplett lesen werde.« Er würde sich ja während der Woche ohnehin nicht um sie kümmern, warf sie Böhnke scherzhaft vor. Da müsse sie sich eine sinnvolle Beschäftigung suchen. Außerdem ließe sich damit der Nachtdienst besser bewältigen. »Ich bin gespannt, ob ich noch mehr Querverbindungen finde.«

»Vielleicht auch zu Erkenntnissen über den Tagebau Inden.«

»Commissario, du bist eine richtige Spürnase. Daran habe ich auch schon gedacht. Und ich meine mich daran zu erinnern, dass in den beiden Arbeiten auch Passagen über den dritten Tagebau stehen. Aber dafür habe ich mich bisher nicht interessiert. Jetzt wird das bestimmt anders.« Sie lachte. »Da wird auch ein Autor zitiert, der hat einen total komischen Namen. Ich habe ihn aber wieder vergessen.«

»Du und die Namen«, lästerte Böhnke genüsslich. Endlich hatte er den Hebel gefunden, um sein Anliegen vorzutragen, ohne seine eigene Vergesslichkeit zugeben zu müssen.

»Du erinnerst dich an unseren Ausflug nach Immerath. Als wir da vor der Tür des besetzten Hauses standen, hat uns eine junge Frau geöffnet und begrüßt.«

»Luise Seibold«, unterbrach ihn Lieselotte spontan.

»Richtig. Luise Seibold.« Böhnke schmunzelte.

»Was ist mit der?«

»Nichts Besonderes.« Knapp berichtete er ihr, dass er sie auf dem Foto von Karl Bauer gesehen hatte.

»Hast du auch den ungepflegten Kleiderschrank wiedererkannt?«

»Nein.« Böhnke gähnte laut. Deutlicher konnte er Lieselotte nicht machen, dass sie das Gespräch beenden sollte.

»Commissario, hau dich hin und träum was Schönes.«

»Ich träum doch nur von dir, meine Liebe.«

»Was Schönes, hab ich gesagt.«

Das Telefon ablegen und nach der Liste zu greifen war eine Bewegung. Schnell flogen seine Augen über die Namen. Wieder wurde er nicht fündig. Jetzt kannte er zwar den Namen, doch half ihm das nicht weiter. Eine Luise Seibold war auf der Liste nicht verzeichnet.

Was konnte das bedeuten?, fragte er sich. Hatte die Frau doch nicht in dem Heim gewohnt? Oder war die Liste unvollständig?

»Das kann nicht sein.« Susanne war geradezu aufgebracht, als er ihr berichtete, dass die Liste nicht aussagekräftig sei. Nur wenige Minuten, nachdem Böhnke das Telefonat mit Lieselotte beendet hatte, hatte Susanne bei ihm angerufen.

»Ich will meinem Lieblings-Kommissar nur eine gute Nacht wünschen«, hatte sie gescherzt. »Nein. Ich wollte nur wissen, ob mein Lieblings-fast-Schwiegervater schon das Foto abgeliefert hat. Das interessiert mich nämlich rein privat.«

»Warum?«

»Weil ich doch selbst drauf bin.« Sie werde, seine Zustimmung vorausgesetzt, am nächsten Morgen das Bild abholen.

Dann könne sie ihm gleich eine neue Liste mitbringen, hatte er daraufhin gemeint. Er mochte es nicht, mit lückenhaften Informationen versorgt zu werden. »Und vielleicht noch etwas über eine gewisse Luise Seibold erfahren.«

Sie werde sich darum kümmern und eventuell eine ergänzte Liste veranlassen, versprach Susanne. »Bis morgen, Herr Kommissar.«

Endlich fand er den Weg ins Bett. Und er meinte, einen angenehmen Traum zu haben, eben was Schönes.

In seinem Traum spielte Susi-Mausi die Hauptrolle.

28. KAPITEL

Freudestrahlend öffnete er Susanne die Haustür, noch bevor sie klingeln konnte. Er hatte sie bereits gesehen, als sie sich auf der Zufahrt dem Haus näherte.

»Sie können es wohl gar nicht erwarten, mich wiederzusehen«, scherzte sie, während sie ihn umarmte und Küsse auf die Wangen hauchte. »Darf ich ins Haus, oder wollen wir im Eingang stehen bleiben?« Ohne die Antwort abzuwarten, war sie an Böhnke vorbeigehuscht.

»Gemütlich haben Sie es hier«, sagte sie nach ihrem Rundblick durch den offenen Wohnbereich mit den bodentiefen Fenstern zur Terrasse und der naturbelassenen Blumenwiese. »Und ich habe Ihnen auch noch was mitgebracht, damit es nicht zu langweilig hier in der Einsamkeit wird.« Flugs hatte sie aus ihrer Handtasche zwei Papierblätter geholt, die sie Böhnke entgegenhielt.

»Das ist die Liste vom Wohnheim. Sie ist identisch mit der ersten. Ich habe sie Ihnen nur mitgebracht, damit sie sehen, dass es keine Lücken gibt.« Susanne lachte ihn an, und er lachte zurück.

Ihm gefiel, was er sah, eine junge, attraktive Frau in eleganter Bluse und Jeans und einer engen braunen Lederjacke. Ihr Haar hatte sie zurückgekämmt und zu einem Pferdeschwanz zusammengebunden. Sie erinnerte ihn sehr an Lieselotte, als er sie kennengelernt hatte, wenn er einmal davon absah, dass seine Liebste fast so groß war wie er, Susanne ihm dagegen gerade bis zur Schulter reichte.

»Na, genug gesehen«, bemerkte sie schmunzelnd. »Wollen Sie nicht wissen, was ich heute schon erledigt habe?«

Böhnke runzelte fragend seine Stirn.

»Ich habe mich, wie versprochen, um die Liste gekümmert und deswegen mit einem Angestellten vom Studentenwerk Aachen gefrühstückt. Der hat danach im Büro noch einmal alle Mieterbewegungen in dem Wohnheim überprüft, aber, wie Sie sehen, keine neuen Erkenntnisse herausgefunden. Diese Liste«, sagte sie, indem sie auf die Papiere in Böhnkes Händen zeigte, »ist vollständig. Wer da nicht draufsteht, der hat auch nicht in dem Haus gewohnt. Oder, um es noch deutlicher zu sagen, nur wer da draufsteht, der hat auch in dem Haus gewohnt.«

»Okay.« Böhnke winkte ab. »Das bedeutet aber auch, dass eine Luise Seibold dort nicht wohnte.«

»Zumindest nicht offiziell. Kann ja sein, dass sie ein Liebchen eines Studenten ist und bei ihm genächtigt oder auch mal gewohnt hat, ohne dass die Beziehung mietrechtliche Konsequenzen gehabt hätte.«

Wenn Susanne so sprach, könnte man meinen, sie sei bei Grundler in die Lehre gegangen, dachte sich Böhnke vergnügt.

Die Frau lächelte ihn an. »Wenn ich manchmal so verquer rede, liegt das an den Genen meiner Mutter. Die ist promovierte Volljuristin und spaltet jedes Haar so lange, bis niemand mehr weiß, dass es einmal ein Haar gewesen ist.«

Sie schaute sich erneut um. »Sie haben doch bestimmt was für mich, Herr Böhnke? Oder schon vergessen?«

»Quatsch.« Brummend holte Böhnke vom Wohnzimmertisch das Gruppenbild. »Sie können von mir aus das Foto mitnehmen. Aber nur«, er zog die Hand schnell zurück, als Susanne nach der Ablichtung griff, »aber nur, wenn Sie mir vorher noch verraten, was Sie über Luise Seibold herausgefunden haben.«

»Sie Schlingel.« Susanne schüttelte erheitert den Kopf. »Woher wissen Sie nur, dass ich mich auch darum gekümmert habe? Ich habe nicht nur im Studentenwerk nach dieser Frau gesucht, sondern auch im Einwohnermeldeamt der Stadt Aachen und dem der Städteregion nach ihr gefragt.« Sie hob fast schon entschuldigend die Arme. »Alles auf dem kurzen Dienstweg, aber es musste ja schnell gehen. Immerhin wollte ich Sie nicht enttäuschen.«

»Und?«

»Tut mir leid. Ich muss Sie enttäuschen. Dort gibt es keine Luise Seibold. Und bei der Schufa habe ich nur eine gefunden, die 78 Jahre alt ist, in Eintürnen wohnt und einen uralten Eintrag hat.«

Da könne man nichts machen, urteilte Böhnke mehr für sich als für Susanne, wo immer auch dieses Eintürnen sein sollte.

»Hier.« Er gab ihr das Foto.

Interessiert betrachtete sie das Bild. »Was waren wir da noch jung«, meinte sie vergnügt. »Da ist ja auch Paul.« Sie deutete mit dem Finger auf den jungen Mann, der lässig mit einer Bierflasche in der Hand am rechten Rand der Gruppe stand. »Aber viel älter sind wir doch auch nicht geworden. Oder?«

»Viel älter nicht, nur noch attraktiver.« Böhnke erschrak über sich und seine forsche Wortwahl. Aber nun war die Bemerkung in der Welt.

Susanne lächelte ihn wieder an. »Ich hab's doch gesagt, Sie sind ein Schlingel.« Erneut ließ sie ihre Augen über das Bild gleiten. »Etliche kenne ich vom Sehen, einige beim Namen. Und da soll auch Luise Seibold drunter sein?«

Böhnke nickte und deutete auf das Gesicht im Hintergrund zwischen Männerschultern. »Das ist sie.«

Susanne fixierte die Person, schüttelte dann aber entschlossen den Kopf. »Die kenne ich nicht. Hatte wohl jemand aus Konrads Freundeskreis mitgebracht.«

»Der aber angeblich zum größten Teil in dem Wohnheim wohnte«, gab Böhnke zu bedenken.

»Sie sagen selbst größtenteils«, entgegnete Susanne. »Also nicht vollständig.«

Sollte er diese Bemerkung als Haarspalterei bezeichnen? Böhnke sparte sich die Überlegung.

»Was ist?«, hörte er seine Besucherin fragen. »Was machen wir beiden Hübschen jetzt?«

»Sie fahren wieder, und ich mache einen Spaziergang«, schlug er vor.

Doch sie schien von seinem Vorschlag nicht angetan und schüttelte sich und damit ihren neckischen Pferdeschwanz. »Wollen Sie sich etwa damit zufriedengeben, dass sich eine Luise Seibold auf Konrads Feier eingeschlichen hat, und wir nichts über sie herausbekommen? Vielleicht weiß sie ja etwas über Paul, das wir noch nicht wissen, oder hat was mit Konrad zu tun?« Sie werde ins Studentenwohnheim fahren und sich dort noch einmal mit dem Foto als Anhaltspunkt umhören. »Also was ist? Kommen Sie mit?«

Warum eigentlich nicht? Den Tag mit Susanne zu verbringen, war allemal unterhaltsamer, als alleine durch den Busch zu laufen. Vielleicht würde er am Abend bei Lieselotte bleiben und mit ihr über die Arbeiten der Studenten reden.

»Wo haben Sie denn Ihren Kinderwagen gelassen?« Verwundert schaute sich Böhnke an der Kapellenstraße um. Neben der Einfahrt hatte er den Stromer vermutet. Stattdessen parkte auf dem Grünstreifen ein silberfarbiger Audi Q7, den Susanne wie selbstverständlich mit der Funkbedienung öffnete.

»Für die Strecken, die ich heute noch fahren muss, reichen die Batterien nicht. Da musste ich meinen Zweitwagen nehmen«, antwortete sie in einem Tonfall, an dem Böhnke nicht erkennen konnte, ob er ernst oder ironisch gemeint war. »Nun steigen Sie schon ein!«, forderte sie ihn auf und schwang sich hinters Lenkrad. »Oder haben Sie Angst?«

»Mit Ihnen fahre ich bis ans Ende der Welt«, behauptete er betont theatralisch und öffnete die Seitentür.

Wie konnte Susanne ohne Kindersitz übers Lenkrad blicken? Böhnke verkniff sich die flapsige Frage, als er bemerkte, dass er im Beifahrersitz tiefer saß als die Fahrerin neben ihm.

»Jetzt kann ich Ihnen wenigstens in die Augen schauen, ohne dass ich mir eine Genickstarre hole«, bemerkte sie und gab zügig Gas, noch bevor er angeschnallt war, was ihm von der Computerstimme aus dem versteckten Lautsprecher prompt einen Tadel und harschen Befehl einbrachte, er sei nicht angeschnallt und möge unverzüglich zu seiner eigenen Sicherheit der Gurt befestigen.

Das Fahren in dem großen Fahrzeug, einem SUV, wie Susanne sagte, war schon bequemer als in einem Polo und auch in dem elektrischen Flitzer, aber wahrscheinlich auch erheblich teurer, mutmaßte Böhnke, während er sich von Susanne nach Aachen chauffieren ließ. Wenn er ehrlich zu sich selbst war, würde ihm ein Stromer reichen; für die wenigen Kilometer, die er noch nicht einmal täglich auf Achse war. Warum besaß er eigentlich keinen?

Sie werde diese Benzinschleuder nicht mehr lange fahren, erläuterte sie während der Fahrt. Ein großer Stromer sei schon bestellt mit einer Reichweite von rund 500 Kilometern. »Ein Tesla aus Amerika. Die Deutschen sind ja nicht dazu in der Lage, bei den Stromern eine vernünftige Reichweite anzubieten.« Es gebe gerade einmal erste zaghafte Versuche. »Aber so richtig Interesse an der Elektromobilität haben unsere Autokonzerne anscheinend nicht.«

Was sollte er dazu sagen? Böhnke schwieg.

Susanne schien auf der Sonnenseite des Lebens zu wohnen. Ob mit dem Fiat oder jetzt mit dem Audi, anscheinend stellte man ihr bereitwillig einen Parkplatz in passender Größe direkt an ihrem Ankunftsziel zur Verfügung. Ehe er sich versah, hatte sie rückwärts in eine Lücke eingeparkt, von der er angenommen hatte, sie sei viel zu klein.

»Der Wagen ist wendiger, als man meint, und ich fahre besser, als Mann denkt«, kommentierte sie Böhnkes verblüfften Blick, als sie vor dem Studentenwohnheim standen.

Wie selbstverständlich stiefelte Susanne mit wippendem Pferdeschwanz in das Haus, aus dem etliche junge Leute strömten.

»Die gehen jetzt zum Frühstück«, rief sie Böhnke zu, der Mühe hatte, ihr durch das Treppenhaus zu folgen.

»Wohin wollen Sie?«, fragte er.

»Wohin wohl?«, fragte sie zurück. »Können Sie sich doch denken. Oder?«

Vor sich hin pfeifend, trottete er hinter ihr her, auch wenn er sie bisweilen wegen der herumwuselnden jungen Leute gelegentlich und schließlich ganz aus dem Blick verlor. Spätestens im Apartment von Mertens würde er sie wieder treffen. Dachte er jedenfalls. Umso erstaunter war er, als auf sein Klopfen niemand öffnete. Wo blieb sie nur?

»Sie sind mir ein schöner Kommissar«, lästerte Susanne, als sie ihn wenige Minuten später auf dem Flur wartend antraf. »Wer weiß wohl alles in so einem Haus? Natürlich Hausmeister Krause. Und was meinen Sie wohl, was er mir gezwitschert hat?«

»Dass Sie ein bunter und schräger Vogel sind«, knurrte Böhnke. Er mochte derartige Spielchen nicht, bei denen er auf die Folter gespannt wurde.

»Das auch«, konterte Susanne unbeeindruckt, »aber auch, dass es keine Luise Seibold in diesem Heim gab oder gibt.«

»Super«, meinte Böhnke gedehnt, »das wusste ich auch ohne Ihren Hausmeister Krause.«

»Herr Kommissar, Sie enttäuschen mich.« Susanne sah ihn zweifelnd an. »Ich habe nur gesagt, dass Krause mir gesagt hat, dass es keine Luise Seibold in diesem Heim gab oder gibt.«

Endlich kapierte er. »Er hat Ihnen aber auch gesagt, dass es eine Frau gibt, die er auf dem Bild aus Huppenbroich erkannt hat und die uns als Luise Seibold bekannt ist.«

»Sie sagen es. Die Frau hat Sie angelogen. Die heißt nicht Luise Seibold, sondern Petra Bündner.« Kopfschüttelnd öffnete sie die Tür zu dem Apartment und eilte zum Schreibtisch.

»Was wollen Sie machen?«, fragte Böhnke, als sie den Computer aktivierte.

Susanne achtete nicht auf ihn. Er beobachtete, wie sie mit flinken Tastengriffen zunächst die Fotografie einscannte, dann daraus das Konterfei von Bündner kopierte und beide Dateien in einer zusammenfasste. Mit weiteren Tastenkombinationen hatte sie sich einen Zugang zum Internet geschaffen, und nach dem Schreiben eines kurzen Textes drückte sie eine Starttaste.

»So, jetzt habe ich Zeit für eine Antwort«, sagte sie endlich. »Vielleicht haben Sie ja mal etwas über social media gehört. Facebook, Twitter, E-Mails und so weiter. Ich habe gerade eine Meldung losgeschickt an alle möglichen Freunde, Bekannten und noch andere mehr, die Paul in seinem elektronischen Adressbuch hat. Mit etwas Glück erfahren wir bald mehr über diese Petra. Denn im Heim wohnt sie ja nicht mehr. Und wen soll ich hier konkret fragen?«

Böhnke war irritiert. »Schön und gut«, sagte er nachdenklich, »wollen wir jetzt warten, bis sich irgendeiner meldet?«

»Nein. Ich habe für Antworten eine meiner Adressen angegeben.« Susanne pustete durch. »Ich will wissen, was los ist und warum Paul wirklich sterben musste.«

Ich auch, sagte sich Böhnke. Vor allem interessierte ihn, warum die Frau in dem besetzten Haus ihn belogen hatte. Aus Angst vor dem Riesen? Aus Berechnung?

»Das sollten wir sie selber fragen«, meinte Susanne entschlossen. »Wie wär's mit einem Trip gen Norden nach Immerath, Herr Kommissar?«

29. KAPITEL

Das war ja nicht anders zu erwarten gewesen, schimpfte Böhnke vor sich hin, als er zur im Audi wartenden Susanne zurückging, nachdem niemand auf sein Trommeln gegen die Haustür reagiert hatte.

»Die Vögel sind ausgeflogen«, sagte er mit einem Blick über die menschenleere Straße. »Das haben Sie davon. Ihre supermodernen ›social media‹. Deutlicher hätten Sie nicht zu verstehen geben können, dass wir die beiden suchen. Oder haben Sie etwa geglaubt, die hätten den Aufruf nicht gelesen?« Den Ausflug nach Immerath hätte man sich sparen können.

»Wer sagt denn, dass die gerade erst weg sind?«, hielt Susanne dagegen. Doch wirklich überzeugend klang ihre Frage nicht. Sie war ausgestiegen und lief um das Auto auf ihn zu.

»Kommen Sie«, forderte sie ihn auf und hakte sich ein. »Vielleicht finden wir ja einen, der uns was sagen kann.«

Weniger die Hoffnung, Informationen zu erhalten, als vielmehr das angenehme Gefühl, die junge Frau neben sich zu spüren, ließ ihn einwilligen. »Wenn Sie meinen, hier in der gottverlassenen Gegend einen vernünftigen Menschen zu finden, dann wollen wir mal unser Glück versuchen.«

»He, Herr Böhnke? Was treiben Sie denn hier?« Kaum hatten sie sich in Bewegung gesetzt, rief ihm eine Stimme im Rücken die Frage zu. Langsam drehte sich Böhnke um und er erkannte einen Mann in Jeans und Lederjacke, der sich ihnen mit schnellen Schritten näherte. Er wusste nicht, ob er sich über diese Begegnung freuen sollte oder nicht.

»Sind Sie's? Oder sind Sie Ihr Zwillingsbruder?«, fragte er mit einem zweifelnden Blick den Mann Ende 30, der sich ständig räuspernd und mit den Augen blinzelnd vor ihm aufgebaut hatte.

»Natürlich bin ich's!«, antwortete der nervös wirkende Mann. »Mich gibt's nur einmal.« Er wandte sich unverschämt grinsend Susanne zu. »Und wer ist diese umwerfende Frau, die Sie nach hier entführt haben?«

»Sind Sie immer so unhöflich?«, fauchte Susanne. »Können Sie mich nicht direkt fragen?« Sie wirkte ungehalten. »Wer sind Sie überhaupt?« Sie musterte den Mann abschätzig und gab deutlich zu verstehen, dass dieser Typ mit dem spärlichen Haarwuchs und der kleinen Nickelbrille nicht in ihr Beuteschema passte.

»Walter von den Driesch, Werte. Reporter beim WDR und ständig auf der Suche nach etwas Schönem.« Die barschen Worte von Susanne konnten ihn nicht aus der Fassung bringen. Er war scheinbar immer noch auf der Balz, vermutete Böhnke, der sich sofort an die Geschichte in Huppenbroich erinnerte, bei der von den Driesch ihm bei der Aufklärung des Mordes an einem Aachener Makler geholfen hatte.

»Was recherchieren Sie hier? Ich denke, Sie sind Regionalkorrespondent für die Eifel?« Böhnke wusste nicht mehr, ob er sich nach der alkoholträchtigen Siegesfeier mit dem Journalisten duzte, oder ob sie beim Sie geblieben waren. Da ihn aber auch der Mann gesiezt hatte, war er mit dieser Anrede auf jeden Fall auf der sicheren Seite.

Von den Driesch lächelte ihn an. »Das war einmal, Herr Böhnke. Die Eifel ist Schnee von gestern. Ich tummle mich überall im Verbreitungsgebiet vom WDR herum und suche mir meine eigenen Geschichten.« Er breitete die Arme aus und drehte sich einmal um die eigene Achse. »So wie hier. Das ist das Thema, das bewegt. Die Braunkohle, die wir angeblich brauchen, um Strom zu haben, die Menschen, die ihre Heimat verlassen müssen und nicht wissen, was sie am Umsiedlungsort erwartet, die Häuser und Kirchen, die eine so lange Geschichte haben und in wenigen Minuten zu Ruinen werden, die Natur, die sich scheinbar damit abfindet, dass ihr der Mensch tiefe Wunden zufügt … Noch was?« Er sah sich versonnen um. »Damit habe ich in den nächsten Jahren und Jahrzehnten genug zu tun.«

»Und jetzt kümmern Sie sich um die Hausbesetzung hier?« Böhnke zeigte auf das kleine Gebäude.

Von den Driesch winkte lässig ab. »Die war doch schon Sonntagabend beendet.« Warum Susanne einen triumphierenden Blick in Böhnkes Richtung warf, irritierte ihn nur für einen Augenblick. »Die Hausbesetzer haben sich gegen 17 Uhr ein Taxi genommen und sind zum Bahnhof nach Hochneukirch gleich ums Eck gefahren.«

»Wie viele?«

»Zwei, Herr Kommissar. Eine nette Frau und ihr unsympathischer Freund.«

»Nicht drei?«

»Herr Kommissar.« Von den Driesch stöhnte und hielt ihm demonstrativ die Hand mit ausgestrecktem Mittel- und Zeigefinger entgegen. »Wie viele Finger zählen Sie? Richtig, zwei. Und so viele Menschen sind in das Taxi gestiegen. Wenn Sie noch einen Zeugen haben wollen, kann ich Ihnen den Wachdienst empfehlen, der hat das nämlich auch beobachtet.«

»Aber es waren doch ursprünglich drei Hausbesetzer«, wandte Böhnke ein.

»Was Sie alles wissen. Sie haben recht. Aber einer ist schon am Freitag weg.«

»Sind Sie sicher?« Böhnke erinnerte sich an die Aussage vom Sonntag, als ihm der Riese erklärt hatte, Konrad Bauer sei unterwegs.

»Natürlich bin ich sicher. Ich bin doch mehr hier als in meiner Wohnung in Erkelenz.«

»Und Sie hatten regelmäßig Kontakt zu den dreien?« Susanne mischte sich in das Gespräch ein, zu Böhnkes Verwunderung mit einer Fragestellung, die seine eigene war. Eine Frage oft mit einem ›Und‹ zu beginnen, war anscheinend nicht nur eine unausrottbare Marotte von ihm.

»Tagtäglich, werte Dame. So wie ich auch gerne tagtäglich Kontakt zu Ihnen hätte.« Von den Drieschs nervöses Blinzeln war wieder zu einem dreisten Grinsen geworden. »Sie haben mir immer noch nicht gesagt, wer Sie eigentlich sind.«

Das habe Zeit, antwortete Susanne schnippisch. Erst habe er ihre Fragen zu beantworten, dann könne man weitersehen. »Warum haben die drei das Haus besetzt? Die können den Tagebau doch eh nicht verhindern.«

Da habe sie vielleicht recht, entgegnete von den Driesch. »Mit den üblichen Mitteln können Sie keinen Tagebau mehr verhindern.« Sie solle an das Urteil des Bundesverfassungsgerichts denken, in denen das Recht des Bergbautreibenden höher eingestuft worden sei als das Recht der Bewohner eines Tagebauplangebietes. »Es gibt kein Recht auf Heimat, es gibt aber ein Recht auf Stromgewinnung, solange die Politik auf die Braunkohle als wichtigen oder sogar wichtigsten Stromlieferanten setzt. Heimisch, kostengünstig, in großer Menge verfügbar. Da ist das politisch definierte Allgemeinwohl höherwertiger als das Individualinteresse.« Von den Driesch winkte ab. Er könne jetzt einen stundenlangen Monolog halten, aber das würde eh nichts bringen.

»Warum haben die denn dann das Haus besetzt?«, fragte Susanne noch einmal. Böhnke unterließ den Hinweis, es habe sich gar nicht um eine Besetzung im juristischen Sinne gehandelt. Das spielte momentan keine Rolle.

»Denen geht es nicht um die Umsiedlung und den Verlust der Heimat, denen geht es darum, auf den Tagebau generell und speziell auf die Überprüfung der Grundannahmen des Tagebaus Garzweiler II hinzuweisen«, antwortete der Journalist.

»Muss ich das verstehen?« Susanne schaute fragend zu Böhnke, der ahnungslos mit den Schultern zuckte.

Von den Driesch stöhnte. »Weils keiner versteht, will's auch niemand hören. Dabei ist das ein möglicher Hebel, diesen Tagebauwahnsinn doch noch aufzuhalten oder gar zu stoppen.«

»Und wieso?«, fragten Böhnke und Susanne gleichzeitig.

Der Blick von von den Driesch wanderte von Böhnke zu Susanne. »Da muss ich auf eine Zeit zu sprechen kommen, da waren Sie wahrscheinlich noch gar nicht auf der Welt, Werteste.« Der Journalist atmete tief durch. »Also, als vor rund 30 Jahren der Braunkohlenausschuss die Genehmigung für Garzweiler II erteilte, hatte es am Tag vor der Abstimmung eine Vereinbarung zwischen der damaligen Landesregierung und dem Tagebaubetreiber, der damaligen Rheinbraun AG, eine sogenannte Leitentscheidung, gegeben, die Grundlage für den Genehmigungsbeschluss wurde. Darin steht auch festgeschrieben, dass in regelmäßigen Abständen die Grundannahmen für die ökonomische Notwendigkeit und ökologische Beherrschbarkeit des Tagebaus überprüft werden. Das ist, wie gesagt, rund 30 Jahre her, aber bis heutzutage hat noch kein einziger Politiker in der Stadt Erkelenz, im Kreis Heinsberg, im Regierungsbezirk Köln oder im Land Nordrhein-Westfalen einen Vorstoß gemacht, um diese Überprüfung der Grundannahmen in die Wege zu leiten. Und das ist der Skandal, gegen den die Hausbesetzer hier protestieren.« Es gebe zwar inzwischen eine zweite, neue Leitentscheidung, aber die habe ihren Namen nicht verdient. Das sei ein reiner Eiertanz der Landesregierung und ein Freibrief für den Bergbautreibenden, den Abbau fortzusetzen, zu strecken, zu unterbrechen oder zu beenden.

»Das war mir nicht bekannt«, sagte Böhnke freimütig.

»Ihnen nicht und auch sonst fast niemandem. Das wird nämlich immer totgeschwiegen, und selbst die Medien scheinen wenig Interesse daran zu haben.«

»Warum nicht?«

»Kann ich nicht sagen.« Von den Driesch rieb sich demonstrativ Daumen und Zeigefinger. »Und will ich nicht vermuten.« Er sah sich versonnen um. »Und da gibt es noch einen zweiten Grund für die Hausbesetzung. Die wollten Druck machen und neue Aufmerksamkeit erzeugen, bevor im nächsten oder übernächsten Jahr die wasserwirtschaftliche Erlaubnis für den Betrieb des Tagebaus Garzweiler II erneuert wird.« Er schüttelte ungehalten den Kopf. »Die grüne Umweltministerin hätte damals schon die erste wasserwirtschaftliche Erlaubnis für Garzweiler II verweigern können. Sie hat sie aber aus machtpolitischen Gründen erteilt, weil die Grünen unbedingt die rot-grüne Landesregierung aufrechterhalten wollten. Und jetzt sitzt die gute Frau in Berlin und freut sich ihres Abgeordnetendaseins.«

»Wenn damals die Erlaubnis nicht erteilt worden wäre, hätte es den Tagebau also gar nicht gegeben?«, fragte Susanne erstaunt.

»Vielleicht. Aber das glaube ich nicht. Wenn deswegen damals die Landesregierung geplatzt wäre, hätten bei einer Neuwahl die Tagebaubefürworter wahrscheinlich eine gewaltige Mehrheit bekommen, weil auch CDU und FDP sich unverbrüchlich für Garzweiler II ausgesprochen hatten. Dann wäre die Erlaubnis vielleicht ein halbes Jahr später erteilt worden.« Von den Driesch nahm seine Brille ab, um sie mit einem Tuch zu putzen. »Jetzt sieht das etwas anders aus, würde ich sagen. Die Grundwasserproblematik ist wohl doch noch dramatischer, als damals prognostiziert. Die Sümpfungsschäden sind größer, als erwartet. Der Naturpark Maas-Schwalm-Nette kann trotz permanenter Wasserlieferungen nicht in seiner Gesamtheit, sondern nur noch in seinen wesentlichen Teilen erhalten bleiben. Und was wirklich passiert, wenn das Grundwasser in der Erkelenzer Börde noch mehr betroffen, sprich abgepumpt ist, das vermag niemand mit absoluter Sicherheit zu sagen.«

»Das Erkelenzer Meer«, platzte es aus Böhnke heraus.

»Sie sagen es, Herr Böhnke. Das ominöse Erkelenzer Meer, von dem die einen sagen, es gibt es überhaupt nicht, und von dem andere behaupten, es sei der größte zusammenhängende Grundwasserstock im Rheinland.« Von den Driesch setzte seine Brille wieder auf und streckte sich gähnend.

»Also, was treiben Sie hier?«, fragte er unvermittelt.

»Wir suchen die drei Hausbesetzer, weil wir sie etwas fragen wollen«, antwortete Susanne. Sie lächelte von den Driesch an. »Sie haben einen Laptop, der mir gehört. Den wollte ich zurück, mein Lieber.«

»Dann kennen Sie also die drei?« Von den Driesch blinzelte unruhig. Die Charmeattacke von Susanne hatte ihn überrascht.

»Kennen ist zu viel gesagt. Wie gesagt, wir wollten nur den Laptop«, log sie und berührte von den Driesch am Arm. »Oder muss ich ihn etwa bei Ihnen holen?«

»Hm.« Böhnke räusperte sich. Er spürte, dass von den Driesch angestrengt nachdachte. Der Journalist würde ihnen diese Geschichte wahrscheinlich nicht abnehmen. Das Holen eines Laptops war kein Grund, mit einem, wenn auch pensionierten, Kommissar durch die Gegend zu fahren. »Einer der drei stammt aus Huppenbroich. Sein Vater hat mich gebeten, Kontakt zu ihm aufzunehmen.«

»Sie meinen Konrad Bauer.« Von den Driesch schaute von Susanne zu Böhnke, der zustimmend nickte.

»Er ist mein Freund«, sagte Susanne zu Böhnkes Verblüffung, »und ich hatte Angst, dass er sich in die Tussi verguckt.«

»Werteste, Sie und Eifersucht?« Von den Driesch tat erstaunt. »Ihretwegen würde ich jeder Frau auf der Welt den Laufpass geben. Und ich kann mir nicht vorstellen, dass Bauer Sie wegen Luise Seibold verlassen würde. Außerdem war sie mit Holger Franken befreundet.«

Ein leichtes Schmunzeln verirrte sich in Susannes Gesicht. Böhnke war sich nicht so sicher. Was sprach dafür, dass Holger Franken der richtige Name des Riesen war? Luise Seibold hieß in Wirklichkeit auch anders. Da sollte ihr Freund bei der Wahrheit geblieben sein?

»Okay.« Was von den Driesch konnte, das konnte Susanne auch. »Schön, Sie kennengelernt zu haben, Herr von den Driesch.« Sie zückte aus ihrer Handtasche eine Visitenkarte, die sie ihm reichte. »Kommen Sie, Herr Böhnke, wir müssen zurück«, sagte sie laut und ging zum Fahrzeug.

»Sekunde«, brummte er. Er wandte sich von den Driesch zu. »Wissen Sie, wo ich den Wachdienst finde, der hier Dienst gemacht hatte?«

»Kein Problem«, murmelte der Journalist. »Der hat seinen Sitz in Jülich an der Kleinen Rurstraße. ZWD heißt der, Ziviler Wachdienst. Steht im Telefonbuch.« Er widmete sich der Visitenkarte von Susanne. »Was soll das denn?«, fragte er verblüfft und zeigte sie Böhnke. Der musste laut auflachen. Auf der Karte standen lediglich Susannes Name und der Hinweis, dass sie Studentin an der RWTH Aachen sei.

»Da müssen Sie wohl recherchieren, wenn Sie die Frau wiedersehen wollen«, meinte er schmunzelnd und tippte von den Driesch zum Abschied kurz auf die Schulter.

Ob er das für bare Münze nehme, was der Journalist ihnen in Immerath erzählt habe, wollte Susanne wissen, als sie auf der Autobahn wieder in Richtung Aachen unterwegs waren.

Alles sicherlich nicht, meinte Böhnke. Aber darauf käme es auch nicht an. Wichtig seien für ihn nur einige Fakten.

»Nämlich?«

»Dass Konrad Bauer vor den anderen das Haus verlassen hat.«

»Und dass seine beiden Begleiter falsche Namen angegeben haben«, fuhr Susanne fort.

Böhnke nickte zustimmend. »Und dass sich der Wachdienst zurückgezogen hat. Den Grund dafür werde ich wohl morgen erfahren.«

Er schaute zu Susanne, die die Augen auf die Fahrbahn gerichtet hatte, mit den Händen fest das Lenkrad umklammerte und sich auf die Unterlippe biss. Ein Zeichen wohl dafür, dass sie sich mit etwas beschäftigte, was sie nicht unbedingt sagen wollte.

»Was ist mit Ihnen?«, fragte Böhnke leise. »Sie haben doch was. Das sehe ich Ihnen an.«

Ihr Lächeln wirkte müde. »Ich musste gerade an Paul denken. Das tut mir so weh, auch wenn Sie mir meine Trauer vielleicht nicht ansehen. Ich frage mich, ob er sterben musste, weil er eine Arbeit über das Grundwasser im Erkelenzer Land geschrieben hat.« Wenn das stimme, was von den Driesch gesagt hatte, dass nämlich demnächst die wasserwirtschaftliche Erlaubnis für den Tagebau überprüft werden müsste, könnte es ja sein, dass Paul in seiner Arbeit zu Ergebnissen gekommen sei, die manch einem nicht gefielen.

»Dafür bringt man doch keinen um«, widersprach Böhnke. »Die Arbeit ist in der Welt und wird garantiert auch einen Weg in die Öffentlichkeit finden. Ihre Vermutung ist mir zu weit hergeholt.«

»Aber warum musste er dann sterben?«

Er wisse es nicht, antwortete Böhnke. Er konnte sich nicht vorstellen, warum Mertens ermordet wurde. Aber das galt auch für den unbekannten Toten im Fahrzeug von Mertens. Und er konnte sich nicht vorstellen, warum Konrad Bauer verschwunden war. Hatten die drei Schicksale überhaupt etwas miteinander zu tun?

»Ich weiß es nicht«, sagte er noch einmal laut und lehnte sich in den Beifahrersitz zurück.

Aus dem Augenwinkel registrierte er ein zerbeultes Auto der Luxusklasse auf der Böschung neben der Autobahn. Den hat's ordentlich zerlegt, meinte er zu sich.

»Der fährt keinen Meter mehr, der ist Schrott«, ließ sich seine Fahrerin vernehmen, die das Gaspedal noch ein wenig mehr durchdrückte.

30. KAPITEL

Auch wenn er die Stunden mit Susanne als angenehm empfunden hatte, war er doch froh, als er in Huppenbroich wieder für sich allein war. Die liegen gebliebene Hausarbeit war schnell erledigt und auch nicht so gründlich, wie an den Tagen, an denen Lieselotte nach Huppenbroich kam. Den kleinen Abendspaziergang durch den ruhigen Ort nutzte er, um ergebnislos nach der Post im Briefkasten an Billas Haus zu schauen. Auf dem Friedhof setzte er sich auf seine Lieblingsbank und ließ sich von den letzten Sonnenstrahlen des Tages wärmen.

Er vertrödelte die Zeit. Frühestens nach der Tagesschau würde ihn Lieselotte anrufen. Bis dahin hoffte er, den Kopf frei zu haben von den Gedanken über die

Ereignisse des Tages. Dennoch erwischte er sich dabei, dass er noch einmal die Tageszeitung durchblätterte, gezielt auf der Suche nach Meldungen über die beiden Leichen an den beiden Tagebauen. Doch bestätigte ihm die Lektüre lediglich, dass er beim Frühstück nichts überlesen hatte.

Die Zeitung sah offensichtlich keinen Anlass, darüber zu berichten. Es gab anderes, etwa das in eine Regentonne gefallene und ertrunkene Kleinkind oder einen breit ausgewalzten Artikel über die Gefahren des Atomkraftwerks Tihange in Belgien nahe der Staatsgrenze zu Deutschland und damit zu Aachen sowie das Wehklagen eines Redakteurs, der sich über einen verlustreichen Immobilienfonds ausließ. Böhnke kam es so vor, als habe das AKW für die Zeitung einen höheren Stellenwert als die Braunkohletagebaue, und als habe zum anderen der Journalist selbst mit dem Fonds spekuliert und war nun sauer, dass seine Einlagen nichts mehr wert waren. Was steckte man auch seine Ersparnisse in dubiose Hotelsanierungen an der Ostseeküste, statt sich genügsam in der Heimat einzurichten?

So wie er selbst. Er hatte alles, was er zum Leben brauchte, eine Frau, für die er und die für ihn da war, ein stabiles Dach über dem Kopf und eine Pension, die er nicht aufbrauchte. Und dann noch Ruhe, Natur und die Gelegenheit, sich dann aus der Gesellschaft zurückzuziehen, wenn er allein sein wollte. Ohne Atomkraftwerke und ohne Braunkohlentagebaue.

Wie lange würde dieser irdisch-paradiesische Zustand anhalten? Die Frage stellte er sich längst nicht mehr. Irgendwann würde es vorbei sein.

»Commissario, mit welcher Kuh hast du dich denn heute unterhalten?«, fragte Lieselotte heiter im Wissen um seine ausgedehnten Spaziergänge rund um Huppenbroich, die nicht selten mit einer Pause vor einem Weidezaun verbunden war, von dem aus er das Vieh beobachtete. Nach dem langen kalten Winter erwachte auch auf den Weiden das frühlingshafte Leben, das mehr interessante Begebenheiten bereithielt, als der ahnungslose Spaziergänger ahnte, der nur auf die glotzenden Wiederkäuer schaute.

»Wenn Frau Doktor Susanne Brettschneider erfährt, dass du sie als Kuh bezeichnest, wird sie nicht sonderlich amüsiert sein, denke ich mal«, antwortete Böhnke vergnügt, bevor er mit der Schilderung seines Tagesablaufs begann.

»Hm«, Lieselotte legte eine kurze Denkpause ein, nachdem er geendet hatte. »Irgendwie«, eines ihrer Lieblingsworte, wenn sie nicht wusste, was tatsächlich Sache war, wie Böhnke im Laufe ihres Zusammenlebens erkannt hatte, »irgendwie passt das alles nicht zusammen, und ich blicke nicht mehr durch. Du etwa?«

Bevor er berichtete, was er an Fakten hatte und was Vermutungen waren, und damit eine unergiebige Diskussion anzettelte, antwortete Böhnke lieber mit einem »Nein«. Er würde sich weiter um den Mord an Mertens kümmern und auch wegen Konrad Bauer am Ball bleiben, meinte er. »Aber nicht aus eigenem Interesse, sondern weil ich Karl einen Gefallen tun möchte und deinen Kundinnen Brettschneider.«

»Ich habe vielleicht etwas für dich, das dir helfen kann. Irgendwie.«

Böhnke amtete durch. Nicht doch, dachte er sich, wenn

sich seine Miss Marple einmischte, schossen schnell viele Spekulationen in den Himmel.

»Was hast du denn?«, fragte er dennoch höflich.

»Ich habe bei der Lektüre der Arbeiten von Bauer und Mertens noch ein paar Gemeinsamkeiten herausgefunden. Nicht nur die beiden haben sich gegenseitig mit Informationen und Ideen versorgt, es gibt noch einen dritten, mit dem sie zusammengearbeitet haben.« Sie hustete in den Telefonhörer, ohne sich dafür zu entschuldigen.

Wie er wisse, habe Mertens das Grundwasser am Tagebau Garzweiler und Bauer die Wirtschaftlichkeit des Tagebaus Hambach zum Thema. »Ein Dritter befasst sich mit der Erdbebengefahr im Rheinischen Revier und damit verbundenen Abrutschungen in den Tagebauen am Beispiel des Tagebaus Inden. Seine Erkenntnisse sind von Mertens und Bauer übernommen worden.« Was genau der Dritte herausgefunden habe, könne sie noch nicht sagen, dafür müsste sie weiterlesen. »Aber es ist schon auffällig, wenn in beiden Arbeiten dieselben Quellen, Zitate und Ergebnisse zum Tagebau Inden auftauchen, die von einem anderen stammen. Der hat übrigens einen putzigen Namen. Er heißt Franz Bettenbauer.«

»Nie gehört«, sagte Böhnke schnell. Er war sich sicher, dass er diesen Namen nicht vergessen würde, wenn er Konrad Bauer oder Susanne oder einen anderen danach fragen würde. Der Name war in der Tat ungewöhnlich und brannte sich ins Gedächtnis ein.

»Weißt du, was das bedeuten kann?« Es begann nun, wie Böhnke befürchtet hatte, die spekulative Phase in Lieselottes Vortrag.

Eine Antwort konnte er sich schenken, weil sie eh fortfahren würde.

»Zurzeit werden drei wissenschaftliche Abhandlungen über die drei Tagebaue im Rheinischen Revier erstellt. Wenn ich alle drei in meinen Besitz bekomme, und die Autoren der Abhandlungen in der Versenkung verschwinden, kann ich einen umfassenden Beitrag über die aktuelle Situation im Braunkohlenrevier schreiben. Oder ich kann verhindern, dass die Öffentlichkeit einen Überblick bekommt. Oder …«

»Genug«, unterbrach sie Böhnke. »Lass es. Was hast du als Tatsache?«

Lieselotte war keineswegs eingeschnappt. »Als Tatsache habe ich die Erkenntnis, dass drei Autoren, die über die drei Tagebaue in der Region schreiben, ihre Informationen untereinander ausgetauscht haben.« Sie atmete kurz durch. »Vielleicht ist ja auch Bettenbauer Student.«

»Tatsache oder Vermutung?«

»Kann ich nicht sagen.«

Dann solle sie einmal das Literaturverzeichnis durchlesen, empfahl Böhnke ihr. »Für heute reicht es mir. Ich bin müde.«

»Und ich kümmere mich jetzt noch ein bisschen um meine spannende Lektüre. Morgen berichte ich dir dann, dass eventuell der Kirchturm in Erkelenz zusammenbrechen wird. Das lese ich nämlich gleich.«

31. KAPITEL

Böhnke ertrug die unangenehme Erkenntnis mit Fassung. Sein Anruf in Jülich beim Wachdienst war noch kürzer gewesen, als er gedacht hatte. Zwar hatte ihn eine Sekretärin bereitwillig mit dem Chef des Unternehmens verbunden. Der machte aber schnell deutlich, was er von dem Telefonat hielt, nämlich absolut nichts.

»Da könnte ja jeder kommen«, sagte er höflich, aber zugleich bestimmt. Auskünfte an Privatpersonen würde er selbstverständlich nicht erteilen. Auskunftspflichtig sei er nur gegenüber seinem Auftraggeber, und um wen es sich in diesem Falle handele, sei ja wohl bekannt. »Wenn Sie also etwas wissen wollen, dann müssen Sie sich an die zuständigen Personen in Köln wenden.« Wenn es um die Aufdeckung einer kriminellen Handlung gehe, sei die Kriminalpolizei zuständig. Aber ob das der Fall sei, wisse er nicht. Außerdem würde auch in diesem Zusammenhang eine Auskunft an Privatpersonen nicht möglich sein.

»Wir haben als ZWG einen guten Ruf, und den machen wir uns nicht kaputt, indem wir Informationen an Dritte ausplaudern, Herr Böhnke.«

Damit hatte Böhnke sich abzufinden. Er war halt Pensionär und hatte damit keine ermittelnde Funktion. Er besaß keine Druckmittel mehr und war auf das Wohlwollen von Informanten angewiesen. Das ist so, sagte er sich ohne Bedauern, während er den Telefonhörer zurücklegte und sich vom Schreibtisch erhob. Es gab für ihn nichts mehr zu tun in Billas Haus, er freute sich auf seinen Spaziergang durchs Dorf.

Überrascht nahm er das Klingeln des Telefons wahr. Nur wenige kannten die Nummer, keiner wusste, dass er sich hier aufhalten würde.

»Ich schon«, sagte Grundler lachend. »Wenn du nicht ans Handy gehst und nicht zu Hause am Festnetz, läufst du entweder durch die Gegend oder bist in Billas Haus. Für diese Überlegung brauche ich weder eine Detektei noch einen Kontrolldienst. Was treibst du dich denn da herum?«

Kurz schilderte Böhnke sein vergebliches Bemühen bei der ZWG, auf das Grundler nicht mit dem erwarteten flapsigen Kommentar reagierte.

»Was willst du eigentlich von mir?«, fragte er schließlich, als ihm Grundlers Schweigen zu lang wurde.

»Ach, nichts Besonderes. Ich soll dir nur viele Grüße ausrichten.«

»Von wem?«

Grundler lachte. »Kannst du dir das nicht denken? Von Frau Doktor Susanne Brettschneider natürlich. Du musst mächtig Eindruck auf das Mäuschen gemacht haben.« Sie sei am Morgen in der Kanzlei erschienen, um zu erfahren, wie weit er mit seinen Recherchen sei.

»Viel konnte ich ihr nicht sagen, sie mir dafür aber umso mehr. Dass ihr euch nämlich gestern einen vergnügten Tag gemacht habt.«

»Weißt du eigentlich, dass sie mit ihrem Freund Mertens Schluss machen wollte?«, unterbrach ihn Böhnke.

»Ich weiß alles, mein Freund«, behauptete der Anwalt.

»Dann kennst du auch Franz Bettenbauer?«, platzte es aus Böhnke heraus.

»Muss ich den kennen?«

»Wenn du ihn nicht kennst, solltest du ihn kennenlernen.« Bereitwillig berichtete Böhnke über sein Gespräch vom Vorabend mit Lieselotte. »Die glaubt, dass Bettenbauer mit Mertens und Bauer zusammengearbeitet hat.«

Wieder blieb ein Kommentar von Grundler aus. Mit der Bitte, Böhnke möge sein Handy bei sich tragen, wenn er den Hühnerstall verließ, beendete er das Telefonat.

»Du weißt, dass deine Chefin es überhaupt nicht mag, wenn sie dich nicht immer kontrollieren kann.«

Der Anruf, den er wenige Minuten später in seiner Wohnung entgegennahm, war allerdings kein Kontrollanruf.

»Ich habe eben wieder eine SMS von Konrad bekommen. Ich solle mir keine Sorgen machen«, berichtete ihm Bauer.

»Und warum sagst du mir das?«

»Nur so. Ich dachte, das interessiert dich. Du wolltest ihn doch für mich suchen.«

»Sollte ich?« Böhnke zweifelte nach wie vor an der Beweiskraft der regelmäßig verschickten Kurznachrichten. Aber wenn Bauer dadurch beruhigt wurde, sollte es ihm recht sein. »'ne andere Frage, Karl. Kennst du Petra Bündner?«

»Nee, kenn ich nicht. Ist wohl auch keine Freundin von Konrad.«

»Vielleicht doch. Das ist das Mädchen, das auf dem Gruppenfoto zwischen zwei Männern hervorlugt.«

»Trotzdem kenne ich sie nicht. Ich kann doch nicht jeden kennen, den Konrad irgendwann einmal auf den Hof gebracht hat.«

»Dann kennst du auch nicht Franz Bettenbauer?«

»Doch.« Bauer verblüffte Böhnke. »Den Franz kenne ich. Den Namen vergisst doch niemand. Der war früher häufiger bei uns. Konrad und er haben sich im Studium kennengelernt. Die hatten beide ein Faible für die Braunkohletagebaue und immer nur darüber diskutiert. Irgendwann war es dann vorbei mit den Besuchen. Eigentlich klar, weil auch Konrad fast nicht mehr nach Huppenbroich kam.«

»Weißt du, wo ich den jungen Mann finden kann?«

Bauer schien nachzudenken, jedenfalls wertete Böhnke die längere Pause so. »Ich weiß es nicht«, sagte Bauer schließlich. »Ich glaube, der wohnte auch einmal in dem Studentenwohnheim, in dem Konrad gewohnt hat. Warte mal …«

Nach einer Weile meldete sich Bauer wieder. »Wenn ich mich nicht ganz irre, war Bettenbauer damals mit einem Mädel befreundet. Kann sein, dass das die Petra war, von der du eben gesprochen hast. Aber so genau weiß ich das nicht.«

Warum ich? Böhnke fragte sich, warum er sich in diese Geschichte einspannen ließ. Mit sich selbst schimpfend suchte er auf dem Wohnzimmertisch nach der Liste von Susanne, um sie schließlich in der Küche zu finden. Er fand den Namen auf der Liste. Bettenbauer hatte in dem Haus gewohnt, ebenso wie Petra Bündner. Fast zeitgleich waren sie eingezogen und vor rund einem Jahr wieder ausgezogen. Ob diese Gemeinsamkeit etwas zu bedeuten hatte, ließ er dahingestellt. Vielleicht waren sie ja tatsächlich damals ein Paar gewesen. Vielleicht aber auch nicht.

Noch einmal schaute er sich das Gruppenfoto konzentriert an. Eine Figur erkannte er nicht einmal ansatzweise: Der Riese, den er mit Petra Bündner in Immerath angetroffen hatte, ähnelte keinem der jungen Männer, die sich hatten ablichten lassen.

Er hatte sich gerade ausgehfertig gemacht, als das Telefon erneut klingelte. Wieder war es kein Kontrollanruf. Die freundliche Sekretärin der ZWG meldete sich und kündigte eine Verbindung mit einem Herrn Jansen an.

»Ja bitte?«, meldete sich Böhnke zurückhaltend, als einer »Jansen« ins Telefon schnarrte.

Ob er zu Hause sei, wollte der Mann wissen. Er würde ihn gerne besuchen, um mit ihm zu reden.

»Worüber?«

»Über die Hausbesetzung in Immerath. Mein Chef hat mich gebeten, Ihnen alle Auskünfte zu geben, die Sie haben wollen.«

Böhnke verbarg sein Erstaunen. Woher kam dieses Umschwenken bei der ZWG? Er würde es herausbekommen, da war er sich sicher. Aber das war momentan zweitrangig. »Und deshalb wollen Sie zu mir kommen?«

»Gerne. Wann immer Sie wollen. Aber am liebsten heute noch. Ich bin froh über alles, was ich vom Tisch habe.«

Wenn Böhnke damit einverstanden wäre, würde er die beiden Wachleute mitbringen, die in Immerath Dienst geschoben haben. »Die wissen wahrscheinlich mehr als ich und erinnern sich vielleicht an Kleinigkeiten, die nicht im Kontrollprotokoll stehen, weil sie für uns nicht relevant schienen.«

Nach einem Blick auf die Uhr entschied Böhnke. »Wir treffen uns um 13 Uhr in der Gaststätte zur Alten Post in Huppenbroich. Dann können Sie mir auch gleich ein

Mittagessen spendieren.« Seine Frage, ob er wisse, wie er nach Huppenbroich käme, ließ Jansen laut auflachen. Das sei doch eine der leichtesten Übungen, meinte er selbstbewusst.

Jansens Zuversicht hatte nicht getrogen. Pünktlich zur verabredeten Zeit betraten drei Männer die einzige Gaststätte in Huppenbroich. Die beiden Wachleute aus Immerath erkannte Böhnke, der es sich an einem Tisch gegenüber der Theke bequem gemacht hatte, sofort wieder. Demnach musste der dritte im Bunde Jansen sein. Er unterschied sich schon durch seine Kleidung von seinen beiden Begleitern. Mit dunkelgrauem Anzug und Hemd mit Schlips stach er deutlich von den Pullover- und Jeansträgern ab, die Jansen mit einem Respektabstand folgten. Mit einem strahlenden Lächeln näherte er sich.

»Sie müssen Herr Böhnke sein«, sagte er.

Viel Auswahl habe er ja nicht, scherzte Böhnke. Immerhin war er der einzige Gast zu dieser Zeit. Sicherlich würden wenig später noch einige Spaziergänger kommen, um zu speisen. Aber er hatte den Vorteil gehabt, sich den Tisch auszuwählen, den er haben wollte. Höflich bat er die drei Männer, sich zu ihm zu setzen. »Ich kann Ihnen leider nichts empfehlen«, sagte er, während der Wirt die Speisekarten verteilte. »Es ist alles lecker hier.«

Jansen schmunzelte. Er wirkte umgänglich und offen. »Ich will gar nicht wissen, wie Sie es geschafft haben, dass uns der Chef zu Ihnen geschickt hat mit der ausdrücklichen Anweisung, Ihnen wirklich alles zu sagen, was Sie wissen wollen über unseren Auftrag in Immerath.« Er orderte drei Apfelschorlen, was seine Begleiter kommentarlos akzeptierten.

Böhnke winkte beschwichtigend ab. »Alles will ich gar nicht wissen. Mich interessiert das letzte Wochenende, beginnend mit dem Auszug von Konrad Bauer.«

»Sie kennen die Namen?« Jansen wirkte erstaunt.

»Gewiss. Konrad Bauer, Luise Seibold und Holger Franken. Oder?«

Jansen bestätigte. »Ich muss schon sagen …«, lobte er.

»Glauben Sie, dass es die richtigen Namen sind?«, hakte Böhnke schnell nach. Es konnte nichts schaden, mit Kleinigkeiten vorzupreschen, um das Gesprächsklima zu lockern und um die Auskunftsbereitschaft zu fördern.

»Etwa nicht?« Jansen schaute die beiden Wachleute an, die ahnungslos mit den Schultern zuckten.

»Zum Teil nicht«, antwortete Böhnke lächelnd. »Für Konrad Bauer lege ich meine Hand ins Feuer. Der stammt hier aus Huppenbroich. Bei den beiden anderen wäre ich skeptisch.«

Jansen verschluckte sich an seinem Getränk. »Soll das etwa heißen, dass wir unserem Auftraggeber falsche Informationen mitgeteilt haben?«

»Sie haben das weitergegeben, was Sie wussten«, meinte Böhnke beschwichtigend. »Ich habe die Namen nicht nachprüfen können«, behauptete er, »ob Ihr Unternehmen sie verifiziert hat, weiß ich selbstverständlich nicht.«

Erneut schaute Jansen mit einem strengen Blick auf seine Begleiter. »Und?«

Wieder zuckten sie mit den Schultern. »Uns haben sie sich als Seibold und Franzen vorgestellt«, antwortete der schmächtigere der beiden Männer.

»In Anwesenheit von Bauer, oder war er weg?«, wollte Böhnke wissen.

»Allein.« Er war verunsichert, wie Böhnke zufrieden feststellte.

»Warum haben Sie die Hausbesetzer eigentlich beobachtet?«

»Moment mal!« Energisch schaltete sich Jansen ein. »Um das von vornherein klarzustellen: Wir haben die Personen nicht gezielt beobachtet. Unsere Aufgabe ist es gewesen, dafür zu sorgen, dass in dem Ort kein Vandalismus passiert oder Zeitgenossen in Häusern nach Beute suchen. Auch sorgen wir für die Sicherheit in den Häusern, die von Bürgern bereits aufgegeben wurden. Und außerdem«, er sah Böhnke streng an, »handelte es sich nicht direkt um Hausbesetzer.«

»Ich weiß. Sie hatten die Erlaubnis der Eigentümerin, sich dort aufzuhalten. Und dennoch …«, Böhnke schüttelte den Kopf, »Sie haben sich für die drei interessiert.«

»Wir haben uns für alles zu interessieren, was in Immerath passiert«, verbesserte ihn Jansen. »Allein schon aus Gründen der Sicherheit. In aufgegebenen Orten haben Pyromanen schon so manchen Mist angestellt mit zum Teil fatalen Folgen.«

»Na gut. Aber vielleicht können Sie mir ja trotzdem einige Auskünfte geben.« Böhnke befürchtete schon, ergebnislos abziehen zu müssen. »Ich mache es kurz. Wann ist Konrad Bauer wieder ausgezogen?«

Müller blickte auf den schmächtigen Mann, der kurz nickte und dann einen Notizblock zückte. »Kann ich Ihnen nicht genau sagen. Er war weg, als letzte Woche Freitag um 18.15 Uhr jemand gekommen ist und nach ihm fragte. Das war jemand in einem blauen VW-Golf mit dem Kennzeichen AC-SB-6614.«

»Wie bitte?« Böhnke glaubte, sich verhört zu haben.

»Wenn ich es Ihnen doch sage«, meinte der Mann entschlossen. »Oder meinen Sie etwa, ich kann kein Datum behalten, keine Autofabrikate auseinanderhalten oder ein Kennzeichen nicht richtig notieren?«

»Warum fragen Sie?«, wollte Müller wissen.

»Haben Sie denn den Halter des Golfs ermittelt?« Böhnke hatte über die Zwischenfrage hinweggehört.

»Nein. Dazu gab und gibt es bis jetzt keinen Anlass«, antwortete der Mann, während Jansen nachdenklich seine Nase rieb.

»Herr Böhnke, wenn Sie so fragen, vermute ich etwas«, sagte er schließlich.

»Und was?«

»Wenn Sie Zweifel an den Namen äußern, könnte es auch sein, dass Sie Zweifel am Kennzeichen haben. Stimmt's?«

»Ich schließe nichts aus.« Böhnke war froh, dass endlich der Wirt mit dem Essen kam. Alle hatten sie Schnitzel bestellt, er das Bauernschnitzel, die anderen das Holzfällerschnitzel.

Die kurze Pause, die durch das Auftischen entstand, nutzte er, um von diesem Thema wegzukommen. »Was wissen Sie denn noch von dem Paar, das nach Bauers Weggang geblieben ist?«

Wieder blätterte der Schmächtige in dem Block. Er schmunzelte. »Nachdem Sie mit Ihrer Begleiterin dort waren, hat es nicht einmal eine Stunde gedauert, bis die beiden fast fluchtartig das Haus verlassen haben. Ein Taxi hat sie abgeholt und zum Bahnhof nach Hochneukirch gefahren, wie wir feststellen konnten.«

Über das Wie machte sich Böhnke keine Gedanken. Die Wachmänner hatten sicherlich Wege und Möglichkeiten, das Ziel der Taxifahrt herauszufinden.

»Von Hochneukirch aus sind die beiden dann wahrscheinlich in den Zug Richtung Köln gestiegen. Das war der zeitlich nächste. Der Zug in Richtung Mönchengladbach fuhr erst eine halbe Stunde später.«

»Dann glauben Sie also nicht, dass sie nach Aachen wollten?«, fragte Böhnke.

»Dafür spricht nichts. Außerdem wären sie wohl in diesem Fall eher zum Bahnhof nach Erkelenz gefahren. Da haben Sie eine direkte Verbindung und brauchen nicht auf einen Anschlusszug zu warten.«

Es war zu früh, Folgerungen aus diesen Mitteilungen zu ziehen, sagte sich Böhnke, während er, ebenso wie die Tischnachbarn, genüsslich seine Mahlzeit verspeiste. Jansen beendete schließlich das Schweigen.

»Warum wollen Sie das eigentlich wissen, Herr Böhnke?«

Böhnke schüttelte den Kopf. »Kann ich Ihnen nicht sagen. Fällt gewissermaßen unter meine Verschwiegenheitspflicht für einen Mandanten.«

»Seit wann sind Sie denn Privatdetektiv? Sie können es wohl nicht lassen, Herr Böhnke. Einmal Kriminalkommissar, immer Kriminalkommissar«, sagte Jansen heiter.

»Wenn schon, dann bitte Erster Kriminalhauptkommissar. Und außerdem im Ruhestand.« Böhnke wunderte sich nicht. Er hatte damit gerechnet, dass sich die Wachgesellschaft über ihn informiert hatte. »Ich verrate Ihnen nicht zu viel, wenn ich Ihnen sage, dass ich wegen Konrad Bauer auf Bitten seines Vaters Nachforschungen anstelle.«

»Dann wissen Sie bestimmt auch schon, dass er zu den Typen gehörte, die im Hambacher Wald auf den Bäumen gehaust haben.«

»Gewiss«, bestätigte Böhnke. »Warum eigentlich?« Er war gespannt, ob Jansen dazu etwas sagen würde.

»Die Gründe dafür kenne ich nicht genau. Die wollten wohl gegen das Abholzen des Waldes protestieren, denke ich mal.« Jansen nahm einen Schluck aus seinem Glas. »Aber das ist nicht meine Baustelle. Wir hatten dafür zu sorgen, dass der rechtmäßige Zustand wiederhergestellt wird, dass durch diese Aktion keine Gefährdung des Tagebaus eintritt und die Sicherheit von Menschen und Maschinen gewährleistet bleibt.«

»Dann kennen Sie auch die Namen der anderen Baumbewohner?«

»Kennen wir bei der ZWG schon, werde ich Ihnen aber nicht nennen, weil sie nicht zu dem Themenkomplex gehören, über den wir Ihnen Auskunft geben sollen.«

»Und was ist mit der Leiche im Regenwasserrückhaltebecken an der Autobahn bei Immerath, fällt die in den Themenkomplex?«

»Die hat wohl mit der Hausbesetzung nichts zu tun.« Jansen lächelte Böhnke milde an.

»Oder habt ihr andere Erkenntnisse?« Fragend blickte er seine Kollegen an.

»Wir haben davon nur am Rande mitbekommen«, antwortete der etwas stämmigere Mann, der bislang geschwiegen hatte. »Das war in Immerath kein Thema.«

»Sie wissen also nicht, ob sich etwa Bauer oder die beiden anderen mit einem anderen getroffen haben in Immerath oder in der Nähe?«

»Die haben sich meistens in Immerath aufgehalten und haben dort Besuch bekommen von allen möglichen Journalisten und Sympathisanten. Nur der Bauer ist manchmal los und hat die Gegend inspiziert und mehrmals mit einem Gärtner und Betreiber einer Baumschule gesprochen.«

»Der mit den beiden Bernhardinern«, ergänzte Böhnke wie selbstverständlich.

»Sie wissen wohl alles«, staunte Jansen.

»Nicht alles, aber viel«, verbesserte ihn Böhnke. »Kennen Sie denn wenigstens den Namen des Gärtners?«

»Nein. Sie etwa?«

»Nein«, antwortete Böhnke. Noch nicht, hätte er sagen können, denn er wusste, was er als Nächstes tun würde, wenn er sich von den Männern verabschiedet hatte, wobei er sich nicht sicher war, ob sie tatsächlich den Namen nicht kannten, ihn aber nur nicht nennen wollten.

Aber das spielte für ihn keine Rolle.

32. KAPITEL

Er wartete, bis Jansen und die beiden Wachmänner in einem BMW mit JÜL-Kennzeichen in Richtung Kapellenstraße abgebogen waren. Erst als er aus ihrem Blickfeld verschwunden war, machte er sich auf den Weg zu Billas Haus. Ohne Probleme öffnete er die von Lieselotte weitergeleitete E-Mail des Bernhardinerfreundes aus dem

Erkelenzer Land. Die Absenderangabe bestand aus einer Aneinanderreihung von Zahlen, erst unter dem Anschreiben stand der Name des Gärtners: Gregor Bruch. Böhnke schmunzelte. Die Zahlenreihe war nichts weiter als die Aneinanderreihung der Buchstaben aus dem Alphabet, die den Namen ergaben.

Sein Schmunzeln wurde zum Staunen, als er den Anhang öffnete. In einer Excel-Datei hatte Bruch akribisch aufgeführt, wer ihn wann aus welchem Grund besucht und ob es anschließend eine Reaktion gegeben hatte. Demnach hatte Bruch in den letzten Jahren mehrfach Besuch von Fernsehsendern, Radioanstalten und Pressevertretern erhalten. Deutsche Privatsender und öffentlich-rechtliche Anstalten waren ebenso darunter wie internationale Sender, Presseagenturen und alle möglichen Zeitungen von Spiegel bis Bild und von der Rheinischen Post bis zur Erkelenzer Volkszeitung. Fast alle Pressebesuche fanden einen Niederschlag in Artikeln, Radiointerviews oder Fernsehbeiträgen. Selbst aus Kanada war ein Team gekommen, um über Bruch zu berichten. Das Thema war immer dasselbe: der Tagebau Garzweiler II mit seinen aus Bruchs Sicht negativen Auswirkungen auf Natur, Umwelt und Menschen.

Von den Driesch gehörte zu den Medienvertretern, die regelmäßig mit Bruch Kontakt aufgenommen hatten. Aber Hinweise über anschließende Berichte des WDR-Journalisten fehlten, im Gegenteil, Bruch hatte nach fast jedem Besuch vermerkt, dass der WDR kein Interesse an einer kritischen Berichterstattung habe. Böhnke konnte diese Beurteilung nicht einschätzen. Er ließ sie im Raum stehen, er wusste nicht, worüber der WDR berichtete oder es unterließ. Da war der Landessender wohl nicht anders als alle anderen Medien. Der Konsument bekam nur das serviert, was nicht durch das Raster fiel. Und war nicht sogar ein Chefredakteur des Senders nach der Pensionierung als journalistischer Berater eines Energiekonzerns tätig geworden? Böhnke glaubte, sich an eine entsprechende Notiz erinnern zu können.

Er konzentrierte sich wieder auf die Excel-Datei und suchte gezielt nach Namen. Paul Mertens war wohl in den letzten Monaten Dauerbesucher bei Bruch gewesen. Auch Bauer war häufiger gekommen, manchmal sogar zusammen mit Mertens. Und noch ein dritter Name fiel auf, der von Franz Bettenbauer, der ebenfalls alleine oder in Begleitung von Mertens oder Bauer oder mit beiden zusammen Bruch besucht hatte. Bei ihnen hatte Bruch angemerkt, sie seien Studenten, die für ihre Abschlussarbeiten von ihm Informationen erhalten wollten. Unschwer war für Böhnke erkennbar, dass Mertens die meisten Besuche abgestattet hatte. Immer wieder bevorzugtes Thema war dabei die Grundwasserproblematik in der Erkelenzer Börde.

Auch andere Studenten aus Köln, Aachen, Mönchengladbach oder Bochum hatten sich mit Bruch getroffen. Dazu gehörten jedoch nicht Petra Bündner alias Luise Seibold oder Holger Franken.

Kurz überlegte Böhnke, dann ließ er die Finger über die Tastatur gleiten, immer auf der Suche nach dem richtigen Buchstaben für den Text seiner Mail, die er Bruch schreiben wollte. Nachdem er sich bedankt hatte, fragte er nach den Gründen, warum die Medien sich ausgerechnet von ihm informieren ließen und was er mit seiner Information bezwecke.

Kaum hatte Böhnke die Post für die Stiftung gesichtet und größtenteils im Papierkorb entsorgt, da kündigte der Rechner den Eingang einer neuen Mail an.

Ausführlich hatte Bruch geantwortet. Vorsorglich druckte Böhnke die zwei dicht beschriebenen Blätter aus. Er vermutete, dass Bruch einen vorgefertigten Text hatte, den er bei Bedarf verschickte. So schnell, wie der Mann gewesen war, konnte niemand eine derart ausführliche und fehlerfrei geschriebene Antwort verfasst haben.

Bruch bedankte sich für das Interesse. Er sei ein strikter Gegner des Tagebaus Garzweiler II, gab er unumwunden zu. Aus persönlichen, beruflichen und gesellschaftlichen Gründen könnte er diesen gigantischen Wahnsinn nicht gutheißen, stellte Böhnke nach der Lektüre für sich fest. Der Tagebau habe ihn und seine Frau krankgemacht wie so viele am Abbaurand, behauptete der Gärtner. Der Feinstaub zerstöre die Gesundheit. Diese Feinstaubproblematik würde viel zu sehr unter den Tisch gekehrt.

Seine Frau sei wegen einer Erkrankung der Atmungsorgane gestorben, er selbst leide an einer Lebererkrankung. Deswegen hätten schon einige aus der Umgebung Lebertransplantationen über sich ergehen lassen müssen oder seien verstorben. Seine berufliche Zukunft sei wegen des Tagebaus zerstört worden. Man würde ihm Umsiedlungsflächen anbieten, auf denen er seinen Betrieb wegen der dortigen Flächennutzungspläne gar nicht fortführen könnte, zugleich würde man seinen bestehenden Betrieb als nicht profitabel hinstellen und deshalb nur eine geringe Abfindung anbieten, die ihn schlechterstellen würde als die privaten Hausbesitzer, die an einem Umsiedlungsort neu bauten. Dabei würde der Tagebau selbst dazu beitragen, dass die Gärtnerei immer schwieriger zu betreiben sei. Zum einen würde das Grundwasser abgepumpt, sodass er keine eigenen Pumpen mehr betreiben könne, zum anderen sei das ihm gelieferte Wasser ungeeignet, weil viel zu eisenhaltig. Außerdem sei wegen des Feinstaubs das Wachstum der Pflanzen beeinträchtigt. Schließlich sei er auch gesellschaftlich isoliert, weil alle seine Nachbarn längst verzogen seien und er als ›letzter Mohikaner‹ in einem toten Ort lebe.

›Aber ich werde kämpfen und jedem, der etwas wissen will, sagen, was ich über diesen zerstörerischen, unmenschlichen Eingriff in die Natur weiß und was ich damit erlebe‹, schrieb Bruch abschließend. Gerne würde er auf weitere Fragen antworten.

Auf dieses Angebot würde er vielleicht einmal zurückgreifen, sagte sich Böhnke.

Er würde diesen Tag zum Tag des Telefons erklären, nahm Böhnke sich vor, als er beim Betreten seiner Wohnung schon wieder das markante Klingelgeräusch und zugleich den Radetzkymarsch seines Handys vernahm.

»Ich höre«, sagte er in sein Mobiltelefon, das er schneller gefunden hatte als das mobile Teil seines Festnetzapparates.

»Endlich«, hörte er Grundler stöhnen. »Warum hast du eigentlich ein Handy, wenn du es nicht bei dir trägst?«

»Was ist?«, brummte Böhnke, während er weiter nach dem Telefon suchte, das allerdings nicht länger Töne von sich gab.

»Ich hab auf allen Kanälen versucht, dich zu erreichen. Aber du treibst dich überall herum, nur nicht da, wo man dich braucht.«

»Ich treibe mich herum, wo ich will«, sagte Böhnke gereizt. »Komm endlich zur Sache!«

»Okay, Herr Kommissar.« Grundler lachte kurz auf. »Oder soll ich sagen, Herr Hellseher? Du wirst mir langsam unheimlich.«

»Warum?«

»Woher kennst du Franz Bettenbauer?«

»Kenne ich nicht«, antwortete Böhnke ungeduldig, »ich habe nur den Namen gehört. Mehr nicht.«

»Mehr nicht.« Wieder lachte Grundler. »Franz Bettenbauer ist der Mann, den man tot im Auto von Paul Mertens gefunden hat.« Ehe Böhnke etwas sagen konnte, berichtete er in kurzen Sätzen. Sein Informant bei der Polizei habe es ihm gesagt. Die Ermittler hätten einen ungewöhnlichen Weg eingeschlagen und über Facebook die Öffentlichkeit um Mithilfe bei der Identifizierung des unbekannten Toten gebeten. Sie hätten ein Phantombild hochgeladen. Dabei sei man auf Hinweise gestoßen, die zur Identifizierung des Toten als Franz Bettenbauer geführt hätten. »Er ist Student in Aachen kurz vor dem Abschluss.«

»Und jetzt ist er tot.« Endlich schaffte es Böhnke, seinen Freund zu unterbrechen. »Der zweite Tote, der sich mit dem Braunkohletagebau in der Region beschäftigt. Ebenso wie der verschwundene Konrad Bauer.«

»Was soll das alles?«, fragte Grundler.

»Weiß ich nicht. Ich finde es merkwürdig. Wir schlittern hier in eine Sache hinein, die immer diffuser wird.«

»Du kannst ja die Finger davon lassen. Die Polizei wird sie schon klären«, schlug Grundler vor, wissend, dass dies Böhnke garantiert nicht tun würde.

»Ich spiele weiter mit«, reagierte Böhnke prompt wie erwartet. »Allein schon wegen Karl Bauer, der sich um seinen Sohn Sorgen macht.« Und wegen Susanne, aber das brauchte Grundler nicht zu wissen.

»Da bin ich aber froh«, schmunzelte Grundler. »Ich habe auch eine Mandantin, die Interesse daran hat, den Mord an ihrem fast Ex-Freund aufzuklären. Da können wir ja zusammenspielen.«

»Aber nur, wenn du mir sagst, was passiert ist, dass ich von dieser ZWG Informationen bekommen habe.«

»Commissario«, sagte Grundler vergnügt. »Manchmal reicht ein kleiner Wink mit dem Zaunpfahl, etwa, indem man dem Chef mit ein paar früheren Verfahren kommt, in denen er nur dank meiner Hilfe glimpflich davon gekommen ist. Muss ich mehr sagen?«

»Nein.« Böhnke war zufrieden. Er hätte sich denken können, dass ihm Grundler mit dessen ureigenen Methoden den Weg geebnet hat. »Jetzt lege aber endlich auf. Ich habe zu tun.«

»Was denn?«

Das ginge ihn gar nichts an, raunzte Böhnke und beendete das Gespräch, um sich auf die Suche nach dem anderen Telefon zu machen.

Seine Suche war erfolgreich. Warum sich das Gerät aber nicht auf der Ladestation befand, sondern auf der Spüle zwischen dem Geschirr vom Frühstück, erschloss sich ihm nicht.

Auf dem Weg zurück ins Wohnzimmer erklang erneut der Radetzkymarsch.

»Ich höre.«

»Und ich rede«, erwiderte eine weibliche Stimme, die Böhnke nach kurzem Überlegen als die von Susanne erkannte.

»Frau Doktor, was treibt Sie zu mir?«

Susanne lachte, und ihr Lachen klang in seinen Ohren gequält. »Soll ich sagen, die Angst, die Furcht oder die Besorgnis?«

»Wieso?« Offensichtlich war keine Zeit für eine angenehme Plauderei. Sofort konzentrierte er sich auf das Gespräch.

»Was ist passiert?«

»Mehr, als mir lieb ist. Ich werde beschimpft und bedroht.« Ausführlich schilderte sie die Reaktionen auf ihren Aufruf im Internet. Die meisten Antworten bezogen sich auf die junge Frau auf dem Foto. Fast alle kannten sie als Petra Bündner, die in Aachen gelebt habe. Auch solle sie einmal eine Freundschaft mit Franz Bettenbauer gehabt haben. Unterschiedliche Angaben waren zu ihrem Wohnort gemacht worden, so sollte sie in Aachen wohnen, in Düren, Bergheim oder Eschweiler. »Erstaunlicherweise hat niemand etwas zu der Aktion in Immerath geschrieben. Auch ihr Auftreten unter einem falschen Namen wird von niemandem erwähnt. Ebenso gibt es keine Hinweise auf eine mögliche Freundschaft mit einem Mann, der uns unter dem Namen Holger Franken bekannt ist.«

Viel Neues hatte Susanne offenbar nicht für ihn. Ihre Informationen brachten ihn nicht sonderlich weiter.

»Gab es denn irgendwelche Hinweise auf Paul Mertens? Etwas aus der Zeit zwischen seiner Abfahrt aus Aachen und seinem Auffinden im Tagebau Inden?«

Dazu habe es überhaupt keine Angaben gegeben, antwortete Susanne bedauernd. »Alle Antworten haben sich mit Sachen befasst, die uns nicht weiterbringen. Oder interessiert es Sie etwa, dass Paul als Jugendlicher einmal

Kreismeister über 75 Meter Hürden war? Ich hab's nicht gewusst, interessiert mich aber auch nicht wirklich.«

Ihn auch nicht, räumte Böhnke ein. »Mich interessiert vielmehr, was es für Beleidigungen und Drohungen gegen Sie gibt.«

Zum Teil waren es nach ihrer Auffassung die üblichen Beleidigungen, in denen sie als Schlampe, Intrigantin oder arrogante Millionärstochter bezeichnet wurde. »Das sind halt die typischen Neidhammel. Damit muss und kann ich leben.« Fast alle Drohungen waren vage geblieben.

»Nur eine macht mir wirklich zu schaffen. Da hat einer über Facebook zu meiner Frage nach Petra Bündner geschrieben: ›Lass die Finger von der Sache und kümmere dich um deinen Scheiß, sonst ist es bald mit dir geschehen. Ich weiß, wo du wohnst, und ein Feuer ist schnell gelegt.‹«

»Haben Sie's der Polizei gemeldet?«

»Noch nicht«, antwortete Susanne. »Ich wollte erst mit Ihnen darüber sprechen.«

»Und mit Grundler«, unterbrach Böhnke sie. Grundler war in Aachen näher dran als er in Huppenbroich.

»Nehmen Sie die Drohung ernst?«

»Lieber ernst nehmen, als nicht beachten«, antwortete er langsam. Was war das für eine vertrackte Geschichte, in die jetzt auch noch die junge Frau hineingezogen wurde? Oder war sie schon länger darin verwickelt, und er wusste es bloß nicht? »Es scheint, als haben Sie durch diese Internet-Aktion die Aufmerksamkeit eines Zeitgenossen erweckt, dem es gar nicht recht ist, dass die Sache publik wird. Können Sie denn herausfinden, wer Ihnen diese Drohung geschickt hat?«

»Wie denn?« Ihr Lachen klang gequält. »Das ist doch fast unmöglich. Wenn einer mit krimineller Energie mich im Internet attackiert, habe ich fast keine Chance. Der braucht nur in irgendeinem Internetcafé unter falschem Namen irgendeinen Account anlegen, den er nach seiner Meldung wieder abmeldet. Das kann der in Tahiti ebenso wie in Alaska oder in Aachen ebenso wie in Maastricht.«

So kam er nicht weiter, sagte sich Böhnke und entschloss sich zu einem Themenwechsel. »Franz Bettenbauer ist Ihnen ein Begriff?«

»Der Kaiser.« Susanne hatte spontan geantwortet. »Das ist Bettenbauers Spitzname wegen der Namensähnlichkeit zu dem ehemaligen Fußballspieler. Was ist mit dem?«

»Hat Bettenbauer mit Paul Mertens oder Konrad Bauer gearbeitet?« Böhnke sah keinen Grund, Susannes Frage zu beantworten.

»Ich glaube schon. Paul wollte sich mit ihm noch einmal vor seinem Urlaub treffen. Die wollten sich wohl mit ihren Arbeiten absprechen. Aber um was es konkret ging und ob sie sich tatsächlich getroffen haben, weiß ich nicht.«

Sie haben sich getroffen, mutmaßte Böhnke für sich; eine Begegnung, die zunächst für Bettenbauer und später auch für Mertens tödlich war.

»Na ja, ist ja auch egal«, sagte er ablenkend, bevor Susanne sich Gedanken machen konnte. »Könnten Sie mir einen Gefallen tun?«

»Welchen?«

»Wissen Sie, ob Paul vielleicht eine Kopie der Arbeit von Bettenbauer hat? Da sie doch zusammengearbeitet haben, könnte ich mir vorstellen, dass sie ihre Arbeiten auch ausgetauscht haben, oder? Vielleicht können Sie sie ja auf dem Rechner von Paul finden.«

»Warum fragen Sie denn nicht Bettenbauer selbst?«, kam prompt ihre Frage, mit der er gerechnet hatte.

»Weil er verschwunden ist«, antwortete er, »ebenso wie Konrad Bauer.« Beide könne er nicht erreichen.

Für einige Augenblicke blieb es still in der Leitung. Dann räusperte sich Susanne.

»Kein Problem«, meinte sie. »Ich schaue nach. Aber wozu wollen Sie die Arbeit haben?«

Vielleicht enthalte sie Anhaltspunkte, die zur Aufklärung des Mords an Paul Mertens führen könnten, meinte Böhnke bedächtig. »Sie wollen doch auch, dass der Mord aufgeklärt wird, oder?«

»Natürlich.« Das sei der letzte Dienst, den sie Paul erweisen könne.

»Passen Sie auf sich auf!«, mahnte Böhnke, ehe er das Telefonat beendete. Zwei tote und ein verschwundener Student waren schon zu viel.

Da sollte nicht auch noch Susanne zu Schaden kommen.

Noch ein letztes Gespräch und dann würde dieser Tag des Telefons vorbei sein. Spätestens bis zu den Tagesthemen würde sich Lieselotte bei ihm melden, und er würde ihr wie immer sagen, dass alles total normal sei in Huppenbroich.

Sie ließ ihn lange warten, erst wenige Minuten vor Beginn der Nachrichtensendung wählte sie ihn an.

»Was gibt's?«, fragte er, demonstrativ gähnend.

»Commissario, sei nicht so griesgrämig.« Lieselotte ließ sich nicht beirren. »Ich habe dir viel zu berichten.«

»Und was?« Er erinnerte sich an ihre gestrige Ankündigung. »Ist im Erkelenzer Meer der erste Wal gesichtet worden?«

»Blödmann!« Es sei doch gar nicht sicher, ob es dieses Erkelenzer Meer überhaupt gebe. »Das ist eine Annahme von Mertens in seiner Arbeit. Aber eine spannende.«

Sie habe fast jede freie Minute genutzt, um den Text zu lesen. Nun sei sie fast eine Expertin für das Grundwasser in der Erkelenzer Börde. »Mertens hat, wenn ich es richtig verstanden habe, sämtliche Grundwasserstöcke im Plangebiet des Tagebaus Garzweiler II ermittelt, dargestellt und bewertet. Aus dieser Bewertung hatte er dann seine Schlüsse gezogen.« Danach würde sich das Grundwasser in verschiedenen Tiefen befinden, getrennt durch Gestein, Ton oder andere Erdschichten. Würde man alle Grundwasserbestände in dieser Region berücksichtigen, ergäbe das ein gewaltiges Wasserreservoir, das Mertens als Erkelenzer Meer bezeichnete. Das Volumen sei größer als der Inhalt des Steinhuder Meeres, deshalb habe Mertens den Begriff Erkelenzer Meer geprägt. Es sei nicht auszuschließen, so referierte Liselotte aus der Arbeit des Studenten, dass diese mehrere Hunderte Meter unter der Oberfläche im Erdreich lagernden Wassermassen unkontrolliert durch die Tagebautätigkeit freigesetzt werden könnten. »Das hat etwas mit den Druckverhältnissen zu tun«, sagte Lieselotte nachdrücklich, ohne bei Böhnke Verständnis hervorzurufen. Sie versuchte, ihm das physikalische Prinzip deutlich zu machen, indem sie als Beispiel einen prall mit Wasser gefüllten Luftballon nannte, der am Boden eines Sandkastens liegt, verdeckt von einer Tonne Sand. Weil der Druck gleichmäßig sei, würde der Ballon nicht zerplatzen. Wenn er aber von oben den Sand entfernte, der Druck auf die Seiten aber bleibe, würden sich die Druckverhältnisse ändern, der Ballon nach oben ausbeulen und eventuell platzen. Das Wasser würde in einer

Fontäne nach oben spritzen. Der Ballon würde sich entleeren, und der Sand von den Seiten zur Mitte rutschen, weil dort eine Leere entstanden sei.

»Kapiert?«

Lieselotte wartete Böhnkes Antwort nicht ab.

»Nein«, hätte er ehrlicherweise sagen müssen.

»Jetzt stelle dir mal vor, der Luftballon ist das Erkelenzer Meer, der Sandkasten die Erkelenzer Börde, und durch den Tagebau wird der Sand von oben entfernt und schlussendlich der Ballon zum Platzen gebracht.« Dann würde es im Tagebau zunächst eine über 100 Meter hohe Fontäne geben. Das Grundwasser würde auslaufen und der Tagebau als Folge an den Rändern abrutschen, und zwar, in erster Linie im Westen zur Erkelenzer Kernstadt hin, weil von dort zuerst das Wasser abfließe und dann das Erdreich abrutsche. Im Osten des Tagebaus, im Bereich von Garzweiler I, gebe es wegen des abgepumpten Grundwassers und der Wiederaufschüttung diese Problematik nicht in dem dramatischen Umfang. Nach dem Szenario mit den gravierendsten Auswirkungen würde der Turm der Pfarrkirche St. Lambertus in der Erkelenzer Innenstadt zur Seite kippen, und zwar, um mehr als vier Meter.

»Das wäre dann der schiefe Turm von Erkelenz«, kommentierte Böhnke eher ungläubig als verständnislos. Das wäre doch eine Touristenattraktion.

»Nein«, widersprach Lieselotte heftig. »Schlimmer. Der Turm würde umkippen.« Dann würde, so zitierte sie eine zynische Randbemerkung von Mertens, der Tagebau Garzweier II das schaffen, was der Bombenhagel im Zweiten Weltkrieg, der Erkelenz in Schutt und Asche gelegt hatte, nicht geschafft hatte. Damals sei Ende Februar 1945 in der zerstörten Innenstadt der Kirchturm standhaft geblieben.

»Aber das ist doch nur Theorie, beginnend von dem vermeintlichen Erkelenzer Meer bis hin zu den vermeintlichen Auswirkungen.« Böhnke zweifelte an der tatsächlichen Gefahr.

»Richtig. Das ist alles nur Theorie«, bestätigte ihm Liselotte. »Theorie ist aber auch, dass der Tagebau beherrschbar ist und dass die zukünftige Befüllung des Restlochs im Erkelenzer Osten mit Wasser aus dem Rhein tatsächlich gelingt. Dazu gibt es überhaupt noch keine Untersuchungen.«

»Na ja.« Böhnke war nicht überzeugt. Aber andererseits, so musste er zugeben, hatte es immense Wassereinbrüche im Tagebau Hambach gegeben, auf die offenbar niemand vorbereitet gewesen war. Konnte man da sicher sein, dass im Tagebau Garzweiler die Natur beherrschbar war? Und musste es dazu kommen, dass nur die Katastrophe beweisen konnte, dass die Theorie der Beherrschbarkeit falsch war, wie das Beispiel Fukushima nachhaltig verdeutlicht hatte. Seitdem hieß es auch für ihn: Strom ohne Atom.

»Also lassen wir am besten das Erkelenzer Meer da, wo es ist, nämlich im Erdreich, und verzichten auf ein Restloch, das einmal das Erkelenzer Meer werden könnte«, meinte er nachdenklich.

»Das ist jedenfalls die Schlussfolgerung, die Mertens zieht«, meinte Lieselotte. »Er sieht aus ökologischen, besonders wasserwirtschaftlichen Gründen den Tagebau Garzweier II als nicht beherrschbar an und plädiert für eine schnellstmögliche Einstellung. Und in diesem Zusammenhang werden dann die Arbeiten von Bauer und Bettenbauer interessant, auf die Mertens verweist. Da laut Bettenbauer der Tagebau Inden ebenfalls erhebliche ökologische Risiken mit sich bringe, und zugleich der Tagebau Hambach von den dreien im Rheinischen Revier derjenige ist, der trotz aller Bedenken und Risiken die wenigsten Schäden und Kosten verursache und zugleich zur Energieversorgung ausreiche, wie Bauer feststellt, gebe es keinen Grund, weiter an Garzweiler II festzuhalten.«

»Kommt es dazu?«

»Das weiß ich doch nicht. Das muss die Landespolitik entscheiden, die demnächst über die Grundannahmen zum Betrieb des Tagebaus befinden und einen Antrag zur wasserwirtschaftlichen Beherrschbarkeit genehmigen muss.« Es stehe dazu auch eine aktuelle Leitentscheidung der Landesregierung an, so hatte Lieselotte der Arbeit von Mertens entnommen.

»Dann könnten doch diese Arbeiten hilfreich sein«, meinte er.

»Könnten, Commissario, wenn sie denn veröffentlicht werden. Aber danach sieht es ja wohl jetzt nicht mehr aus, da zwei der drei Autoren der Studien nicht mehr unter uns weilen.«

»Weil sie ermordet wurden«, konkretisierte Böhnke.

»Wegen ihrer Arbeiten?«

»Das weiß ich doch nicht«, echote er. Aber möglich wäre es schon.

33. KAPITEL

Endlich hatte er wieder die Gelegenheit zu einem ausgiebigen Spaziergang am Morgen. Die große Runde rund um Huppenbroich hatte er sich vorgenommen, fast zehn Kilometer durch Wald und entlang der von Buchenhecken umsäumten Weiden, ungestört und nicht genötigt, sich mit irgendjemandem zu unterhalten. Zufrieden stapfte er los, an der Kapelle und am Friedhof vorbei in Richtung Wald. Ein kurzer Blick zur Seite, als er den Motorenlärm eines Traktors hörte, verriet ihm, dass es nicht Karl Bauer war. Glücklicherweise, wie er meinte. Er wusste nicht, wie er dem Landwirt seine Besorgnis wegen Konrad verdeutlichen könnte, ohne den Mann zu sehr zu verunsichern. Er würde, so nahm sich Böhnke vor, Bauer vorschlagen, er solle selbst eine SMS an Konrad schicken oder ihn anrufen. Er war gespannt auf die Reaktion. Vermutlich, so dachte sich Böhnke, würde es eine vage zuversichtliche Antwort geben, aber keinen Rückruf.

Nach seiner Auffassung wurde Konrad irgendwo festgehalten.

Warum aber hatten es bislang Unbekannte auf Bauer abgesehen?, fragte er sich und lieferte sich selbst zugleich mögliche Antworten. Weil Konrad sich ebenso wie Mertens und Bettenbauer durch seine intensive Beschäftigung mit den Braunkohletagebauen im Rheinischen Revier Feinde gemacht hatte. Weil alle drei Studenten waren, die zusammengearbeitet hatten. Weil die drei etwas verband, das anderen missfiel. Weil …

Er beendete die müßige Gedankenspielerei und kehrte zu den Fakten zurück, die er nach dem Gespräch mit Lieselotte hatte. Paul Mertens beschäftigte sich mit dem Tagebau Garzweiler II und wurde ermordet im Tagebau Inden aufgefunden. Franz Bettenbauer beschäftigte sich mit dem Tagebau Inden und wurde am Tagebau Garzweiler II ermordet. Konrad Bauer beschäftigte sich mit dem Tagebau Hambach und war verschwunden, entweder nicht freiwillig oder weil er mit denjenigen, die ihn in Immerath abholten, gemeinsame Sache machte. Es musste einen Grund haben, weshalb die Unbekannten an dem Fahrzeug das Kennzeichen von Mertens' Wagen angebracht hatten.

Das bringt mich alles nicht weiter, schimpfte Böhnke mit sich. Er orientierte sich und stellte fest, dass er den Punkt seiner Strecke erreicht hatte, an der der Weg vorwärts kürzer war als der Weg zurück. Gerne hätte er eine Pause gemacht, aber die einfache Holzbank, die noch im letzten Herbst am Wegesrand gestanden hatte, war verschwunden.

Der Radetzkymarsch unterbrach die Stille.

»Ich höre«, brummte er, nachdem er sein Handy umständlich aus der Hosentasche hervorgeholt hatte. Langsam ging er weiter.

»Und ich rede.« Grundler kam sofort zur Sache. »Was hältst du von der Bedrohung von Susanne Brettschneider?« Für ihn war selbstverständlich, dass Böhnke sofort erkannte, dass die Frau heute schon mit ihm gesprochen hatte.

»Macht mich nachdenklich.« Kurz schilderte er sein Telefonat vom Abend, um von Grundler zu erfahren, dass dessen Gespräch mit Susanne ähnlich verlaufen war.

»Ich habe ihr geraten, sich bei der Polizei zu melden. Ob es was nützt, weiß ich nicht. Aber was will man in solch einer Situation tun?«

Böhnke sparte sich eine Antwort und musste Sekunden später feststellen, dass der Anruf beendet war. Er war in ein Funkloch geraten.

Er geriet tatsächlich ins Schwitzen. Der lange Marsch, die Sonnenstrahlen und die etwas zu dicke Jacke sorgten dafür. Auch spürte er, dass die Kraft nachließ. Nur nicht übernehmen, mahnte er sich und reduzierte noch einmal seine Geschwindigkeit. Schätzungsweise musste er noch eine halbe Stunde gehen, um endlich wieder daheim anzukommen. Ein Taxi wäre nicht schlecht, sagte er sich und blieb lauschend stehen, als er immer lauter werdende Traktorengeräusche hörte. Es musste ja nicht unbedingt Karl Bauer mit dem Riesenmonster sein, der sich von hinten näherte. Das umständliche Klettern auf den Beifahrersitz würde er gerne vermeiden.

Er hatte Pech im Glück.

»Steig auf!«, forderte ihn Bauer auf. »So wie du durch die Gegend schleichst, kommst du vor Sonnenuntergang nicht mehr nach Huppenbroich zurück.«

Böhnke hielt sich mit einer Bemerkung zurück, als sie in Richtung Ort fuhren.

»Hör mal, Kommissar. Irgendetwas stimmt da nicht mit Konrad. Langsam bin ich die nichtssagenden SMS leid. Ich habe ihm eine auf sein Handy geschickt und kriege Stunden später die Antwort, es ginge ihm gut und ich solle mir keine Sorgen machen. Daraufhin habe ich angerufen und bekomme den Hinweis, dass die gewählte Rufnummer zurzeit nicht erreichbar sei.«

Da habe wohl jemand das Handy nur für die Kurznachricht aktiviert, dachte Böhnke, was Bauer aussprach.

»Das stinkt doch zum Himmel. Oder?«

Böhnke nickte.

»Ich gehe zur Polizei und gebe eine Vermisstenmeldung auf.«

Das könne gewiss nicht schaden, meinte Böhnke.

Er hing seinen eigenen Gedanken nach. Das gescheiterte Telefonat war auch für ihn ein Indiz, dass etwas nicht stimmte.

Seine nachmittägliche Runde durchs Dorf nutzte er für einen Abstecher zu Billas Haus. Konrads Schicksal war ihm nicht aus dem Sinn gegangen. War er vielleicht schon tot, so wie Mertens und Bettenbauer? Es war für ihn ein Zeichen der Kameradschaft mit dem Landwirt, dass er seine Ermittlungen fortsetzte in der Hoffnung, dass sich Konrads Verschwinden vielleicht doch als harmlos herausstellte. Aber dagegen sprach die Verbindung zwischen ihm, Mertens und Bettenbauer durch ihre gemeinsamen Studien zum Braunkohletagebau.

Ihm war eine Idee gekommen. Vielleicht konnte er Hinweise erhalten von einem Mann, den Bauer gewiss nicht auf der Rechnung hatte und von dem die Polizei vielleicht nur wusste. Nämlich von Bruch.

Die Mail an den Baumschuler war schnell geschrieben. Mit Hinweis auf dessen Bereitschaft, ihm alle Fragen zu beantworten, wollte sich Böhnke nicht nur über die Besuche der drei Studenten informieren, sondern auch darüber, ob es noch andere Studenten aus Aachen gab, die entweder mit den dreien oder mit anderen in den Erkelenzer Osten gekommen waren. ›Besteht nach wie vor ein Interesse bei Studenten?‹, fragte er. ‹Gab es Unstimmigkeit zwischen verschiedenen Besuchern?‹

Zugleich bat Böhnke in seiner Mail um eine Bestätigung seiner bisherigen Erkenntnis, wonach Mertens, Bettenbauer und Bauer zwar unterschiedliche Problematiken in unterschiedlichen Tagebauen behandelt hätten, sie aber dennoch eine gemeinsame Linie verfolgten, wonach der Tagebau Hambach ausreichte.

Ich weiß eigentlich zu wenig über die Probleme bei den Tagebauen Hambach und Inden, dachte sich Böhnke, während er die Mail schrieb. Den Knackpunkt beim Tagebau Garzweiler II glaubte er erkannt zu haben. Der lag augenscheinlich bei der Grundwasserproblematik. Alle anderen Probleme waren zwischenzeitlich anscheinend ausgeräumt worden. Es hatte zahlreiche Verbesserungen für die Umsiedler gegeben, sie waren, wenn Böhnke die Zeitungsberichte zugrunde legte, finanziell wesentlich besser gestellt als Umsiedler bei früheren Tagebauen und konnten ohne Verschuldung ein neues Haus in einem anderen Ort bauen. Ein Loblied wurde in den Medien auch auf die geschlossene Umsiedlung gesungen. Dabei wurden Umsiedlungsorte komplett verlagert an andere Stellen mit den gleichen Straßenzügen und den gleichen Straßennamen. Statt eines über Jahrhunderte gewachsenen Dorfes gab es eine Neubausiedlung, in der der Geist des alten Ortes Einzug halten sollte. Und dennoch gab es immer noch große Unzufriedenheit bei Umsiedlungsbetroffenen, die ihre Heimat nicht aufgeben wollten wegen der Braunkohle, deren Verstromung überflüssig und klimaschädigend sei.

Böhnke erinnerte sich an das große Gerichtsverfahren, das beim Bundesverfassungsgericht im Dezember

2013 mit einer gewagten Entscheidung endete. Das Gericht hatte die Rechtmäßigkeit der Genehmigung für den Rahmenbetriebsplan Garzweiler II vor mehr als 20 Jahren bestätigt und zugleich den Umzusiedelnden ein Recht auf Heimat abgesprochen. Einzig und allein die Politik könne entscheiden, ob die Nutzung der Braunkohle zur Energiegewinnung erforderlich und gewünscht sei. Die wirtschaftliche und energiepolitische Notwendigkeit sei vom Gericht nicht zu überprüfen, hatte es in dem Urteil geheißen. Ein Privatmann aus einem der Umsiedlungsorte war daher mit seiner Klage gegen die Genehmigung abgeschmettert. Ein anderer Aspekt des Urteils war Böhnke haften geblieben. Der Bund für Umwelt und Naturschutz hatte beklagt, dass der Bergbautreibende eine Streuobstwiese kurzerhand enteignen ließ, die der BUND am Tagebaurand angelegt hatte. Das Bundesverfassungsgericht sah diese Enteignung als rechtswidrig an, konnte sie aber nicht mehr rückgängig machen, da die Wiese längst schon dem Tagebau zum Opfer gefallen war. Da wurde unrechtmäßiges Handeln nachträglich ohne Konsequenzen gebilligt.

Ob es Bruch ähnlich gehen würde? Würde er enteignet, um dann Jahre und Jahrzehnte später zu erfahren, dass diese Enteignung unrechtmäßig war? Oder würde er klein beigeben, wenn die Enteignung drohte?

Mit seiner Frage, was Bruch vom sogenannten Erkelenzer Meer halte, beendete Böhnke seine Mail. Er war sich nicht sicher, wann und wie Bruch antworten würde. Aber er hoffte darauf, Informationen über Bauer zu erhalten, die Hinweise zu seinem Verbleib gaben. Und er nahm sich vor, am Abend zu Bauers Ausarbeitung zu greifen, um mehr über den Tagebau Hambach zu erfahren.

Schwere Kost, so hatte Böhnke für sich die Lektüre bezeichnet, und er wurde in seiner Einschätzung von Lieselotte beim abendlichen Telefonat bestätigt. Sie hatte sich ebenso wie er der Arbeit von Bauer gewidmet und musste zugeben, dass sie nicht immer durchgeblickt hatte. »Die ganzen ökonomischen Fachbegriffe und Berechnungen sind nicht meine Welt«, meinte sie.

»Meine auch nicht«, gestand Böhnke. »Aber ich glaube, wir haben Bauers Schlussfolgerung verstanden, oder?«

Lieselotte pflichtete ihm bei. »Der ist ganz klar der Ansicht, dass wir in der Region nur einen Tagebau brauchen. Die Kohle reicht, um genügend Strom zu erzeugen.« Es sei erschreckend, dass viel mehr Strom als benötigt erzeugt und dann unter Preis verkauft werde. »Da reden unsere Politiker von Umweltschutz und Erderwärmung, haben aber nicht den Mut, die Verbrennung fossiler Stoffe zu verbieten.«

»Oder wenigstens einzuschränken«, ergänzte Böhnke. Wenn er Bauers Überzeugung folgte, war die großflächige Umweltzerstörung gar nicht erforderlich, weil ausreichend Strom in Deutschland zur Verfügung stand, und der Strom aus Braunkohle gar nicht in dem aktuellen Maße benötigt wurde. Bauer hatte den Tagebau Hambach als den von den drei risikobehafteten am besten geeigneten ausgemacht. Nicht nur, weil er inhaltsmäßig die meiste Braunkohle enthielt, sondern auch, weil er weniger Umweltschäden verursachen würde als die Tagebaue Inden und Garzweiler. Statt die Braunkohle zurückzufahren, wurde lieber darauf verzichtet, den Ausbau erneuerbarer Energien zu verstärken. Weniger Windparks in der Nordsee, als ursprünglich geplant, und auch weniger

Windräder auf dem Festland sollte es nach den Vorgaben der Politiker geben. Stattdessen sollte die Stromgewinnung aus Kohle festgeschrieben und garantiert werden. »Wenn dann noch Politiker sagen, wir müssten weniger Kohlendioxid in die Luft pumpen, reden die doch wider besseres Wissen«, ereiferte sich Lieselotte.

Auf eine politische Diskussion wollte sich Böhnke nicht einlassen. Er hatte längst für sich die Überzeugung gewonnen, dass Politiker in einer eigenen Welt leben, die mit seiner nur wenig gemein hatte, wobei die Politiker zugleich seine eigene Welt bestimmen wollten.

»Was hat denn Mertens zu diesem Fazit von Bauer geschrieben?«, fragte er.

»Er unterstützt es so, wie Bauer das Ergebnis von Mertens als ein Argument für sein Fazit nimmt. Weil nach Mertens die wasserwirtschaftliche Dimension von Garzweiler II nicht beherrschbar ist, sollte man auf ihn verzichten, so Bauer, weil man ihn aus ökonomischen Gründen nicht benötigt.«

»Okay. Und was meint Bettenbauer?« Er war gespannt, was Lieselotte antworten würde.

Er wurde nicht enttäuscht. Ihre Erkenntnis stimmte mit seiner überein. »Laut Bettenbauer sind die ökologischen Probleme im Tagebau Inden größer als die im Tagebau Hambach. Da er außerdem kleiner ist und seine Fördermenge eh nicht ausreichen würde, um als einziger Tagebau für die Stromproduktion aus Braunkohle auszureichen, sollte auf ihn verzichtet, und der Braunkohleabbau auf den Tagebau Hambach beschränkt werden.« Hinzu komme noch, dass das Kraftwerk Weisweiler, das mit Kohle aus Inden gespeist wird, eine der größten Dreckschleudern sei und eigentlich längst abgeschaltet sein müsste, wenn es die Politiker tatsächlich ehrlich mit dem Umweltschutz meinten.

»Und welches sind die ökologischen Probleme?«

»Gute Frage, Commissario. Die werde ich dir gerne beantworten, wenn ich Bettenbauers Arbeit gelesen habe. Bauer hat doch nur die Ergebnisse zitiert mit Hinweis auf die Arbeit. Da ist von Abrutschungen und Erdbebenrisiken die Rede, aber so richtig konkret wird Bauer nicht.« Lieselotte räusperte sich. »Kriegst du eigentlich noch die Arbeit von Bettenbauer?«

»Kann schon sein«, antwortete Böhnke. So wie Susanne vernetzt war, würde es ihr bestimmt gelingen, an den Text heranzukommen. Aber was hatte er davon? Er konnte sich nicht vorstellen, darin Hinweise zu finden, die zum Auffinden von Konrad Bauer oder zu den Mördern von Paul Mertens und Franz Bettenbauer führen könnten.

»Übrigens habe ich ein Attentat auf dich vor«, kündigte Lieselotte verheißungsvoll an. »Ich will mit dir zum Indemann.«

34. KAPITEL

Der unangemeldete, aber dennoch nicht ungebetene Besuch konnte ihm vielleicht eine Antwort geben.

»Wissen Sie vielleicht, wer der Indemann ist?«, fragte er Susanne, die am Morgen vor seiner Haustür stand. »Meine bessere Hälfte will mit mir unbedingt zu ihm.«

»Selbstverständlich.« Ihr munteres Lachen machte ihm deutlich, dass sie in ihm einen ahnungslosen Sonderling sah, der keinen blassen Schimmer von der Welt hatte. »Den kennt doch jeder.«

Er verkniff sich eine Bemerkung.

»Der Indemann ist ein Aussichtsturm am Tagebau Inden. Das ist eine gigantische Stahlkonstruktion, die einen Menschen darstellen soll.« Susanne blickte ihn fröhlich an. »Wenn Sie wollen, fahre ich mit Ihnen dahin.«

Dankend lehnte er mit dem Hinweis auf den Ausflug mit Lieselotte ab.

Der Indemann sei übrigens kleiner geworden, als ursprünglich geplant, belehrte ihn Susanne, während sie ihm in die Küche folgte. Denen sei das Geld ausgegangen, behauptete sie, ohne zu sagen, wen sie damit meinte. Dennoch sei der Indemann eine Attraktion im Indeland und das Restaurant daneben ebenso. Aber das würde er ja selbst sehen können.

Welches der Grund sei, der ihm die Freude ihres Erscheinens am frühen Morgen bereite, fragte er gestelzt, bei seinem Versuch charmant-höflich einen schnellen Themenwechsel vorzunehmen. Er würde jetzt jedenfalls nicht mehr ahnungslos vor seiner Liebsten stehen, wenn sie am Sonntag ins Indeland fahren würden.

Susanne schmunzelte über seine umständliche Frage. »Soll ich etwa sagen, ich hätte Sehnsucht nach Ihnen gehabt?« Sie schüttelte den Kopf. Ihr Blick wurde ernst.

»Ich hab Ihnen etwas ausgedruckt.« Mit einem Griff in ihre Handtasche holte sie ein Blatt hervor. »Das hat man mir geschrieben.«

Schnell flogen Böhnkes Augen über das Papier. ›Du kleine Schlampe, kümmer dich gefälligst um deine Sachen und misch dich nicht in die Angelegenheit anderer ein. Sonst nimmt es noch ein böses Ende mit dir.‹

»Schöne Reaktion auf meine Frage nach dem Verbleib von Petra Bündner, nicht wahr?« Die Ironie in ihrer Stimme war unüberhörbar.

»Interessante Reaktion«, entgegnete Böhnke stirnrunzelnd. »Ich frage mich, ob der Schreiber dieser Drohung Sie überhaupt kennt, oder ob er sich nur einen bösen Scherz erlaubt.« Die Drohung sei derart abstrakt, dass er keine Hinweise auf den Absender oder dessen Ernsthaftigkeit erkennen könne.

»Dasselbe hat man mir bei der Polizei auch gesagt«, sagte Susanne. Aber man werde der Sache dennoch nachgehen und zunächst einmal annehmen, dass die Drohung ernst gemeint ist. »Das sei besser, als von einem Scherz auszugehen.«

Böhnke nickte. »Vorsicht ist die Mutter der Porzellankiste.«

Ob seine ehemaligen Kollegen tatsächlich die Drohung für bare Münze nahmen? Bei einer normalen Studentin hätte er die Frage verneint. Bei Susanne Brettschneider, deren Familie immerhin eine gesellschaftliche und wirtschaftliche Größe in Aachen war, ging man im Polizeipräsidium die Angelegenheit vielleicht etwas engagierter an. Aber darüber wollte er lieber nicht mit seiner Besucherin diskutieren. »Ist gut, dass Sie die Polizei informiert haben.«

»Und Grundler.«

Davon war er selbstverständlich ausgegangen.

»Ich habe noch etwas für Sie.« Jetzt war Susanne für den Themenwechsel verantwortlich. Erneut griff sie in ihre Tasche, die für Böhnke eher eine Wundertüte war. Was Frauen in einer Tasche alles verstauen konnten, würde ihm wohl immer ein Rätsel bleiben.

»Da ist das gute Stück«, sagte sie verheißungsvoll und überreichte ihm einen Schnellhefter. Es sei zwar nur die Rohfassung, aber sie sei dennoch aussagekräftig, meinte sie, derweil Böhnke den prall gefüllten Hefter öffnete. Er enthielt Bettenbauers Abhandlung über den Tagebau Inden.

»Wie sind Sie daran gekommen?«, fragte er verblüfft.

»Der war auf einer externen Festplatte, auf der Paul in regelmäßigen Abständen Dateien auslagerte«, antwortete Susanne.

»Sind Sie etwa noch einmal in seinem Apartment gewesen?« Das fehlte noch, dass die junge Frau ohne Zustimmung der Ermittler in dem Zimmer eines Mordopfers herumsuchte und dabei mögliche Spuren verwischte.

»Nein.« Die Bude sei versiegelt. Paul habe die Festplatte bei ihr gelagert. Da würde er sie schneller finden als in seinem Zimmer. »Paul war in manchen Dingen übervorsichtig. Und seine Dateien waren ihm heilig. Ich kann mir gut vorstellen, dass es noch eine zweite externe Festplatte mit denselben Dateien gibt …«

»… die entweder noch in seinem Zimmer ist oder in den Händen derjenigen, die in seinem Zimmer waren«, unterbrach Böhnke sie. Er schwenkte den Ordner. »Muss ich das jetzt alles lesen, oder wissen Sie, was darin steht?«

»Ich hab's gelesen, weil's einfach interessant ist.«

»Was denn?«

»Wenn man Bettenbauer folgt, muss man annehmen, dass der Tagebau Inden ein großes technisches Abenteuer ist mit vielen ungeklärten Problemen.«

»Wie Garzweiler II.«

»Andere«, belehrte ihn Susanne. »Die Schwierigkeiten im Tagebau Inden haben zwar auch, aber weniger mit dem Grundwasser zu tun.«

Ob er wenigstens ein Glas Wasser für sie habe, meinte sie mit Hinweis auf seine offensichtlich wenig ausgeprägten Eigenschaften als Gastgeber. Immerhin müsse sie ihm jetzt einen längeren Vortrag halten. »Ich hoffe, Sie können mir folgen.«

Er konnte ihr folgen, was in erster Linie daran lag, dass Susanne versuchte, ihm mit einfachen Worten den komplizierten Sachverhalt darzulegen. Nach der ursprünglichen Planung sollte der Tagebau Inden nach der Auskohlung wieder verfüllt und die Landschaft renaturiert werden. Dann gab es ein Umdenken. Statt der Renaturierung wollte der Bergbautreibende das Restloch mit Wasser verfüllen und als Indesches Meer gestalten. »Das sei kostengünstiger als die Verfüllung mit Erde«, zitierte Susanne aus der Arbeit von Bettenbauer. Mithin ginge es dem Unternehmen nur darum, Kosten zu sparen. Dafür musste der Rahmenbetriebsplan geändert werden, was mit Zustimmung der meisten Kommunen auch gelang. Lediglich die Stadt Düren sträubte sich gegen die Änderung. Die kleineren Kommunen sahen in dem zukünftigen Indeschen Meer, genannt nach dem Flüsschen Inden, das der Region den Namen gab, eine mögliche touristische Aufwertung der Region. Zwar sei noch unklar, wer die Folgekosten tragen würde, wenn der See einmal verfüllt war und der Bergbautreibende damit seine Arbeit plangemäß beendet hatte, aber über die Folgekosten mache man sich derzeit noch keine Gedanken. »Und jetzt kommt Bettenbauer ins Spiel«, sagte Susanne. »Bettenbauer stellt die These auf, der Bergbautreibende könne gar nicht die planerischen Voraussetzungen erfüllen, um den Restsee sicher zu gestalten, und er besitze auch nicht die technischen Möglichkeiten. Ein offenes Loch habe eine andere Statik als ein verfülltes.« So werde es vermehrt Erdrutschungen am Rand geben, so wie jetzt schon gelegentlich und wie bei den Tagebaurestseen in der Lausitz. Konsequenterweise müsste dieser See wegen der ständigen Gefährdung für die Öffentlichkeit gesperrt werden. Hinzu komme eine wachsende Erdbebengefahr in der Region, die ohnehin zu den am meisten erdbebengefährdeten in Deutschland gehöre. Bei einem wassergefüllten Loch seien die Auswirkungen von Erdstößen erheblicher als bei einer geschlossenen Landschaft. »Und schließlich weist Bettenbauer auch noch auch auf eine mögliche Veränderung des Kleinklimas in der Region hin. Was tatsächlich passieren kann, hat laut Bettenbauer noch niemand explizit erforscht. Es gibt nur Modellrechnungen.« Sie pustete durch und griff nach dem Wasserglas.

»So, das war's in aller Kürze. Wenn Sie noch Fragen

haben, bitte schön.« Sie schaute Böhnke auffordernd an, während sie trank.

Er lächelte schwach. Ihm reichte die Zusammenfassung. Er würde sich die Lektüre des Stoffs sparen. Weil Bettenbauer ein mögliches Szenario zum Tagebau Inden aufgestellt hatte, musste er ebenso sterben wie Mertens, der sich Gedanken zu den Umweltschäden durch Garzweiler II gemacht hatte. Das machte doch nur dann Sinn, wenn sie mit ihren Studien irgendjemandem zu nahe gekommen waren, der unbedingt verhindern musste, dass ihre Arbeiten publik wurden. Oder hatte der Tod von Bettenbauer nichts mit dem von Mertens zu tun? Waren sie Opfer von Tätern geworden, die gar nichts miteinander zu tun hatten, und spielten ihre Arbeiten gar keine Rolle? Und wie passte Konrad Bauer in dieses Geschehen?

Böhnke nahm sich vor, seine Notizzettel neu zu ordnen. Fakten sammeln, Zusammenhänge herstellen, eindeutige Folgerungen ziehen, das galt es, aber er war noch weit davon entfernt, zu einem Ergebnis zu kommen. Also sammle ich weiter, beschloss er für sich.

»Hallo. Ich bin auch noch da.« Susanne unterbrach winkend seine Denkpause. »Ich glaube, ich verabschiede mich besser. Oder kann ich noch was für Sie tun?«

»Nein und ja«, antwortete er. »Die Zukunft des Tagebaus Inden ist zwar schön und gut oder ungewiss und schlecht, aber für mich praktisch nicht von Belang. Oder glauben Sie etwa, ich werde das Indesche Meer noch miterleben?«

»Darum geht es doch gar nicht.« Susanne ereiferte sich. Zu Recht, wie er einräumen musste. Es ging nicht um ihn, es ging darum, warum die beiden Studenten sterben mussten.

»Okay.« Er stimmte ihrem Einwand zu.

»Und warum ja?«, fragte sie vergnügt. »Was kann ich sonst noch für Sie tun?«

»Sie können mich in Ihrem Kinderwagen mit nach Simmerath nehmen. Ich muss einkaufen.«

35. KAPITEL

Nicht nur in dem Drama mit den drei Studenten passten viele Teile nicht zusammen. Ausschweifend und nichtssagend hätte Böhnke früher bei einer Pressekonferenz zum Stand der Dinge gesagt, die Angelegenheit sei zu komplex und zu vielschichtig, um bereits mit konkreten Aufklärungsergebnissen aufwarten zu können. Damit wurde Optimismus verkauft, obwohl Pessimismus angebrachter gewesen wäre. Komplex und undurchsichtig war für ihn das Geschehen auf dem Energiemarkt. Mit Erstaunen hatte er bei seiner Zeitungslektüre die Meldung aufgenommen, nach der RWE ein hochmodernes Gas- und Turbinenkraftwerk im niederländischen Maasbracht bei Roermond eingemottet hatte. Erst 2012 war das 1300-Megawatt-Kraftwerk in Betrieb genommen worden. Jetzt stehe es dem Strommarkt planmäßig nicht mehr zur Verfügung, zitierte die Tageszeitung den Konzern. Den Block A des Kraftwerks hatte RWE bereits Anfang 2013 eingemottet, so hatte Böhnke gelesen. Jetzt sei auch der zweite Block abgeschaltet worden. Am Standort Maasbracht werde so lange kein Strom produziert, bis die energiepolitischen und wirtschaftlichen Bedingungen in Europa dies wieder ermöglichten, erklärte RWE. Geringe Einsatzzeiten bei einem gleichzeitig sehr niedrigen Großhandelspreis ließen einen wirtschaftlichen Betrieb der Anlage, die zu den modernsten ihrer Art gehöre, nicht mehr zu.

Wieder so eine Ungereimtheit, die ebenso unverständlich war wie etwa das Verschwinden von Konrad und das fast zeitgleiche Auftauchen eines Autos an dem Haus in Immerath, das die Kennzeichen von Mertens' Wagen trug. Keine 50 Kilometer von einem Braunkohletagebau entfernt schloss RWE ein hochmodernes Kraftwerk, das wahrscheinlich wesentlich umweltschonender und wirksamer war als die Braunkohlekraftwerke. Für die Braunkohle zogen der Konzern und die Landesregierung immer die Trumpfkarte der heimischen kostengünstigen und stets verfügbaren Energiequelle, die Unabhängigkeit versprach von ausländischen Zulieferern. Zugleich argumentierte RWE mit den schwierigen Bedingungen in Europa, um seine internationalen Geschäftspraktiken zu begründen. Ökonomie schlägt Ökologie, dachte Böhnke für sich. Und die Kosten für den Bau und Nichtbetrieb des modernen Kraftwerks würde der Konzern sicherlich auch irgendwie geltend machen, vermutete er. Wahrscheinlich würde die Politik irgendwann einmal mit einer Finanzierung einer Vorhaltereserve aus Steuermitteln dem Energieversorger den Rücken stärken. Ob er über diese Aspekte auch in Konrads Arbeit lesen könnte?

Einfacher wäre es wohl, ihn selbst zu fragen. Aber noch war der junge Mann wie vom Erdboden verschluckt.

Hoffentlich wurde er wieder ausgespukt, dachte er sich, während er zum klingelnden Telefon griff.

»Du musst unbedingt kommen!« Karl Bauer brüllte so laut ins Telefon, dass Böhnke unwillkürlich den Hörer vom Ohr weghielt. »Sofort!«

»Wo brennt's denn, mein Freund?«, fragte der Pensionär mit besonnener Stimme, obwohl ihn der Anruf und Bauers Erregung verunsicherten.

»Die Kripo steht bei mir auf dem Hof. Die wollen unbedingt in Konrads Zimmer. Was soll ich tun?«

»Moment.« Barsch unterbrach Böhnke den Redeschwall von Bauer. »Die haben doch bestimmt einen Durchsuchungsbeschluss. Oder?«

»Ja.«

»Okay.« Böhnke schnaufte durch. »Du hast das Recht, dass bei einer Durchsuchung ein Zeuge anwesend ist und dass ein Protokoll angefertigt wird. Du sagst jetzt den Leuten, dass sie einen Protokollanten ernennen und auf einen Zeugen warten sollen, nämlich auf mich. Kapiert?«

»Ja, aber …«

»Nichts aber«, sagte Böhnke schnell und bestimmend. »Du kannst gegen den Beschluss nichts machen, du kannst nur das tun, was ich dir gerade gesagt habe. Ansonsten wartest du, bis ich da bin. Und sag den Kollegen, sie sollen gefälligst auch warten.« Außerdem solle er darauf bestehen, dass ein Vertreter seines Rechtsbeistands bei der Durchsuchung dabei war. »Sonst gibt es Ärger mit deinem Anwalt Tobias Grundler.«

Langsam machte er sich auf den Weg zu Bauers Hof. Er würde nichts damit verdienen, wenn er sich abhetzte und dann eine Weile brauchte, ehe er sich wieder von seiner Atemlosigkeit erholt hatte. Er wollte voll bei Sinnen sein, wenn er an der Durchsuchung teilnahm, und nicht nach Luft schnappend in irgendeiner Ecke hocken.

Bauer wartete auf der Straße vor der Hofeinfahrt auf ihn. »Schön, dass du da bist. Die waren ganz schön perplex, als ich denen das von dir und Grundler gesagt habe.«

Böhnke schmunzelte. Es war erstaunlich, wie er mit so einer Selbstverständlichkeit Bauer imponieren konnte.

»Wo sind denn meine Freunde?«, fragte er, während er schwungvoll die entgegengestreckte Hand schüttelte. Da er keine Fahrzeuge auf der Zufahrt gesehen hatte, ging er richtigerweise davon aus, dass die Beamten auf den Innenhof gefahren waren. Interessiert beobachtete er, wie vier in Zivil gekleidete Männer einem unscheinbaren Golf entstiegen.

»Sie können's wohl nicht lassen, was?«, begrüßte ihn der Älteste im Quartett launig. Mit einem Strahlen im Gesicht hatte sich der knapp 50-jährige Mann genähert, derweil seine drei erheblich jüngeren Kollegen skeptisch dreinblickend einige Schritte zurückblieben. »Morgen. Was für eine große Freude, Sie hier zu sehen, Chef.«

Manchmal muss man auch Glück haben, dachte sich Böhnke. Ausgerechnet einer seiner wenigen noch im Dienst befindlichen Kollegen aus seiner früheren Abteilung für Tötungsdelikte fungierte offensichtlich als Einsatzleiter.

»Erstens haben wir nicht mehr Morgen, und zweitens bin ich nicht mehr Ihr Chef«, brummte Böhnke grimmig.

»Den Chef, den lassen Sie bitte stecken.« Er sei Pensionär. Seine Freude, mit Josef Palmen einen früheren Mitarbeiter anzutreffen, wollte er unbedingt verbergen vor anderen Beamten, die er nicht kannte.

»Einmal Chef, immer Chef. Und so einen Chef wie Sie kriege ich nie mehr wieder, Herr Böhnke.«

Palmen winkte das Trio herbei. »Kollege Grün ist ebenso nach Ihrer Zeit zu uns gekommen wie die Kollegen Schmalzer und Laaser, Herr Böhnke«, klärte ihn Palmen auf, ohne die Namen konkret den Männern zuzuordnen.

Böhnke hatte die Namen schon wieder verdrängt, als Palmen die flüchtige Vorstellungsrunde beendet hatte. Die Bubis waren nicht mehr seine Welt, und er wahrscheinlich auch nicht mehr die Ihre.

Die Kollegen informierten Palmen nur knapp. Ihn als besten Kriminalen zu bezeichnen, den es jemals in Aachen gegeben hatte, so wie es Palmen sagte, schmeichelte Böhnke zwar, war aber nur dazu angetan, bei Bauer noch größere Bewunderung hervorzurufen. Die drei Jungspunde nahmen Palmens Lobrede kommentarlos auf, wahrscheinlich lachten sie insgeheim sogar darüber.

»Um was geht es eigentlich, Herr Palmen?« Böhnke wollte zum Punkt kommen. Er schüttelte sich. Im Durchzug auf dem Hof war ihm kalt geworden. Er wollte endlich ins Innere des Hauses.

»Dürfen wir Ihnen nicht sagen«, mischte sich das rothaarige Milchgesicht forsch ein.

Böhnke runzelte leicht die Stirn und schaute zu Palmen, der kurz nickte.

»Herr Kollege. Im Prinzip haben Sie durchaus recht.« Er lächelte das Rothaar gewinnend an. »Aber wir erleichtern uns allen die Arbeit, wenn wir mit dem Ersten Kriminalhauptkommissar kooperieren. Er vertritt gewissermaßen Herrn Grundler, den Anwalt von Herrn Bauer. Stimmt's?«

Mit der Frage hatte er sich an den Landwirt gewandt, der zustimmend nickte.

»Und Sie, Herr Kollege, Sie haben heute die verantwortungsvolle Aufgabe, unseren Einsatz detailliert zu protokollieren. Wir wollen doch anschließend eine Unterschrift bekommen. Oder etwa nicht?« Das musste reichen. Der junge Kollege akzeptierte schluckend die Anweisung.

Palmen wartete die Antwort nicht ab und richtete seinen Blick sofort wieder auf Böhnke.

»Also, was wollen Sie hier?« Böhnke schaute Palmen und danach Bauer fragend an.

Der Landwirt zuckte mit den Schultern und deutete auf den Kriminalhauptkommissar. »Ich hab denen nur gesagt, was du mir gesagt hast. Daraufhin sind die wieder in ihr Auto gekrochen. Jetzt ist das dein Spiel.«

Palmen lächelte. »Ich will nicht um den heißen Brei herumreden, Herr Böhnke. Sie kriegen's ja sowieso raus, wenn ich Ihnen etwas verschweige. Wir vermuten, dass Konrad Bauer in einen Todesfall verwickelt ist.«

»In welchen? Und warum?« Böhnke war keineswegs verwundert über die Ermittlungen der Kripo. Die Kollegen konnten auch analysieren und Schlüsse aus Sachverhalten ziehen.

Wieder zeigte Palmen sein Lächeln.

»Dürfen wir Ihnen nicht sagen, Chef.«

»Dürfen Sie wohl«, widersprach Böhnke, »denn wir vertreten nicht nur die Interessen von Konrad Bauer, sondern auch die anderer Personen, die von den Mordfällen Paul Mertens und Franz Bettenbauer betroffen sind.«

Palmen machte kein Hehl aus seiner Verblüffung. »Woher wissen Sie?« Dann winkte er ab. »Sie wissen's und Sie werden mir nicht sagen, woher Sie es wissen. Richtig?«

»Richtig.«

Böhnke schmunzelte. »Also, was ist? Steht die Durchsuchung im Zusammenhang mit dem Tod von Paul Mertens oder dem von Franz Bettenbauer?«

»Mit beiden«, antwortete der Rothaarige patzig und erntete damit einen grimmigen Blick seines Einsatzleiters.

»Kann nicht sein«, sagte Böhnke gedehnt. »Sie sprachen eingangs von einem Todesfall und nicht von zweien.« Das könnte eine durchaus interessante juristische Auseinandersetzung geben, wenn die Kripo bei der Durchsuchung wegen eines Tötungsdeliktes Hinweise finden würde, die für einen anderen relevant wären. Ob sie verwendet werden dürften, müsste dann zunächst geklärt werden. »Insofern ist es mir schon wichtig, den Umfang des Durchsuchungsbeschlusses zu kennen und ein präzises Protokoll der Durchsuchung zu erhalten«, belehrte er den jungen Mann, dessen Gesichtsfarbe sich langsam der seines Haares annäherte, ehe er sich wieder Palmen zuwandte.

»Also noch mal: Um welches Tötungsdelikt handelt es sich? Und warum sind Sie hier?«

Es schien, als nehme der erfahrene Kollege Befehlsstellung an, als er antwortete. »Es handelt sich um den Todesfall bei Jackerath, Chef. Sie wissen, der junge Mann im Überlaufbecken.«

»Und was hat Konrad Bauer damit zu tun?«

»Nun, wir wissen, dass der Tote im Wagen von Paul Mertens saß. Der wiederum war uns von einer Susanne

Brettschneider als vermisst gemeldet worden. Dieselbe Susanne Brettschneider ist inzwischen per SMS und Facebook bedroht worden, nachdem Paul Mertens zunächst vermisst und anschließend ermordet aufgefunden wurde.«

Böhnke stöhnte vor sich hin. Wann lieferte Palmen endlich Neuigkeiten?

»Inzwischen haben wir herausbekommen, von welchem Handy die Drohungen verschickt wurden«, fuhr Palmen fort. »Es ist das Handy, oder besser gesagt das Smartphone von Konrad Bauer.« Außerdem sei der junge Mann mit einem aufgesetzten Schuss aus einer Pistole getötet worden. Bekanntermaßen sei Konrad Bauer ein ausgezeichneter Sportschütze gewesen.

»Was ihn sofort zum Mörder macht?« Böhnke pustete durch und legte besänftigend den Arm auf Bauers Schulter, der ihn in einer Mischung aus Bestürzung und Verständnislosigkeit anstarrte.

»Konrad ist doch kein Mörder«, entfuhr es dem Landwirt.

»Sage ich auch nicht«, entgegnete Palmen höflich. »Aber Sie werden es, ebenso wenig wie ich, als abwegig bezeichnen, wenn ich sage, Ihr Sohn könnte in irgendeiner Weise an dem Verbrechen beteiligt gewesen sein. Wir hätten Ihrem Sohn diesbezüglich gerne ein paar Fragen gestellt, aber wir wissen nicht, wo er sich aufhält. Sie etwa?«

»Nein«, antwortete Böhnke in einem Tonfall, der nicht erkennen ließ, ob er tatsächlich nichts wusste oder ob er nur so tat.

»Und Sie?« Palmen wandte sich Bauer zu.

»Es ist mein Spiel«, raunzte Böhnke, bevor der Landwirt antworten konnte. »Und meine Antwort, die ich auch für unseren Mandanten gebe, haben Sie gehört!« Die jungen Beamten und auch Bauer sollten merken, dass es nur zwei Personen gab, die hier etwas zu sagen hatten, nämlich Palmen und Böhnke.

Palmen hatte verstanden. Er nickte.

»Konrad Bauer ist, was Sie genauso gut wissen wie ich, seit dem Mord verschwunden, und es wurden die Drohungen von seinem Handy aus versandt. Da kann ein Staatsanwalt schnell einen Anfangsverdacht äußern und uns auf die Pirsch schicken.«

»Auf der Sie hierher gekommen sind«, unterbrach ihn Böhnke und streckte die Hand aus. »Darf ich den Durchsuchungsbeschluss lesen bitte?«

Selbstverständlich durfte er. Formal und inhaltlich gab es an dem amtlichen Schreiben nichts auszusetzen. Er nickte verstehend. »Dann machen Sie sich mal ans Werk. Ich kann mir allerdings nicht vorstellen, dass Sie hier weiterführende Hinweise finden.« Er nahm Bauer zur Seite.

»Keine Sorge«, flüsterte er. »Die machen nur ihre Arbeit. Und ich sorge dafür, dass sie sie ordnungsgemäß machen.«

»Aber die halten Konrad doch für einen Mörder«, entgegnete Bauer immer noch fassungslos.

Böhnke versuchte, ihn beruhigend anzusehen, wobei er nicht wusste, ob es ihm gelang. »Die Kollegen brauchen für ihre Ermittlungen einen Anhaltspunkt. Den glauben sie, mit Konrad gefunden zu haben. Sehen wir es positiv. Vielleicht finden sie tatsächlich etwas, das ihnen weiterhilft.«

»Und Konrad ins Gefängnis bringt.«

»Nein«, widersprach Böhnke, ohne wirklich überzeugt zu sein. »Vielleicht finden sie Hinweise auf seinen Aufenthaltsort und vielleicht Hinweise auf die tatsächlichen Täter.« Zu denen hoffentlich Konrad nicht gehörte.

Palmen mischte sich räuspernd in das Gespräch ein. »Wir würden gerne einmal einen Blick in das Zimmer von Konrad Bauer werfen. Ich gehe davon aus, er hat noch eines bei seiner Familie. Oder?«

Böhnke bestätigte kopfnickend.

»Sagen Sie, Herr Kollege«, fragte er seinen früheren Mitarbeiter, während sie sich durch das Treppenhaus zu Konrads früherem Zimmer aufmachten, »haben Sie schon die Studentenbude von Konrad Bauer in Aachen durchsucht?«

»Noch nicht«, antwortete Palmen offen. »Wir stehen erst am Anfang der Ermittlungen und müssen noch die Adresse herausfinden. Hier in Huppenbroich ist Konrad Bauer mit seiner Hauptwohnung gemeldet.«

»Es geht also alles strikt nach Vorschrift und Recht und Ordnung. Eins nach dem anderen.«

»So ist es«, gab Palmen zurück. »Wir haben nur Hinweise darauf gefunden, dass er mit den beiden ermordeten Studenten in Kontakt steht oder wenigstens stand.« Welcher Art diese Hinweise waren, sagte er nicht, aber das war für Böhnke nicht von Belang. Vermutlich hatten sich die Kollegen in Studentenkreisen informiert. Wahrscheinlich wussten sie mindestens genauso viel wie er und Grundler.

»Und wir wissen, dass er mit einer Frau befreundet war, die danach eine Beziehung mit Mertens eingegangen ist. Wir haben aber auch Hinweise darauf gefunden, dass Bauer nicht gerade ungeschickt im Umgang mit Handfeuerwaffen ist. Und mit solchen sind die beiden Opfer erschossen worden.«

»Aber Sie wollen nicht behaupten, dass Bauer der Täter ist?« Böhnke wiederholte sich. Im Prinzip überflüssigerweise, aber er hatte Bauer im Blick, der wieder in Fassungslosigkeit erstarrte.

Beschwichtigend hob der Kommissar die Hände. »Keineswegs. Wir haben allenfalls einen Anfangsverdacht aufgrund der Umstände.« Er lächelte schwach. »Sie wissen bestimmt auch, dass Bauer kein unbeschriebenes Blatt ist. Das kommt nicht gut an, wenn …«

»Nur weil der einmal bei einer Besetzung im Hambacher Forst gegen den Tagebau demonstriert hat, ist er doch nicht gleich ein Krimineller, der Menschen umbringt«, fiel ihm Böhnke ins Wort.

Wieder zeigte Palmen sein Dauerlächeln, das ihn freundlicher wirken ließ, als er tatsächlich war, wenn er es ernst meinte.

»Sie sind zu schnell, Herr Böhnke. Sie hätten mich besser aussprechen lassen. Das kommt nicht gut an, wenn man wie Bauer, Bettenbauer und Mertens an windigen Geschäften beteiligt ist. Da macht man sich schnell viele Feinde. Bettenbauer und Mertens hatten allen Grund, Bauer zu misstrauen und sich an ihm zu rächen. Und viele Mitbürger, insbesondere Studenten, haben allen Grund, Bauer, Bettenbauer und Mertens nicht gerade freundlich gesonnen zu sein. Da könnte es durchaus sein, dass Bauer sich zweier Kollegen entledigt und sich danach aus dem Staub gemacht hat.«

»Wieso?«, fragten Bauer und Böhnke verblüfft im Gleichklang.

»Sind Sie wirklich ahnungslos oder tun Sie nur so?« Palmen blickte abwechselnd auf die beiden verdutzten Männer. Er zögerte kurz, dann entschloss er sich zu einer weitergehenden Antwort.

»Wissen Sie etwa nicht, dass Konrad Bauer auf Honorarbasis Kunden akquiriert hat, die Genussscheine für einen Windparkbetreiber erwerben sollten?« Mit der Verlockung einer achtprozentigen Rendite hätte so mancher Student und Kleinsparer aus der Region über Bauer diese Scheine erworben. Als die Arbeit immer mehr wurde, hatte Bauer Bettenbauer und Mertens angeworben, die für ihn akquirierten. »Er versprach, ihnen die Hälfte seiner Provision zu geben.« Palmen schüttelte den Kopf. Dazu sei es aber nicht gekommen, er habe die beiden immer wieder vertröstet. Tatsächlich habe er die Provisionen benutzt, um eigene Genussscheine zu erwerben. »Dann platzte die Geschichte. Der Unternehmer sah sich außerstande, die zugesagten Zinsen zu zahlen und ging in die Insolvenz. Die Inhaber der Genussscheine verloren ihr Kapital. Die Betroffenen aus der Region, die von Bettenbauer oder Mertens angeworben worden waren, machten die beiden verantwortlich, die wiederum sahen in Bauer den Bösewicht. Der Deal eskalierte, als die Staatsanwaltschaft herausfand, dass es sich bei dem Vertrieb der Genussscheine im Prinzip um ein Schneeballgeschäft handelte. Mit den Erträgen aus dem Verkauf von Genussscheinen wurden zunächst noch Zinsen bezahlt. Dann stellte der Betreiber sein Unternehmen ein und tauchte mit einigen Millionen unter. Vielleicht glaubten Bettenbauer und Mertens, bei Bauer sei was zu holen. Es könnte durchaus sein, dass Bauer die beiden deshalb aus dem Weg geräumt hat.«

»Glaub ich nicht. So was macht Konrad nicht.« Karl Bauer schüttelte zornig den Kopf.

»Ich sage ja auch nicht, dass es so war. Aber um Klarheit zu bekommen, müssten wir mit Ihrem Sohn sprechen.«

Böhnke hielt sich zurück. Genussscheine, acht Prozent Rendite. Das war nicht seine Welt. Er würde Grundler fragen, was er davon halten sollte. Er folgte Palmen, der hinter Bauer über die Treppe ins Obergeschoss ging, um vor einer verschlossenen Tür zu verharren.

»Haben Sie den Schlüssel?«, fragte Palmen.

Bauer schaute zu Böhnke, der ihm Zustimmung signalisierte. Seufzend kramte der Landwirt daraufhin in seiner Hosentasche, zog einen Schlüssel hervor und öffnete die Tür zu Konrads Zimmer.

Nach Recht und Ordnung und wegen der von Böhnke verlangten detaillierten Protokollierung auch langsam und zeitaufwendig verlief die Durchsuchung des Raums. Routiniert und zielstrebig stöberten die Beamten in den Schubladen und Schränken oder blätterten durch die wenigen Bücher in den Regalen. Falls sie die Hoffnung gehegt hatten, einen Rechner oder eine externe Festplatte sowie CDs zu finden, wurden sie enttäuscht.

»Der hat doch gar nichts hier«, meinte Palmen in seiner ersten Beurteilung. »Das ist das typische Jugendzimmer eines ausgezogenen Sohnes, der ab und zu nach Hause kommt.«

»Und dessen Mutter regelmäßig Hausputz macht, ob der Sohn nun da war oder nicht«, ergänzte Böhnke. Er teilte den Eindruck von Palmen und freute sich insgeheim über die Erfolglosigkeit der jungen Beamten, die mit Feuereifer, aber ergebnislos in Laden und Fächern herumkramten.

»Das bringt doch alles nichts«, ließ sich Bauer vernehmen, der staunend und empört zugleich beobachtete, wie die Männer in dem Zimmer werkelten.

»Doch!« Geradezu triumphierend hielt einer der Ermittler einen Aktenordner in die Höhe. Er zeigte Palmen einen Handyvertrag. »Das beweist, dass das Smartphone tatsächlich von dem Verdächtigten stammt.«

Böhnke schüttelte den Kopf. »Und dafür der ganze Aufwand?« Man hätte ihn oder Karl Bauer fragen können. »Das beweist doch nichts.«

»Das beweist genauso viel oder genauso wenig wie die Urkunden und Pokale, die Konrad Bauer bei Schießwettbewerben eingeheimst hat«, erwiderte Palmen.

Böhnke grinste. »Um euch zu beweisen, dass wir von Konrad Bauers Unschuld überzeugt sind, sind wir gerne bereit, seine Adresse in Aachen zu nennen. Nicht wahr, Karl?«

Sein auffordernder Blick hatte die erwartete Wirkung.

»Mittelstraße 7, unterm Dach«, antwortete Bauer spontan.

»Wenigstens etwas«, murmelte Palmen. Er gab das Zeichen zum Aufbruch, nachdem Böhnke das Durchsuchungsprotokoll gelesen und abgezeichnet hat.

»Vielen Dank, Chef.« Er war froh, nicht mit völlig leeren Händen nach Aachen zurückfahren zu müssen. Die Hilfe von Böhnke ersparte ihm mühevolle Verwaltungsarbeit bei der Suche nach Bauers Studentenbude.

»Warum?« Bauer fragte Böhnke, während sie im Torbogen dem davonfahrenden Golf nachsahen.

»Warum nicht?«, fragte Böhnke gelassen zurück. »Die hätten die Adresse eh herausgefunden. Jetzt kann Palmen dem Staatsanwalt wenigstens einen Teilerfolg melden.« Er klopfte dem Landwirt zum Abschied auf die Schulter und machte sich auf den Heimweg.

»Wer weiß, wofür das einmal für uns gut ist.«

36. KAPITEL

»Was machst du denn hier?«, fragte Böhnke erstaunt, als er das Büro betrat. »Ist etwa die Kanzlei abgebrannt?« Bei seinem Spaziergang durch Huppenbroich hatte er den vor Billas Haus geparkten Wagen gesehen und zutreffend angenommen, dass Grundler in die Nordeifel gekommen war.

»Ich suche nach den Bauunterlagen für die Hütte hier«, antwortete der Anwalt und blätterte weiter durch einen Aktenordner. »Weißt du, wo die sind? Hast du schon mal was von einem Solarkataster gehört?«

»Nein«, antwortete Böhnke.

»Dann solltest du dich informieren«, belehrte ihn Grundler. Viele Kommunen in Nordrhein-Westfalen hätten in der letzten Zeit so ein Kataster angelegt, darunter auch die Gemeinde Simmerath. »Du wirst herausfinden, dass sich danach das Dach von Billas Haus optimal für die Nutzung von Sonnenenergie eignet. Ich will jetzt herausfinden, ob die Statik des Hauses für eine Installation ausreicht.«

»Und was hast du davon?«

»Eine gute Rendite.« Die Investition würde sich nach den Berechnungen im Solarkataster in acht bis zehn Jahren amortisieren. »Danach produzieren wir Strom quasi zum Nulltarif.«

Böhnke wusste nicht, was er von dieser neuen Idee seines Freundes halten sollte. Sie würden wohl noch intensiv darüber im Stiftungsrat diskutieren müssen.

»Apropos gute Rendite«, sagte er nachdenklich. »Sind acht Prozent eigentlich eine gute Rendite?«

»Wo gibt es die denn?« Grundler schaute ihn verblüfft an. »Die nehme ich sofort. Wo gibt's die?« Acht Prozent seien derzeit sehr viel auf dem Finanzmarkt.

»Da musst du nur Genussscheine bei einem Windparkbetreiber erwerben.«

»Nein danke.« Grundler lachte auf. »Das geht dann aus wie bei Prokon. Das war ein Unternehmen, das hat auch mit Genussscheinen gehandelt und dabei etlichen Investoren erhebliche Verluste beschert, weil es sich zu sehr verschuldet hatte. Die Investoren bekamen für die Genussscheine nicht das Geld zurück, das sie dafür bezahlt haben. Also lass die Finger davon.«

Was denn ein Genussschein überhaupt sei, wollte Böhnke wissen.

Bei einem Genussschein stelle man beispielsweise einer Gesellschaft einen bestimmten Geldbetrag zur Verfügung, für den der Geldgeber eine festgelegte Rendite bekomme, klärte ihn der Anwalt auf. In aller Regel seien die Zinsen höher als bei einem normalen Darlehen oder bei einer Dividende, deshalb seien sie für manchen Investor reizvoll. Als durchaus riskant, aber auch lukrativ bewertete Grundler den Genussschein. »Riskant, weil man anders als bei einer Aktie oder als Gesellschafter keine Anteile an der Gesellschaft erwirbt, lukrativ, weil es eine höhere Rendite als bei vielen anderen Papieren gibt. Man muss darauf vertrauen, dass die Gesellschaft gut wirtschaftet.« Sein Ding sei ein Genussschein nicht, meinte er. Das Risiko sei zu hoch, und eine Rendite von acht Prozent in der heutigen Zeit nicht unbedingt ein Zeichen von Realitätsbewusstsein. So viel könne üblicherweise eine Gesellschaft nicht als Gewinn erwirtschaften.

»Aha.« Böhnke tat wissend, obwohl er nicht alles verstanden hatte.

»Wie kommst du eigentlich darauf?«, hakte Grundler nach. »Willst du deine wenigen Kröten darin investieren?«

Das habe etwas mit Konrad Bauer zu tun, antwortete Böhnke. Jetzt war es an ihm, einen Vortrag über dessen Akquisetätigkeit zu halten und über den Besuch der Polizei in Huppenbroich zu berichten.

»Sag ich doch.« Grundler fühlte sich bestätigt. »Das ist eine heikle Geschichte und kann schnell für böses Blut sorgen. Deine Kollegen sehen einen Zusammenhang?«

»Sie schließen ihn jedenfalls nicht von vornherein aus.« Böhnke war es unangenehm, Konrad Bauer in die Nähe eines Verbrechens zu rücken. Er konnte nicht unvoreingenommen an die Sache herangehen, dazu war ihm Karl Bauer ein zu netter Mitbewohner aus Huppenbroich.

»Bauer bringt seine beiden Mitarbeiter um, damit sie und die von ihnen geworbenen Geldgeber ihm nicht ans Fell können.« Grundler schüttelte den Kopf. »Finde ich weit hergeholt. Aber wenn's ums Geld geht, hört ja bekanntlich jede Freundschaft auf.«

»Dann ist es wohl sinnvoll, herauszubekommen, von wem Bauer Provision kassiert hat für den Verkauf der Genussscheine.«

»Wenn du meinst …«, erwiderte Grundler gedehnt. »Ich finde es ärgerlich, dass ausgerechnet die zukunftsträchtigen erneuerbaren Energien Basis für solche anrüchigen Geschäfte sind. Das ist nur Wasser auf die Mühlen derjenigen, die auf Atom oder Kohle setzen. Ist dir eigentlich schon aufgefallen, dass es immer nur schlechte Nachrichten gibt, wenn es um die modernen Energien geht, und die etablierten, fast schon überholten, meistens im guten Licht dargestellt werden?« Das sei schon eine verrückte Welt.

In der sich Konrad Bauer herumtreibe, bemerkte Böhnke. Aber wo?

»Versteckt er sich oder wird er gefangen gehalten.«

»Oder lebt er vielleicht auch nicht mehr, so wie Mertens und Bettenbauer?«, fügte Grundler nüchtern hinzu.

Zuletzt gesehen wurde er vor seinem fragwürdigen Verschwinden aus dem besetzten Haus in Immerath. Der einzige Verbindungspunkt zu Konrad sei sein Handy, wobei niemand wisse, ob er es noch selbst benutzte oder ein anderer.

»Über Handyortung hast du mit deinem Ex-Kollegen bei dem merkwürdigen Besuch nicht gesprochen?«, fragte er, ahnend, dass Böhnke verneinen würde. Er müsse wohl selbst nachforschen, ob die Polizei in dieser Richtung etwas unternommen hatte.

»Ich nehme an, dass sie bereits den Versuch einer Ortung gemacht haben«, meinte Böhnke. »Aber die sagen uns auch nur das, was sie uns sagen wollen.«

37. KAPITEL

Sie sei echt froh, dass sie in der Eifel wohnen würden, bemerkte Lieselotte, als sie auf der Fahrt von Huppenbroich hinab ins Rurtal waren.

»Wieso?«, fragte Böhnke erstaunt.

»Wegen dem Erdbeben.«

»Hä?« Erneut lenkte er seinen fragenden Blick auf seine Beifahrerin. Ging es vielleicht ein bisschen konkreter?

»Du musst die Arbeit von Bettenbauer lesen, dann weißt du, was ich meine.« Lieselotte lächelte, wobei er ihr Lächeln nicht deuten konnte. Es konnte süffisant, aber auch grimmig sein. »Ich jedenfalls möchte nicht in Düren, Eschweiler oder Jülich und den dazugehörigen Ortschaften leben. Da musst du immer damit rechnen, dass dir der Boden unter den Füßen wegsackt.«

»Behauptet Bettenbauer.«

»Behauptet Bettenbauer«, echote Lieselotte. »Und ursächlich ist dabei der Tagebau Inden. Dadurch würde in der Rurscholle die ohnehin bereits vorhandene Gefahr eines Erdbebens noch verstärkt. Er hat Seismologen dazu befragt. Alle haben eingeräumt, dass sie diese Möglichkeit nicht gänzlich ausschließen würden.«

Vager ging's nicht, dachte sich Böhnke. »Wie hoch ist denn die prozentuale Wahrscheinlichkeit?«

»Woher soll ich das denn wissen?«, entgegnete Lieselotte. »Das hat Bettenbauer nicht geschrieben.«

Dann sei die Wahrscheinlichkeit eines Erdbebens im Rurtal bestimmt genauso hoch wie die eines Vulkanausbruchs in der Eifel. Immerhin seien die Maare die Krater der erloschenen Vulkane.

»Höher«, widersprach Lieselotte. »Bei uns passiert nix. Aber da unten rappelt es bestimmt einmal. Das sagen alle. Und durch den Braunkohleabbau wird diese Möglichkeit erhöht.« Am besten sei es, den Tagebau sofort zu beenden und das Loch schnellstmöglich mit Erde zu verfüllen.

»Und womit? Woher soll die Erde kommen?«, fragte Böhnke zweifelnd.

»Damit.« Lieselotte zeigte durch die Windschutzscheibe auf die Erhebung am Horizont. »Die Sophienhöhe ist doch im Prinzip eine Abraumhalde. Da liegt genug Zeug, um das Loch in Inden zu schließen.«

Böhnke hatte genug von der seiner Meinung nach müßigen Diskussion. Als ob irgendeiner daran denkt, diesen Berg wieder abzutragen, sagte er sich. Da würden alle auf die Barrikaden gehen, die Naturschützer und Erholungssuchenden ebenso wie RWE.

»Verrat' mir lieber, wie wir zum Indemann kommen, statt mich mit der Braunkohlenproblematik vollzutexten.«

Lieselotte war überrascht gewesen, als er ihr am Morgen den Ausflug zum ungewöhnlichen Aussichtsturm vorgeschlagen hatte. Es kam selten vor, dass er einen ihrer Wünsche so schnell umsetzte wie dieses Mal. Eine Tour ins Indeland war allemal besser, als zum x-ten Mal durch Huppenbroich zu laufen oder das Mittagessen zuzubereiten, während Böhnke die Zeit mit einem Spaziergang oder einem Frühschoppen bei Ohler verbrachte.

Und jetzt sollte sie ihm den Weg weisen?

»Bist du der Fahrer oder ich?«, entgegnete sie schnippisch. »Ich bin doch nur das Dummchen auf dem Beifahrersitz, das keine Straßenkarten lesen kann. Und jetzt fährst du gefälligst links!«, kommandierte sie, als sie auf die beampelte Kreuzung hinter Birgel zufuhren.

Böhnke folgte schweigend ihrer Anweisung. Wenn sie sich verfahren sollten, konnte er die Verantwortung auf seine Liebste abwälzen. Auch die nächsten von Lieselotte angegebenen Richtungswechsel, ob in Gürzenich oder Langerwehe, befolgte er anstandslos, und er staunte nicht schlecht, als er wenige Kilometer weiter auf der neuen Straße das erste Hinweisschild auf den Indemann am Fahrbahnrand entdeckte. Stirnrunzelnd betrachtete er Lieselotte, die scheinbar gelangweilt nach vorne blickte.

»Tja, gute Streckenkenntnisse ersparen große Umwege, Commissario. Kenntnisse der Region täten dir auch gut, mein Lieber.«

Woher …?, grübelte er.

Herzhaft lachte Lieselotte auf. »In der Arbeit von Bettenbauer befindet sich im Anhang eine Zufahrtsskizze zu allen markanten Punkten rund um den Tagebau. Der Indemann als modernes Wahrzeichen der Region gehört natürlich dazu. Der steht übrigens auf der Goltsteinkuppe. Das ist eine Abraumhalde«, meinte sie mit einem Hinweis auf die Arbeit.

Sie sei gespannt, was sie dort erwarten würde.

Lieselotte hatte mit vielem gerechnet, mit schlechtem Aussichtswetter, immensem Besucherandrang oder überfüllten Parkplätzen in der Nähe des 36 Meter hohen Stahlskeletts in Form eines stilisierten Mannes, von dem aus der Blick in das gigantische Loch möglich war. Aber sie hatte nicht mit dem gerechnet, was sie dort am Indemann tatsächlich erwartete.

Böhnke hatte schon gegrummelt, als er am Fuß der rekultivierten Halde gelesen hatte, dass die Parkplätze am Indemann kostenpflichtig seien. Seine Begeisterung wurde nicht gerade größer bei der Fahrt über zwei Serpentinen bergauf, bei der er immer wieder den Wagen wegen der Temposchwellen auf der Fahrbahn auf Schritttempo abbremsen musste. Der Weg zum Aussichtspunkt und die umzäunte Fläche davor waren abgesperrt. Ein Großaufgebot an Polizisten verwehrte Lieselotte und Böhnke ebenso den Zutritt zu dem Aussichtsturm wie zahlreichen anderen Schaulustigen.

»Da muss was geschehen sein, Commissario«, mutmaßte Liselotte zutreffend. »Kannst du mal nachfragen? Da ist bestimmt ein Verbrechen passiert.«

»In das ich mich bestimmt nicht einmischen werde«, brummte Böhnke. Er fühlte sich unbehaglich, als er auf dem Parkplatz aus dem Wagen stieg. Das verhieß nichts Gutes. Ein Großaufgebot der Polizei und dann ein mutmaßliches Verbrechen an einem Tagebau. Ihm kam ein erschreckender Gedanke. In der Nähe von Garzweiler II war Bettenbauer ermordet aufgefunden worden, im Tagebau Inden Paul Mertens. War Konrad Bauer der Dritte im Bunde der ermordeten Studenten, die sich mit der Braunkohle im Rheinischen Revier beschäftigt hatten?

»Da sieh mal einer an.« Eine ihm bekannte Stimme unterbrach seine besorgniserregenden Gedanken. »Wo das Verbrechen ist, ist auch Kommissar Böhnke nicht weit.«

Derart lästernd ließen sich nur zwei seiner Bekannten aus, entweder Grundler oder der Journalist von den

Driesch. Grundler konnte es nicht sein. Seinem Freund und Sabine hatte er am Morgen noch in Huppenbroich zugewunken, als sie zum Haus der Stiftungen fuhren.

»Und wo das Verbrechen lauert, ist ein nervender WDR-Reporter garantiert nicht weit weg«, knurrte Böhnke, während er sich langsam umdrehte und dann in das Gesicht des knapp 40-jährigen, großen Mannes blickte, dessen Haar nur noch ansatzweise auf dem fast kahlen Kopf zu erkennen war.

Von den Driesch grinste ihn dreist an. »Sie können froh sein, dass Sie Ihre reizende Partnerin dabei haben, Herr Böhnke, sonst würde ich Ihnen einen passenden Kommentar um die Ohren knallen.«

Wie immer nervös zuckend und sich ständig räuspernd wandte er sich Lieselotte zu. »Werteste, was treibt Sie an diesen schrecklichen Ort des Verbrechens?«

»Die Neugier, Wertester«, flötete Lieselotte zurück, »und das Wissen, dass Sie mich garantiert bestens über das grässliche Geschehen hier informieren können. Mein Begleiter ist dazu ja nicht in der Lage. Bestimmt aber Sie.«

Böhnke grollte, und sein Grollen wurde nicht weniger, als von den Driesch sagte: »Liebe Frau Kleinereich, gerne sage ich Ihnen alles, was ich weiß. Vielleicht schafft es ja der Pensionär an Ihrer Seite wenigstens, uns einen Kaffee zu bestellen.«

Er deutete auf den eckigen Neubau gegenüber dem Stahlgerippe auf der anderen Seite des Weges »Die Kneipe hat gerade aufgemacht.«

Das moderne Restaurant war schon gut gefüllt. Es profitierte nicht nur von der Nähe zu dem Aussichtspunkt. Beeindruckend war auch der freie Ausblick durch die Fensterfront auf der anderen Seite des großen Raumes. Er fiel direkt auf den Tagebau Inden, der scheinbar unterhalb der Halde begann, getrennt nur durch eine Zufahrtsstraße.

Böhnke schüttelte staunend den Kopf. Musste diese Gigantomanie tatsächlich sein?, fragte er sich angesichts des Lochs in der Landschaft.

Endlich konnte er an der Theke seine Bestellung abgeben. Mit drei Tassen Kaffee wandte er sich nach kurzer Suche dem Tisch zu, von dem ihm von den Driesch zuwinkte, und registrierte mit Murren, dass der Platz neben Lieselotte besetzt war.

»Wenn Sie endlich sitzen, kann ich Ihrer Frau berichten.« Von den Driesch bereitete es offensichtlich Vergnügen, ihn zu necken.

Lieselotte kam ihm zu Hilfe. »Nun legen Sie endlich los! Was ist passiert?«

»Es gibt eine Tote.«

Warum Böhnke erleichtert aufatmete, irritierte von den Driesch kurz, bevor er fortfuhr: »Heute am frühen Morgen, so gegen sechs, ist die Leiche von einem Frühaufsteher entdeckt worden. Sie baumelte mit einem Strick um den Hals unten im Indemann.« Ob sie sich freiwillig den Strick um den Hals gelegt hatte oder gezwungenermaßen, war die Frage, die Böhnke gestellt hätte, die von den Driesch aber sofort klärte. »Niemand weiß, wie das Opfer und der oder die Täter an den Indemann gekommen seien. Sie müssten über den stabilen Zaun geklettert sein. Es handelt sich mit größter Wahrscheinlichkeit weder um einen Unfall noch um einen Selbstmord.«

»Also um Mord«, folgerte Lieselotte staunend.

»Messerscharf kombiniert«, bestätigte der Journalist zuckend. »Es muss Mord sein. Die Hände der Frau waren auf dem Rücken mit Kabelbinder gefesselt.«

»Wie bei Paul Mertens«, entfuhr es Böhnke, der sich am liebsten auf die Lippe gebissen hätte, als er sich verplappert hatte.

Von den Drieschs verblüffter Blick ließ erkennen, dass er diese Verbindung noch nicht hatte herstellen können. »Dann haben wir es also mit einem Kabelbindermörder zu tun.« Der Journalist sah schon die Schlagzeile vor sich.

»Wann ist die Frau gestorben?«, fragte ihn Böhnke. Es wurde langsam Zeit, dass er die Gesprächsführung übernahm.

»Gegen Mitternacht.«

»Sagt wer?«

»Sagt der Arzt, der die Leiche untersucht hat.«

»Durch den Strick gestorben oder schon tot, als sie aufgehängt wurde?«

»Ganz klar durch das Aufbaumeln, Herr Kommissar.« Das nervöse Zucken verriet, dass von den Driesch mit dieser Fragerei durch Böhnke nicht zufrieden war.

Aber Böhnke ließ sich nicht beirren.

»Wie alt?«

»Mitte 20.«

»Ohne Ausweispapiere oder andere Identifikationsmerkmale?«

»So ist es.«

»Wer ermittelt?«

»Die Kripo Düren.«

»Sie wissen, um wen es sich bei der Toten handelt?«

»Ja.«

»Aber Sie wollen mir ihren Namen nicht sagen?«

»Richtig, Herr Böhnke.«

»Na gut.« Böhnke lehnte sich zufrieden zurück. »Soll

ich mit Ihnen wetten? Bei der Toten handelt es sich um Luise Seibold. Stimmt's?«

»Nein.« Auch wenn seine Antwort triumphierend klingen sollte, verriet das verstärkte Zucken die Unsicherheit von den Drieschs. »Wie kommen Sie darauf?«

»Betriebsgeheimnis«, antwortete Böhnke schnippisch. »Oder verraten Sie mir die Quellen Ihres Wissens?«

»Natürlich nicht.«

»Wie Sie wollen, Herr von den Driesch.« Böhnke schluckte den letzten Rest seines erkalteten Kaffees. »Den Namen bekomme ich auch ohne Ihre Hilfe heraus.«

»Und wie?«

Böhnke wiederholte sich genüsslich: »Betriebsgeheimnis.«

Von den Drieschs Zucken und Räuspern wurde noch intensiver. »Nun sind Sie doch nicht verschlossen wie eine alte Jungfrau, Herr Böhnke. Wie kommen Sie ausgerechnet auf Luise Seibold?«

»Vergessen Sie's.« Böhnke verspürte wenig Lust, von den Driesch zu unterstützen.

Hilfe suchend wandte sich der Journalist an Lieselotte. »Können Sie einen sturen Esel zum Laufen bringen?«

»Können schon, aber nicht wollen.« Die Frau schlug sich auf Böhnkes Seite. »Vielleicht kann ich es, wenn Sie mir den Namen der Toten zwitschern.«

Von den Driesch räusperte sich lange und auch am Nachbartisch vernehmlich.

»Ihnen kann ich doch keinen Wunsch ausschlagen, Verehrteste.« Er zuckte heftig. »Die Tote heißt Petra Bündner, sagt jedenfalls die Polizei.«

Also doch! Böhnke lehnte sich zufrieden zurück. »Dann hat die Polizei auch schon einen Tatverdächtigen«, sagte er laut in den Raum hinein.

»Weiß ich doch nicht«, bemerkte von den Driesch.

»Aber ich«, entgegnete Böhnke. Es würde ihn wundern, wenn seine Kollegen die Fahndung nach Holger Franken noch nicht aufgenommen hätten.

Die Sache würde immer verrückter, meinte er auf der Rückfahrt nach Huppenbroich. Er hatte sich mit einem kurzen Gruß von dem Journalisten verabschiedet und Lieselotte geradezu genötigt, ihm zu folgen.

Warum er von den Driesch so brüsk abserviert habe, wollte sie von ihm wissen, bevor sie ihm erlaubte, seinen Gedanken zu äußern.

»Der hat es nicht anders verdient«, hatte Böhnke gebrummt.

»Du hättest ihm doch bestimmt mehr sagen können?«

Böhnke hatte Lieselotte milde lächelnd angesehen. »Unterschätze deinen Freund von den Driesch nicht. Der zieht garantiert die richtigen Schlüsse.«

»Woher wusste er eigentlich, dass es sich bei der toten Frau um Petra Bündner handelt? Ich denke, die hatte keine Papiere dabei?«

»Der hat garantiert einen Blick auf die Leiche werfen können und sie erkannt. Der kriegt alles raus«, sagte er durchaus wohlwollend.

Dann kam er endlich auf sein Thema zurück.

»Erst sterben zwei Studenten, dann muss eine junge Frau dran glauben, die ein Haus besetzt hat. Und dass ein Zusammenhang besteht, steht für mich außer Frage.«

»Aber warum das Ganze?«, fragte Lieselotte.

»Keine Ahnung. Ich bin nur froh, dass es nicht Konrad ist, der da im Indemann hing.«

»Das macht die Frau auch nicht wieder lebendig«, erwiderte Lieselotte.

»Aber so bleibt die Wahrscheinlichkeit bestehen, dass Konrad noch lebt.«

Die Wahrscheinlichkeit sei wahrscheinlich wesentlich größer als diejenige, dass es im Tagebaugebiet Inden tatsächlich einmal ein Erdbeben geben würde.

Aber wirklich sicher konnte er sich nicht sein.

38. KAPITEL

Von wegen, Tatort-Zeit ist Ruhe-Zeit! Kaum war im Fernseher die Erkennungsmelodie verklungen, ertönte der Radetzkymarsch. Zunächst nahm Böhnke an, die Melodie gehöre zu der Filmeinstellung, die ein musizierendes Orchester zeigte, dann erkannte er endlich, dass sich sein Handy meldete.

»Vielen Dank für den Hinweis«, vernahm er, nachdem er sich wie üblich mit einem »Ich höre« gemeldet hatte. »Dass Luise Seibold und Petra Bündner ein und dieselbe Frau sind, war ja nicht schwer, herauszubekommen. Und dass Ihre Kollegen jetzt Jagd auf Franken machen, ist mehr als klar.« Von den Driesch räusperte sich ungeniert. Er hielt es weder für angebracht, sich mit Namen zu nennen noch Böhnke zu grüßen.

»Mist ist nur, dass ich mit meinem Wissen nicht hausieren gehen kann. Die Bullen haben mir einen Maulkorb verpasst. Die werden stinkig, wenn ich denen die Fahndung vermassle.«

Böhnke nahm dem Journalisten die Bezeichnung »Bullen« nicht krumm. Er hatte in der Einschätzung von den Drieschs doch richtig gelegen, freute er sich vielmehr. Der Kerl bekam immer die ganze Hand zu packen, wenn er erst mal den kleinen Finger erwischt hatte.

So wenig ihn der Inhalt des Telefonats überraschen konnte, so sehr verblüffte ihn, dass ihn der Journalist überhaupt anrufen konnte.

»Woher haben Sie meine Rufnummer?«, fragte Böhnke streng und erntete ein hämisches Lachen als Antwort. »Noch so 'ne dämliche Frage und ich zweifle an Ihrem Verstand, Herr Kommissar. Überlegen Sie gut und grüßen Sie Ihre bessere Hälfte von mir«, sagte von den Driesch und legte auf.

Böhnke lächelte milde. Auch wenn der Kerl flapsig und teilweise unverschämt war, mochte er ihn. Von den Driesch hatte einen flinken Verstand, hatte ihm gegenüber einmal Loyalität bewiesen und er hatte seine Rufnummer. Jetzt fiel es ihm endlich ein. Das war bei dem Mord an dem Makler aus Aachen gewesen, da hatten sie zusammengearbeitet, und da hatte er törichterweise seine Rufnummer auf dem Handy nicht unterdrückt gehabt.

Lieselotte hatte ungehalten zu ihm geblickt, als er ihren Tatortgenuss durch sein Telefonat störte. Auch er wollte endlich an der Tätersuche teilnehmen und schob das Handy neben das Festnetzgerät, auf dem das Anrufzeichen blinkte. Jemand hatte während ihrer Abwesenheit in Huppenbroich angerufen.

Wer immer es auch war, er würde sich noch einmal melden, wenn es dringend war.

Aber bitte nicht jetzt und nicht vor dem Mord im Tatort.

Seine Neugier war doch größer als seine Müdigkeit. Während sich Lieselotte im Bad für die Nacht zurechtmachte, griff er nach dem Festnetztelefon. Er wollte allzu gerne wissen, wer ihn tagsüber vergeblich angerufen hatte. Aber er konnte sich keine Antwort geben. Der Anrufer war vorsichtiger gewesen als er. Statt einer Rufnummer las Böhnke auf dem Display ›unbekannt‹.

Das ›unbekannt‹ leuchtete auch am Morgen auf dem Display auf, als ihn das Telefon kurz nach sieben bei den Frühstücksvorbereitungen störte.

»Ich höre«, meldete er sich gewohnt vage und vorsichtig.

»Endlich«, hörte er eine weibliche Stimme erleichtert sagen. »Ich bin's, Susanne Brettschneider. Ich versuche schon seit gestern, Sie zu erreichen.«

»Jetzt hat's ja geklappt«, sagte Böhnke ruhig, obwohl in ihm die Anspannung wuchs. Das Telefonat schien der jungen Frau wichtig zu sein. »Wo brennt's denn?«

»Brennen ist gut, Herr Böhnke.« Er vernahm den Sarkasmus in ihrer Stimme.

»Es hat gebrannt. Mein Kleiner wurde abgefackelt.«

»Wie?« Böhnke verstand nicht auf Anhieb, was die Frau meinte. Sein Verstand war offensichtlich noch nicht auf Betriebstemperatur. »Wer?«

»Mein Stromer, der Fiat 500e.«

»Ja und?«, fragte er verstört.

»Sie verstehen wohl gar nichts, Herr Kommissar?«, entgegnete Susanne. »Gestern am Nachmittag hat es einen Brandanschlag auf mein Elektroauto gegeben. Als ich mit meiner Mutter einen Spaziergang am Hangeweiher gemacht habe, hat jemand auf dem Parkplatz das Auto abgefackelt.« Sie lachte gequält. »Da will mich jemand terrorisieren.«

Langsam sortierte Böhnke seine Gedanken. »Sie haben bestimmt die Polizei eingeschaltet?«

»Ja, und die haben den Wagen zu einer Untersuchung durch einen Experten abgeschleppt.«

»Irgendwelche Hinweise auf einen Attentäter?«

»Bis jetzt keine. Wir haben nichts bemerkt, und es gibt wohl auch keine Zeugen. Als wir gegen 14 Uhr ausgestiegen sind, war alles in Ordnung. Als wir kurz nach 16 Uhr zurückkehrten, war der Wagen ausgebrannt, und die Feuerwehr stand davor.«

»Was haben die denn gesagt über eine mögliche Ursache?«

»Gar nichts. Die hielten sich ebenso bedeckt wie die Polizei.«

»Na ja, jedenfalls ist niemand verletzt worden«, bemerkte Böhnke. Er wollte tröstlich klingen.

»Das stimmt. Aber das ändert nichts daran, dass mir jemand ans Leder will. Oder glauben Sie etwa nicht, dass dieser Brandanschlag mit der Drohung zusammenhängt?«

Böhnke hatte erwartet, dass Susanne auf diese Verbindung kommen würde. »Kann ich nicht ausschließen. Liegt ja auf der Hand. Und was sagen meine Kollegen zu dieser Ansicht?«

»Die haben sich so merkwürdig verhalten.«

Böhnke verstand nicht. »Was meinen Sie damit?«

»Es kam mir vor, als wollten sie keinen Zusammenhang sehen.«

»Sondern?«

»Was weiß ich?« Wieder lachte Susanne bitter auf. »Vermutlich denken die das, was heute in der Zeitung steht.«

»Und was steht da?«

»Sie haben es also noch nicht gelesen?«, entgegnete die Frau. »Dann will ich Ihnen das Vergnügen nicht nehmen. Aber ich kann Ihnen sagen, dass ich jetzt erst einmal sämtliche Anzeigen stornieren werde nach dieser Unverschämtheit.«

Sie hatte ihn neugierig gemacht. »Ich rufe zurück«, sagte er schnell. »Ich muss mich jetzt ums Frühstück kümmern. Meine Frau muss zum Dienst.«

Erst nach Lieselottes Abfahrt kam er dazu, sich der Zeitungslektüre zu widmen. In ihrer Gegenwart zu lesen, statt mit ihr zu plaudern, war nicht ratsam. Wenn sie ihn unentwegt anlächle, könne er wenigstens zurücklächeln, hatte sie gemeint und die Tageszeitung vom Frühstückstisch verbannt; jedenfalls dann, wenn sie daran saß und in Eile war. Das galt auch an einem Tag wie diesem, selbst nachdem sie am Vortag am Tatort eines Mordes gewesen waren.

Gespannt blätterte Böhnke durchs Blatt und musste sich zunächst darauf einstellen, dass es montags anders strukturiert war als an den anderen Werktagen. Warum am Montag die Wirtschaftsunternehmen den Großteil des Platzes einnahmen, verstand er nicht. Die seitenlange Berichterstattung über den Kommerz der Fußball-Bundesliga legte er achtlos beiseite. Endlich fand er die Seite mit Berichten über das regionale Geschehen mit dem Artikel über den Brand des Elektroautos. Ohne das Vorwissen hätte er dem Inhalt wahrscheinlich uneingeschränkt Glauben geschenkt.

›War die Batterie schuld?‹, hatte der Journalist getitelt und stellte in dem Bericht dar, dass das Elektroauto offiziell zwar aus noch ungeklärten Gründen in Brand geraten sei, höchstwahrscheinlich jedoch eine defekte Batterie das Feuer verursacht hätte. ›Die Technologie ist einfach noch nicht ausgereift‹, wurde ein Professor vom Institut für Fahrzeugtechnik als Experte zitiert. Dass dieser Gelehrte seit mehr als einem Jahrzehnt emeritiert war und als Berater für Mineralölkonzerne tätig war, wie Böhnke wusste, verschwieg der Text. Allein dieser Umstand ließ ihn an der Seriosität der Berichterstattung zweifeln. Der unbedarfte Leser würde annehmen, wegen der mangelhaften Technik sei das Auto ausgebrannt. Warum der Journalist auch den Kaufpreis des Fiat 500e erwähnte, erschloss sich Böhnke zunächst nicht, ehe er doch dahinterkam. Elektroautos sind zu teuer und technisch schlecht, das sollten die Leser denken. Einen Hinweis auf einen möglichen Brandanschlag vermisste er ebenso wie einen Hinweis auf die Besitzerin oder eine Stellungnahme von ihr. Statt einer Statistik über unaufgeklärte und offensichtliche Brände an üblichen Benzinern listete der Bericht geradezu genüsslich, wie es Böhnke vorkam, andere Fälle auf, bei denen Elektroautos in Brand geraten waren. Allerdings fehlten meistens Ortsangaben oder Zeiten, sodass die Liste im Prinzip wertlos war, zumal auch keine Quellen für die Daten angegeben wurden. Kurzum: Hier sollte ein Produkt schlecht gemacht und unterschwellig für die klassischen Automobile geworben werden.

Ob es Zufall war, dass am Fuß der Seite eine große Anzeige der deutschen Tankstellenbetreiber abgedruckt war? Anders gefragt: Wie wäre der Bericht ausgefallen, wenn der Elektroautohersteller Tesla eine Werbung geschaltet hätte? Darüber nachzudenken, empfand Böhnke als müßig.

Was sprach für einen Anschlag? Was sprach für eine Unzuverlässigkeit der Technik? Böhnke ging wegen der Vorgeschichte von einem Anschlag aus. Die Leser würden ein technisches Versagen annehmen.

Aber wer wollte Susanne ans Zeug? Wem war sie mit ihrem Suchaufruf im Internet zu nahe gekommen? Und wer war so nahe an ihr dran, dass er einen Anschlag verüben konnte, vorausgesetzt, der Anschlag stand überhaupt in einem Zusammenhang mit ihrem Aufruf?

Beinahe hätte er bei seiner Zeitungslektüre einen kleinen Bericht im tatsächlich als Wirtschaft deklarierten Teil der Zeitung übersehen. Darin las er, dass ein großer Energiekonzern in Nordrhein-Westfalen das markante Hochhaus in Essen, in dem er seine Zentrale hatte, an einen amerikanischen Investor verkauft und von ihm zurückgemietet hatte.

Warum? Wer konnte ihm besser Auskunft geben als eine in Vermögensfragen versierte Person?, fragte er sich schmunzelnd, als er zum Telefon griff.

»Warum wohl?«, entgegnete Dr. Susanne Brettschneider. »Die brauchen Bargeld. Die sind so was von pleite, pleitiger geht es nicht mehr.«

Ob ihre Behauptung stimmte, wusste Böhnke nicht. Er ließ sie im Raum stehen.

»Das Schlimme daran ist, dass viele Kommunen im Land große Aktienanteile an diesem Konzern haben. Denen brechen nicht nur die Vermögen weg, weil der Aktienkurs permanent auf Talfahrt ist, denen gehen auch einkalkulierte Einnahmen flöten, weil die Dividende halbiert wurde.«

»Muss ich nicht verstehen, oder?«

»Leider verstehen das nur die Wenigsten, oder sie wollen es nicht verstehen«, antwortete Susanne. Sie nannte ein Beispiel. »Eine Stadt hat in ihrem Haushaltsplan 40 Millionen Euro als Einnahmen aus Dividenden angenommen, bekommt aber nur 20 Millionen. Und schon gibt es ein Loch im Etat, das gestopft werden muss. Wodurch? Weil es nicht anders geht, durch neue Kredite. Und da kommt der nächste Pferdefuß. Die Stadt hat ihre Aktien mit 100 Euro pro Stück bewertet, tatsächlich werden sie aber inzwischen an der Börse nur noch mit 20 Euro gehandelt. Das bedeutet, dass ihr Vermögen als Sicherheit für neue Kredite nicht so hoch ist, wie es sein müsste, um die Kredite mit einem tatsächlichen Gegenwert verrechnen zu können. Oder glauben Sie, Herr Böhnke, jemand gibt Ihnen eine Hypothek über 100.000 Euro, wenn Sie nur ein Haus im Wert von 20.000 Euro haben statt mit einem Wert von 100.000?«

Susanne lachte, und Böhnke spürte förmlich am Telefon, wie sie den Kopf schüttelte. »Bei Ihnen würde jede Bank abwinken, bei der Stadt sieht sie darüber hinweg. Sie rechnen mit dem Buchwert statt mit dem tatsächlichen.« Und das sei das große Risiko. »Wenn die Kredite platzen, ist wieder der Steuerzahler dran.«

»Hm.« Böhnke machte in seinen Gedanken einen weiten Sprung. Susannes Ausführungen waren ihm zu kompliziert.

»Das heißt doch im Prinzip, so ein Tagebau wie Garzweiler II oder Hambach wird auf Pump betrieben.«

Susanne bejahte. »So ist es, und es kann noch schlimmer kommen. Wer kommt für die Folgekosten auf, wenn die Braunkohle aufgebraucht ist und die Renaturierung erfolgen soll?« Das Unternehmen sei dann vielleicht pleite, Rückstellungen seien nicht oder nicht im ausreichenden Maße vorhanden, und neue Investoren gebe es nicht. »Wer bezahlt dann die Messe?«

Böhnke konnte sich die Antwort denken: die Allgemeinheit, der Steuerzahler, der Bürger.

»Nun, der Energiesektor ist zu einem bodenlosen Sumpf geworden. Da sollte jeder versuchen, sich davon zu verabschieden und zum Selbstversorger zu werden.«

»So wie Sie?« Böhnke war froh, Susannes Redefluss unterbrechen zu können. »Obwohl, Sie brauchen doch gar keinen Strom mehr ohne Ihren Stromer.«

Die junge Frau lachte ins Telefon. »Der Neue steht schon vor der Tür. Ich lade Sie gerne zu einer Spazierfahrt ein. Jederzeit.«

»Keine Zeit«, erwiderte Böhnke. Er kam auf den Zeitungsbericht über den Brand zu sprechen.

Susanne teilte seine Einschätzung. »Ich finde das erbärmlich, darin meinen alten Großonkel zu zitieren. Dem Herrn Professor habe ich eben die Meinung gegeigt.«

»Und was sagt er?«

»Was schon? Er sagt, er sei nicht richtig wiedergegeben worden. Das Zitat sei aus dem Zusammenhang gerissen.« Es sei ihr aber auch egal. Sie würde weiter durch die

Gegend stromern und überall von den Vorteilen der Elektroflitzer erzählen.

»Der Artikel schadet im Prinzip nur dem Blättchen. Auf mich als Anzeigenkundin müssen die verzichten. Ich kann unsere Immobilien auch übers Internet an den Mann bringen.«

Ob sie schon etwas von der Polizei gehört hätte, wollte Böhnke wissen.

»Woher denn? Es ist gerade erst einmal neun Uhr, und da sind Beamte am Werk.«

Böhnke ließ die spitze Bemerkung kommentarlos im Raum stehen. Bestimmt würden die Kollegen auch in Richtung eines Anschlags ermitteln, selbst wenn sie es nicht sagen würden.

»Sind Sie eigentlich heute Abend auch im Hürtgenwald, Herr Böhnke?«

»Nein. Warum sollte ich?«

»Da gibt es eine Bürgerversammlung wegen eines geplanten Windparks. Ich möchte mir einmal die widersprechenden Positionen anhören, bevor ich mich auf ein eigenes Windparkprojekt in Aachen einlasse.« Sie machte eine kurze Pause. »Eigentlich wollte Konrad da auch hin.«

Genussscheine verkaufen, schoss es Böhnke durch den Kopf. »Vielen Dank«, sagte er stattdessen, »da werden Sie auf meine Anwesenheit verzichten müssen.«

»Schade«, sagte Susanne aufrichtig bedauernd. »Aber das Angebot für eine Fahrt in meinem neuen Kinderwagen steht. Ich bin jederzeit für Sie bereit.«

Hatte die Zeitung den Mord an Petra Bündner nicht mitbekommen? Suchend blätterte Böhnke durch die Seiten. Er brauchte lange, ehe er fündig wurde. Das kommt davon, wenn man von riesengroßen Buchstaben eher abgeschreckt als angezogen wurde. Die Tote am Indemann hatte es zum Aufmacher auf der ersten Seite gebracht. Allerdings, so empfand es Böhnke, nahmen die gewaltige zweispaltige Überschrift und das danebenstehende dreispaltige Foto mehr Platz ein als der eigentliche Text. Die Überschrift wies nicht auf den Mord hin: ›Junge Frau hing tot im Indemann‹. Erst in der Unterzeile wurde der Leser darauf aufmerksam gemacht, dass die Tote wahrscheinlich Opfer eines Verbrechens geworden war. Das Foto war nichtssagend. Es zeigte den Stahlkoloss und davor ein leeres Polizeifahrzeug. ›Der Schauplatz eines grässlichen Verbrechens: der Indemann‹, las er als Bildunterschrift. Der Text, der mit drei Autorenzeilen begann, lieferte nur wenige Informationen. Entweder wussten die Journalisten weniger als er selbst oder sie verschwiegen absichtlich viele Fakten, um nicht die Ermittlungen der Polizei zu erschweren. Böhnke jedenfalls fand den Bericht kaum erhellend. Es stand dort weniger, als er vor Ort erfahren hatte. Weder war der tatsächliche noch der falsche Name der Frau erwähnt noch gab es Hinweise auf ihr Alter, ihren Beruf und ihren Wohnort. Die Journalisten ergingen sich darin, das Geschehen am Indemann als Mord zu deklarieren und davon zu berichten, dass die Fahndung nach einem unbekannten Täter auf vollen Touren laufe. Nicht einmal die Präsenz eines Zeugen, der die Tote entdeckt hatte, wurde dem Leser mitgeteilt.

Was brauche ich die Zeitung, wenn ich von den Driesch habe, tröstete sich Böhnke nach der unergiebigen Lektüre. Zu bedauern waren im Prinzip die Leser und Abonnenten des Blattes, die mit Plattitüden statt mit Fakten abgespeist wurden und die gleich zweimal in einer Ausgabe nur unzureichend informiert wurden.

Ob das Zufall war oder Gepflogenheit bei seiner Zeitung? Böhnke hoffte auf das Erstere.

39. KAPITEL

Auf was für eine Sache hatte er sich da bloß eingelassen? Böhnke schüttelte sich innerlich bei seinem Spaziergang durchs Dorf am nächsten Morgen. Bei milden Temperaturen hatte er sich eine große Runde vorgenommen, die in Billas Haus enden würde. Er wollte doch nur Karl helfen und dessen Sohn Konrad finden. Und jetzt? Jetzt war er mit zwei Morden an Kommilitonen von Konrad konfrontiert, mit dem Mord an einer Frau, die mit Konrad und einem gesuchten zweiten Mann in Immerath gehaust hat, hatte Konrads Ex-Freundin am Hals, die bedroht wurde, und suchte immer noch nach dem spurlos Verschwundenen, der angeblich nur über sein Handy kommunizierte.

Nicht weniger undurchsichtig wirkte auf ihn das Thema Braunkohle, in das er immer tiefer hineingezogen wurde. Grundwasser, Erdbeben, Finanzierbarkeit und dazu ein weiteres Dauerthema: der Ausstoß von Kohlendioxid bei der Verbrennung der Kohle mit der damit vermeintlich verbundenen Erderwärmung und dem unumkehrbaren Klimawandel. Klimaschädigend, umweltzerstörend, unfinanzierbar und noch nicht geregelte Nachfolge am Ende des Tagebaus.

Ließ sich das Thema darauf reduzieren?

Böhnke ließ bei seinem Spaziergang die Frage offen im Raum stehen. Ob sich auch für seine Behausung Solarzellen lohnten? Oder wie wär es mit einem Rotor auf dem Dach? In Huppenbroich hatte das erste Windrad überhaupt gestanden, das in der Nordeifel errichtet worden war. Das war lange her, und die Stahlkonstruktion nicht vergleichbar mit den modernen Spargeln. Derzeit zog eher die Windturbine auf dem Dach eines Wohnhauses mitten im Ort die Aufmerksamkeit von Besuchern auf sich. Machte das Sinn?

Er würde bei Gelegenheit einen Fachmann dazu befragen. Andererseits würde sich eine Investition wahrscheinlich nicht zu seinen Lebzeiten rechnen. Also verdiente er damit nichts. Sollten sich zukünftige Generationen darum kümmern, beschloss Böhnke für sich und fühlte sich dennoch nicht zufrieden mit dieser Schlussfolgerung.

Nach mir die Sintflut, war das die richtige Einstellung? Darüber würde noch nachzudenken sein.

Im Briefkasten an Billas Haus befand sich nur Luftpost, wie es Böhnke bezeichnete, wenn der Briefträger nichts abgeliefert hatte. Keine Nachrichten sind besser als schlechte, sagte er sich, als er es sich am Schreibtisch bequem machte und den Rechner hochfuhr, um den elektronischen Briefkasten zu überprüfen. Der Maileingang beschränkte sich auf eine Sendung: Der Gärtner und Baumschulbetreiber aus dem Erkelenzer Osten hatte ihm geschrieben. Bruch entschuldigte sich überflüssigerweise, wie Böhnke empfand, dafür, dass er erst jetzt schreibe und nicht sofort auf die Fragen geantwortet hätte. Im Anhang fände Böhnke seine Einschätzung zum vermeintlichen Erkelenzer Meer und zu der ihm angedrohten Enteignung.

Sollte er sich tatsächlich die seitenlangen Auslassungen von Bruch antun?, fragte sich Böhnke, nachdem er einen Blick auf die beigefügten Dateien geworfen hatte. Der Blick aus dem Fenster, der auf den heftig einsetzenden Regen fiel, erleichterte ihm die Antwort. Schirm und Regenjacke lagen trocken bei ihm zu Hause, ebenso wie sein Handy, wie er feststellte.

Ein nasser Segen von oben passe zur Flut von unten, sagte er sich, als er die Lektüre von Bruchs Ansicht über das Erkelenzer Meer begann.

›Es gibt kein Erkelenzer Meer‹, schrieb der Baumschuler gleich im ersten Satz kategorisch. ›Es gibt allenfalls Berechnungen, die besagen, dass die Grundwassermengen, die wegen der Tagebautätigkeit abgesümpft werden müssen, ein Volumen erreichen, das größer sein soll als das Volumen des Steinhuder Meeres.‹ Daher komme auch der Begriff Erkelenzer Meer.

Das Fehlen des Erkelenzer Meeres sei allerdings kein Grund zur Beruhigung und auch keine Garantie, dass es nicht doch zu schwerwiegenden Erdbewegungen in der Stadt Erkelenz kommen werde, meinte Bruch. Denn das Grundwasser sei nun mal da und müsse abgepumpt werden, um den Tagebau überhaupt betreiben zu können. So sei der Grundwasserspiegel in der Erkelenzer Innenstadt von ehemals rund zehn Metern nach dem Zweiten Weltkrieg auf jetzt mehr als 100 Meter gesunken, und der Brunnen des Wasserwerkes bei Mennekrath in der Nähe von Borschemich (neu) habe schon zwei Mal vertieft werden müssen, weil er trocken gelaufen sei. »Und niemand kann mit Gewissheit sagen, welche Folgen Garzweiler II auf die tiefer liegenden Grundwasserstöcke haben könnte.« Ein Indiz, dass selbst der Bergbautreibende sich nicht absolut sicher sei, sei die sogenannte wasserwirtschaftlich-ökologische Schutzlinie. Durch die sei das Abbaugebiet schon einmal verkleinert worden im Rahmen der Leitentscheidung zu Garzweiler II vor fast 20 Jahren.

Ob damit der Grundwasserproblematik genüge getan sei, bezweifelte Bruch. ›Und das tut auch Mertens in seiner Arbeit‹, wie er betonte. Dabei bliebe sogar der Aspekt unbeachtet, was nach Ende des Tagebaus mit dem Grundwasser geschehe. Ob es wieder ansteige, die früheren Verhältnisse wiederkehrten, oder ob es für alle Zeiten ausbleibe, sei längst nicht erforscht.

Übrigens gebe es eine zweite, allerdings von allen Wissenschaftlern vehement dementierte Theorie, nach der zwar kein Erkelenzer Meer bestehe, die aber in ihren Auswirkungen denen eines beeinträchtigten Erkelenzer Meeres gleichkämen. ›Es gibt die Ansicht, im Erkelenzer Land fließe ein Grundwasserstrom im Ausmaße des Rheins von Westen nach Osten und damit in Richtung Tagebau.‹ Deshalb müsste bei einem westlichen Fortschreiten der Abbautätigkeit immer mehr Wasser am Tagebaurand mit immer mehr Brunnen in Sümpfungsgalerien abgepumpt werden. Das Wasser könne nur zu einem geringen Teil wieder dem natürlichen Kreislauf zugeführt werden. Dies könnte in der Theorie bedeuten, dass der ›unterirdische Rhein‹ entweder einmal in das Tagebauloch fließt oder dass er versiegt und das Erdreich darüber einsackt. Schon jetzt gebe es deutlich erkennbare Bodensenkungen überall in der Stadt Erkelenz und auch Senkungsschäden an Häusern. ›Wenn es aber zu einer Erdbewegung kommt wegen des versiegten Grundwassers, dann sind die im Szenario zum Erkelenzer Meer beschriebenen Folgen im Prinzip identisch: Dann kippt uns der Lambertiturm um!‹

Sollte er dieser Behauptung Glauben schenken? Oder war das nur ein lärmendes Getöse wie ein Meeresrauschen?

Böhnke zweifelte. Über die Theorien hatte er noch nie etwas in der Zeitung gelesen oder beim WDR gehört, was dafür sprach, dass es diesen Theorien an Seriosität mangelte. Oder sollte er an den Medien und an ihrer objektiven Berichterstattung zweifeln?

Das war schon starker Tobak, urteilte Böhnke für sich. Er würde bei Gelegenheit von den Driesch mit den Theorien zum Erkelenzer Meer und zum unterirdischen Rhein konfrontieren.

›Ich weiß nicht, ob ich die dramatische Entwicklung beim Grundwasser überhaupt noch miterlebe‹, fuhr Bruch in seinem langen Schreiben fort. ›Der Bergbautreibende droht mir immer unverhohlener mit einer Enteignung, und ich habe den Eindruck, die Erkelenzer Stadtverwaltung schlägt sich auf seine Seite.‹ Anders könne er sich nicht erklären, dass er zeitgleich mit der Post eine Enteignungsankündigung und einen neuen Vorschlag für einen Umsiedlungsstandort bekommen habe. ›Aber ich will hier nicht weg und werde mein Haus nur mit den Füßen voraus verlassen.‹

Langsam werde seine Situation bedrohlich. ›Ich kann aus meinem Wohnzimmerfenster schon die Schaufeln der

Bagger sehen. Das permanente Pfeifen und Dröhnen nervt ungemein und weckt mich nachts immer wieder auf. Aber ich kann nichts dagegen machen. Das seien zu duldende Geräusche einer zulässigen industriellen Tätigkeit und damit eine zumutbare Belastung für die Nachbarschaft des Industriebetriebs.‹

Er könne gerne einmal bei ihm vorbeikommen, schrieb Bruch. ›Sie sind jederzeit herzlich willkommen. Dann können Sie sich ein Bild vom Alltagsleben am Rande des Tagebaus machen.‹

Mit einem Post Scriptum endete Bruchs Mail. ›Sie wollten noch etwas zur Umsiedlung wissen, die auf den ersten Blick wie eine Wohltat für die Betroffenen wirkt. Neue Häuser statt alter Hütten, moderne Infrastruktur statt maroder Kanalisation, Stadtleben statt ländlicher Isolation. Hört sich alles gut an. Aber die Menschen müssen alles aufgeben. Häuser, Dörfer, Heimat, Nachbarschaft, Friedhof, Kneipe, Geschäfte, Kirche, Idylle und vertraute Geborgenheit‹, fasste Bruch zusammen. ›Außerdem gehen Arbeitsplätze verloren.‹ Und die Menschen müssten sich bei einer Umsiedlung verschulden, wenn sie die bisherige Wohnqualität am neuen Wohnort beibehalten wollten; trotz aller finanziellen Unterstützungen.

Der Gärtner zitierte einen von der Umsiedlung bedrohten Ratsherrn der Erkelenzer Grünen: ›Wer sich nicht kleiner setzt, setzt zu.‹ Auch das sei politisch gewollt.

Ob politisch gewollt oder nicht, darüber wollte sich Böhnke keine Gedanken machen. Das Thema Braunkohle wurde immer diffuser und facettenreicher; vermutlich ein Grund, weshalb sich die Menschen davon abwandten. Es war einfach zu kompliziert. Nutznießer davon waren im Prinzip die Betreiber der verschiedenen Tagebaue im Osten wie im Westen der Republik.

Der Regen hatte aufgehört. Die Gelegenheit nutzte Böhnke für den Weg nach Hause. Weit kam er aber nicht. Bauer kam ihm auf dem Traktor bedrohlich schnell entgegengefahren, um nur einen Meter vor ihm anzuhalten.

»Kommst du mit nach Gey heute Abend?«

»Was soll ich da?«

»Es geht doch um die Spargel, die unseren Hürtgenwald zerstören.«

Endlich dämmerte es Böhnke. Bauer sprach über die Bürgerversammlung zum geplanten Windpark Nordeifel.

»Nee. Lieselotte kommt. Ich erwarte morgen deinen Bericht«, sagte er grinsend. Er schaute Bauer an, der die Fahrt fortsetzen wollte.

»Noch etwas. Bist du eigentlich für oder gegen die Windräder?«

»Im Prinzip dafür. Aber an der richtigen Stelle. Und der Hürtgenwald ist meines Erachtens nicht geeignet.« Bauer kratzte sich kurz am Kopf. »Wir brauchen alle Möglichkeiten der erneuerbaren Energien, Herr Kommissar. Wasser, Wind und Sonne. Denn: Es gibt genug Strom, auch ohne Kohle und Atom.«

Bauer hatte ihm die Notlüge abgenommen. Selbstverständlich würde Lieselotte am Abend nicht aus Aachen zu ihm kommen. Er würde endlich einmal seine Ruhe haben und seine Abgeschiedenheit genießen können.

Doch es blieb bei seinem Wunsch. Am späten Nachmittag schreckte ihn das Telefon aus der Ruhe.

»Ich höre.«

»Hallo, Chef. Ich grüße Sie.«

Sofort hatte Böhnke die Stimme des ehemaligen Kollegen Palmen erkannt. »Was gibt's?«

»Interessante Informationen, denke ich. Darüber würde ich mich gerne mit Ihnen unterhalten. Außerhalb des Dienstes. Wann haben Sie denn mal Zeit für mich?«

»Immer und nie.«

»Na gut.« Palmen lachte. »Wie wär's mit einem Abendessen bei Ihnen in Huppenbroich?«

Für 19 Uhr verabredeten sie sich in der Alten Post, was Böhnke durchaus gelegen kam, brauchte er sich damit nicht mehr um seine tägliche warme Mahlzeit kümmern.

Palmen würde zahlen, hatten sie ausgemacht.

Der Kommissar hatte die Autofahrt von Aachen nach Huppenbroich richtig berechnet und traf pünktlich in der Gaststätte ein.

Böhnke hatte einen Tisch in einer nicht direkt einsehbaren Ecke ausgesucht. Er wollte bei ihrem Gespräch nicht von den Thekenstehern gestört werden; man wusste inzwischen im Dorf, wann Böhnke in der Kneipe ansprechbar war und wann nicht.

Palmen hielt sich nicht mit Höflichkeitsfloskeln oder langatmigen Geschichten aus dem Polizeipräsidium auf, sondern kam sofort auf sein Anliegen zu sprechen: »Ich glaube, Sie haben Konrad Bauer einen Bärendienst erwiesen, Chef, als Sie mir seine Aachener Adresse nannten.«

»Wieso? Sie hätten die doch auch alleine herausgefunden«, entgegnete Böhnke verwundert.

»Das schon. Aber das hätte wohl noch einige Tage gedauert, und in der Zwischenzeit hätte Bauer vielleicht ein paar Beweise vernichten können.«

»Wieso?«, fragte Böhnke stirnrunzelnd ein zweites Mal.

Palmen wartete mit seiner Antwort, bis das das von ihm bestellte Holzfällersteak und das zweite Pils aufgetischt waren. »Wir haben die Wohnung an der Mittelstraße untersucht und dabei einen Rechner sichergestellt.« Er legte eine Pause ein und kaute genüsslich auf einem Stück Fleisch. »Und«, er schluckte, »wir sind fündig geworden.«

»Inwiefern?«

»Wir haben festgestellt, dass von diesem Rechner aus Drohmails an Susanne Brettschneider geschrieben und verschickt wurden.«

»Wie bitte?« Böhnke hätte sich vieles vorstellen können, aber nicht, dass Konrad eine Drohkampagne gegen seine ehemalige Freundin gestartet hätte. Aber bisher sprachen die Anzeichen offensichtlich eher gegen statt für ihn. Und wenn er von der Richtigkeit der Annahme ausging, dass Konrad dahintersteckte, würde dies auch bedeuten, dass er wenigstens lebte. »Haben Sie noch weitere Hinweise auf Bauer gefunden, etwa, wo er sich momentan aufhalten könnte?«

Palmen schüttelte verneinend den Kopf, während er das Pilsglas abstellte. »Fehlanzeige. Wir haben lediglich festgestellt, dass er seit einiger Zeit kein Geld mehr von seinem Konto abgebucht hat. Die letzte Buchung war vor fast vier Wochen in seiner kontoführenden Filiale der Sparkasse Aachen.«

Merkwürdig! Böhnke konnte sich keinen Reim aus diesen Fakten machen. Oder doch? Wie passte es zusammen, dass Konrad kein Geld zum Leben brauchte und zugleich in Aachen an seinem Rechner Drohmails schrieb?

»Die Frage kann ich Ihnen leider nicht beantworten,

Chef. Aber ich wollte Sie über den Stand der Dinge informieren.«

»Warum?«

»Weil ich nicht wollte, dass Sie von Bauers Eltern unvorbereitet mit der Ergebnislage konfrontiert werden. Im Prinzip ist das meine Gegenleistung für Ihren Hinweis auf die Adresse«, antwortete Palmen lächelnd.

»Eine andere Frage, Herr Kollege.« Böhnke hatte der Bedienung einen Fingerzeig gegeben und zwei frische Pils geordert. »Haben Sie neue Erkenntnisse im Todesfall Luise Seibold alias Petra Bündner?«

Palmen verschluckte sich vor Überraschung. »Chef, was wissen Sie alles?«

»Offenbar nicht wenig.« Böhnke schmunzelte. »Habe ich Ihnen etwa etwas Neues sagen können?«

Palmen lehnte sich in seinen Stuhl zurück. »So richtig bin ich an diesen Ermittlungen nicht beteiligt. Das machen die Kollegen in Düren. Wir sollen ihnen Amtshilfe leisten.«

»Und was wissen Sie?«

»Ich weiß, dass wir offensichtlich nicht viel wissen, außer, dass die Frau durch den Strick gestorben ist. Es gibt keine Hinweise darauf, dass sie sich gewehrt hat.«

»Kein Wunder«, kommentierte Böhnke zynisch. »Wenn Holger Franken sie am Kragen hatte, konnte sie sich schlecht wehren.«

»Wer?«

»Holger Franken, das ist der Name des Mannes, mit dem die Frau und Konrad Bauer ein Haus im alten Immerath bewohnt haben.«

»Aha.« Palmen machte aus seiner Verblüffung kein Hehl. »Muss ich das verstehen?«

»Müssen Sie nicht, können Sie aber, wenn ich Ihnen die Geschichte erkläre.« Böhnke streckte seinen Rücken durch und suchte eine bequemere Sitzposition auf dem Holzstuhl, ehe er mit seinem Bericht begann.

»Also steckt auch da Konrad Bauer irgendwie drin«, folgerte Palmen, nachdem Böhnke geendet hatte.

»Irgendwie.« Böhnke nickte. »Irgendwie ist immer und nie.«

40. KAPITEL

Ob etwa sein Trecker kaputt sei, fragte Böhnke erstaunt, als er bei seinem morgendlichen Spaziergang durch das Dorf vor der ehemaligen Schule auf Bauer stieß. Der Landwirt war entgegen allen Gewohnheiten zu Fuß unterwegs. Er sei auf dem Weg zum Briefkasten und verhalte sich umweltbewusst, entgegnete Bauer. Schließlich müsse man sorgsam mit der Energie umgehen.

»Damit man nicht so riesige Windparks wie im Hürtgenwald bauen muss.« Böhnke gratulierte sich zu seiner Bemerkung, die das Gespräch von der Durchsuchung bei Konrad ablenkte und die es auf das Thema lenkte, das ihn interessierte.

In der Zeitung hatte er nichts über die vorher als brisant angekündigte Bürgerversammlung gelesen.

»Das war weder Fleisch noch Fisch«, bilanzierte Bauer. Er deutete auf den Horizont, der bläulich in einer Schneise erkennbar war. »Fändest du es gut, wenn du da nur auf Spargel blicken würdest? Ich nicht. Und die Leute in Birgel, Gey, Kleinhau und Umgebung auch nicht. Da war der Protest natürlich groß.«

»Und erfolgreich.«

»Kann man so nicht sagen, Kommissar. Denn die zukünftigen Betreiber und die Gemeindeverwaltung haben sich nicht endgültig entschieden. Aber die sind ganz gewaltig zurückgerudert. Es müsse zuvor noch vieles geprüft werden. Man werde noch Gutachten zur Windmenge abwarten und rechtliche Fragen klären. Erst dann könne gesagt werden, ob überhaupt ein Windpark geplant, eine Genehmigung beantragt und Investoren gesucht werden.«

»Mit anderen Worten: viel Wind um nichts.«

Bauer nickte zustimmend. Er betrachtete Böhnke mit zusammengekniffenen Augen, weil ihn die Sonne blendete, die hinter dem Rücken seines Gesprächspartners durch die Buchen schien. »Übrigens, weißt du, wer auch da war?«

Böhnke konnte es sich denken, aber er tat ahnungslos.

»Susi-Mausi war da«, bestätigte ihm der Landwirt. »Sie war richtig besorgt wegen Konrad. Aber eigentlich ging es der wahrscheinlich wieder nur ums Geschäft. Würde mich nicht wundern, wenn die dort investieren wollte.«

Böhnke ließ die Behauptung unkommentiert.

»Willst du mich zum Briefkasten begleiten?«, fragte ihn Bauer.

Stumm schloss sich Böhnke an, als sich der Landwirt in Bewegung setzte. Schweigend gingen sie am ehemaligen Löschteich vorbei, auf dem sich die erste Entengrütze nach dem Winter ausbreitete. Das permanente Abfischen des Grünzeugs hatte immer nur kurzzeitigen Erfolg. Innerhalb weniger Wochen war die Teichoberfläche wieder grün bedeckt und der Blick ins Wasser versperrt.

»Übrigens«, endlich durchbrach Bauer die Stille. »Was hast du gestern Abend bei Ohler mit dem Kripomann beredet? Du erzählst mir, deine Liselotte kommt, und in Wirklichkeit führst du konspirative Gespräche.«

Böhnkes fragend-verblüfften Blick erwiderte er mit einem breiten Grinsen. »Wir sind aufm Dorf, Kommissar. Da wird alles Ungewöhnliche sofort weitergetrommelt. Das müsstest du doch wissen. Das hast du doch selbst bei den Thujamorden miterlebt.«

An die Geschichte mit den Lebensbäumen erinnerte Böhnke sich nur allzu gut. Im Nachhinein konnte er darüber schmunzeln. So blöd konnte auch nur ein Externer sein, ausgerechnet in Huppenbroich Thujen statt Buchen zu pflanzen. Die Dorfgemeinschaft hatte ihm zum Teil mit drastischen Mitteln klargemacht, was sie davon hielt; nämlich nichts. Und der Buschfunk hatte viel dazu beigetragen, dass Informationen und Aktionen verbreitet wurden.

Ich hätte es mir denken können, sagte Böhnke zu sich. Zugleich war er froh, dass Bauer auf das Treffen zu sprechen kam. Er selbst hatte keinen Weg gefunden, auf das ihn belastende Thema überzuleiten.

Da die Wahrheit ohnehin immer einmal ans Tageslicht kommt, entschloss er sich, damit herauszurücken: »Meine

Kollegen haben in Konrads Studentenbude den Rechner gefunden, von dem eine Drohmail an Susanne Brettschneider verschickt wurde.«

Bauers Sprachlosigkeit nutzte er, um schnell den Sachverhalt darzulegen, und er war erleichtert, als ihm klar wurde, dass Bauer ihm nicht gram war.

»Früher oder später hätte es die Kripo eh rausgefunden«, fügte er seiner Schilderung hinzu.

»Aber dieser Fund besagt doch nicht, wo Konrad momentan steckt.«

»Richtig«, bestätigte Böhnke. »Dein Sohn wird nach wie vor gesucht.«

Bauer sah ihn bestürzt an. »Mal ehrlich, Kommissar, glaubst du, dass Konrad noch lebt?«

»Ja«, antwortete Böhnke in einem Tonfall, von dem er hoffte, dass er überzeugend wirkte.

Ja, er glaubte es, solange er nicht wusste, dass Konrad tot war. Aber das sagte er Karl Bauer nicht.

Am Briefkasten trennten sich ihre Wege. Der Landwirt trollte sich wieder heimwärts, Böhnke machte sich zu Billas Haus auf. Die allmorgendliche Kontrolle gehörte zu seinen selbst gestellten Aufgaben eines Geschäftsführers der Stiftungen.

Im elektronischen Postfach blieb er an einer Mail von Walter Bruch hängen. Der Betreff ›dringend‹ hatte seine Aufmerksamkeit erweckt.

Der Baumschulbetreiber und Gärtner bat ihn um einen Besuch in Borschemich.

›Am besten heute noch, weil ich nicht mehr viel Zeit habe.‹ Er habe eine interessante Verbindung gefunden, schrieb Bruch, ohne konkret zu werden. ›Das könnte die

Morde an Mertens und Bettenbauer in einem anderen Licht erscheinen lassen und Konrad Bauer möglicherweise entlasten.‹Mehr könne er nicht sagen, er müsse es ihm zeigen.

Was sollte das? Böhnke erinnerte sich an Lieselottes Beobachtung.

»Der ist krank«, hatte sie gesagt. »Der ist ganz gelb.« Bezog sich darauf Bruchs Bemerkung, er habe nicht mehr viel Zeit? Wenn es Konrad und damit auch Karl Bauer nützen könnte, würde er Bruch heute noch besuchen.

Und er wusste, wer ihn ins Erkelenzer Land bringen würde.

»Für Konrad und seinen Vater tue ich alles«, hatte Susanne spontan gesagt, als Böhnke sie um den zugesagten Fahrdienst bat. »Und mit meinem Lieblingskommissar bin ich am liebsten unterwegs. Kinderwagen oder Schiff?«

An das Elektroauto könnte er sich gewöhnen. Susannes Vehikel war zwar klein, aber es besaß einen hohen Fahrkomfort. Er genoss das fast lautlose Schnurren über die Autobahn.

»Für uns beide reicht's auf der kurzen Strecke. Viel Gepäck oder einige Umzugskartons hätten wir nicht mitnehmen können«, entgegnete Susanne auf seine Bemerkung.

Nein, sie hätte nichts Neues wegen des Brandes erfahren. Die Polizei hätte sich noch nicht festlegen wollen, ob es einen technischen Defekt oder eine absichtliche Schädigung gegeben habe.

»Und was sagt die Zeitung?«, fragte Böhnke neugierig.

»Die hat auf meine Mitteilung noch nicht reagiert. Ist mir aber auch egal. Ich habe die Zusammenarbeit mit denen beendet.«

Was eigentlich ihr Date mit Karl Bauer in Birgel gebracht hätte, wollte Böhnke beim Themenwechsel wissen.

Lag es an einem Fahrfehler oder war es eine Batterieschwäche, weshalb das Auto urplötzlich die Fahrt verlangsamte?

Susanne hatte ihn erstaunt angeblickt und war dabei vom Gaspedal gerutscht. »Woher wissen Sie …?«

Er lebe in der Eifel und da gebe es, um mit Karl Bauers Worten zu sprechen, noch so etwas wie Buschtrommeln, antwortete Böhnke lässig.

»Wie viel Geld wollen Sie denn in den Windpark investieren?«

»Nun mal langsam, Herr Böhnke«, sagte die junge Frau ungehalten. Wenn er so weitermache, sei er auf dem besten Weg, ihre Freundschaft zu verspielen. »Und dabei hatte ich mir schon gedacht, Sie seien der richtige Trauzeuge für mich, väterlich, verlässlich, fürsorglich.«

Meinte sie es ernst oder lenkte sie ab?

Susanne lachte herzhaft, als sie seinen dümmlich-verblüfften Gesichtsausdruck bemerkte. »Vergessen Sie's. Jedenfalls für den Moment.« Mit einem leichten Tippen auf das Pedal schoss sie auf der Überholspur an einem Mercedes vorbei. »Typisch Mercedes-Fahrer«, lästerte sie, »alt, mit Hut und Zigarre. Und auf der Rückbank bestimmt 'nen Wackeldackel.« Fröhlich winkte sie dem Senior durch das Seitenfenster zu.

Sie wurde wieder sachlich. »So, zurück zum Wichtigen. Ich werde mit Sicherheit kein Geld in einen Windpark im Hürtgenwald stecken. Die Stimmung unter den Leuten ist dagegen, und wenn die dann noch rauskriegen, wie viel die Kommune bei so einem Park kassiert, kann sich der Bürgermeister seine Wiederwahl abschminken.«

»Wieso?«

»Herr Böhnke, es geht um verdammt viel Geld. Wenn Sie wollen, zeige ich Ihnen mal die entsprechenden Pachtverträge. Sie verdienen richtig Schotter, wenn so eine Riesenmühle auf Ihrem Land steht.«

»Kann ich damit reich werden?«

»Unter bestimmten Umständen schon. Mindestens 30.000 Euro Pacht und mehr pro Jahr und Rad sind nicht zu verachten.« Susanne lachte. »Da wird Geld gemacht.«

»Mit Genussscheinen«, platzte es Böhnke heraus.

Susanne schüttete kurz den Kopf. »Was soll das denn jetzt? Ich rede von Windrädern, und Sie kommen mir mit Genussscheinen.«

Dadurch sei doch eine Firma pleitegegangen, weil sie mit Genussscheinen ihre Windparks finanzieren wollte, erläuterte Böhnke. Er bemühte sich, sein Wissen wiederzugeben, das nach dem Gespräch mit Grundler noch vorhanden war. Allerdings bezweifelte er, ob er Susanne tatsächlich das Richtige sagte. Sie aber war zu höflich, um ihn zu unterbrechen oder gar zu belehren.

Schließlich kam er auf die dubiosen Vermittlungsgeschäfte zu sprechen, die Konrad mit Genussscheinen getätigt hätte, und weswegen eventuell Mertens und Bettenbauer ermordet worden waren und gegen Konrad Bauer ermittelt werde.

»So ein Blödsinn.« Sie wisse nicht, ob sie wegen dieses Unfugs lachen oder weinen solle, entrüstete sich die junge Frau. Sie funkelte Böhnke an. »Diese schwachsinnige Geschichte mit den Genussscheinen habe ich Konrad schon am Tag, nachdem er damit angefangen hatte, ausreden wollen. Aber es hat etwas gedauert, bis er es kapiert hat. Die paar Geschäfte, die er bis dahin getätigt hatte, habe ich rückabgewickelt. Durch ihn ist keinem nachhaltig ein Schaden entstanden.«

»Warum haben Sie …?«

»Weil er mein Freund war und ich nicht wollte, dass er sich in die Scheiße reitet.«

»Aber warum«, schnell unterbrach Böhnke sie, »wird diese Sache jetzt bei den Ermittlungen thematisiert?«

»Weiß ich nicht. Ich kann mir nur vorstellen, dass niemand wirklich kapiert, was damals gewesen ist, und dass jetzt jemand einen Schwarzen Peter braucht, um von sich selbst abzulenken.« Susanne blickte ihn kurz an. »Paul und Franz haben da gar nichts mit zu tun. Das war damals eine Überlegung, sie einzuspannen. Aber da ich Konrad das Geschäft gleich zu Beginn ausgeredet habe, ist es erst gar nicht zu einer Verkaufsstruktur gekommen.«

»Weiß das die Polizei?«

Da müsse er die Polizei fragen. Für sie sei das Thema längst verdaut und wieder ausgeschieden. Genussscheine seien für sie kein sinnvolles Finanzierungsmodell, wenn es um Windparks geht. Da wären andere Investitionsformen geeigneter, behauptete Susanne.

»Und da spielen Sie mit?«, fragte Böhnke neugierig.

»Vielleicht.« Susanne zuckte kurz mit den Schultern. »Ich lasse zurzeit eine landwirtschaftlich genutzte Fläche auf ihre Tauglichkeit überprüfen, um dort einen Windpark zu errichten, und will die zuständige Kommune dazu bewegen, diesen Bereich als sogenannte Konzentrationsfläche für WEA auszuweisen.«

»Für was?«

Sie lachte. »Sorry. WEA ist eine Abkürzung. Ich meine Windenergieanlage.«

»Also Windräder.«

»Auch Windmühlen genannt.«

»Oder Spargel«, meinte Böhnke. »Und die Kommune kassiert dann die Pacht?«

»Wenn es ihr Land wäre, dann schon. Aber es ist mein Land, ich kassiere die Pacht, und die Kommune kassiert Gewerbesteuer.«

»Hm.« Böhnke schaute nachdenklich aus dem Fenster und erkannte hinter dem Wall an der Gegenfahrbahn der Autobahn die Umrisse einer alten Mühle. Sie war ihm vorher noch nie bei einer Fahrt von Aachen nach Düsseldorf aufgefallen. »Sie haben doch gesagt, Ihnen gehöre die Fläche. Wieso fällt da eine Pacht an?«

»Herr Böhnke, ich merke es schon, Sie haben keine Ahnung, wie Wirtschaft funktioniert. Selbstverständlich pachtet die Windpark-Betreibergesellschaft, die mir gehört, das Land für die Windräder von einer Immobiliengesellschaft, der mein Ackerland gehört. Ich bezahle Pacht an mich selbst und schmälere dadurch den Gewinn der Betreibergesellschaft. Das spart Steuern. Über Abschreibungen reduziere ich die Steuern weiter. Und das Geld für die Investition in den Windpark stellt meine Finanzierungsgesellschaft als Darlehen zur Verfügung. Unterm Strich sind die Einnahmen aus der Winderzeugung am Ende Nettoeinnahmen. Oder andersrum gerechnet schaffe ich es, ohne übermäßigen Einsatz von Eigenkapital ein Millionenprojekt auf die Beine zu stellen.«

»Das ist legal?«, fragte Böhnke skeptisch.

»Vollkommen legal«, entgegnete Susanne. »Ich praktiziere, wie viele andere auch, das, was die Gesetzgebung in Europa zulässt.« Sie schmunzelte. »Dabei bin ich nur ein kleiner Fisch.« Etliche deutsche und internationale Konzerne zahlten so maximal ein Prozent Steuern auf ihren Gewinn. »Vollkommen legal«, wiederholte die junge Frau. »Ab und zu empören sich dann ein paar Politiker, wenn die Praktiken publik werden. Aber sie beruhigen sich auch schnell wieder, weil sie wissen, dass sie selbst durch ihre Gesetze die Wege zu diesen Möglichkeiten geebnet haben. Die weinen Krokodilstränen und halten gleichzeitig die Hand auf.«

Bereitwillig nannte Susanne ihm einige Namen. Böhnke war sprachlos, als er sie hörte. Energiekonzerne gehörten ebenso dazu wie Versandhändler oder Chemiegiganten und andere. Es gebe viele Unternehmen hierzulande, die sich längst von einer Steuerpflicht in Deutschland verabschiedet hätten.

»Auch RWE?«

»Ich kann mir nicht vorstellen, dass alle Konzernteile in Deutschland an den Fiskus zahlen, aber ich will es nicht behaupten«, gab sich Susanne vorsichtig.

Dann schaute sie sich suchend um. »Wie komme ich denn hier von der Autobahn?«

In der Tat war die Ausfahrt Jackerath im Gewirr der Baustellen und der Veränderung des Autobahndreiecks zu einem Autobahnkreuz verwirrend. »Total bekloppt«, kommentierte die junge Frau. Sie meine damit nicht nur die Verkehrsführung, die durch aktuelle Umbaumaßnahmen erforderlich wurde, belehrte sie ihren Beifahrer. »Das Ganze ist bekloppt: Erst reißen sie die alte A 44 ab und erweitern die A 61, dann wird nach dem Kohlenabbau die A 44 neu gebaut und danach die A 61 unterbrochen, um sie später wieder zu bauen. Das kostet Millionen. Und wer zahlt's?«

Böhnke erachtete die Frage als nicht an ihn gerichtet.

»Wo bin ich denn hier gelandet?« Susanne war nicht weniger erschrocken als Lieselotte beim ersten Anblick eines fast verlassenen, sterbenden Dorfes. Nach längerer Suche hatten sie von der Landstraße kommend die Unterführung unter der Autobahn A 61 als Zufahrt nach Borschemich ausfindiggemacht. Die Straße in den Ort hatte eher nach einem schlecht befestigten Feldweg als nach einem regulären Verkehrsweg ausgesehen.

»Hier kann man sich ja fast gar nicht verfahren«, sagte sie sarkastisch, während sie behutsam den Schlaglöchern im Asphalt auswich. Sie deutete auf das allein in weiter Flur stehende Haus mit den daneben befindlichen Gewächshäusern an einer verdreckten Straße, an deren Bordsteinen das Unkraut wucherte. »Wetten, dass das unser Ziel ist?«

Sie blickte kurz auf das Armaturenbrett. »Hoffentlich hat der gute Mensch dort Strom und eine Steckdose. Mein Kleiner hat Hunger.« Susanne schmunzelte. »Mein Wagen hat einen leeren Magen.«

41. KAPITEL

Jetzt fiel es auch Böhnke auf den ersten Blick auf. Bruchs Haut hatte einen gelblichen Farbton.

»Wie geht es Ihnen?«, hatte er den derb gekleideten Mann gefragt, der ihnen das Tor öffnete, das die Zufahrt zum Betrieb versperrte. Bruch wirkte ein wenig verwahrlost wie das gesamte Gelände.

»Sie sehen doch selbst, dass hier nicht viel Staat zu machen ist. Es ist alles kaputt. Die Landschaft, die Natur, das Dorf, das Wasser, ich.« Bruch schluckte schwer. »Es gibt nur noch Staub und Dreck. Und Lärm.« Er sei der letzte Gewerbetreibende im Dorf, nachdem sein Kollege vom Hochneukircher Weg umgesiedelt sei. »Jetzt, wo auch Haus Paland und die Kirche platt gemacht worden sind, ist hier alles tot und nur noch nervig. Der Lärm ist das Schlimmste.«

In der Tat machte sich das permanente Brummen in Böhnkes Kopf breit und begann zu nerven.

»Das sind die Bagger«, erläuterte der Gärtner und zeigte auf einen braunen Erdwall auf der anderen Straßenseite. »Wenn Sie darauf klettern, können Sie sie sehen.« Der Wall sei reine Makulatur nach dem Motto: Was ich nicht sehe, ist auch nicht da.

Bereitwillig hatte Bruch aus einem windschiefen Schuppen ein Verlängerungskabel geholt, damit Susanne ihren Stromer ans Netz anschließen konnte.

»Das ist das Einzige, das richtig funktioniert: der Strom. Aber ansonsten geht hier alles mehr oder weniger schnell vor die Hunde.« Damit schien er sich selbst ein Stichwort gegeben zu haben. Bruch schlurfte um eine Ecke zu einer offenstehenden Garage mit angerosteten Toren, in der ein blitzblanker moderner Geländewagen stand. Wenig später schossen zwei Bernhardiner auf Böhnke und Susanne zu, blieben aber auf einen lauten Pfiff wenige Meter vor ihnen stehen und legten sich hin.

»Helma und Selma sind gut erzogen«, lobte Bruch sich selbst, als er sich langsam näherte. »Ich habe sie nur in den Zwinger gesperrt, damit sie uns nicht über den Weg laufen, wenn Sie Ihr Auto auf den Hof fahren. Die wären sonst ausgebüxt und hätten Jagd auf die RWE-Mitarbeiter gemacht. Die können sie nämlich auf den Tod nicht ausstehen.« Er kratzte sich am Kopf, und Böhnke wunderte sich nicht, dass dabei einige Fussel aus dem ungekämmten Haar aufstoben.

»Und jetzt habe ich ein Problem. Ich muss nämlich ins Krankenhaus und habe keine Bleibe für meine Babys.« Bruch wohnte demnach alleine in einem Haus, für das wohl der Name Bruchbude angemessener war, dachte sich Böhnke. Das heruntergewirtschaftete farblose Hauptgebäude und die verwilderten Beete ließen ihn zu diesem Urteil kommen. Die Tristesse der Umgebung hatte sich längst auf das letzte Gebäude im ehemaligen Borschemich übertragen, und das lag nicht nur an den Auswirkungen des gerade vergangenen und kalten Winters.

»Was fehlt Ihnen denn?« Susanne beendete die beklemmende Schweigsamkeit. Zufrieden betrachtete sie die Anzeige, die das Füllen der Batterien bekundete.

»Die Leber.« Bruch zuckte resignierend mit den Schultern. »Viele haben es hier mit der Leber oder mit der Lunge.« Der Feinstaub aus dem Tagebau sei ursächlich. »Aber die sagen, das stimmt nicht. Es gibt keine Statistik, die einen Zusammenhang belegt.«

Böhnke bemerkte, dass sich Susanne eine Bemerkung verkniff.

»Das hört sich nicht gut an«, meinte sie endlich. Vermutlich hatte sie etwas anderes sagen wollen, dachte sich

Böhnke, so etwa in der Art: Es gibt keine Statistik, die ich nicht in meinem Sinne erstellen kann.

»Naja, wie dem auch sei, ich muss am Donnerstag ins Krankenhaus nach Erkelenz und hoffe, dass ich auch wieder raus komme. Angeblich soll ich nur eine Woche im Hermann-Josef bleiben.«

»Es wohnt also niemand außer Ihnen hier in dieser …?«

»Sie können es ruhig sagen. In dieser gottverlassenen Einöde.« Nüchtern ergänzte der Gärtner Susannes Frage. »In der Tat wohne ich alleine hier.«

Das sieht man, lag Böhnke auf den Lippen. Hier fehlte eine Frau an allen Ecken und Enden, die zum einen selbst für Ordnung und Sauberkeit sorgte und zum anderen Bruch dazu anhielt.

»Bis zum September hat noch die Familie meines Bruders hier gelebt. Aber dann ist meine Schwägerin an Leberversagen gestorben, und mein Bruder ist in ihre Heimat nach Pfronten im Allgäu gezogen. Er macht jetzt in der Pension seiner Schwiegereltern mit. Mein Neffe Wolfgang ist dann einen Monat später gefolgt, nachdem er sein Studium in Köln beendet hatte. Der hat sich Gott sei Dank auch hier vom Acker gemacht.«

»Was hat er denn studiert?«, fragte Susanne schnell. Ob sie wie er vermutete, es könne durch das Studium eine Verbindung zu Mertens, Bettenbauer oder Bauer geben?, dachte sich Böhnke. Susanne gefiel ihm in ihrer forschen Art. Sie wäre eine gute Assistentin gewesen.

»Wolfgang hat Philosophie studiert und hat jetzt eine Anstellung bei einer Volkshochschule in Oberstdorf oder so.«

Fehlanzeige. Da war wohl nichts mit einer Verbindung durchs Studium, folgerte Böhnke. Hätte ja sein können.

»Sie haben uns doch nicht nach Borschemich gelockt, um uns Ihre Hunde oder Ihre Familienangehörigen vorzustellen«, sagte er.

»Das stimmt.« Bruch nickte. »Kommen Sie!«, forderte er seine Besucher auf und schlurfte zum Hauseingang. Sofort sprangen die Bernhardiner auf und liefen hinter ihm her.

»Richtig knuddelig, die beiden«, meinte Susanne.

Böhnke hatte andere Sorgen. »Müssen wir da tatsächlich rein?«, fragte er vorsichtig.

Seine geringe Begeisterung, das Haus zu betreten, bestand zu Recht. Es war nicht nur dunkel in dem Gebäude, die Raumtemperatur war viel zu hoch, die Luft stank regelrecht. Die vergilbten Vorhänge verdeckten kleine Fenster, die vermutlich nach ihrem Einbau das letzte Mal geputzt und geöffnet worden waren, und durch die fast kein Tageslicht fiel. Hier war seit Wochen nicht mehr geputzt und gelüftet worden, und dabei hatte das Heizungsthermometer immer im vollen Anschlag gestanden. Einen Staubsauger kannte der Bewohner wahrscheinlich nur aus der Werbung, und die Funktion einer Spülmaschine schien ihm nicht vertraut. Jedenfalls stapelte sich das benutzte Geschirr auf dem Küchentisch, auf dem auch ein Laptop stand.

»Das ist mein Büro«, sagte Bruch und meinte das nicht entschuldigend. Kurzerhand wischte er einen Stapel Unterwäsche von einem Stuhl, den er Susanne anbot.

»Was wollen Sie uns denn zeigen?«, fragte sie scheinbar ungerührt, als nehme sie die schmutzige und miefige Umgebung gar nicht wahr.

Bruch rückte einen Stuhl an ihre Seite und fingerte auf dem Laptop herum.

»Ich habe mir noch einmal alle Unterlagen durchgesehen, die ich im Zusammenhang mit der Braunkohle und den Besuchern bei mir gesammelt habe. Und dabei ist mir eine merkwürdige Verbindung aufgefallen.«

»Was meinen Sie damit?« Böhnkes Neugier wurde geweckt.

Es wurde Zeit, auf den Punkt zu kommen, bevor Susanne gänzlich von Helma und Selma in Beschlag genommen wurde und sie vor lauter Streicheleinheiten vergaß, warum sie überhaupt nach Borschemich gekommen waren. Die Hunde hatten ihre Schnauzen auf ihre Oberschenkel gelegt und schauten sie treuherzig an.

»Ich wollte Ihnen meine Besucherliste zeigen«, antwortete Bruch, »und dann werden Sie etwas feststellen. Es gibt viele gemeinsame Besuche von Mertens, Bauer und Bettenbauer bei mir zeitgleich mit denen eines anderen ehemaligen Studenten, der aus Köln kam. Walter Scheller heißt der und schreibt jetzt wohl an seiner Doktorarbeit über das Rheinische Braunkohlerevier. Er hat mit den anderen immer gestritten, weil er genau entgegengesetzter Ansicht über den Tagebau war.«

»Und Sie haben ihm dennoch Informationen gegeben?«

»Warum nicht?«, antwortete Bruch auf Böhnkes Frage. »Scheller wollte alles wissen, und ich glaube, er hat inzwischen etliche seiner Überzeugungen geändert.« Bruch schmunzelte. »Wir haben ihn gewissermaßen in einigen Punkten bekehrt.«

»Aber nicht in allen.«

»Nein. Und er wollte in seiner Arbeit zum Ergebnis kommen, dass trotz aller Bedenken der Braunkohletagebau erforderlich ist und nicht aufgegeben werden darf, um nicht die Wettbewerbsfähigkeit der heimischen Industrie zu gefährden, und um die Energiesicherheit in Deutschland zu garantieren.«

»Mit anderen Worten«, Susanne unterbrach das Kraulen der Hunde, »die Abschlussarbeiten der Studenten hätten im krassen Widerspruch zu den Ergebnissen der Dissertation gestanden.«

Bruch nickte zustimmend.

»Und wenn die Arbeiten nicht veröffentlicht oder gewertet werden, hat Scheller dadurch einen gewaltigen Vorteil.«

Wieder nickte Bruch.

»Wo finde ich Scheller?«, fragte Böhnke nachdenklich. Zwar hatte ihn die Argumentation nicht überzeugen können, aber vielleicht bot Scheller einen neuen Ansatz bei der Suche nach Konrad Bauer. Und nur darum ging es ihm.

»Ich habe nur seine E-Mail-Adresse«, antwortete Bruch.

»Die reicht«, sagte Böhnke entschieden. Seine Kollegen würden mit dieser Angabe bestimmt den Wohnort herausfinden, glaubte er.

»Warum sollte jemand einen anderen wegen einer Diss umbringen?« Susanne schaute ihn fragend an, als sie auf der Rückfahrt im aufgeladenen Stromer waren.

Einen Kommentar zum Zustand von Bruch und zu dem seiner Umgebung hatten sie sich erspart. Sie waren nur froh, endlich wieder im Freien zu sein.

»Niemand weiß, warum Menschen töten. Es gibt die unmöglichsten Gründe und Ursachen. Niemand kann in die wirren Hirne hinter treuen Augen blicken.«

Er hatte ihr offenbar ein Stichwort gegeben.

»Haben Sie die treuen Hundeblicke gesehen? Helma und Selma sind richtige Knuddelbären.« Am liebsten hätte sie die beiden mitgenommen.

Böhnke betrachtete die junge Frau zweifelnd und wies auf die Beengtheit in ihrem Fahrzeug hin. »Und wo wären wir geblieben bei den beiden Lieben?«

42. KAPITEL

Böhnke traute seinen Augen nicht, als er die Schlagzeile auf der ersten Seite seiner Tageszeitung las: ›Kommt das Tagebauende früher?‹, hatte die Aachener Zeitung getitelt. ›Die Landesregierung plant die Verkleinerung des Tagebaus Garzweiler II.‹

Noch im Hausflur überflog er den Artikel, der allerdings beim genaueren Lesen erkennen ließ, dass bislang nur von Überlegungen der Landesregierung die Rede war, die in Gesprächen mit dem Bergbautreibenden durchdacht werden sollten, um, wie es hieß ›zu einer einvernehmlichen Lösung zu kommen, die sowohl die wirtschaftlichen Interessen des Unternehmens als auch die energiepolitischen der Landesregierung angemessen berücksichtigt.‹

Was für ein Geschwafel, dachte Böhnke. Aber immerhin. Es schien Bewegung in die Problematik zu kommen.

So jedenfalls bewertete der stellvertretende Geschäftsführer des nordrhein-westfälischen Landesverbandes des Bundes für Umwelt und Naturschutz in dem Zeitungsartikel die Ankündigung. Er forderte ›ein unverzügliches Ende der Abbautätigkeit oder zumindest eine sofortige Unterbrechung der Braunkohleförderung, damit nicht Fakten geschaffen werden, bevor es ein Ergebnis gibt.‹ Das Enteignungsverfahren wegen der Obstwiese des BUND müsse Mahnung genug sein. ›Sonst baggern die weiter, ohne sich um die Politik zu scheren.‹

Böhnke versuchte, aus der Mischung von Fakten, politischen Aussagen und polemischen Bedenken sein eigenes Fazit zu ziehen. Demnach wollte die Landesregierung das Plangebiet um ein Drittel verkleinern und den Tagebaubetrieb in Garzweiler II bis 2030 befristen. Die Folgen einer Verkleinerung wären der Erhalt der Ortschaft Holzweiler und einiger landwirtschaftlicher Güter auf dem Stadtgebiet von Erkelenz.

Ob es tatsächlich dazu kommen würde? Böhnke erlaubte sich keine Prognose. Was wohl Bruch dazu sagen würde?

Was von den Driesch dazu zu sagen hatte, hörte Böhnke wenige Minuten später in einem Radiobericht. Der Vorschlag der Landesregierung sei ein Schritt in eine Zukunft der Energieversorgung ohne die Nutzung fossiler Brennstoffe. Noch könne das Bundesland NRW nicht auf die Kohleverstromung verzichten, möglicherweise aber ab 2030, wenn der Ausbau der erneuerbaren Energien fortschreite und zugleich das Einsparpotenzial beim Stromverbrauch besser genutzt werde. Aber es gebe ein Hintertürchen bei der Ankündigung der Verkleinerung von Garzweiler II: »Wenn die energiepolitischen Ziele nicht erreichbar sind, ist eine Fortsetzung des Tagebaus nicht ausgeschlossen«, zitierte von den Driesch.

Mit anderen Worten, so folgerte Böhnke für sich, weckte die Politik Hoffnungen, von denen sie selbst annahm, dass sie sich wahrscheinlich nicht erfüllen würden. Oder gab es vielleicht ganz andere Beweggründe für eine mögliche Verkleinerung? Etwa das Grundwasser in der Erkelenzer Börde? Der vermeintliche unterirdische Rhein oder das angeblich nicht existierende Erkelenzer Meer?

Bei seiner Konzentration auf die Zeitungslektüre und den Radiobericht hatte er glatt überhört, dass sein Handy im Schlafzimmer angeschlagen hatte. Ein Unbekannter hatte ihn sprechen wollen, stellte Böhnke beim Bettenmachen fest. Was gut ist, kommt wieder, sagte er sich. Hoffentlich war Susanne die Unbekannte.

Sie hätte noch nie so oft einem Mann hinterher telefoniert wie ihm, meinte die junge Frau, als sie wenig später erneut anrief. Auch diesen Anruf hätte er beinahe verpasst, weil die Geräusche des Staubsaugers den Radetzkymarsch übertönten, und er nur durch Zufall mitbekam, dass er angerufen wurde.

Und er habe noch nie so oft mit einer jungen Frau Kontakt gehabt wie mit ihr, versuchte Böhnke charmant zu erwidern.

»Genug der Nettigkeiten.« Unvermittelt wurde Susannes Stimme streng. »Ich habe heute Nacht elektronische Post bekommen.«

Böhnke ahnte, was sie sagen würde.

»›Erst brennt dein Auto, dann dein Haus und dann du.‹ Das hat der Scheißkerl wortwörtlich in einer PN auf meiner Facebookseite geschrieben. Nicht auf meiner offiziellen, sondern auf meiner privaten, die nur wenige kennen.«

Oder die Scheißfrau, vergrößerte Böhnke den Absenderkreis für sich. Aber was zum Teufel war eine PN?

»Die Nachricht war an mich persönlich gerichtet, nicht an die Öffentlichkeit«, erklärte Susanne ruhig.

»Und wie kommt er an Ihre Anschrift?«

Es gebe immens viele Möglichkeiten. »Vielleicht hat er sie ja von Konrads Rechner. Aber wer sich im Internet auskennt, kriegt alles raus. Da sind wir alle gläsern. Auch Sie, Herr Böhnke.«

Er schwieg nachdenklich. Schließlich fragte er, ob sie schon die Polizei verständigt hätte.

»Noch nicht. Ich wollte erst Ihren Rat und Ihre Ansicht hören.«

Sie möge einen Herrn Palmen im Polizeipräsidium kontaktieren und ihn von ihm grüßen, schlug Böhnke ihr vor. »Dem Kollegen schildern Sie am besten zeitlich genau, was wann passiert ist und was Sie wann bemerkt haben. Dann sollen sich die Internetspezialisten und die Computerexperten um die Drohung kümmern.«

»Gibt es einen besonderen Grund, weshalb ich mich an diesen Herrn Palmen wenden soll?«

Den gebe es, bejahte Böhnke. Sie möge ihm vertrauen. »Bei Palmen sind Sie in besten Händen. Ehrlich.«

Er hoffte, dass Susanne nicht nachhakte. Er wollte ihr nicht unbedingt sagen, warum er Palmen in den Fall einbeziehen wollte. Aber Palmen würde wie er zu der Erkenntnis kommen, dass diese neue Drohmail nicht von Konrads Rechner abgeschickt worden war. Vielleicht wurde Karl Bauers Sohn dadurch entlastet. Vielleicht konnte herausgefunden werden, welchen Rechner der Schreiber benutzt hatte, und man kam ihm so auf die Spur. Oder sie fanden doch Hinweise auf Konrad, falls er hinter den Drohungen stecken sollte. Was aber wiederum positiv zu bewerten wäre, denn das sprach dann dafür, dass der Student in der Nacht noch gelebt hatte.

»Sagen Sie, Herr Böhnke«, Susanne beendete seine Denkpause, die sie offenbar ebenfalls genutzt hatte, »kann es sein, dass es sich bei diesem Palmen um den Beamten handelt, der auf dem Bauernhof der Bauers das ehemalige Kinderzimmer von Konrad auf den Kopf gestellt hat?«

»Wie kommen Sie darauf?«, fragte Böhnke erstaunt.

»Tja, ich bin doch wohl nur ein kleines Dummchen«, sagte Susanne vergnügt. »Mein Fast-Schwiegervater hat es mir gestern Abend gesagt, nachdem ich ihn angerufen habe. Bei der Bürgerversammlung sind wir nicht dazu gekommen. Ich wollte wissen, ob er etwas von Konrad gehört hat.«

»Susanne, du wirst mir langsam unheimlich.« Böhnke konnte seine Verblüffung nicht verbergen. Das Du war ihm herausgerutscht. Aber er sah keinen Anlass, sich dafür zu entschuldigen.

»Das höre ich gerne, Rudolf-Günther. Du bist halt mein Lieblings-Commissario, mit dem ich mich am liebsten unterhalte.«

»Woher weißt du …?« Seinen Vornamen und die Bezeichnung Commissario kannten nur wenige.

»Alles kein Problem. Das Internet macht auch dich gläsern.«

Böhnke knurrte. Er fand es gar nicht nett, das Internet.

Nach seiner mittäglichen Augenpflege und vor seinem nachmittäglichen Spaziergang durch den Ort sah er den richtigen Zeitpunkt für das Telefonat mit Palmen gekommen.

»Chef, ich hatte schon früher mit Ihrem Anruf gerechnet«, bekannte der ehemalige Kollege. »Nachdem mich Frau Doktor Brettschneider kurz nach Dienstbeginn kontaktiert hat, habe ich quasi minütlich auf Ihren Anruf gewartet.«

»Sie hat also von mir gesprochen«, folgerte Böhnke.

»Und Sie in höchsten Tönen gelobt, Chef.«

»Schluss mit den Schmeicheleien«, brummte der durchaus geschmeichelte Böhnke. »Haben Sie schon Erkenntnisse?«

»Offiziell nichts und vor allen Dingen nichts für die Öffentlichkeit. Und inoffiziell auch nichts«, antwortete Palmen.

»Und was können Sie mir für den Privatgebrauch sagen?« Böhnke hatte geahnt, dass die Kripo noch keine wesentlichen Erkenntnisse gefunden hatte.

»Privat möchte ich Ihnen sagen, dass die Sache ziemlich dubios ist. Wir können allenfalls ausschließen, dass sich die Frau die Mails selbst geschickt hat.«

»Was dafür spricht, dass diese Mail und der Anschlag aufs Auto ernst gemeint waren.«

»Sie sagen es, Chef«, bestätigte Palmen. »In der Tat ist die Drohmail echt, und«, er atmete tief durch, »in der Tat verdichten sich die Anzeichen, dass der Stromer tatsächlich von Unbekannten abgefackelt wurde.«

»Mögliche Verdächtige?«

»Im Prinzip niemand, mit einer Ausnahme.«

»Konrad Bauer.«

»Sie sagen es, Chef. Aber ich würde es nur einen Anfangsverdacht nennen. Da haben wir wenigstens ein Gesicht für unsere Ermittlungen.«

»Und vergessen darüber andere«, unterbrach Böhnke.

»Das werden wir ganz gewiss nicht tun, zumal diese Mail nachweislich nicht von Bauers Rechner stammt. Es kann also einen zweiten oder andere Täter geben.«

»Möglicherweise Walter Scheller.«

»Wer?«

Böhnke musste auflachen über die Frage des verdutzten Mannes.

»Kennen Sie den etwa nicht?«

»Nie gehört«, bekannte Palmen. »Muss ich den kennen?«

Es wäre gewiss kein Fehler, sich mit diesem Menschen zu beschäftigen, antwortete Böhnke. Ausführlich schilderte er die Beobachtungen von Bruch und die gemeinsamen Diskussionen der Besucher in seinem Betrieb. »Der Scheller kann bestimmt einige Hinweise geben«, meinte er nach seinem Bericht, dem Palmen schweigend zugehört hatte. »Vielleicht steckt ja sogar noch mehr dahinter«, mutmaßte er laut.

»Was denn?«

Er wisse es nicht, antwortete Böhnke. Er nannte Schellers E-Mail-Adresse, die Palmen notierte, wobei er sich durch mehrmaliges Wiederholen vergewisserte, dass er sie korrekt vorliegen hatte.

»Kann bestimmt nicht schaden, sich mit dem Mann zu beschäftigen«, betonte Böhnke, um noch einmal auf die vielleicht bedeutsame Spur hinzuweisen. Und wenn sie nur dazu dienen konnte, Konrad Bauer zu entlasten.

Es blieb lange still. Vermutlich war Palmen damit beschäftigt, die Notizen zu vervollständigen, um sich einen Reim darauf zu machen, dachte sich Böhnke. »Sind Sie noch da?«, fragte er nach einer geraumen Zeit.

»Klar doch, Chef. Ich kann kein Steno.« Noch einmal wiederholte er die von Böhnke genannte E-Mail-Adresse und ließ sich die Richtigkeit seiner Notizen bestätigen.

»Das dürfte ein Leichtes sein, dadurch die Wohnung des jungen Mannes herauszufinden.« Mit der Zusicherung, er würde ihn auf dem Laufenden halten, beendete Palmen das Telefonat nicht ganz im Sinne von Böhnke.

Er hätte gerne noch einige weitere Informationen bekommen.

Es war sicherlich Zufall, dass er wenige Minuten später just diese Informationen doch noch erhielt, wenngleich der Besucher nicht zufällig bei ihm vorbeischaute. Aber die Informationen brachten ihn nicht weiter. Palmen hätte ihm auch nichts anderes gesagt, als Grundler es tat, der auf der Fahrt zu Billas Haus einen Abstecher zum ›Hühnerstall‹ gemacht hatte. So sagte er jedenfalls bei der Begrüßung.

»Die Ortung von Bauers Handy will einfach nicht klappen«, meinte der Anwalt zu den Bemühungen der Polizei, auf diesem Wege etwas über den Aufenthaltsort des Verschwundenen herauszufinden. »Die tappen echt im Dunkeln.«

»Vielleicht nicht mehr lange«, sagte Böhnke bedächtig und berichtete einmal mehr von seinem Wissen über den Doktoranden aus Köln.

»Walter Scheller sagst du?« Grundler sah Böhnke fragend an.

»Ja.«

»Hat der vielleicht etwas mit den Schellers aus Düren zu tun?«

»Woher soll ich das wissen?«, fragte Böhnke zurück. »Der studiert jedenfalls in Köln.« Er musterte seinen schmunzelnden Besucher.

»Was ist?«

»Eine Familie Scheller aus Düren gehört seit Jahren zum Kreis unserer Mandanten. Ich habe denen mal bei einem merkwürdigen Erbschaftsstreit helfen können. Seitdem rufen die uns bei jeder juristischen Schwierigkeit an.« Grundler rieb sich vergnügt die Hände.

»Ich habe ja auch sonst nichts zu tun«, sagte er beschwingt bei seinem Themenwechsel. »Jetzt habe ich wieder so eine Sache an der Backe, da kannst du nur noch mit dem Kopf schütteln. Aber wenn die Mandanten es wollen, vertrete ich sie natürlich.« Da es sich ja fast schon um Böhnkes Spezialgebiet und seine Lieblingsregion handeln würde, könne er ihn unterstützen.

»Alleine kriege ich das nicht auf die Reihe. Da musst du mitmachen.«

»Wobei?« Böhnke stand nicht der Sinn nach noch mehr Arbeit. Er hatte genug mit seiner Hilfsaktion für Susanne und Karl Bauer zu tun.

»Bei einem Fall im Bereich des Braunkohletagebaus Garzweiler II.«

»Schieß los!«, forderte Böhnke Grundler auf. Er wusste, er hatte eh keine Chance, an der Schilderung vorbeizukommen.

Es handle sich um eine kuriose Angelegenheit, wie sie ihm noch nie zuvor in seiner Karriere begegnet sei, meinte der Anwalt. »Ich soll das Land Nordrhein-Westfalen und RWE Power auf Schadensersatz verklagen, weil mein Mandant auf der Autobahn 44 seine Luxuslimousine in alle Einzelteile zerlegt hat.«

»Muss ich das verstehen?«, fragte Böhnke erstaunt.

»Du wirst es gleich verstehen, mein Freund«, fuhr Grundler fort. »Mein Mandant ist bei einer Geschwindigkeit von über 200km/h von der Fahrbahn abgehoben und nach seinem Freiflug so heftig auf den Asphalt geknallt, dass er die Kontrolle über das Fahrzeug verloren hat. Dann ging's quer über die Fahrbahn in die Leitplanke und nach dem Aufprall im Schleudergang zurück über die Fahrspuren auf der anderen Seite in die Böschung, in der er nach einem mehrfachen Überschlag zum Stehen kam und unverletzt aus dem Wrack klettern konnte. Da hat nicht nur die moderne Sicherheitstechnik der Kiste geholfen, sondern auch seine Glücksgöttin.«

»Ganz klarer Fall von unangepasster Geschwindigkeit«, urteilte Böhnke nüchtern. »Oder Reifenplatzer.«

»Auf freier Strecke geradeaus ohne Tempolimit.« Was wie eine Ergänzung schien, war von Grundler ironisch gemeint. »Mein Mandant ist ein lizenzierter Rennfahrer und hat schon etliche Rallyes gewonnen. Er sagt, es habe weder an ihm gelegen noch an einem technischen Versagen, weshalb es zu dem für ihn unvermeidbaren Unfall gekommen sei. Auch sei ein Reifenschaden nach den Aussagen eines Unfall-Gutachters ausgeschlossen.«

»Und woran soll es dann gelegen haben?«

»An der Beschaffenheit der Fahrbahn. Durch die Tagebautätigkeit neben der Autobahn - du kannst ja fast vom Fahrersitz ins Loch spucken - hat es Erdbewegungen und Bodensenkungen auf der Fahrbahn gegeben. Die kannst du nicht sehen, wenn du nachts da lang fährst. Und es soll immer mehr Senkungen geben. Dadurch wird die Straße zur Holperstrecke. Mein Mandant meint sogar, es hätte dort schon mehrere Unfälle wegen dieser Ursache gegeben.« Grundler grinste. »Und du sollst jetzt herausfinden, ob es tatsächlich auf diesem Streckenabschnitt der Autobahn eine Unfallhäufigkeit gibt.«

Wenn's weiter nichts ist, dachte sich Böhnke. Ein Anruf bei der Autobahnpolizei, und der Fall war geregelt.

»Was sagen denn das Land und RWE?«, fragte er.

»RWE bestreitet einen Zusammenhang zwischen dem Kohleabbau und dem Zustand der Autobahn, für den das Land zuständig ist, und das Land erklärt, die Autobahn befindet sich in einem ausgezeichneten Zustand.«

»Dann stehen die Chancen deines Mandanten nicht zum Besten, würde ich sagen«, sagte Böhnke.

»Das stimmt«, bestätigte Grundler. »Im Prinzip stimmt's. Mich macht nur stutzig, dass nach diesem Unfall und der Klageandrohung urplötzlich eine Geschwindigkeitsbeschränkung auf der Strecke eingerichtet wurde. Jetzt darfst du dort nur mit Tempo 80 herumschleichen. Auch wurde an Wochenenden die Autobahn nachts spurenweise gesperrt wegen Ausbesserungsarbeiten. Finde ich, ehrlich gesagt, merkwürdig.«

Dem wollte Böhnke nicht widersprechen. »Und jetzt lässt du die Autobahn beschlagnahmen wegen einer Beweissicherung, oder was?«

Grundler lachte. »Geht wohl nicht. Aber ich muss mich trotzdem beeilen, sonst geht mit das Beweismittel Autobahn tatsächlich noch flöten.«

»Inwiefern?«

»Die Autobahn wird dort abgebrochen, damit der Tagebau weiter westwärts wandern kann. Hast du das nicht mitbekommen? Stand doch in der Zeitung.«

43. KAPITEL

»Volltreffer, Chef!« Palmens Begeisterung schlug sich in der Lautstärke nieder, in der er beim Telefonat mit Böhnke ins Mikrofon brüllte. »Wir haben ihn. Endlich.«

»Scheller?«, fragte Böhnke argwöhnisch.

»Ja, Chef, Scheller. Der hat Mertens auf dem Gewissen und Luise Seibold. Und bestimmt auch Bettenbauer. Wir haben eindeutige Beweise, die nicht zu widerlegen sind. Wir haben ihn wegen mehrfachen Mordes dran, und wahrscheinlich ist das noch nicht alles.«

»Von vorne bitte, Herr Kollege.« Böhnke fand es unpassend, dass Palmen ihn trotz aller Freude wenig sachlich und nur allgemein informierte. »Was ist denn passiert?«

Wie er erwartet hatte, hatten die Kollegen dank der E-Mail-Adresse den Wohnort von Scheller feststellen können. »Die sind zu ihm nach Bergheim und haben ihn widerstandslos in seiner Wohnung festnehmen können. Er war völlig perplex über den Zugriff. Die sichergestellten Beweise sind erdrückend. Der Haftrichter hat ohne Zögern U-Haft angeordnet.« Mehr wisse er momentan nicht, räumte Palmen ein. Er sei bei dem Zugriff nicht dabei gewesen und habe es nur aus ihrem internen Informationssystem.

»Haben Sie denn gehört, ob Scheller schon einen Verteidiger hat?«

»Klar doch, Chef.« Palmen lachte. »Das war sofort rund im PP. Ihr spezieller Freund Grundler hat das Mandat übernommen. Wieso der so schnell dabei war, verstehe ich nicht. Aber ich glaube, dieses Mal ist auch der mit seinem Latein am Ende.«

Böhnke verkniff sich eine Erwiderung. »Haben Sie beziehungsweise Ihre Kollegen denn irgendeinen Hinweis auf Konrad Bauer gefunden?« Schließlich habe es auch gegen den Studenten zumindest einen Anfangsverdacht gegeben, und die Drohungen gegen Susanne waren immer noch in der Welt, erinnerte er.

»Von Bauer war gestern und heute keine Rede«, antwortete Palmen. »Ob der damit raus ist aus der Sache oder ob er als Mittäter in Betracht kommt, kann ich Ihnen nicht sagen.« Er hustete. »Ich habe jedenfalls keinen Hinweis bekommen, obwohl die Sache auf meinem Tisch liegt, dass ich die Ermittlungen gegen ihn und die Fahndung nach ihm einstellen soll.«

Böhnkes erster Eindruck von Scheller war eindeutig: Der ist niemals ein Mörder, schoss es ihm durch den Kopf, und dieser Eindruck verfestigte sich immer mehr in ihm, je länger er und Grundler sich mit dem jungen Mann unterhielten. Obwohl, und da musste Böhnke seinen ehemaligen Kollegen aus der Abteilung für Tötungsdelikte beipflichten, die Beweislage geradezu erdrückend war.

Wenige Minuten nach dem Anruf von Palmen hatte das stürmische Anschlagen der Haustürklingel Böhnke bei der morgendlichen Schnellreinigung seiner Räume unterbrochen. Grundler stand im Eingang.

»Komm!«, hatte er ihn energisch aufgefordert. »Du musst mit in die JVA. Wir haben einen Termin mit Scheller.«

Unmittelbar nach dessen Verhaftung hatte der Anwalt den Auftrag der Familie erhalten, Scheller zu verteidigen, berichtete er auf der rasanten Fahrt nach Aachen. »Das ist der Neffe des Stammesfürsten aus Düren. Anfang 30, seit fünf Jahren elternlos, keine Geschwister, ledig und ein Einzelgänger, hat einen Master in Wirtschaftswissenschaften und schreibt derzeit als wissenschaftlicher Mitarbeiter der Uni Köln an seiner Doktorarbeit. So ist er mir in knappen Worten beschrieben worden. Und er ist ein Mann, der keiner Fliege etwas zuleide tun könnte. Eigentlich zu gut für diese Welt.«

»Sagt der Onkel.«

»Sagt der Onkel«, bestätigte Grundler kopfnickend. »Und wenn der Onkel das sagt, dann glauben wir beide das auch. Selbst wenn die bösen Bullen etwas anderes sagen.«

Böhnke konnte sich über den Ausdruck Bullen nicht aufregen. Grundler musste sich ein Feindbild aufbauen. Und deshalb hieß es für den jetzt: guter Junge, böse Bullen. Später würde der Anwalt sich für die beleidigende Wortwahl entschuldigen. Wie jedes Mal.

Schellers Beschreibung durch den Onkel konnte Böhnke vollinhaltlich bestätigen. Der junge hagere Mann mit dem schon lichten, kurz geschnitten Haar saß ihnen wie ein Häuflein Elend gegenüber an dem einfachen Holztisch im Besprechungszimmer des Gefängnisses. Der mit sauberen Jeans und einem blau-weiß karierten Hemd gekleidete Scheller gab sich alle Mühe, ruhig zu wirken, aber sein unentwegtes Spiel mit den Fingern und das Flackern der Augenlider verrieten seine Anspannung.

Der ist niemals ein Mörder, sagte sich Böhnke erneut bei der schweigenden Musterung des Mannes. Doktorand war der, hatte Bruch gesagt. Darauf würde er vielleicht noch zu sprechen kommen. Doch zunächst hatte Böhnke seine Rolle als stiller Zuhörer zu spielen.

Es war Grundlers Job, nicht seiner, ihn zu befragen.

Der Anwalt hatte die Unterlagen beiseitegelegt. Sie schienen für ihn keine Bedeutung zu haben. Zunächst jedenfalls noch nicht.

»Dann erzählen Sie mal, was passiert ist«, bat er höflich, nachdem er sich ausführlich und Böhnke flüchtig vorgestellt hatte. »Was ist wann wo wie passiert?«

Scheller sammelte sich, legte die gefalteten Hände auf die Tischplatte und atmete tief durch. »Gegen Mittag klingelte es an meiner Wohnungstür. Ich wohne in einem Apartment auf einem umgebauten Bauernhof am Stadtrand von Erftstadt. Drei mir unbekannte Männer stellten sich als Kriminalbeamte vor und baten mich um ein Gespräch.«

Hatte Scheller seinen Text auswendig gelernt oder sprach er immer so förmlich und druckreif?, fragte sich Böhnke, blieb aber still, um den Redefluss nicht zu unterbrechen.

»Sie fragten mich nach Mertens, Bauer, Seibold, Bettenbauer und Bruch. Ich habe geantwortet, ich würde sie kennen, weil es bei uns Überschneidungen im Rahmen unserer Studienarbeiten gebe.« Langatmig schilderte Scheller die gelegentlichen Zusammentreffen im Betrieb von Bruch in Borschemich und ihre unterschiedlichen Auffassungen über die Notwendigkeit der Braunkohlenutzung im Rheinischen Revier.

»Aber deswegen bringe ich doch keinen Menschen um.« Scheller schüttelte verzweifelt den Kopf. »Das schien die Männer aber nicht zu interessieren oder gar zu beeindrucken. Und noch während wir miteinander redeten, kam ein vierter Mann hinzu, der uns bat, ihm zu folgen. Wir sind dann zur Scheune, in der wir unsere

Autos geparkt haben. An meinem Wagen war die Haube zum Kofferraum hochgeklappt. Im Kofferraum lag ein Paar Kennzeichen mit einer Aachener Nummer. Ich sagte, ich kenne die Schilder nicht. Aber sie haben mir nicht geglaubt.«

»Es handelt sich um das Kennzeichen AC-SB-6614«, unterbrach ihn Grundler. »Stimmt's?«

»Weiß ich nicht, ich habe nicht darauf geachtet.«

»So steht es jedenfalls in den Unterlagen«, bemerkte Grundler stirnrunzelnd. »Und weiter?«, forderte er den jungen Mann auf.

»Damit fing jedenfalls alles an«, fuhr Scheller fort. »Plötzlich kam ein weiterer Trupp Polizisten, der meine Wohnung und meinen Keller untersuchte. Ich stehe unter Verdacht, an einer Straftat beteiligt zu sein, hat man mir erklärt. Ich wusste gar nicht, wie mir geschah. Dann zeigten sie mir eine angefangene Packung Kabelbinder, die sie im Keller in einem Schrank gefunden hatten, in dem ich Werkzeug aufbewahre. In einem Koffer fanden sie eine Pistole.«

»Mit der nachweislich Mertens und Bettenbauer erschossen wurden.« Streng klinkte sich Grundler in den Monolog ein.

»Das weiß ich doch nicht.« Zum ersten Mal hob Scheller die Stimme, nachdem er bisher eintönig und leise seine Eindrücke geschildert hatte. »Ich kenne die Pistole nicht. Ich weiß nicht, wie die in meine Wohnung gekommen ist. Aber man glaubt mir nicht. Die Polizei behauptet, ich hätte die Leute mit dieser Waffe getötet und mit den Kabelbindern meine Opfer gefesselt. Auch hätte ich Paul Mertens nach Jackerath gelockt und die Nummernschilder von seinem Auto abmontiert.« Scheller schlug die

Hände über dem Kopf zusammen. »Ich fasse es nicht. Ich habe nichts getan.«

»Doch«, widersprach Grundler heftig. »Sie haben Mertens, Bauer und die anderen gekannt. Und die standen Ihnen im Wege.«

Scheller glotzte ihn verständnislos an. Er schluckte schwer und schüttelte langsam den Kopf. »Die standen mir in der Tat im Weg, aber doch nur in der wissenschaftlichen Arbeit. Deswegen töte ich sicher nicht. Wissenschaft und Forschung leben doch von Widerspruch und Diskussion.«

»Mag sein«, räumte Grundler ein, »aber Ihre wissenschaftliche Karriere stand auf der Kippe, wenn die Arbeiten von Mertens, Bettenbauer und Bauer als richtig und Ihre Erkenntnisse demzufolge als zweifelhaft angesehen würden.«

Die Ungläubigkeit in Schellers Augen wurde immer größer. Er lehnte sich langsam in seinen Stuhl zurück und verschränkte die Hände im Nacken. »Wenn Sie auf meine Diss anspielen, die kann ich eh in die Tonne kloppen, da können Mertens, Bettenbauer und Bauer forschen, was sie wollen. Besser gesagt: Ich muss meine Diss total überarbeiten, nachdem meine Grundannahmen hinfällig geworden sind. Da hat mir die Landesregierung einen Bärendienst erwiesen, indem sie die Verkleinerung des Tagebaus Garzweiler II quasi beschlossen hat. Damit sind etliche Hochrechnungen und Möglichkeiten zur langfristigen Nutzung der Braunkohle obsolet geworden, auf die ich meine Arbeit aufgebaut habe. Hinzu kommen die neu entfachte Diskussion um die CO_2-Problematik mit der Abschaltung von Kohlekraftwerken und die generelle Umstrukturierung des Strommarktes in Deutschland. Mein Diss-Thema ist damit vollkommen verbrannt. Da spielen die Ausarbeitungen der drei Studenten nur die kleinste Rolle.«

»Na gut.« Grundler schien nicht überzeugt. »Fakt ist, dass die Mordwaffe, die angebrochene Packung mit Kabelbindern, mit denen nachweislich Opfer gefesselt wurden, und die Kennzeichen vom Fahrzeug eines Mordopfers bei Ihnen gefunden wurden. Sie sagen, Sie wissen nichts davon. Die Polizei sagt, die Beweismittel sind einwandfrei Ihnen zuzuordnen.« Er hob bremsend die Hände, als Scheller ihn unterbrechen wollte. »Das sind zwei Standpunkte. Ich als Ihr Anwalt vertrete selbstverständlich den Ihrigen. Also werden wir erklären, die Beweise seien Ihnen untergeschoben worden.« Grundler schaute zu Böhnke, der kurz nickte.

Böhnke hatte verstanden. Noch eine Aufgabe, die er zu erledigen hatte. Das Leben eines Ermittlers war nicht das einfachste, grinste er in sich hinein.

»Okay, kommen wir zu einem anderen Aspekt.« Grundler tippte kurz auf den Aktenstapel am Tischrand. »Wie sieht es mit einem Alibi zu den Tatzeiten aus?«

»Da müsste ich erst einmal die Tatzeiten kennen«, entgegnete Scheller, was Böhnke ein Schmunzeln entlockte. War das wissenschaftliche Gründlichkeit oder Raffinesse?

Grundler verzog keine Miene. »Wo waren Sie, als der Mord in Jackerath geschah?« Er nannte den Zeitpunkt und wartete gespannt auf die Antwort.

»Da war ich in Köln im Kino. Allein und ohne aufzufallen.«

»Kann so sein, kann aber auch eine Falschaussage sein. Denn der Film lief zwei Wochen lang, und die Eintrittskarte haben Sie nicht aufbewahrt«, hielt Grundler dagegen. Er streckte sich kurz.

»Wo waren Sie, als der Mord am Tagebau Inden geschah?«

»Kann ich nicht sagen«, sagte Scheller trotzig.

»Können oder wollen Sie nicht sagen?« Verschweigen sei wie ein Schuldeingeständnis.

Der junge Mann schluckte und errötete. »Was nützt das, wenn ich es Ihnen sage? Ich kann Ihnen sagen, dass ich einige Tage mit einer verheirateten Professorin in ihrem Ferienhaus in Rurberg verbracht habe. Aber sie wird unseren Aufenthalt leugnen, und ich kann ihn nicht beweisen.«

»Aber wir wissen es. Haben Sie das auch der Polizei gesagt?«

»Nein, ich habe behauptet, ich sei zu Hause gewesen.«

»Was nicht stimmt.« Der Anwalt war vehement aufgesprungen. »Andere Bewohner des Hofes haben unabhängig voneinander zu Protokoll gegeben, dass Sie weg waren. Also, wo finde ich Ihre Liebschaft?«

»Irgendwo im brasilianischen Dschungel. Das war unsere Abschiedswoche für ein Jahr. So lange hat sie dort einen Forschungsauftrag und meldet sich alle vier Wochen einmal im Institut, um mitzuteilen, dass sie noch lebt.«

»Demnach haben Sie kein belegbares Alibi«, stellte Grundler nüchtern fest. »Nun denn. Als Luise Seibold am Indemann sterben musste, waren Sie wo?«

»Zu Hause. Ich hatte mich in meine Wohnung zurückgezogen und mich intensiv mit meiner Dissertation beschäftigt. Ich habe meine Räume bestimmt fünf Tage lang nicht verlassen, niemanden gesehen und mit niemandem gesprochen.«

»Auch nicht gerade das überzeugendste Alibi«, kommentierte Grundler. Er streckte die Arme über den Kopf, als wolle er jubeln wie nach einem erfolgreichen Torschuss, der seiner Fußballmannschaft den Sieg brachte. »Das ist ein Fall ganz nach meinem Geschmack. Eindeutige Beweise und keine Alibis. Alles spricht gegen uns. Das wird eine richtig heiße Kiste.« Er wirkte vergnügt und schaute zufrieden durch den Raum.

»Wer könnte denn ein Interesse an den Morden haben, wenn nicht Sie?«, fragte er unvermittelt mit barscher Stimme.

Scheller war verstört über den spontanen Stimmungswandel. »Äh«, mehr brachte er nicht zustande.

»Sehen Sie, noch ein Argument mehr, das dafür spricht, dass Sie der ideale Mörder sind. Es gibt niemanden, dem Sie die Verbrechen zutrauen.« Grundler kratzte über sein kurz geschorenes blondes Haar.

»Was ist mit Konrad Bauer?«

»Den habe ich seit Wochen nicht mehr gesehen«, antwortete Scheller.

»Seitdem er verschwunden ist, gab es drei Tote. Vielleicht hat er sie getötet, vielleicht ist er selbst Opfer. Was meinen Sie?«

Böhnke hatte bei der Nennung von Konrads Namen kurz gestutzt. Aber er nahm Grundler die Überlegung nicht übel. Es war, wie es war. Vielleicht war Konrad tatsächlich ein Mörder, vielleicht war er aber auch ein Opfer. Wenn er Konrad ins Spiel brachte, dann bezweckte Grundler als Schellers Verteidiger allenfalls, alles im Sinne seines Mandanten aufzuklären. Das war Grundlers Pflicht und Schuldigkeit.

»Also, was ist mit Konrad Bauer?«

»Ein engagierter Gegner von Garzweiler II wegen der ökologischen Zweifel, mit dem ich gut und sachlich diskutieren kann, obwohl wir nicht von unseren unterschiedlichen Meinungen abweichen. Ich weiß nicht, was mit ihm ist oder wo er ist.«

Böhnke lag eine Frage auf der Zunge, doch er hielt sich zurück. Er konnte sie immer noch stellen, wenn es Zeit dafür war, und er nicht die Antwort auf andere Weise bekam. Stattdessen fragte er, nachdem er Grundlers Kopfnicken als Zustimmung verstanden hatte: »Und Sie kennen Konrad Bauer ausschließlich aus ihren Begegnungen bei Bruch in Borschemich?«

Schellers Antwort ließ keinen Interpretationsspielraum zu. »Ja.«

»Von seinem Handy wissen Sie nichts?«

»Nein.«

»Und was ist mit Holger Franken?«

»Den kenne ich nicht.«

Das kurze Flackern in Schellers Augenwinkel nahm Böhnke wahr. Log Scheller, oder war es Schellers Nervosität geschuldet?

44. KAPITEL

Harmlos? Unschuldig? Opferlamm? Wurde Scheller übel mitgespielt? War er tölpelhaft? Gerissen? Ein Verbrecher?

»Du kannst mich fragen, was du willst. Ich weiß es nicht«, hatte Grundler auf alle Fragen geantwortet. Für ihn sei die Antwort ohnehin zweitrangig. »Ich verteidige Scheller und suche nach Material, das ihn entlastet.«

»Und hast bisher nichts außer einer Liebschaft mit einer abwesenden Professorin, die diese Liebschaft leugnen wird.«

»Sieht wirklich nicht gut aus, schätze ich. Als Ermittlungsbehörde habe ich jedenfalls alle Trümpfe in der Hand, wenn es zum Prozess kommt. Und was haben wir?« Grundler schnaubte ins Telefon und antwortete sich selbst. »Wir haben einen akademischen Jüngling, der in einem wissenschaftlichen Elfenbeinturm lebt und keine Ahnung vom Leben hat. Er ist unschuldig. Ich kann es nur nicht beweisen.«

»Und hängt der Fall überhaupt mit dem Verschwinden von Konrad Bauer zusammen?« Wenn Böhnke ehrlich zu sich selbst war, lag ihm Konrads Schicksal mehr am Herzen als das von Scheller.

»Ich gehe mal davon aus. Denn die Typen kannten sich ja alle, und es ist auch nicht ausgeschlossen, dass dein Sorgenkind hinter der ganzen Angelegenheit steckt.«

Die Medien gingen mit Schellers Verhaftung bemerkenswert zurückhaltend um, wie Böhnke empfand. Die Verhaftung wurde im Rundfunk sowie in seiner Tageszeitung gemeldet, verbunden mit dem Vermerk, dadurch sei die Polizei der Aufklärung von drei Morden erheblich näher gekommen. Aus ermittlungstaktischen Gründen wollten sich weder Kriminalpolizei noch Staatsanwaltschaft näher äußern.

Die Medien gaben sich mit diesem Standpunkt offensichtlich zufrieden, also hatten sich auch Hörer und Leser damit zufriedenzugeben.

»Dürftig«, hatte Lieselotte kommentiert.

Die Kollegen würden wohl ihre Gründe für die Zurückhaltung haben, hatte Böhnke zwar entgegnet, aber insgeheim stimmte er Lieselotte zu. Wenn er seinen Kenntnisstand zugrunde legte, war die Information der Öffentlichkeit in der Tat dürftig. Dieser sparsame Informationsfluss sprach dafür, dass doch noch irgendetwas im Busch war, das nicht ins Bild passte. Aber was? Oder hofften die Ermittler auf den letzen Beweis, um Scheller endgültig zu überführen?

Böhnke wollte zum Telefon greifen, um Palmen deswegen zu fragen. Der Kollege musste ihn aufklären, immerhin hatte er ihm den entscheidenden Hinweis auf Scheller geliefert.

Böhnke zuckte überrascht zusammen, als das Handgerät in seiner Hand aufleuchtete und bimmelte. Das Display zeigte ein ›unbekannt‹ an, mithin eine unterdrückte Nummer.

»Ich höre«, brummte er unhöflich.

»Die haben Holger Franken gefunden«, sagte eine Stimme mit großer Sachlichkeit, »erschossen auf der Sophienhöhe.«

Böhnke hatte keine Mühe, von den Driesch als Anrufer zu erkennen. Auch er sah keinen Grund, zu grüßen.

»Wer wann?«, fragte er ruhig.

»Wanderer sind durch ihre Hunde auf die Leiche aufmerksam geworden und haben die Kripo verständigt. Weil die so mediengeil sind, haben sie außerdem mich informiert. Ich war noch vor der Polizei da.« Darauf schien von den Driesch sogar noch stolz zu sein. »Die Dämels kennen sich wahrscheinlich im Gewirr der Wanderwege über 100 Kilometer auf der Halde nicht aus.«

»Und was können Sie mir berichten?«

»Mehr, als die Polizei heute den Medien mitteilt. Die haben nämlich eine Nachrichtensperre verhängt.«

»Zur Sache«, knurrte Böhnke. Nach einer Lobhudelei für den selbstgefälligen Journalisten stand ihm nicht der Sinn. »Wann hat Walter Scheller Holger Franken erschossen?«

Die Stille in der Leitung deutete Böhnke richtig. Er hatte mit seiner Frage ins Blaue hinein von den Driesch aus dem Konzept gebracht. Dafür sprach auch das ausgiebige Räuspern, ehe der Journalist ansetzte.

»Eindeutig ist Franken erschossen worden. Wahrscheinlich von hinten. Fundort ist nicht Tatort, sodass ich vermute, er wurde auf einem der Wanderwege auf der Sophienhöhe erschossen und dann ins abschüssige Dickicht daneben gezerrt. Seine Hände waren auf dem Rücken mit Kabelbindern gefesselt.«

»Tatzeit?«

»Die Tatzeit weicht erheblich von der Fundzeit ab, Herr Böhnke. Sie liegt kurz nach dem Mord an Luise Seibold am Indemann. Die Ermittler gehen wohl davon aus, dass zuerst die Frau sterben musste und danach Franken erschossen wurde.« Wieder räusperte sich der Journalist laut vernehmbar. »Pistole, Kabelbinder - das kommt mir alles so bekannt vor und spricht für eine Tatbeteiligung des verhafteten Scheller. Meinen Sie nicht auch?«

Böhnke sah keinen Anlass zu einer Antwort. Von den Driesch würde ihm auch keine Antwort geben, wenn er ihn nach den Quellen seines Wissens fragen würde. Der Journalist war halt verdammt gut vernetzt und hatte überall in den Behörden seine Plaudertaschen sitzen.

»Was sagt denn Scheller?«, fragte er zurück und erntete damit schallendes Gelächter.

»Das fragen ausgerechnet Sie mich? Sie und Grundler stehen doch auf Schellers Seite. Wenn Sie es nicht wissen, wer denn dann?«

Wieder verzichtete Böhnke auf eine Antwort.

Viel geändert hatte sich nicht an der Situation von Scheller. Er würde vehement abstreiten und würde wieder kein Alibi vorweisen können. Mehr Sorgen machte sich Böhnke um Konrad Bauer. Wieder war ein Mensch aus dessen Umfeld erschossen worden. Würde Konrad das nächste Opfer sein? Oder war er der Täter und nicht Scheller?

»Herr Böhnke, was ist?« Von den Driesch beendete die Denkpause.

»Was soll sein? Wir haben einen schönen Frühlingstag. Jeder geht seiner Arbeit nach, und die Erde dreht sich unaufhörlich um die Sonne«, antwortete Böhnke floskelhaft. Die Gedanken, denen er nachging, waren nicht für von den Driesch bestimmt.

»Wann waren Sie eigentlich das letzte Mal in der schönen Erkelenzer Börde, Herr Kommissar?«

»Wieso?« Böhnke hatte die Frage richtigerweise als eine rhetorische eingeordnet.

»Ich wollte Sie nämlich einmal einladen zu einem Rundflug über diese Landschaft. Wie wär's?«

»Verstehe ich nicht.«

Von den Driesch lachte auf. »Bei uns in Kückhoven gibt es einen Landeplatz für Ultraleichtflugzeuge. Ich habe ein UL und würde Ihnen gerne einmal Erkelenz von oben zeigen. Wann haben Sie Zeit?«

Im Prinzip immer, hätte Böhnke antworten können. Er werde es sich überlegen und sich melden, entgegnete er ausweichend. Bevor er sich entschied, wollte er sich darüber klar werden, was der Journalist mit dieser Einladung bezweckte, und was er überhaupt davon halten sollte, sich in ein UL zu setzen.

»Bevor Sie sich zu viele Gedanken machen, Herr Böhnke. Ich muss jedes Jahr eine bestimmte Anzahl von Flugstunden vorweisen, um meine Lizenz nicht zu verlieren. Und zu zweit zu fliegen, ist allemal schöner als alleine«, sagte von den Driesch aufmunternd. »Also, wenn Sie wollen, lassen Sie es mich wissen. Ich schicke Ihnen eine SMS aufs Handy. Dann können Sie jederzeit darauf antworten, wenn Sie sie nicht löschen.«

Er sei schon im Bilde, meinte wenige Minuten später beim nächsten Telefonat Grundler. Er teilte Böhnkes Ansicht. »Viel schlechter kann es für Scheller ohnehin nicht kommen.« Der Anwalt war kurz angebunden. »Ich bin mitten im Recherchieren. Und was machst du?«

»Ich laufe jetzt durchs Dorf und erledige das, was du nicht machst.«

»Was soll das sein?«

»Lass dich überraschen. Wenn du mir schon Kopien vom Fall Scheller überlässt und mir ein Honorar bezahlst, muss ich mich ja wohl auch nützlich machen, statt nur über das Honorar zu hadern.«

Die Unterlagen, die ihm Grundler als Dateien auf den Rechner in Billas Haus geschickt hatte, interessierten Böhnke weniger wegen der Aufzeichnungen und Protokolle im Verfahren gegen Scheller als vielmehr aus einem anderen Grund, der vielleicht damit zusammenhing, vielleicht aber auch nicht. Aber darüber konnte er mit Grundler später noch sprechen, sagte er sich bei seinem Spaziergang durch Huppenbroich.

»Willst du frische Eier, oder hast du endlich Neuigkeiten von Konrad?«, fragte ihn Karl Bauer, kaum dass er den Hofladen betreten hatte.

»Weder noch«, antwortete Böhnke. Er konnte die Enttäuschung verstehen, die sich in Bauers Gesicht abzeichnete. »Aber vielleicht hast du doch etwas für mich.« Er faltete das Blatt auseinander, das er aus seiner Sakkotasche gezogen hatte.

»Ist das der Mann, der dich hier auf dem Bauernhof nach Konrad gefragt hat?« Er zeigte Bauer das Foto von Scheller, das er aus den Unterlagen ausgeklinkt hatte.

Lange und interessiert musterte der Landwirt die Ablichtung. Dann schüttelte er durchaus bedauernd den Kopf.

»Der war es nicht. Den kenne ich gar nicht. Wer ist das?«

Wie er Bauers Beurteilung einzuschätzen hatte, war Böhnke noch nicht klar. Ob und welchen Wert sie besaß, musste sich noch herausstellen.

»Du kennst den Mann wirklich nicht?«, fragte er zurück.

»Nie gesehen«, antwortete Bauer entschieden.

»Nie gesehen«, meinte auch seine Frau, die hinter die Verkaufstheke getreten war. »Hat der was mit Konrad zu tun?

Böhnke hätte bejahen können. Aber er wollte die Fragen stellen. »Okay. Ihr kennt den Mann nicht, weil er noch nie hier war. Stimmt's?«

»Stimmt.«

»Er ist auch nicht auf dem Gruppenbild. Oder?«

Noch einmal beäugten Konrads Eltern das Konterfei.

»Der war nicht hier«, sagten beide unisono.

»Okay. Bei dem Mann handelt es sich um Walter Scheller.«

»Den kenne ich«, entfuhr es Bauer spontan.

»Wieso das denn? Ich denke, den hast du noch nie gesehen?« Böhnke hätte sich die Antwort auf seine Frage selbst geben können.

»Konrad hat von Scheller gesprochen. Das sei einer seiner größten Kontrahenten in der wissenschaftlichen Diskussion über die Braunkohleproblematik. Ich habe den Mann also zwar noch nie gesehen, kenne aber seinen Namen. Hat der …?« Bauer wagte nicht auszusprechen, was er dachte.

»Wir wissen nicht, was Scheller gemacht hat. Er beteuert, nichts getan zu haben«, antwortete Böhnke vorsichtig.

»Und das sieht die Polizei anders?«

Böhnke zuckte mit den Schultern. »Scheller wird verdächtigt, Mertens, Bettenbauer, Seibold und Franken ermordet zu haben oder an den Morden beteiligt gewesen zu sein. Er beteuert seine Unschuld und weiß angeblich nicht, wo sich Konrad aufhält.«

»Sagt er«, unterbrach ihn Bauer heftig.

»Sagt er.« Aber ob das stimmte? »Kann es nicht sein, dass euer Sohn und Scheller gemeinsame Sache machen?« Böhnke hob beschwichtigend die Hände, als er merkte, dass die beiden seine Frage falsch verstanden hatten. »Ich meine nicht, dass sie die Morde gemeinsam ausgeheckt und begangen haben. Ich meine, ob sie im Studium oder auch privat etwas zusammen unternommen haben.«

Davon wisse er nichts, meinte Bauer auch im Namen seiner zustimmend nickenden Frau. »Was Konrad im Studium machte und mit wem er privat zusammen war, das hat uns nicht interessiert. Im Prinzip kennen wir aus seinem Freundes- und Bekanntenkreis nur Susi.«

Konrad würde in Aachen studieren und wohnen, Scheller in Köln studieren und in Erftstadt leben. Das spreche nicht unbedingt für eine enge Freundschaft, bemerkte Böhnke.

»Richtig«, pflichtete Bauer dem Gedankengang bei. »Konrad hat mit Köln nichts am Hut.«

»Nur einmal«, unterbrach ihn seine Frau. »Das war damals, als er in Köln an der Schulung teilgenommen hat. Du weißt doch, wegen der Windräder und dem Verkauf von Anteilen.«

»Ach.« Bauer winkte unwirsch ab. »Das war die unselige Geschichte mit den Genussscheinen. Die ist doch längst erledigt.«

War sie das wirklich? Böhnke machte sich auf dem Heimweg seine Gedanken. Vielleicht trug diese Veranstaltung in Köln den Schlüssel zur Lösung des Falls in sich. Grundler musste bei Scheller wegen den ominösen Genussscheinen nachfragen, beschloss er.

Er selbst hatte zunächst eine andere Aufgabe zu erledigen.

Susanne konnte ihre Überraschung nicht verbergen, als sich Böhnke telefonisch bei ihr meldete. Mehr noch. Ihr schien sein Anruf sogar ungelegen zu kommen, wie er glaubte. Doch wollte er auf ihre Befindlichkeit keine Rücksicht nehmen.

»Kennst du Walter Scheller?«, fragte er gezielt.

»Der gehört zum Bekanntenkreis von Konrad«, antwortete Susanne, ohne zu überlegen.

»Und wie standen sie zueinander?« Da war sie wieder, seine Unart, Fragen mit einem »Und« zu beginnen.

»Sie sind Wissenschaftler mit gegensätzlichen Anschauungen. Das müsstest du wissen.« Susanne wirkte auf Böhnke nicht nur vorwurfsvoll, sondern auch distanziert, abweisend, nicht am Gespräch interessiert.

»Und was weißt du von ihrer gemeinsamen Schulung in Köln für den Verkauf von Genussscheinen für Windkraftanlagen?«

»Den Unsinn habe ich Konrad sehr schnell ausgetrieben. Das hab ich dir doch schon gesagt.«

»Das ist nicht die Antwort auf meine Frage«, erwiderte Böhnke. Er wurde nicht nur ungeduldig, sondern auch unsicher. Susanne verhielt sich in einer distanzierten Art, die er nicht von ihr kannte und die er von ihr nicht erwartet hätte.

»Ich weiß, dass Konrad an einer Veranstaltung teilgenommen hat. Wer noch daran beteiligt war, kann ich dir nicht sagen. Spielt das eine Rolle?«

»Und ob.« Böhnke ärgerte sich über sich, dass er selbst in die Rolle des Antwortgebers geschlüpft war. »Es kann sein, dass Scheller und Konrad wegen des Handels mit diesen Scheinen in die Bredouille gekommen sind.«

»Willst du etwa sagen, die beiden haben deswegen

gemordet oder sind deswegen in ein Verbrechen hineingeschlittert?«

»Ich weiß es nicht. Aber es interessiert mich schon, wer alles an der Schulung in Köln teilgenommen hat.«

»Dann viel Glück«, sagte Susanne knapp. Anscheinend lag ihr daran, das ihr unangenehme Telefonat schnellstmöglich zu beenden.

»Was ist mit dir?«, fragte Böhnke verstört.

»Nichts, Herr Böhnke. Ich bin nur müde. Und es wäre schön, wenn Sie mich erst dann wieder kontaktieren würden, wenn Sie herausgefunden haben, wer mir ans Zeug will.« Damit legte sie grußlos auf und ließ einen verdatterten Pensionär zurück.

Kindergarten, sagte er sich. Er wollte dieses brüske Verhalten von Susanne nicht an sich heranlassen. Aber es gelang ihm nicht.

Was sollte dieser unerklärliche Stimmungswandel?

Eine Antwort fand er auch auf seinem langen Spaziergang durch Huppenbroich nicht. Er war deswegen immer noch gedankenversunken, als er nach Hause zurückkehrte. Noch rechtzeitig schaffte er es zum Festnetztelefon, das er schon beim Öffnen der Haustür vernommen und nach längerer Suche im Badezimmer gefunden hatte.

»Ich wollte schon auflegen und es später noch mal versuchen«, hörte er Grundler. Dem Tonfall nach zu urteilen schien auch der Anwalt, wie Susanne, nicht bester Laune zu sein.

»Was gibt's?«, brummte Böhnke.

»Scheiß Informationen«, antwortete Grundler. »Unsere Freunde aus dem PP sind fündig geworden. Jetzt wird die Luft für Scheller noch dünner.«

»Und was haben sie gefunden?« Böhnke stöhnte ungehalten in den Hörer. Konnte niemand klar und präzise Fakten mitteilen?

Grundlers Antwort ließ ihm fast den Hörer aus der Hand fallen. »Konrads Handy. Es lag in Schellers Schlafzimmerschrank zwischen der Unterwäsche.«

»Und der kann sich natürlich nicht erklären, wie es dahin gekommen ist.«

»Du sagst es, Herr Kommissar. Er streitet ab, das Handy gehabt und versteckt zu haben.«

»Und du glaubst ihm?«

»Es fällt mir schwer, ihm zu glauben.« Grundler lachte gequält. »Der Fund wirkt sich nicht gerade entlastend für Scheller aus. Die Ermittler haben keine Hinweise auf einen Dritten gefunden. Für sie ist klar, dass Scheller das Gerät dort versteckt hat.«

»Und was bedeutet das für Konrad?«

»Das spricht eher dafür, dass die beiden keine gemeinsame Sache gemacht haben, als dagegen.«

»Also betrachte ich ab sofort Scheller als Feind von Konrad und nicht als Freund.«

»So sei es«, meinte Grundler. »Ich habe aber noch eine Ungereimtheit, die gegen meinen Mandanten spricht.«

»Und die wäre?«

»Er hat in seinen Rechner vor wenigen Tagen eine nagelneue Festplatte eingebaut. Die alte hat er entsorgt. Sie ist nicht auffindbar. Die Ermittler behaupten, er habe die Festplatte verschwinden lassen, weil sich darauf wahrscheinlich Spuren oder Dateien befunden hätten, die Scheller verraten. Sie glauben nämlich inzwischen, dass er auch hinter den Attacken auf Susanne Brettschneider steckt.«

»Und warum?«

»Weil er sich an ihr rächen will. Sie soll angeblich Drahtzieherin bei einem dubiosen Geschäft mit WKA gewesen sein, bei dem Scheller viel Geld verloren hat.«

45. KAPITEL

Auch nach der zweiten Unterredung mit Scheller in der JVA hatte Böhnke nicht den Eindruck, die Lage des Inhaftierten würde sich zu dessen Gunsten wenden.

Scheller behauptete nach wie vor, es sei ihm unerklärlich, wie die Waffe, die Kabelbinder, die Nummernschilder und Konrads Handy in seinen Besitz gekommen waren. Jemand müsste ihm die Sachen untergeschoben haben, was auf dem Hof durchaus möglich wäre, weil dort niemand seine Türen verschließe. Von Holger Franken und Luise Seibold wollte er noch nie etwas gehört haben. Er kenne die Typen nicht. In Gesprächen mit Bauer, Mertens oder Bettenbauer seien deren Namen nie gefallen.

Ob er jemals an einer Verkaufsveranstaltung oder Schulung teilgenommen habe, bei der es um Genussscheine für Windkraftanlagen gegangen sei, wollte Böhnke schließlich wissen, und Scheller hatte bejaht.

»Das ist wohl schon eine Weile her. Da hat an der Uni in Köln so ein Typ Studenten für einen Verkaufsjob requirieren wollen. Da bin ich hin und mit mir etliche andere.«

»Vielleicht waren ja Franken und Seibold dabei?«

»Kann sein, aber ich weiß es nicht, weil ich sie nicht kenne. Es gab auch keine Anwesenheitsliste. Wir haben alle nur eine Visitenkarte mit einer Mobilfunknummer bekommen. Dort konnte man sich melden, wenn man Interesse hatte. Aber ich hatte keines und habe die Karte deshalb sofort weggeworfen. Die Sache war mir zu windig.«

»Dann haben Sie also auch keine Genussscheine gekauft?«

»Woher denn?« Scheller grinste müde. »Ich bin froh, wenn ich mit meinen Flocken über die Runden komme. Da kann ich keine Investments tätigen.«

»Und war denn auch Susanne Brettschneider bei der Versammlung?«

Daran könne er sich nicht erinnern, antwortete Scheller. »Das ist doch die Ex von Konrad, nicht wahr? Er hat mal von ihr gesprochen. Normalerweise hätte ich die erkannt, wenn ich sie gesehen hätte. Aber ich habe sie nicht gesehen, was aber nicht heißt, dass sie nicht dabei war. Konrad jedenfalls habe ich mit seinen beiden Kommilitonen aus Aachen gesehen. Die waren definitiv da.«

»Sieht nicht gut aus für unseren Freund«, urteilte Grundler, als er Böhnke zurück nach Huppenbroich fuhr. »Ich weiß momentan nicht, wo ich den Hebel ansetzen soll.«

»Bei der Geschichte mit den Genussscheinen«, schlug Böhnke vor.

»Kann ich mir nicht vorstellen«, entgegnete Grundler nachdenklich. »Da wollte jemand die schnelle Nummer machen mit Studenten, die die Dollarzeichen in ihren Augen blinken sehen. Aber das Ding hat sich schnell totgelaufen, wie du am Beispiel von Konrad Bauer siehst. Du kannst ja mal deine neue Liebe Susi-Mausi deswegen ins Kreuzverhör nehmen.«

Böhnke biss sich auf die Lippe, als wolle er seinen Mund verschließen. Dann berichtete er doch vom eigentümlichen Verhalten der Frau beim letzten Telefonat.

Grundler lachte schallend. »Die hat dich abserviert, die hat 'nen Neuen.«

»Blödmann«, knurrte Böhnke. Er war froh, endlich an seiner Wohnung angekommen zu sein, um sich nicht länger über Grundlers Lästerei ärgern zu müssen. Der hätte ihn sonst wohl minutenlang mit dieser Geschichte aufgezogen. »Mach, dass du nach Hause kommst, sonst ist deine Geliebte mit einem attraktiven Kerl verschwunden, wenn du sie zu lange alleine lässt«, rief er Grundler zu, während er aus dem Auto stieg. »Bei dir ist der Lack auch längst ab.«

Das »Blödmann«, das ihm Grundler hinterher fauchte, bekam er nicht mehr mit. Er hatte die Beifahrertür schon wieder hinter sich geschlossen.

Schon auf dem Weg zum Hauseingang fiel sein Blick auf das in Geschenkpapier eingeschlagene Päckchen vor der Tür. Ächzend bückte er sich nach dem leichten Stück, das keinen Hinweis auf einen Absender oder einen Adressaten aufwies. Neugierig riss er die Verpackung auf. Eine Visitenkarte fiel zu Boden. In seinen Händen hielt Böhnke eine Blechdose mit einem kleinen Sortiment Aachener Printen. Wer schenkte ihm so etwas?

So ein Unfug, dachte er sich, als er sich nach dem Kärtchen auf dem Boden bückte. Seine Stimmung wurde schlagartig besser, als er die handschriftliche Anmerkung las:

›Sorry. Ich habe mich gestern unmöglich benommen. S-M.‹

Im Haus klingelte das Telefon. Er hastete hin in der Hoffnung, Susanne wollte ihn sprechen. Aber es war eindeutig eine Männerstimme, die ihn ansprach.

»Hallo, Kommissar. Ich bin's, Karl.« Bauer hörte sich zufrieden an. »Susi war hier. Sie hat mir versichert, dass mit Konrad alles in Ordnung ist«, sprudelte es aus ihm heraus. »Er hat sich bei ihr gemeldet. Es geht ihm gut. Wir brauchen uns keine Sorgen um ihn zu machen.«

»Das hat dir Susanne gesagt?«

»Ja, und sie hat dabei gestrahlt.«

Sollte er das glauben? Oder spielte hier jemand eine Schmierenkomödie? Böhnke ertappte sich dabei, die erste Möglichkeit als richtig anzunehmen.

»Ich soll mir keine Gedanken machen. Konrad ist gesund und kommt sogar bald nach Hause. Er muss ja seine Masterarbeit fristgerecht abliefern.« Bauer gab Böhnke gar keine Gelegenheit, zu Wort zu kommen. »Susanne wollte heute Morgen auch zu dir. Aber du warst nicht da. Da hat sie dir eine süße Kleinigkeit vor die Tür gelegt. Die hast du bestimmt schon gesehen.«

Unvermittelt hatte es Bauer eilig. »Kundschaft steht im Laden. Ich muss auflegen.«

Einer der Ausdrücke, der ihn auf die Palme brachte, sofern Lieselotte ihn gebrauchte, kam ihm in den Sinn, wenn er über das Geschehen nachdachte: irgendwie. So alles und nichtssagend war der Begriff. Irgendwie gefiel ihr beispielsweise das alte Sofa im Wohnbereich nicht mehr, aber sie wusste dann weder, warum es ihr nicht gefiel, noch welches Sofa denn besser wäre. Aber irgendwie gefiel es ihr nicht. Und irgendwie passte jetzt die Geschichte nicht zusammen, in die er verstrickt war. Wo sie lang ging, warum sie hakte und zu welcher Lösung er kommen sollte, all diese Fragen beschäftigten Böhnke, als er auf seinem Spaziergang seinen Gedanken freien Lauf ließ. Irgendwie passten die Teile nicht zusammen und doch waren sie alle Bestandteile eines Geschehens, eben irgendwie. Aber wie und warum?

Sein Weg hatte ihn zum Friedhof geführt. Dort setzte er sich auf die sonnenbeschienene Bank, die er gerne als ›seine‹ Bank bezeichnete, weil sie den Blick auf die freie Fläche zwischen zwei Gräbern freigab, die für seine letzte Ruhestätte vorgesehen war. Auf der Bank würde demnächst Lieselotte sitzen und mit ihm die stillen Zwiegespräche führen.

Wenn er die Geschichte aus der Sicht von Scheller betrachtete, wurde dem böse durch einen Unbekannten mitgespielt. Scheller kannte die Ermordeten Mertens und Bettenbauer, außerdem Susanne und den angeblich wieder aufgetauchten Konrad, wenn er Susanne glaubte. Mit Mertens, Bauer und Bettenbauer war er bei Bruch zusammengekommen. Mit dem Trio hatte er an der Verkaufsveranstaltung und Schulung in Köln teilgenommen, mit dem Trio teilte er das Interesse an der Braunkohlethematik, wenngleich sie unterschiedliche, sogar zum Teil gegensätzliche Positionen vertraten. Franken und Seibold kannte er angeblich nicht, obwohl ihm eine Täterschaft an deren Ermordung vorgeworfen wurde.

Was war mit Konrad Bauer, der abgetaucht war und dem es angeblich gut ging? Bauer kannte Scheller, er kannte Mertens und Bettenbauer und er kannte ebenso seine ebenfalls ermordeten kurzzeitigen Mitbewohner des verlassenen Hauses in Immerath, Franken und Seibold. Mit Brettschneider hatte er ein Verhältnis gehabt, mit Scheller stritt er über die Braunkohle. Gemeinsame Anlaufstelle von Scheller, Bauer, Bettenbauer und Mertens war die Gärtnerei und Baumschule von Bruch in Borschemich gewesen.

Hatte er jemanden vergessen? Böhnke fand keine Antwort auf seine Frage. Er entschloss sich zu einem Schritt, den er nicht unbedingt als rational nachvollziehbar bewertete, den er aber als einen möglichen Strohhalm ansah, unter dem oder in dem vielleicht sogar die berühmte Stecknadel im Heuhaufen lag.

Auf dem schnellsten Weg machte er sich zu Billas Haus auf. Viel zu lange dauerte es ihm, bis der Rechner hochgefahren war und er das E-Mail-Programm aktiviert hatte. Mit flinken Fingern hackte er seine Gedanken in die Tastatur und las anschließend den auf dem Bildschirm aufleuchtenden Text. Er hatte alle seine Gedanken notiert, freute er sich.

Ob er sich dazu seine eigenen Gedanken machen könnte, fragte er den Adressaten. Irgendwie. Dann schickte er die E-Mail an Bruch ab.

Erst danach kam er dazu, die Mitteilungen in seinem elektronischen Postfach zu sichten. Die üblichen für die Stiftungen bestimmten sortierte er aus und leitete sie weiter. Zwei Werbemails, die für ihn unerklärlich an ihn geschickt worden waren, löschte er ungelesen. Es blieb eine Mail, die ihm von den Driesch weitergeleitet hatte.

›Sie interessieren sich doch für die Braunkohle‹, hatte ihm der Journalist geschrieben und: ›Meine Einladung steht nach wie vor.‹

Die weitergeleitete Mail hatte die zukünftige Nutzung der Braunkohle zum Inhalt. Der Autor eines Zeitungsartikels, den von den Driesch in einer Anmerkung als einen guten Freund bezeichnet hatte, entwarf ein für Böhnke unverständliches Szenario. Der Autor nahm Bezug auf einen der drei großen Energiekonzerne in Deutschland, der seine Braunkohlesparte verkaufen wollte, weil er das Unternehmen mit erneuerbaren Energien neu aufstellen wollte. Als Abschied von der Braunkohle bezeichnete der Autor diesen Schritt, als Erkenntnis, dass sich das Zeitalter der fossilen Brennstoffe in Deutschland dem Ende zuneige. Der Journalist behauptete, die anderen Stromkonzerne würden folgen. Alle würden in den nächsten Jahren ihre Kohlekraftwerke und ihre Kohlefelder verkaufen wollen. Der Grund seien die immens steigenden Kosten, der enorme Anstieg des Stroms aus erneuerbaren Energien und die zunehmende Gefahr einer unbeherrschbaren Erderwärmung durch den ungebremsten Ausstoß von Kohlendioxid. Die Konzerne würden sich als Saubermänner aufspielen wollen, als die Weltretter, als die Förderer der zukunftsweisenden Energien. Nur eine Frage bliebe ohne Antwort: Wer sollte den Konzernen die antiquierte Kohlebranche abkaufen?

Böhnke dachte kurz nach, dann hatte er sich entschieden. Auch diese Mail schickte er an Bruch mit der Bitte, er möge ihm seine Meinung dazu mitteilen.

Wenn er ehrlich zu sich selbst war, musste er sich eingestehen, dass er sowohl bei Konrad Bauer als auch bei Walter Scheller nicht viel zur Aufklärung der Fälle beigetragen hatte. Und die Aufgabe, die er für Grundler erledigen sollte wegen des merkwürdigen Unfalls auf der Autobahn 44, hatte er auch noch nicht angepackt. Dennoch fühlte er sich zufrieden und konnte sich sogar über die Windräder freuen, die er bei seinem Gang durch die Wiesen und Felder auf den Hügeln am Horizont erkannte. So schlimm, wie von vielen behauptet, sahen die Spargel auch nicht aus, und außerdem heizten sie das Klima nicht auf.

46. KAPITEL

Der nächste Rückschlag kam am nächsten Morgen, als er die Einkäufe fürs Wochenende verstaute, die er bei seinem Marsch nach Simmerath erworben hatte.

Grundler schäumte vor Wut, als er ins Telefon brüllte: »Der Scheller ist der größte Scheißkerl, der mir jemals untergekommen ist. Das Alibi, das ihm angeblich die Professorin geben konnte, ist total im Arsch. Die Frau ist gar nicht bei einem Forschungsprojekt in Brasilien unterwegs. Die ist schon eine Woche vor dem angeblichen Liebesurlaub nach Marokko geflogen, hat mir ihr Büro gesagt. Die gönnt sich dort eine Auszeit von einem Jahr und macht einen Solotrip durch die Sahara. Ohne

Handy, ohne Kontaktadresse, ohne alles. Die ist unauffindbar. Und das Schlimme ist, die ist tatsächlich auch am angegebenen Termin von Köln nach Marrakesch abgeflogen. Das hat mir die Fluggesellschaft bestätigt.«

»Und was sagt Scheller?«

»Der bleibt dabei, dass er mit der Alten die Bettdecken am Rursee zerknüllt hat. Sie hätten sich dort getroffen und wären nach einer Woche wieder gegangen. Von einer Wüstentour hätte die Frau nie gesprochen, immer nur von Brasilien.«

»Muss ich das verstehen?«

»Musst du nicht. Ich verstehe es ja auch nicht.«

Dann sei die Sache ja durch, bemerkte Böhnke ruhig nach einer längeren Denkpause. »Scheller ist ein Mörder. Konrad geht es gut. Was wollen wir mehr?«

»Ich habe zwar blaue Augen, aber ich bin nicht blauäugig«, fauchte Grundler. Der Anwalt reagierte, wie Böhnke beabsichtigt hatte.

»Ich glaube nichts. Ich will Fakten. Und das bedeutet, ich will Konrad vor mir sehen und mit ihm sprechen. Und ich will zweifelsfrei von Schellers Schuld überzeugt sein. Das bin ich nicht, solange er mir immer wieder beim Leben seiner Liebsten beteuert, er habe die Morde nicht begangen.«

Wen Scheller mit ›seinen Liebsten‹ meinte, wollte Böhnke nicht hinterfragen. Schließlich hatte der Verdächtige weder Eltern noch Geschwister oder gar eine Liebschaft, sah er einmal von der ominösen Frau Professor ab, die nicht einmal für ein hieb- und stichfestes Alibi taugte.

»Nein«, hatte Böhnke auf Grundlers Frage nach seiner Unfallrecherche geantwortet. »Nein, ich habe mich damit noch nicht befasst.« Er wusste um Grundlers Reaktion und er wusste sie richtig einzuschätzen.

»Dich kann ich ja wirklich für nichts gebrauchen. Alles muss ich selber machen.«

Er würde sich heute noch darum kümmern, versicherte Böhnke. »Gleich, wenn ich in Billas Haus bin.«

Sein Vorsatz war schneller verflogen als ein Luftballon bei einem heftigen Windstoß. Er verlor ihn aus dem Sinn, als er auf dem Rechner die elektronische Post von Bruch entdeckte. Gleich drei Mails hatte ihm der Gärtner geschickt.

Viel könne er nicht zu Böhnkes Gedanken über die jungen Leute beitragen, schrieb Bruch in der ersten Antwort. Er selbst kenne nur Bauer, Mertens, Bettenbauer und Scheller wegen ihrer Besuche bei ihm. Susanne Brettschneider habe er das erste Mal bei ihrem gemeinsamen Erscheinen in Borschemich gesehen, ansonsten sei sie ihm nicht bekannt. Wenn es sich bei Franken und Seibold um die beiden Figuren aus Immerath handle, die mit Bauer in dem Haus gewohnt hätten, dann kenne er sie lediglich vom Sehen und aus einem Gespräch mit Bauer. ›Ich selbst kenne sie nicht persönlich‹, betonte Bruch. ›Ein Wort noch zu Ihrer Bemerkung zu der Veranstaltung in Köln. Davon hat auch mein Neffe gesprochen. Er hat wohl auch daran teilgenommen. Aber was daraus geworden ist, weiß ich nicht. Wir haben nicht mehr darüber geredet.‹

In der zweiten Mail gab Bruch seine Meinung zu dem Zeitungsartikel preis, den Böhnke von von den Driesch erhalten hatte. ›Wundert mich nicht‹, kommentierte Bruch. ›Der Rausch vom Braunen Gold ist vorbei. Die Kohlegier geht zu Ende. Jetzt wollen die noch Kohle mit ihrer Kohle machen.‹ Der Konzern baue ein geschicktes Szenario auf. Wenn er die Braunkohlenaktivität nicht verkaufen könnte, müsste er notgedrungen die Umweltschädigung weiter betreiben. Wenn das nicht gewünscht sei, müsse die Politik handeln. Das gelte auch, wenn diese Unternehmenssparte für einen ausländischen Investor interessant werden solle. ›Niemand wird investieren, wenn er die immensen Umweltauflagen erfüllen soll mit dem Bau effizienter Kraftwerke, mit reinem umweltschonenden Abbau statt des Raubbaus an der Natur und mit den enormen Kosten für die Rekultivierung und einer verträglichen Umsiedlung im Rahmen der geltenden Vereinbarungen. Das rechnet sich einfach nicht mehr.‹

Und das liege nicht daran, dass die erneuerbare Energie vom Staat gefördert und deshalb kostengünstiger sei als der Strom aus Braunkohle. ›Die finanzielle Förderung der überkommenen Energieträger wie Kohle und Atom ist immer noch wesentlich höher als die der erneuerbaren Energien, die Kosten für die Folgeschäden durch AKWs und Umweltzerstörung nicht einmal mit eingerechnet. Allein für diese Kosten kommen Milliarden zusammen, für die es bei den Konzernen keine ausreichenden Rückstellungen gibt‹, behauptete Bruch, und Böhnke war gewillt, ihm zu glauben.

Er rechne damit, fuhr Bruch fort, dass die anderen Betreiber der Braunkohleförderung und –verbrennung bald ebenfalls von einem Verkauf ihrer Sparten reden würden. ›Die wollen ihre Milliardengräber loswerden. Die beginnen jetzt schon mit Sparprogrammen, was nichts anderes als Personalabbau bedeutet.‹

Böhnke spürte beim Lesen, dass sich Bruch in Rage geschrieben hatte.

›Letztendlich läuft das alles darauf hinaus, dass der Staat einspringen wird. Er wird quasi eine ›Bad Bank‹ für die Braunkohle gründen. Dann hat er die Verantwortung an der Backe und der Steuerzahler die Kosten am Hals. Und die Konzerne haben in ihrer Kohlegier noch einmal einen guten Reibach gemacht.‹

Ob es tatsächlich so kommen würde? Böhnke wollte sich keine Antwort anmaßen. Aber er würde, das nahm er sich vor, das Thema noch genauer in den Medien verfolgen.

Eindeutig war seine Meinung zur dritten Mail von Bruch. Der Gärtner fragte nach, ob Böhnke in der Lage und willens sei, für einige Zeit die beiden Bernhardiner Helma und Selma zu betreuen. Es sei dringlich. Schon morgen früh müsse er ins Krankenhaus, und er habe niemanden, der sich angemessen um die Tiere kümmern könne. ›Ich lebe ja fast allein in dem ausgebluteten Dorf. Meine Nachbarn sind alle schon umgesiedelt. Die Hunde müssen die ganze Zeit im Zwinger bleiben. Da kommt nur kurz jemand morgens und abends und bringt das Futter. Mein Neffe ist leider nicht im Lande. Er hat ja seine Arbeitsstelle in Oberstdorf. Sie sind meine letzte Hoffnung.‹

Böhnke antwortete unverzüglich: ›Es tut mir leid. Ich habe nicht den Platz, um die Hunde unterzubringen, und nicht die Kenntnisse, mich sinnvoll mit ihnen beschäftigen zu können.‹

Nachdem er seine Antwort abgeschickt hatte, stellte er fest, dass Bruch diese Anfrage nicht nur an ihn, sondern auch an Susanne Brettschneider gerichtet hatte.

Sollte er oder sollte er nicht? Dann handelte er entschlossen.

›Nimmst du Helma und Selma?‹, schrieb er kurz in seiner Mail an die junge Frau.

Ihre Antwort kam prompt. ›Ich habe Bruch um Bedenkzeit bis morgen gebeten. LG S-M.‹

Er würde es wohl nie zum Frauenversteher bringen. Erst Susanne, die ihn aus heiterem Himmel heraus wieder siezte und ihm Tage später als Susi-Mausi liebe Grüße zukommen ließ, und jetzt Lieselotte.

»Warum hast du die Hunde nicht genommen, du Tierquäler?«, hatte sie ihn gefragt, nachdem er ihr Bruchs Anliegen in ihrem alltäglichen Kontrollanruf geschildert hatte. »Dann hättest du wenigstens eine Beschäftigung und etwas mehr Bewegung, du Faulpelz.«

Ausgerechnet Lieselotte sprach so! Lieselotte, die immer dagegen gewesen war, wenn er von der Anschaffung eines Hundes geredet hatte.

»Quatsch, das habe ich nie gesagt«, behauptete sie allen Ernstes, ehe sie zum wichtigeren Thema ihres Anrufs kam.

»Frau Brettschneider war heute in der Apotheke. Sie ist ja so glücklich, dass Susanne und Konrad wieder zusammen sind.«

»Hä?« Böhnke wähnte sich im falschen Film. »Was redest du für einen Stuss?«

»Commissario, ich habe in meinem Leben noch nie Stuss geredet. Das müsstest du am besten wissen«, widersprach sie heftig. Sie war tatsächlich überzeugt von dem, was sie berichtete, spürte Böhnke. Er räusperte sich.

»Also erzähl!«

»Da gibt es nichts zu erzählen. Frau Brettschneider hat es mir gesagt und ich dir. Wenn du's nicht glauben willst, erzähl ich dir nie mehr was.«

Immer noch ungläubig beendete Böhnke das Telefonat.

Sein Anruf bei Susanne schlug fehl, bei Bauer meldete sich ebenfalls niemand.

»Wofür habe ich Füße?«, seufzte er und kleidete sich für seinen nächsten Spaziergang, obwohl schon langsam die Dämmerung einsetzte. Irgendwo in Huppenbroich würde er Karl Bauer schon finden. Entweder mit dem Traktor unterwegs oder vor dem Fernseher oder spätestens bei einem Absacker am Stammtisch in der Dorfkneipe.

Den Schlenker zu Billas Haus hätte er sich schenken können, meinte er, als er den Rechner herunterfuhr. Er hatte lediglich eine Antwort von Bruch erhalten.

›Okay, da kann man nichts machen‹, hatte der Gärtner kurz und knapp geschrieben, und Böhnke sah keinen Anlass, seinerseits doch eine Bereitschaft zur Übernahme von Helma und Selma zu erklären.

Aber vielleicht sah Bauer eine Möglichkeit. Er würde ihn fragen, nahm sich Böhnke vor, als er den Weg zum Hof einschlug.

Susannes ›Kinderwagen‹ im Innenhof erstaunte ihn ungemein. Neben dem mächtigen Traktor von Karl sah der Stromer noch zierlicher und zerbrechlicher aus.

»Was machst du denn hier?«, fragte er statt einer Begrüßung, als er sie vom Flur aus in der Wohnstube sitzen sah.

»Frische Eier kaufen«, antwortete Susanne. Sie war vom Sofa aufgestanden und eilte strahlend auf ihn zu. »Und ich will meinen Commissario umarmen.«

»Du meinst wohl umgarnen«, brummte Böhnke, »und mir dann WKA-Genussscheine verkaufen.«

»Immer noch die alte Leier, Rudolf-Günther? Wie oft soll ich dir noch sagen, dass ich damit nichts am Hut habe?«

»Und damals in Köln?« Vielleicht lag er ja fasch, aber es war einen Versuch wert. »Du warst doch auch da bei der Veranstaltung mit Konrad, Mertens, Bettenbauer und Scheller. Oder etwa nicht?«

Susanne sah Böhnke offen ins Gesicht. »Ja, ich war auch da. Mit Konrad, Mertens und Bettenbauer.« Sie rieb sich kurz die Nase. »Ich habe die Jungs alle gewarnt, aber die wollten nicht auf mich hören. Ich war doch nur eine kleine BWL-Tussi, die wegen des Reichtums ihrer Familie nicht zu arbeiten braucht. Die haben nur an die Kohle gedacht, die sie als Provision verdienen konnten. Die waren richtig gierig darauf.«

Böhnke ließ die Bemerkung unkommentiert im Raum stehen. »Kennst du denn noch andere Teilnehmer der Versammlung?«

Susanne verneinte. »Ich hatte genug mit meinen drei Freunden aus Aachen zu tun. Hat ja nicht viel genutzt bei Konrad. Der wollte den Reibach machen und ist voll auf die Schnauze gefallen, weil sich alle Käufer an ihn gewandt hatten, nachdem die Scheine quasi wertlos geworden waren.«

»Und du warst da für Konrad«, fiel ihr Bauer ins Wort.

Susanne zuckte mit den Schultern und lächelte verlegen. »Was tut man nicht alles für die Liebe.« Sie sah wieder zu Böhnke auf. Wie war noch mal der vierte Name?«

»Scheller«, antwortete Böhnke. »Walter Scheller, Student aus Köln.«

»Den kenne ich nicht. Was ist mit dem?«

»Der soll ein paar Morde auf dem Gewissen haben. Und vielleicht hat er auch etwas mit Konrads Verschwinden zu tun.«

»Vergiss es«, unterbrach ihn Susanne. »Konrad ist wohlauf. Hat er mir eben noch gesagt.«

»Und wo ist er?«

»Irgendwo. Er hat sich ein Handy besorgt und will nur mit mir sprechen.«

Wie sollte er das finden? Da stöbert die Polizei Konrads Handy bei Scheller auf, und wenige Tage später meldet Konrad sich bei Susanne. Das sprach dafür, dass er lebte. Wenigstens eine positive Seite in einer Sache, die ihm sehr befremdlich vorkam.

»Bist du dir sicher, dass es Konrad war, der mit dir gesprochen hat?«

»Absolut sicher.«

»Und was macht dich so sicher?«

Susanne errötete bei ihrer Antwort. »Er kennt Details von mir, die kennt kein anderer.« Verlegen wischte sie sich eine braune Haarsträhne aus dem Gesicht. »Das kann nur Konrad wissen. Er war es, und es geht ihm gut.« Sie schaute zu Konrads Eltern. »Das wollte ich euch sagen. Ich glaube, dass Konrad bald nach Hause kommt.«

Karl und seine Frau schienen keine Zweifel zu haben. Sie vertrauten Susanne blind, erkannte Böhnke.

»Na gut. Dann soll es so sein.« Er würde über die Entwicklung nachdenken und sich später seine Gedanken machen.

Er räusperte sich. Beinahe hätte er das ursprüngliche Anliegen seines Besuchs aus dem Sinn verloren.

»Wenn Konrad kommt, hat er vielleicht Zeit, sich um zwei Bernhardiner zu kümmern«, meinte er.

»Du sprichst von Helma und Selma? Bruch hat mich deswegen auch angemailt«, sagte Susanne, womit sie Böhnke nichts Neues verriet. Sie schaute Konrads Eltern an.

»Ihr habt doch bestimmt nichts gegen zwei niedliche kleine Pflegehunde auf Zeit. Oder?«

Karl schüttelte den Kopf. »Susi, habe ich dir je eine Bitte abschlagen können? Für die Viecher finden wir auch noch einen Platz. Aber wehe, die fressen mir die Hühnereier weg. Dann gibt's Ärger.«

Böhnke grinste Susanne an. »Dann hast du Bruch auch nicht zugesagt?«

»Nein. Ich hatte ihn ja gestern Abend zunächst um Bedenkzeit gebeten und ihm dann heute Morgen abgesagt.«

»Okay. Dann fahre ich morgen nach Erkelenz und spreche mit Bruch.«

»Warum machst du das nicht per E-Mail?«

»Weil ich dort etwas Wichtiges zu erledigen habe«, sagte Böhnke geheimnisvoll. Er würde, so hatte er sich vorgenommen, gleich noch von den Driesch anrufen. Er würde ihn verstehen, wenn er ihm sagte, er wollte immer schon mal in die Luft gehen.

47. KAPITEL

Warum sie sich ihm gegenüber so zickig benommen hätte, wollte Böhnke beim Herausgehen von Susanne wissen. Ihr Verhalten wurmte ihn nach wie vor.

»Dein Anruf kam ungelegen. Ich hatte Stress und Herrenbesuch, der furchtbar eifersüchtig ist. Da musste ich dich so abbürsten. Verzeihst du mir?«

Wie konnte er ihr böse sein?

Böse wäre er am liebsten am nächsten Morgen geworden. Aber da war es schon zu spät, und er wusste auch nicht, auf wen er böse sein sollte; vielleicht sogar auf sich selbst. Da saß er schon in dem Ultraleichtflugzeug und schwebte knatternd und windumtost in 300 Metern Höhe über der Erkelenzer Börde.

Dabei hatte der Tag so harmonisch begonnen. Und jetzt?

Jetzt sorgte er sich um sein bisschen Leben, weil er sich törichterweise auf den Flug in dem Luftmoped eingelassen hatte. So jedenfalls kam ihm der Ultraleichtflieger vor, den von den Driesch ihm präsentierte. Ein klappriges Gestell mit zwei Sitzen, ohne Kabine, mit einem Motor, den er üblicherweise in einen Sitzrasenmäher montiert hätte.

»Keine Sorge. Alles wird gut«, hatte ihm von den Driesch versprochen. Danach sah es momentan aber nicht aus. Im Gegenteil. Alles war schlecht. Hier oben und jetzt. Aber vielleicht war der Flug doch noch zu etwas nütze nach dem Gespräch, das er am Morgen mit Bruch geführt hatte.

Lieselotte hatte zunächst gemault und sich gesperrt, als er sich am Morgen ihr Auto für die Fahrt nach Erkelenz ausleihen wollte. Aber sie hatte sich breitschlagen lassen, als er anbot, sie am Abend zum Essen auszuführen und die Nacht in Aachen zu bleiben. Das seien überzeugende Argumente, ihr kostbares Gefährt in die Obhut eines unsicheren Gelegenheitsfahrers zu geben, hatte sie bei der Schlüsselübergabe in der Apotheke gemeint. Er solle nicht vergessen, vollzutanken, gab sie ihm mit auf den Weg; ein Hinweis, der in Anbetracht des auf Reserve blinkenden Benzinanzeigers höchst unangebracht war. Darauf wäre er auch allein gekommen.

Das Navigationsgerät lotste Böhnke schon in Jülich-Nord von der Autobahn und weiter durch die weitläufige Bördelandschaft über ihn nicht anziehende und ihm nichtssagende Ansiedlungen wie Hottorf und Lövenich zum Hermann-Josef-Krankenhaus an der Tenholter Straße in Erkelenz. Dort endete seine Fahrt auf einem gut gefüllten Parkdeck. Dann würde er eben auf der Rückfahrt ins Gewirr der Autobahnen 61, 46 und 44 im Tagebaugebiet fahren und schauen, was da war an angeblichen Bodenwellen und Geschwindigkeitsbegrenzungen, beschloss er für sich.

Bruch hatte er dank der präzisen Zimmerangabe an der Information und der eindeutigen Stationsbeschreibung schnell gefunden. Vom Klinikum Aachen war er anderes gewohnt mit seinem undurchsichtigen Labyrinth von Gängen und einer Ausschilderung, die zu allem führte, nur nicht zum Ziel, wenn man das komplizierte System nicht durchschaute.

Der Gärtner und Baumschulbetreiber lag in einem supermodernen hellen Zimmer, das Böhnke in einem Hotel nicht besser hätte antreffen können.

»Das haben wir dem Tagebau zu verdanken.« Bruch lachte bitter auf. »Nachdem sie uns in Immerath das alte Krankenhaus abgerissen haben, mussten die das Hermann-Josef hier in der Innenstadt aufstocken. Alles vom Feinsten hier.«

»Und dann noch der Luxus, alleine in einem Zweibett-Zimmer zu liegen.«

»Das hat mit meiner Schlafapnoe zu tun«, klärte ihn Bruch auf. Er deutete auf eine kleine Apparatur auf dem Nachttischschränkchen. »Ich habe eine Schlafmaske, und die Geräusche des Kompressors könnten einem empfindlichen Bettnachbarn den Schlaf rauben.«

Er sehe entspannt und gelassen aus, meinte Böhnke aufmunternd zu Bruch. Der Mann lag mit einer schwarzen Jogginghose und einem roten Polohemd, unter dem sich seine mächtige Wampe spannte, bekleidet auf dem Bett und schien die Ruhe in diesem Krankenzimmer durchaus zu genießen.

Er sei schon gestern Nachmittag gekommen, berichtete Bruch, weil es bereits frühmorgens die erste Untersuchung geben sollte. Aber dann habe ein Notfall den Zeitplan über den Haufen geworfen.

Einen anderen Notfallplan könne er abhaken, unterbrach ihn Böhnke freundlich.

»Ich habe eine Unterkunft für Helma und Selma bei sehr tierliebenden Freunden gefunden. Denen wird es für die Zeit Ihres Krankenhausaufenthaltes gut gehen. Die Hunde können dort bleiben, bis Sie sie zurückhaben wollen.«

»Super.« Bruch drehte sich umständlich und ächzend in Richtung des Schränkchens. Die Fettmasse seines dicken Bauches brauchte für die Verlagerung länger als der Rest des Körpers. Umständlich öffnete er eine Schublade.

»Hier.« Er gab Böhnke einen zerknitterten Zettel, den er aus einem Stapel von Blättern gezogen hatte. Dass diese Papiere zu Boden fielen, schien ihn nicht sonderlich zu stören. »Das ist die Adresse mit der Telefonnummer, wo der Mann wohnt, der die Hunde füttert. Er hat den Schlüssel für den Zwinger. Ich sage ihm Bescheid, und Sie melden sich bitte telefonisch bei ihm an.«

»Ich oder Frau Brettschneider«, sagte Böhnke schnell. Er gratulierte sich für seinen Einfall. Sollte Susanne sich doch um die beiden – wie hatte sie noch gesagt? – ›Knuddelbären‹ kümmern.

Ob er für ihn die Blätter aufheben könnte, bat Bruch ungeniert. »Ich bin zu schwach.«

Wenig begeistert machte sich Böhnke ans Werk. Zunächst griff er nach einem braunen verklebten, mittelgroßen Briefumschlag.

»Das ist mein Testament«, sagte Bruch melancholisch lächelnd. »Üblicherweise habe ich es in meiner Schreibtischschublade eingeschlossen. Aber wer weiß, was hier mit mir passiert. Mein Haus steht jetzt leer. Und vielleicht muss dann ja alles schnell gehen. Dann ist es gut, wenn man das Testament sofort findet.«

»Und wer erbt?« Böhnke hatte die Frage scherzhaft gemeint und erwartete keine Antwort.

»Wer schon? Meine Freunde vom Umweltschutz.«

»Nicht Ihr Neffe?«, fragte Böhnke erstaunt. »Oder Ihr Bruder?«

»Nein. Warum? Mein Bruder hat genug, mein Neffe würde verkaufen und sich nicht kümmern. Die Naturschützer haben dagegen vielleicht durch mein Erbe eine neue Waffe gegen den Tagebau in der Hand. Als Eigentümer könnten sie verhandeln, sich weigern oder was auch immer machen.« Bruch lachte bitter. »Vielleicht können die ja auch für die Zeit der bergbaurechtlichen Beanspruchung des Landes eine Pacht für eine sogenannte Zwischennutzung aushandeln. Das wäre dann der absolute Treppenwitz, dass der Bergbautreibende an die Umweltschützer fürs Abbaggern bezahlt und ihnen anschließend ein rekultiviertes Gelände zur Verfügung stellen muss.«

Böhnke hatte Bruchs Aussagen zu einer Zwischennutzung nicht folgen können, aber er unterließ eine Nachfrage.

Stattdessen klaubte er die restlichen Papiere auf.

Es waren Schreiben einer Anwaltskanzlei, wie er dem Briefkopf entnehmen konnte. »Die haben mir im Namen des Bergbautreibenden ein neues Angebot gemacht. Können Sie gerne lesen.«

»Muss ich?«, fragte Böhnke in Anbetracht der unsortierten Blättersammlung in seinen Händen.

»Brauchen Sie nicht. Da steht drin, dass die mir meinen kompletten Betrieb für eine Millionensumme abkaufen und mir außerdem am Rande des Umsiedlungsortes Borschemich (neu) weit weg vom Tagebaurand eine komplette Gärtnerei für Blumenanbau einrichten mitsamt einer Abnahmegarantie über zehn Jahre für Blumen in einem Verkaufswert von 750.000 Euro. Aber ich darf dieses Angebot nicht publik machen.«

»Das hört sich doch gut an.«

»Das ist mehr als verlockend«, bestätigte Bruch. »Die haben keine Zeit mehr und haben mir deshalb auch nur eine kurze Bedenkfrist gegeben. In zwei Wochen wollen die Anwälte Bescheid haben.«

»Und? Machen Sie's?«

»Wahrscheinlich schon.« Bruch schien verlegen, als wolle er sich für seine Worte entschuldigen. »So ein Angebot bekomme ich nie mehr wieder, und ich weiß nicht, ob die noch einmal so großzügig sind, wenn es tatsächlich zu einer Verkleinerung von Garzweiler II kommen sollte. Dann hätte ich nämlich ein Problem.«

»Inwiefern?«

»Wenn es zu der Verkleinerung kommt, würde nur die Hälfte meiner Baumschulfläche benötigt. Einige Flächen, auch gepachtete, blieben bestehen.« Bruch lachte hämisch auf. »Für die weggebaggerten Flächen bekäme ich dann die Zwischennutzungspacht. Es sei ja eine Fortführung des Betriebes möglich, würde es dann heißen. Dass die Wasserqualität nicht besser und meine Erträge noch geringer würden, würde die nicht interessieren.«

»Also werden Sie verkaufen?« Böhnke wollte keine Position beziehen. Der Blick von Bruch auf die Dinge war wahrscheinlich ein anderer als der von Politikern oder Bergbautreibenden. Er müsste alle Seiten hören.

»Ich weiß noch nicht.« Bruch wälzte sich stöhnend zurück aufs Kopfkissen. »Das ist viel Geld, und ich werde nicht jünger. Ich könnte sogar den umgesiedelten Betrieb verpachten und mir einen schönen goldenen Herbst machen. Und da ist der unsägliche Kampf gegen die Bagger, gegen den Raubbau an der Natur, gegen die Klimazerstörung, gegen den Verlust der Heimat. Aber«, er schaute Böhnke fast schon resignierend an, »ist letztlich nicht alles eine Frage des Geldes?«

Böhnke wollte keine Antwort geben. Das musste Bruch

mit sich selbst ausmachen. Aber die Frage gab ihm die Gelegenheit, auf ein anderes Thema umzuschwenken.

»Ist denn nicht auch die Verkleinerung des Tagebaus letztendlich eine Frage des Geldes?«

»Davon gehe ich ganz gewaltig aus.« Bruch nickte. »Die Kohleflöze werden immer flacher, je weiter westwärts sie liegen, das Grundwasser hingegen wird immer umfangreicher, je tiefer und breiter der Tagebau sich ausdehnt. Die Kosten für die Umsiedlung von Holzweiler fallen weg, und die Verlagerung der Sondermülldeponie hat sich dann erledigt. Was spielt es da noch für eine Rolle, dass Holzweiler jetzt schon im Prinzip sich nicht mehr weiterentwickelt hat, weil der Ort ja bisher davon ausgehen musste, dass er abgerissen wird? Holzweiler liegt dann wie eine isolierte Häuseransammlung in einer Ödnis, umgeben von einem Tagebauloch. Da will doch keiner leben bei dem Staub und Lärm. Wie es den Menschen jetzt schon und dann geht, interessiert doch kein Schwein in den Planungsbüros. Und wie die Verkleinerung des Tagebaus sich auf den geplanten Restsee auswirkt, hat auch noch keiner geplant. Nach dem aktuellen, gültigen Stand müsste an der Stelle von Holzweiler eigentlich die tiefste Stelle des Restsees, meines Erkelenzer Meeres, sein. Das alles ist Makulatur und eine immer stärker werdende Verflechtung von Problemen und Komplikationen, durch die keiner mehr durchblickt.« Bruch lachte wieder hämisch. »Vielleicht will die Politik ja auch bewirken, dass alles so bleibt, wie es jetzt ist. Da ist die angebliche Verkleinerungsaktion nur ein Testballon.«

»Verstehe ich nicht«, bekannte Böhnke offen.

»Na, wenn man den Menschen deutlich macht, dass sie durch die Verkleinerung wahrscheinlich schlechtergestellt sind als durch den Abbau, wächst die Bereitschaft, den Tagebau in seiner Gänze zu akzeptieren mit allen seinen negativen Folgeerscheinungen.«

Konnte man so verquer denken? Das schien Böhnke unwahrscheinlich. Aber was war schon normal bei diesem Für und Wider im Tagebau Garzweiler II. Hier gab es noch mehr Diskussion als in den Tagebauen Hambach und Inden. Obwohl es dort auch Probleme gab. Aber darüber wurde bei Weitem nicht so viel in den Medien geredet wie über Garzweiler II.

Bruch sah Böhnke müde an. »Und die ganze Verwirrung ist Absicht, das können Sie mir glauben. Niemand soll durchblicken. Und dann wird die ganze Chose auf das Land und damit die Steuerzahler abgewälzt. Wetten?«

Meinte Bruch damit die von ihm ins Spiel gebrachte »Bad Bank« oder wie immer man eine Auffanggesellschaft oder eine Anschlussorganisation bezeichnen sollte? Sein Problem sollte es nicht sein, sagte sich Böhnke. Er resignierte vor der Flut der gegensätzlichen Informationen und wurde damit, wie er sich erschrocken eingestand, einer von vielen, die einfach nichts mehr hören und nur noch ihre Ruhe haben wollten. Damit erreichten die ihr Ziel, die den längsten Atem hatten. Und das waren, wie er in seinem Leben erfahren hatte, die Geldgierigen und ihre Handlanger, die der Unterstützung aus der Politik gewiss sein konnten.

Böhnke schüttelte sich, um den Kopf frei zu bekommen. »Sagen Sie, kann ich Ihren Betrieb aus der Luft gut erkennen?«

»Können Sie«, bestätigte Bruch. Er grinste vergnügt. »Hat von den Driesch Sie auch zu einem Rundflug eingeladen? Er kann Ihnen alles zeigen. Vielleicht sehen Sie ja auch von oben den oder die Verbrecher.« Er streckte Böhnke die Rechte entgegen, just in dem Moment, in dem eine Krankenschwester die Zimmertür öffnete.

»Dann wünsche ich uns beiden Hals- und Beinbruch und alles Gute.«

48. KAPITEL

War es wirklich eine gute Idee gewesen, die Einladung zu dem Flug in einem Ultraleichtflugzeug anzunehmen? Böhnkes Zweifel wurden nicht geringer, als er vor der Halle auf dem Fluggelände in Kückhoven stand. Es war kein Problem gewesen, vom Krankenhaus aus hierher zu finden. Über die Goswinstraße und die Kölner Landstraße stadtauswärts gen Osten, hatte ihm jemand auf dem Parkdeck gesagt. Auf der Umgehungsstraße um Kückhoven fiel ihm wieder ein Schild mit einer bekannten Aufschrift auf. ›Ja zur Heimat Stop Rheinbraun‹ las er. Auch es musste schon sehr alt sein und aus der Zeit stammen, als die Tagebauplanung gerade frisch auf den Tisch gekommen war und RWE noch eine Tochter Rheinbraun hatte.

Auf Anhieb hatte Böhnke auf die Zufahrtsstraße zum Flugplatz gefunden. Er war, so hieß es in der Eigenwerbung am offen stehenden Eingangstor, der größte stationäre Flugplatz in Deutschland für Ultraleichtflugzeuge.

Was er darunter zu verstehen hatte, erläuterte ihm von den Driesch, der schon auf dem kleinen Parkplatz zwischen zwei Gebäuden im Wagen auf ihn gewartet hatte. Ein UL dürfe in Deutschland maximal 472,5 Kilogramm wiegen. Bis zu 1000 Meter hoch könne man unbedenklich fliegen, das Tempo liege bei rund 200 Stundenkilometern in der Luft. Der Pilot benötigte eine Lizenz, und es durften höchstens zwei Personen an Bord sein.

Von den Driesch hatte Böhnke aufgefordert, zuzupacken, um das Fluggerät aus der Halle auf die asphaltierte Freifläche zu schieben. Vertrauenerweckend kam Böhnke die technische Konstruktion nicht vor: zwei Schalensitze zwischen dem Gestänge, glücklicherweise mit Gurten versehen, ein Propeller und der Motor unter den Sitzen, bestimmt auch ein Tank. Eine großartige Verkleidung oder Sicherheit versprechende Halterungen gab es nicht.

»Ist halt ein UL«, kommentierte von den Driesch seine Bedenken. »Und für alle Fälle gibt es einen Fallschirm. Jedenfalls für den Piloten.«

Böhnkes entsetzter Blick ließ ihn auflachen. »War nur ein Scherz.«

Ein Scherz, über den Böhnke nicht lachen konnte. Gab es gar keinen Fallschirm oder für jeden einen? Diese Frage hatte von den Driesch nicht geklärt. Böhnke zauderte zwar, doch kletterte er letztendlich durch das Gestänge auf den Sitz neben dem Journalisten. Den Sturzhelm nahm er dankend an und staunte nicht schlecht, als er darin von den Drieschs Stimme klar und deutlich vernahm.

»Modernste Technik bis ins kleinste Detail. Wir werden uns einwandfrei unterhalten können. Und da oben haben wir gute Verhältnisse.« Er deutete auf den schlapp an einem Mast neben einem frei stehenden kleinen Turm aus Stahl und Glas hängenden Windsack. »Windstille am Boden. Besser geht's gar nicht.«

Von den Driesch startete den Motor, dessen Geräusch Böhnke an sein erstes Moped aus der Jugendzeit erinnerte. Langsam setzte sich der UL in Bewegung, von den Driesch lenkte ihn über einen schmalen geteerten Weg an den Beginn einer grasbewachsenen Piste, die an der anderen Seite von einem Rübenfeld und am Ende von einem Weizenfeld begrenzt war. Die Piste kam Böhnke ein wenig kurz vor.

»Wir brauchen nicht viel Fläche, um abzuheben«, sagte von den Driesch und beschleunigte.

Böhnke fühlte sich leicht in den Sitz gedrückt, sein Puls stieg im gleichen Maße, wie das Fluggerät Fahrt aufnahm und über die Grassoden ruckelte. Endlich hörte das Ruckeln auf. Der UL hatte, wie Böhnke bemerkte, abgehoben.

»Immer nach vorne schauen, nie nach unten«, gab ihm von den Driesch als Ratschlag, »dann wird Ihnen auch nicht schlecht, Herr Kommissar.«

Kaum gesagt, kam es zur ersten Attacke auf Böhnkes Wohlempfinden, so empfand er es jedenfalls. Ängstlich klammerte er sich an eine Stange rechts neben seinem Kopf, als der UL in eine extreme Schräglage geriet. Sie würden seitlich überkippen und unkontrolliert zu Boden stürzen!

»Keine Sorge«, versuchte ihn von den Driesch zu beruhigen. »Das war eine ganz leichte Rechtskurve mit einem sehr flachen Winkel. Ich kann auch ganz anders. Wenn Sie wollen, kann ich Ihnen gerne alle technischen

Möglichkeiten dieses fliegerischen Wunderwerks vorführen.«

»Bloß nicht«, knurrte Böhnke.

Er war richtig böse. Auf von den Driesch, auf die schwachsinnige Einladung, auf sich selbst. Mach das Beste draus, redete er sich ein. Im Moment konnte er eh nichts ändern, hier war er ganz auf von den Drieschs Flugkünste und die Stabilität des UL angewiesen.

»Wohin fliegen wir?«, fragte er. Er fand sich nicht zurecht in der Höhe, hatte die Orientierung verloren.

»Wohin Sie wollen«, antwortete von den Driesch. »Und wohin wir dürfen. Wir dürfen im Minimum 300 Meter über bewohntes Gebiet fliegen und wir dürfen gar nicht übers Loch. Angeblich aus Gründen der Sicherheit und nur mit Erlaubnis der Baggerfahrer.« Seine Ironie war leicht erkennbar. »Ich bin schon oft übers Loch geflogen. Ehe die Jungs reagieren können und ihre Kampfjets in Bewegung gesetzt oder mich fotografiert haben, bin ich wieder weg. Wenn Sie da drüber sind, sehen Sie erst, wie gigantisch groß der Tagebau ist. Und von diesen Löchern haben wir gleich drei auf den paar Kilometern bis zur Nordeifel.« Er räusperte sich.

»Vorsicht!«, mahnte er, als er die nächste Kurve in Angriff nahm. Wieder viel zu schräg nach Böhnkes Empfinden, aber offenbar vollkommen im grünen Bereich, wie der ruhige Geradeausflug in stabilisierter Lage deutlich machte.

»Wir fliegen mal zu den toten Dörfern«, schlug von den Driesch vor.

»Haben die alle die Bekenntnisschilder zur Heimat?«, fragte Böhnke interessiert.

»Haben die«, bestätigte der Journalist. »Beziehungsweise hatten die. Denn in dem Moment, in dem der Bereich zum Privatgelände wird, verschwinden die Protestschilder im Handumdrehen.«

»Und nach den Dörfern bitte zum Betrieb von Bruch«, ergänzte Böhnke von den Drieschs Vorschlag. Langsam fand er Gefallen an dem Flug, auch wenn es schaukelte und der Wind doch stärker blies, als am Boden anzunehmen war. Nachdem er sich auf die unbekannten Umstände eingelassen hatte, konnte er den Blick auf die Landschaft genießen. Sie war schön, die flache Erkelenzer Börde, über die sie flogen. Ordentlich parzelliert, mit Weizen oder Zuckerrüben bepflanzte Felder, einige frei stehende Gehöfte, ein geordnetes Straßensystem und kleine Häuseransammlungen. Er erkannte den bewaldeten Klotz am Horizont. Das musste die Sophienhöhe sein. Sie lag wie ein großer Brocken mitten in der flachen Landschaft, fremd und inzwischen doch akzeptiert.

»Das ist der Friedhof unserer Heimat«, kommentierte von den Driesch. »Dort wird alles abgelagert, was der Bergbautreibende nicht verwerten kann, also alles außer Kohle, Kies, Mutterboden und Wasser.«

Böhnke blickte auf die dichte Bebauung mit dem herausragenden Kirchturm. Das musste Erkelenz mit der Pfarrkirche St. Lambertus sein. Der Kirchturm war angeblich der zweithöchste im Erzbistum nach dem Kölner Dom.

»Von hier haben Sie ja den optimalen Blick, wenn einmal der Kirchturm in Erkelenz umkippt, wenn das Grundwasser abgezogen ist«, meinte Böhnke. »Oder ist das nur ein Horrormärchen?«

»Keine Ahnung. Ich weiß nicht, was ich glauben soll. Ich schließe nichts mehr aus. Schon zu oft sind uns Märchen über die Beherrschbarkeit des Tagebaus und die Zumutbarkeit der Belastungen erzählt worden. Die wissen doch selbst nicht, was sie tun können in zehn oder 20 Jahren. Bei denen herrscht das Prinzip Hoffnung. Und das Wissen, dass denen die Politik letztendlich irgendwie den Arsch rettet, egal, was passiert.«

Böhnke beobachtete stumm das Gelände. Er entdeckte die leicht geschwungene A 46, die um die Erkelenzer Kernstadt führte, er sah die vielen kleinen Dörfer, deren Namen er nicht kannte, und die vereinzelten Gehöfte, die in der Bördenlandschaft Farbtupfer ins Grün setzten. In diese Idylle wollten die Kolosse nicht passen, die mächtige Dampfwolken in den klaren Himmel pusteten, die Kraftwerke, in denen die Braunkohle verbrannt wurde.

»Für mich sind das die Krematorien der Heimat«, sagte von den Driesch bitter. »Und die pusten ja nicht nur Wasserdampf in die Luft, sondern auch Kohlendioxid, und verpulvern dabei jede Menge Energie, die ungenutzt verschwindet.« Sein Räuspern nahm zu. »Wussten Sie eigentlich, dass von den fünf größten CO_2-Schleudern in ganz Europa drei in unserer Region liegen, und zwar in Neurath, Niederaußen und Weisweiler. Unser Land NRW ist der größte Umweltverschmutzer und Klimakiller.« Er setzte zur nächsten Kurve an.

»Wir fliegen jetzt über das Plangebiet von Garzweiler II«, erläuterte er. »Direkt unter uns links liegt Holzweiler, das vielleicht oder gar bestimmt bleibt. Vorne rechts kommt Keyenberg, das weg muss.« Wieder unterbrach ein Räuspern seinen Redefluss. »Das weichen soll, wenn wir den Tagebau nicht doch noch an der A 61 bremsen können.« Die immer wieder aufkeimende Ansicht, die von Süden nach Norden verlaufende Autobahn solle die

Grenze des Tagebaus bilden, hätte neue Nahrung durch ein Gutachten des BUND bekommen. »Nur mit einem Ende von Garzweiler östlich der A 61 könnten die Klimaschutzziele des Landes erreicht werden.«

»Wir?« Böhnke war erstaunt. »Ich denke, Sie sind WDR-Journalist, wie können Sie da so Position beziehen?«

»Was ich privat denke und beruflich tue, sind zwei Paar Schuhe, Herr Kommissar.« Von den Driesch warf ihm einen kurzen süffisanten Blick zu. »Was meinen Sie, wie viele Probleme ich da manchmal habe. Das ging sogar so weit, dass Berichte von mir über die Tagebautätigkeit von ganz oben in Düsseldorf und Köln abgesegnet werden mussten, weil sie angeblich nicht objektiv oder angemessen waren.«

»Und?«

»Man hat mir empfohlen, mich auf andere Themen zu konzentrieren.«

»Ihre Linie entspricht also nicht der Ihres meinungsbildenden Arbeitgebers?«

»Das haben Sie gesagt, Herr Böhnke.« Kurz nahm von den Driesch die Hand von der Lenkstange. »Da unten ist übrigens Immerath beziehungsweise das, was davon übrig geblieben ist.« Er deutete nach rechts.

Zunächst erkannte Böhnke nichts außer einige wenige frei stehende Häuser. Dann fiel ihm die Struktur ehemaliger Straßen auf, er erkannte zwei große Freiflächen, die eingeebnet und begrünt waren.

»Wo war denn hier das Krankenhaus?«, fragte er interessiert.

»Irgendwo. Ist doch alles niedergerissen worden. Man findet nichts mehr. Kein Krankenhaus, keine Kirche und auch bald keine Windmühle mehr. Es ist alles platt gemacht worden, was mal charakteristisch für Immerath war«, sagte von den Driesch. »Man nimmt den Dörfern die Seele und damit den Menschen die Heimat.« Er räusperte sich ungewöhnlich lange.

»Jetzt fliegen wir über die A 61 hinweg und besuchen in Borschemich Bruchs Bude. Aber zuvor geht es kurz zum Loch.« Wieder schwenkte er den UL, was erneut bei Böhnke unnötigerweise Besorgnis auslöste.

Böhnke war schier überwältigt und sprachlos. Der Blick von der Besucherstation in den Tagebau war schon atemberaubend gewesen, aber der Blick, der ihm jetzt aus der Vogelperspektive ermöglicht wurde, übertraf alle seine Vorstellungen. Er erschrak, als er den abrupten Übergang bemerkte. Auf der einen Seite die von natürlichem Grün beherrschte ebene Landschaft, auf der anderen Seite der Kante eine vornehmlich braune gähnende Leere, die sich bis zum Horizont erstreckte.

»Das ist der Tagebau?«, fragte er fast schon ehrfürchtig. »Der ist ja riesig.« Wohin er auch blickte, sah er nur Loch, vereinzelt klebten Schaufelbagger in den Hängen, zwar klein, aber in der Vorstellung auch mächtig.

»Das ist der Tagebau, und er ist riesig. Die wirkliche Größe können Sie nur von hier oben erkennen. Und von diesen Löchern haben wir, wie gesagt, gleich drei in der Region«, ergänzte von den Driesch. »Nur wenn man die Löcher von oben sieht, kann man wirklich erkennen, welche Wunden hier in die Natur geschlagen werden. Und wofür? Für die Kohlegeier und ihre Kohlegier.« Dabei befänden sich die Politik und die Energiewirtschaft auf Irrwegen. »Mit dieser Vernichtung der Natur wird doch nur kurzfristig wenig gewonnen, nämlich Strom aus

Braunkohle, der aber immer teurer wird und damit zu einem Verlustgeschäft.« Erneut räusperte sich von den Driesch lang anhaltend. »Ich kann die Diskussion nicht mehr hören. Es geht immer nur um den kurzfristigen, schnellen Profit und die Wählerstimmen bei der nächsten Landtagswahl. Nachhaltigkeit und das Leben in einer intakten Natur gehen anders.«

»Und wie?«

»Schauen Sie«, sagte von den Driesch, »wenn Sie die Fläche des Tagebaus Garzweiler II mit modernen Windrädern bestücken, gewinnen Sie pro Jahr so viel Energie, wie Sie ein einziges Mal aus der Verbrennung der Braunkohle aus dem Tagebau erzielen können. Das ist für mich Nachhaltigkeit ohne Zerstörung der Umwelt, ohne Vernichtung der Grundwasserströme und ohne Klimaerwärmung. Was mit dem Grundwasser tatsächlich noch alles auf uns zukommt, das weiß niemand. Da regieren im Umweltministerium das Prinzip Hoffnung und der Glaube an die technischen Fähigkeiten des Bergbautreibenden. Deren Theorien glaubt die Politik, die gegenteiligen Theorien der anderen Wissenschaftler tut sie als Humbug ab.«

Böhnke brummte vernehmlich. Damit waren sie zum einem beim Thema Mertens, Bettenbauer, Bauer und Scheller und zum anderen wollte er weder ein politisches Statement hören, noch sich auf eine Diskussion einlassen. Von den Driesch hatte seine Gründe, den Tagebaubetrieb anzulehnen. Offenkundig war seine Meinung nicht die vorherrschende bei seinem Arbeitgeber. Aber wie war dessen Standpunkt überhaupt? Er würde jetzt aufmerksamer zuhören, wenn in den elektronischen Medien über die Braunkohle berichtet wurde.

»Wo ist denn Bruchs Bude?« So unpassend fand Böhnke

den Begriff gar nicht. Das Haus hatte schon etwas von einer Bruchbude an sich.

»Wir nähern uns. Wir brauchen nur die Abbaukante entlang zu fliegen. Bruchs Betrieb liegt quasi direkt daneben.«

Endlich erkannte Böhnke die verlassen liegende Gärtnerei, einige Gewächshäuser mit matten Glasscheiben, das Wohnhaus mit angrenzenden Schuppen, ein kleiner verwilderter Garten und einige Baumreihen. Scheinbar friedlich lag der Betrieb in der Landschaft, wenn da nicht direkt neben der verschmutzten Straße das leer geräumte, braune Nichts gewesen wäre; eine Fläche, die darauf wartete, von den Riesenbaggern gefressen zu werden.

»Haben Sie auch davon gehört, dass bei einer Verkleinerung des Tagebaus der Betrieb von Bruch halbiert wird?« Sein letzter Blick auf das Gelände bestätigte die Menschenleere. Irgendwo da unten würden Helma und Selma noch in ihrem Zwinger herumlungern und sich langweilen.

»Moment!« Böhnke fasste nach von den Driesch, als wolle er ihn zum Anhalten veranlassen. »Da unten ist was!« Er glaubte ein Fahrzeug zu erkennen, das aus einem der Schuppen fuhr.

»Können wir dahin?«

»Unmöglich. Ich kann auf maximal 150 Meter runter. Aber da sehen Sie auch nicht mehr.«

»Aber …«

»Kein aber. Ich riskiere nicht meine Lizenz, weil ich aufs Dach einer Gärtnerei will.« Entschlossen drehte von den Driesch ab.

Böhnke glaubte noch, ein Reisemobil erkannt zu haben.

Für einige Minuten schwiegen sie sich an. Böhnke dachte an Bruch und dessen Bemerkung, vielleicht würde er von oben den oder die Verbrecher sehen. War es tatsächlich geschehen?

»Um auf Bruch zurückzukommen, Herr Böhnke. Der hat jetzt die Arschkarte«, meinte von den Driesch drastisch. Er deutete nach links. »Da liegt die Baumschule von Bruch. Die Fläche rechts vom Weg käme bei einer Verkleinerung des Tagebaus weg, links davon würde die Baumschule bleiben.« Sein melancholisches Lächeln wurde zum bösen Grinsen. »Wenn er jetzt nicht sofort verkauft, kriegt der ein Problem. Wenn er sofort verkauft, bricht der letzte Widerstandsposten in der Region weg. Aber er muss verkaufen und ist dann bei den Widerständlern als Verräter unten durch.«

»Was würden Sie denn tun?«

»Verkaufen. Wenn ich ganz ehrlich bin, der ständige Krieg zerrt an den Nerven. Wenn Politik und Kapital gegen dich sind und gemeinsame Sache machen, hast du keine Chance. Und das wissen die ganz genau. Du wirst zermürbt. Irgendwann kannst du nicht mehr und verkaufst. Das ist so sicher wie das Amen in der Kirche.« Zum wiederholten Mal räusperte sich der Journalist. »Das machen die mit allen so.«

»Auch mit Ihnen?«

»Auch mit mir, Herr Böhnke.« Ob er damit den langen Hebel der Politik auf die Medien meinte oder den Einfluss der Energiewirtschaft, ließ er offen.

»So«, sagte er vergnügt. »Ich bitte alle Passagiere, ihre Sitze einzunehmen und sich anzuschnallen. Wir setzen zur Landung an.«

War der Flug noch ziemlich gefahrlos verlaufen, wenn

er einmal von den beängstigenden Schräglagen bei den Kurvenmanövern absah, sah Böhnke der Landung mit wachsendem Grauen entgegen. Der UL rappelte und ruckelte, als er im gefühlten Steilflug auf das planierte Fleckchen Grün zwischen den Rüben und dem Weizen zustürzte. Von den Driesch würde das Ding ungespitzt in den Boden pflanzen. Wenn nicht noch ein Wunder geschah, würden sie am Grund zerschellen. Böhnke schloss die Augen, als sie auf die Landebahn zu schossen, und sah seine Grabstelle auf dem Huppenbroicher Friedhof vor sich mit Lieselotte auf seiner Bank. Der Aufprall auf dem Boden und damit in der Wirklichkeit kam ihm heftig vor. Das war das Ende.

»Wir sind am Ende«, hörte er von den Driesch zufrieden sagen. »Das war eine saubere Landung, die ich so gut nicht immer hinkriege.« Er hatte den UL abgebremst und lenkte ihn zurück zum Hangar. »Das war doch ein wirklich schöner Flug. Oder?«

»Ja, das war toll«, sagte Böhnke spontan und zu seiner eigenen Überraschung. Mühsam schälte er sich aus dem Sitz und machte sich daran, gemeinsam mit von den Driesch das Fluggerät auf den Standplatz zu schieben. Nie wieder würde er in so eine Kiste steigen, nahm er sich vor.

»Das war interessant und hat Spaß gemacht.«

»Immer wieder gerne zu Diensten«, sagte von den Driesch.

Nein, dieses Angebot würde er nicht annehmen, beschloss Böhnke für sich und sagte: »Gerne.«

Er sei ein Heuchler, lachte der Journalist. »Sie sind ja immer noch ganz blass um die Nase. Sie fliegen garantiert nicht mehr mit mir.«

Er bat Böhnke zu seinem Fahrzeug auf dem Parkplatz. »Ich habe etwas für Sie.«

Wenig später hielt Böhnke ein Buch in den Händen. Es war eine Dokumentation, die der Bund für Umwelt und Naturschutz Deutschland herausgegeben hatte, mit dem Titel ›Zukunft statt Braunkohle. 30 Jahre Widerstand gegen den Braunkohlentagebau Garzweiler II‹.

»Ist interessant. Ich komme auch vor«, hatte ihm von den Driesch bei der Übergabe gesagt, »und wenn Sie noch mehr über den Widerstand und den aktuellen Diskussionsstand wissen möchten, kann ich Ihnen ein paar aufschlussreiche Seiten im Internet anbieten, etwa die ›Vertreibung aus der Heimat finde ich ungerecht, weil …‹ Ist wohl eine Facebook-Seite. Aber da finden Sie alles, was Sie wissen müssen, um gegen die Braunkohle zu sein. Hier im Westen ebenso wie im Osten der Republik.«

»Wie ist denn Ihre persönliche Meinung zu Garzweiler?« Böhnke erwartete im Prinzip nur eine Antwort, aber er sah es als seine Höflichkeit an, von den Driesch das Schlusswort zu lassen.

»No zu Zwo. Ganz einfach.«

»Und warum?«

»Aus ökologischen und ökonomischen Gründen ist der Tagebau unverantwortlich. Von den sozialen und soziologischen Gründen einmal ganz abgesehen. Aber die interessieren die Politiker, Popen und Profiteure ohnehin nicht. Die sind alle nur gierig nach Kohle.«

»Und was ist, wenn die Sonne nicht scheint und der Wind nicht weht?«

»Es gibt Alternativen, Herr Böhnke. Mehr, als Sie denken. Nicht nur Speicher, sondern auch Biomasse, Wasser und mehr. Beispielsweise Vianden. Das kennen Sie bestimmt.«

»Ja«, sagte Böhnke. Irgendwoher kannte er Vianden. Was war da noch mal?

»In Vianden an der luxemburgischen Grenze befindet sich ein gewaltiges Pumpspeicherkraftwerk. Es gehört einem der großen deutschen Stromkonzerne, liefert aber keinen Strom ins Netz«, klärte ihn von den Driesch auf. »Der lässt es da ungenutzt liegen und produziert lieber teuren Kohlestrom. Für mich sind das ein Verbrechen an der Natur und eine Verarschung der Stromkunden, die ihren Strom teuer bezahlen müssen, obwohl es billiger ginge.«

Von einer Mischkalkulation hatte von den Driesch wohl noch nichts gehört oder er ging geflissentlich darüber hinweg, dachte Böhnke, behielt diese Bedenken aber für sich. Denn er wollte ja höflich sein. Und außerdem hatte er ein wichtiges Thema, das ihm keine Ruhe ließ.

War da tatsächlich jemand in Bruchs Betrieb gewesen?

49. KAPITEL

Wie sollte er bloß alle diese Eindrücke verkraften und einordnen? Erst Bruch, dann von den Driesch und der verzweifelte, hoffnungslose Kampf gegen die Bagger. Befanden die beiden sich auf Irrwegen oder waren es doch die Befürworter der Braunkohlennutzung? Das war so kompliziert und undurchsichtig. Was war falsch, was war richtig?

Böhnke schob die Gedanken beiseite. Er konzentrierte sich auf seine Fahrt über die Autobahn. Auf dem Weg dorthin war er an Holzweiler vorbeigefahren, und auch da fiel ihm das rostige Protestschild gegen den Tagebau auf. Doch verschwendete er daran keinen Gedanken mehr, als er auf die Schnellstraße aufgefahren war. Erst war er im Autobahnkreuz Wanlo umhergeirrt, dann war er zum Autobahndreieck Jackerath gefahren, und jetzt befand er sich auf der A 44. Tatsächlich fand er am Fahrbahnrand die Hinweisschilder mit dem Tempo-80-Gebot. Hatten sie schon immer da gestanden, oder waren sie erst vor Kurzem dort aufgestellt worden? Er wusste es nicht. Jedenfalls fielen sie ihm jetzt zum ersten Mal überhaupt auf.

»Na, das ist aber ein tolles Rechercheergebnis«, lästerte Grundler, als ihn Böhnke darüber informierte.

Nach der Ablieferung des Wagens bei Lieselotte hatte sich Böhnke auf den Weg zur Anwaltskanzlei an der Theaterstraße aufgemacht. Nun saß er in Grundlers Büro am Schreibtisch und genoss für einen Augenblick den Anblick der attraktiven Assistentin, zugleich Partnerin von Grundler, die ihm einen Kaffee servierte. Sabine war mehr als schmückendes Beiwerk in der renommierten Kanzlei. Sie hatte mit ihrer Stiftung erst die Gründung des Hauses der Stiftungen in Huppenbroich ermöglicht.

»Schön, Sie hier zu sehen«, hatte sie zu ihm gesagt, »schade nur, dass dieser Motzkopf unsere Idylle stört.«

Böhnke schmunzelte, und Grundler schwieg, bis Sabine das Büro wieder verlassen hatte.

»Also, was ist mit deinen Rechercheergebnissen?« Böhnke hatte den Faden wieder aufgenommen. »Hast du etwas mehr als ich herausbekommen?«

»Aber sicher doch.« Zufrieden langte der Anwalt nach der oberen Akte auf dem kleinen Stapel am äußeren Rand seines gläsernen Schreibtischs, auf dem ansonsten nur ein Handy und ein Laptop lagen. »Ich habe dir die Unterlagen ausgedruckt.«

Während Böhnke durch die wenigen Blätter blätterte, berichtete Grundler. Bei der Autobahnpolizei und bei den Ordnungsämtern in der Region war er ebenso fündig geworden wie beim Vertragshändler eines Automobilvereins und in den Krankenhäusern des ominösen Streckenabschnitts.

»Es hat tatsächlich in den letzen Monaten vermehrt Unfälle dort gegeben, jedenfalls auffällig mehr als in den Monaten davor. Oft ist es bei einem Totalschaden und Schrott geblieben. Aber es hat auch einen Toten gegeben, wobei unklar ist, ob der wegen der Straßenbeschaffenheit oder wegen einer gesundheitlichen Unpässlichkeit, eines Fahrfehlers oder wegen eines technischen Defekts zu Tode gekommen ist. Die Lebensversicherung hat übrigens anstandslos wegen eines Unfalls gezahlt. Die Hinterbliebenen waren nicht an einer weiterführenden Ursachenforschung interessiert.« Grundler gähnte ungeniert mit offenem Mund.

»Viele können sich nicht erklären, warum sie dort die Gewalt über ihr Fahrzeug verloren haben. Fast alle Verunfallten geben an, richtig schnell unterwegs gewesen zu sein, weil die Strecke zu den wenigen gehörte, auf denen es keine Geschwindigkeitsbegrenzung gibt. Einige haben zu Protokoll gegeben oder mitgeteilt, ihr Wagen hätte ohne Grund die Bodenhaftung verloren. Sie seien gewissermaßen durch die Luft geflogen.«

»Hm, reicht das für eine Klage?«

»Vielleicht. Vielleicht auch nicht. Ich hätte jedenfalls nichts dagegen, noch weitere Betroffene zu finden. Es gibt sicherlich auch etliche, die zwar ins Schleudern geraten sind, aber ihren Wagen abfangen konnten und weitergefahren sind. Das könnten durchaus Zeugen für mich sein, und ich könnte beweisen, dass die Unfälle keine seltenen Ausnahmen sind, sondern durch die Straße verursacht wurden.«

»Und wie willst du die Zeugen finden?«

»Kein Problem.« Lachend deutete Grundler auf eine Liste. »Da oben stehen nur wenige Kilometer vom Streckenabschnitt entfernt ein paar digitale Blitzer. Da wurden etliche Verkehrsteilnehmer festgestellt, die zu schnell unterwegs waren. Ich habe Autokennzeichen von Flensburg bis München, von Heinsberg bis Görlitz. Da werde ich nachhaken.«

»Mühselig und kostenaufwendig.«

»Na und?« Grundler grinste. »Mein Mandant hat Geld wie Heu und mein Assistent alle Zeit der Welt.« Er deutete auf die Mappe in Böhnkes Händen.

»Da findest du ein paar Telefonnummern von Leuten, die dir für einen Hunderter jeden Halter für jedes Fahrzeug verraten. Aber bitte nur verwenden, wenn du in den Straßenverkehrsämtern nicht weiterkommst.« Der Anwalt verzog den Mund zu einem noch breiteren Grinsen.

»Einige Namen von Rennfahrern habe ich schon, unter anderem Susanne Brettschneider und Walter Scheller. Das Foto von Susanne und dir ist übrigens sehr gut getroffen.«

Die weiteste Anreise zur Blitze hätte irgendjemand aus dem Oberallgäu gehabt, korrekterweise müsse er sagen, er war auf der Rückreise gen Süden. »Wolfgang Bruch.«

»Kenne ich«, sagte Böhnke spontan, obwohl das so nicht stimmte. »Ich komme gerade von dessen Onkel. Bruch hatte bei dem seine Bleibe und ist nach dem Studium ins Allgäu gezogen.«

Er könne bei Gelegenheit den Onkel fragen, ob sein Neffe etwas auf der Autobahn mitbekommen oder beobachtet hätte, schlug Grundler vor. Vielleicht wäre der ja einer der vielen möglichen Zeugen.

50. KAPITEL

Konrad Bauer wusste nicht, wie ihm geschah. Er befand sich auf dem Rückweg zu seiner vorübergehenden Bleibe ins trostlose Immerath und schüttelte grimmig den Kopf über die vielen Pumpstationen der Sümpfungsgalerie, die ihn entlang des Feldweges begleiteten.

Lange würden sie ihre Protestaktion nicht mehr machen können. Die Eigentümerin würde wohl über kurz oder lang die Hütte verkaufen, und dann würde ihr Aufenthalt illegal. Und er hatte die Ordnungsmacht schneller am Hals, als ihm lieb sein konnte. Das war das Letzte, das ihm passieren durfte, wollte er seine Promotionsmöglichkeit nicht aufs Spiel setzen.

Er war bei Bruch gewesen und hatte nach dem Besuch mehr Fragen als Antworten. Aber das kam ihm immer so vor, wenn er über die Braunkohle diskutierte. Es gab immer mehr Fragen als Antworten. Mit Bruch hatte er über eine Podiumsdiskussion gesprochen, bei der sich der BUND-Geschäftsführer mit RWE-Oberen zusammengesetzt hatte. In Grevenbroich, der selbst ernannten deutschen Bundeshauptstadt der Energie, hatte die Diskussion stattgefunden, wie Konrad im Internet gelesen hatte. Damit stand für ihn die Tendenz schon vor Diskussionsbeginn fest. In Grevenbroich sang man das Hohelied der Braunkohle, die Stadt war fest in der Hand des Kohlekonzerns und profitierte ebenso wie die Nachbargemeinden von Kraftwerken, Werkstätten und Drehkreuzen der Tagebaue. Dorthin floss die Gewerbesteuer für die Vernichtung der Umwelt und die Vertreibung der Menschen in der Erkelenzer Börde, dachte Bauer verbittert, während er über den von schweren Fahrzeugen ausgefahrenen Weg stolperte. ›Wes' Brot ich ess, des' Lied ich sing‹, galt auch in diesem Fall. Aber langsam wuchsen auch in den Braunkohlenstädten die Bedenken gegen den Tagebau; vielleicht zu spät, aber immerhin.

Er würde demnächst bei einer Protestgruppe für die Kohlenutzung sprechen, so wie es der BUND-Geschäftsführer getan hatte. Der Tagebau schaffe eine Artenvielfalt in der Natur, so wurde eine Aussage des Bergbautreibenden in der Berichterstattung zitiert. In gewisser Weise traf diese Aussage sogar zu. Da waren sich Bruch und Bauer einig gewesen. Aus der Monostruktur der Bördenlandschaft, in der dank der besten Ackerböden Deutschlands die höchsten Erträge an Zuckerrüben und Weizen mit dem geringsten Einsatz von Düngemitteln erzielt wurden, würden nach dem Raubbau an der Natur auf den rekultivierten Flächen blühende Landschaften mit unterschiedlichen Anpflanzungen entstehen, die mit der ursprünglichen Bördenutzung nichts mehr zu tun hatten. Dass die Kornkammer des Rheinlands nicht mehr bestand und dass mehr Düngemittel benötigt würden, um auf den schlechteren Böden wirtschaftlich sinnvolle Erträge zu erzielen, blieb bei dieser gelobten Artenvielfalt unerwähnt.

»Darauf kann ich verzichten«, hatte Bruch gesagt. »Die sollen lieber mal in den Naturpark Schwalm-Nette schauen. Da geht die Artenvielfalt wegen des Grundwasserentzugs verloren. Da gibt es nur noch 80 Prozent der ursprünglichen Pflanzenvielfalt. Davon spricht niemand in Grevenbroich, wenn er die Artenvielfalt lobt.«

Nicht nur über diesen verklärten Blick in die Natur der Zukunft hatten sie sich aufgeregt. Die Bemerkung bei der Podiumsdiskussion, wonach eine Umsiedlung auch eine Chance für junge Menschen bedeute, brachte sie auf die Palme.

»So ein Blödsinn. Die jungen Leute verlassen die Dörfer doch sowieso. Die ziehen weg, weil es hier keine Arbeitsplätze gibt. Dafür brauchen die keine Umsiedlung, denn auch in den Umsiedlungsorten gibt es keine Arbeitsplätze für sie. Und die Arbeitsplätze, die es hier in den Dörfern gab und noch gibt, die verschwinden auch zum größten Teil. Denke nur an die Apotheke in Immerath. Die hat zugemacht, die Mitarbeiter verloren ihren Job, und der Inhaber ist jetzt irgendwo als Apotheker angestellt. Das sind Superchancen. Und auf die Alten braucht man eh keine Rücksicht zu nehmen. Die sterben ja ohnehin kurz- bis mittelfristig. Die ziehen dann als Leichen in den Umsiedlungsort mit um.« Bruch hatte den Kopf geschüttelt. »Die meinen das wahrscheinlich sogar ernst, was die da verzapfen.«

»Aber wehe, du zitierst die. Dann kriegst du Ärger«, fügte Konrad hinzu. Er hatte da seine Erfahrungen gemacht. Als er in einer Diskussion über die Braunkohle aus einem Zeitungsartikel zitiert hatte, machte ihm ein ihm Unbekannter Druck in Leserbriefen und Kommentaren im Internet. Ob der im Auftrag gehandelt hatte, hatte er nie herausbekommen. Er habe das Zitat aus dem Zusammenhang gerissen, er habe bewusst falsch und tendenziös zitiert und würde dadurch seine eigene Unglaubwürdigkeit unter Beweis stellen, war ihm vorgeworfen worden.

Bruch hatte ihm wenig Erfreuliches zu berichten gehabt. Er werde wohl verkaufen, hatte der Gärtner angedeutet.

»Was soll ich alleine hier? Mein Bruder und mein Neffe sind weg. Ich sitze alleine auf dem Betrieb, und ich schaffe die Arbeit nicht mehr.«

Er dürfe nicht aufgeben, hatte Konrad ihn gebeten. Er müsse noch durchhalten, bis alle angekündigten Medien bei ihm erschienen waren und berichtet hatten. »Vielleicht platzt die Sache ja doch noch, und die Bagger bleiben an der A 61 hängen.« Bauer erinnerte an die ausstehende neue wasserwirtschaftliche Erlaubnis, an die Überlegungen zur Stilllegung von Kohlekraftwerken wegen der stetigen Zunahme des Ökostroms und der immer lauter werdenden Forderung nach einem Klimaschutz, der ohne den Stopp der Kohleverbrennung nicht zu erreichen sei.

»Und dann sitze ich hier in einer verwüsteten Landschaft, ohne Menschen, ohne Verkehrsanbindung, ohne Kunden, ohne Wasser und ohne Natur. Was glaubst du denn, wie ich das alles hier wieder auf Vordermann bringen soll? Die hinterlassen verbrannte Erde, wenn die in den Sack hauen; ob mit oder ohne Verkleinerung des Tagebaus.«

Die Erde, über die Konrad nach Immerath lief, war nicht verbrannt. Sie war rostbraun wegen des oxidierten Eisens, das in dem Wasser der Bewässerungsanlagen gelöst war. Oder es war goldbraun; je nach Betrachtungsweise.

Der Griff von hinten kam urplötzlich und ließ Konrad keine Gelegenheit zur Abwehr. Das mit Betäubungsmittel getränkte Tuch, das ihm auf Mund und Nase gepresst wurde, hatte eine schnelle Wirkung. Noch bevor er zu Boden sinken konnte, hatten ihn kräftige Hände aufgefangen.

Ekelhaft. Die pelzige Zunge, der trockene Rachen, die Bitterkeit, die die Speiseröhre hinauf kroch bestimmten den ersten Eindruck, den er wahrnahm, als er aufwachte. Seine Knochen schmerzten. Er fror. Wo war er?

Seine Augen gewöhnten sich langsam an die Dunkelheit. Er bemerkte, dass er angekettet war. In einem Stall, vermutlich in einer ehemaligen Box für ein Pferd oder einen Bullen. Es war still. Er war allein. Seine Taschen waren leer, Handy, Geldbörse, Stift und Block waren ihm abgenommen worden. Er hatte Hunger und Durst. Der Druck auf seine Blase wurde zu groß. Er erleichterte sich und spürte die klebenden, durchnässten Jeans.

»He«, wollte er brüllen. Doch sein Ruf wurde zu einem leisen Krächzen. Er unternahm einen neuen Versuch. Dieses Mal wurde sein Ruf lauter.

»He. Was soll die Scheiße?« Wo war er bloß? Was war geschehen? Er versuchte, sich zu erheben. Die Beine hielten ihn. Die schwere lange Kette, die die beiden Handgelenke hinter seinem Körper verband, ließ ihm wenig Raum. Sie lief vermutlich durch einen Ring in der Wand.

Man hatte ihn überfallen und betäubt. Danach hierher geschleppt. Wohin? Nicht nach Immerath. Da gab es keine Stallungen mehr. Ebenso wenig wie in Borschemich.

Ich bin nicht im Umsiedlungsgebiet, folgerte Konrad, und dennoch in einem offenbar abgelegenen, vielleicht aufgegebenen Stall, vielleicht einem ehemaligen Bauernhof. Aber wo? Konnte man ihn hier finden? Sollte man ihn finden?

»He, ihr Penner, macht mich los!«

Es blieb still. Erschöpft, hungrig und durstig, in der nassen Kleidung frierend sackte Konrad zu Boden und blieb zitternd liegen. Die Zeit schien unendlich.

Hatte er geschlafen oder vor sich hin gejammert? Konrad wusste es selbst nicht. Er beobachtete nur, dass es Tag wurde. Sonnenstrahlen brachen sich in der staubigen Luft. Sie schienen durch die schmalen Ritzen alter Holzbretter.

Am Arsch der Welt in einem klapprigen Schuppen, vollgepisst und angekettet warte ich auf den Tod durch Verdursten. Scheißleben, dachte sich Konrad voller Galgenhumor. Angst verspürte er nicht. Die Situation war so, wie sie war. Er würde sie liebend gern ändern. Aber er konnte es nicht. Ihm waren im wahrsten Sinne des Wortes die Hände gebunden. Wer würde ihn vermissen? Wer würde nach ihm suchen? Würde man ihn finden?

Mehrmals hatte er gebrüllt. Aber es war still geblieben. Es gab keine Geräusche hier im Niemandsland, abgesehen von den Vögeln und dem Wind, der durch die Bretter pfiff. Er würde sterben, sagte er sich nüchtern. Und er bedauerte, dass er es nicht in den Armen von Susanne tun konnte.

Der kalte Wasserschwall holte ihn ins Leben zurück. Erschrocken schüttelte er sich.

»Na, ausgeschlafen?«, fragte ihn eine Stimme, die durch eine Maske verzerrt wurde.

Er würde sie nicht wiedererkennen können. Ehe Konrad sich besinnen konnte, hatte ihn ein zweiter Vermummter aufgerichtet und von der Kette befreit. Er fühlte sich schlapp.

»Sie laufen uns nicht weg. Sie kommen nicht weit. Bloß bis zum Wohnmobil.«

Mehr von dem Mann gezerrt als selbst aktiv torkelte Konrad aus dem Schuppen auf den Innenhof eines ehemaligen Bauernhofs, der nur noch als Ruine erkennbar war.

»Sie können jetzt duschen und sich neu ankleiden«, sagte der Wortführer höflich und öffnete die Tür zum Wohnmobil. »In zehn Minuten gibt's Essen.« Er setzte sich auf den Fahrersitz und betrachtete Konrad, der sich langsam aus den Klamotten schälte und vorsichtig in die enge Sanitärzelle stolperte.

Während er duschte und sein Kreislauf langsam wieder auf Touren kam, vernahm er den Bratengeruch. In einer Pfanne brutzelten offenbar Speck und Spiegeleier. Sein knurrender Magen nötigte Konrad zur Eile. Gerne wäre er länger unter dem reinigenden, wärmenden Wasserstrahl geblieben, aber sein Hunger war größer als dieses Verlangen.

In einfache Jeans und ein Shirt gekleidet, die ihm gereicht worden waren, nahm er auf einem schmalen Sitz an einem kleinen Tisch Platz und schlang die Mahlzeit herunter, die der größere der beiden Vermummten aufgetischt hatte. Beide Männer waren vollkommen in Schwarz gekleidet. Schwarze Springerstiefel, schwarze Jeans, schwarzer Kapuzenpulli, der den Kopf verhüllte.

Die Wasserflasche hatte Konrad in einem Zug geleert. Gierig aß er, erfreut feststellend, dass der zweite Mann am Herd eine weitere Portion herstellte.

»Wir können Sie nur gesund gebrauchen, Herr Bauer«, sagte er höflich. »Sie brauchen keine Bange haben, wir sorgen für Sie.«

»Warum?«

»Schnauze!«, herrschte ihn der Mann durch die Maske an.

»Was mein Freund sagen will«, schaltete sich der Wortführer ein, »hier fragt nur einer, und das bin ich. Sie haben nur zu antworten. Verstanden?«

Konrad nickte kauend. Er hatte verstanden. Und er glaubte zu wissen, wessen Gesicht sich hinter der Maske des größeren Mannes versteckte. Aber er würde sein Wissen tunlichst für sich behalten.

Das barsche »Schnauze« hatte gereicht, um Franken zu verraten.

Was hatten sie bloß mit ihm vor? Sie versorgten ihn mit Nahrung, er konnte duschen, bekam Kleidung. Die beiden, die sich ihm immer nur in der gleichen Aufmachung näherten, behandelten ihn höflich, ohne ihm etwas über ihre Absichten zu verraten. Je häufiger Konrad den größeren beobachtete, umso sicherer war er, dass es sich dabei um Franken handelte. Aber wer war der andere? Konrad ging gedanklich alle Männer durch, die er kannte oder an die er sich zu erinnern glaubte und die vielleicht auch Franken kannten. Keiner bewegte sich so wie dieser Mann, der völlig ruhig wirkte. Keiner seiner Bekannten sprach wie dieser Mensch. Er war ihm unbekannt. Das war ein Mensch, an dem das Auffälligste war, dass er Rechtshänder und mittelgroß war. Aber diese Beschreibung traf wahrscheinlich auf ein Drittel aller Männer in Deutschland zu. Der Mann war zuvorkommend und sprach ein ausdrucksreiches, grammatikalisch einwandfreies Deutsch, daher wahrscheinlich ein Mensch, der nicht ohne Schulabschluss vor sich hinlebte, sondern gebildet war und zielstrebig.

Konrad hatte die zeitliche Orientierung verloren. Wie lange wurde er hier schon festgehalten? Er hatte sich mit der Situation abgefunden, ließ sich anketten, hatte inzwischen eine akzeptable Schlafposition auf der Matte in der Pferdebox gefunden, bekam zu essen, durfte aufs Klo und duschen und konnte gelegentlich frische Kleidung anziehen; selbst die Unterwäsche war schwarz.

Er kannte inzwischen den Rhythmus. Frühmorgens und nach Sonnenuntergang kamen die beiden auf den Bauernhof, der zu einer Straße von einem hölzernen Tor verschlossen wurde und der von einer Mauer aus Ziegelsteinen umgeben war. Entweder kamen die Männer zu Fuß, oder sie hatten vor dem Gehöft geparkt. Das Wohnmobil blieb auf dem Gelände, es war unter einem Scheunendach geparkt. So würde man es aus der Luft nicht erkennen, dachte sich Konrad. Er gab sich einsichtig und verhielt sich, wie von ihm erwartet. Sollten die beiden Vögel ruhig denken, dass er sich seinem Schicksal und deren Wohlwollen ergeben hatte.

Mitnichten dachte er daran. Er hatte inzwischen die Schwachstelle in seiner Ankettung gefunden. Der Mörtel um den Ring, durch den die rostige Kette lief, war brüchig. Inzwischen war es Konrad gelungen, den Ring so weit zu lockern, dass er ihn bald aus der Wand ziehen konnte. Dann würde er fliehen. Wohin auch immer.

Nein! Zu Susanne würde er sich aufmachen. Oder? Was ist, wenn man ihn dort suchen würde? Er hatte das Gefühl, der Wortführer wusste alles über ihn. In den kurzen Gesprächen hatte der Kerl mehrmals Bemerkungen gemacht, die darauf hinwiesen. Er wusste von Konrads Studium, von seinem Engagement gegen die Braunkohle, sogar von seiner Heimat Huppenbroich. Er wusste verdammt viel. Woher bloß?

Während er geduldig tagsüber daran arbeitete, den Ring aus dem Mörtel zu lösen, hing er seinen Gedanken nach. Schließlich wusste er, wohin er flüchten würde. Dorthin, wo ihn niemand suchen würde. Vielleicht konnte er unterwegs ein Handy auftreiben und mit Susanne oder seinen Eltern in Kontakt zu treten. Aber zunächst würde er auf sich gestellt sein, ohne Geld, ohne Nahrung, ohne Kontakte, mit einem Feind im Nacken, den er nicht kannte. Vielleicht sollte er zur Polizei gehen und dort auf Franken hinweisen. Das wäre auch ein möglicher Schritt.

Der Abend verlief wie die vorherigen. Der große Mann, vermutlich Franken, erlöste ihn von der Kette, der andere bereitete ein einfaches Mahl vor. Dieses Mal gab es Kartoffelsalat mit kalten Frikadellen. Geredet wurde nicht.

Nach dem Essen wurde Konrad zurück in den Schuppen gebracht.

»Muss das sein?«, hörte er überraschend Franken brüllen.

»Ja, das muss sein«, lautete die kompromisslose Entgegnung des anderen.

Konrad hatte diese Stimme in dieser Stimmlage schon einmal gehört. Aber wo?

Der Disput weckte in ihm Befürchtungen. War er gemeint? Dann war es Zeit für seine Flucht. Angespannt wartete Konrad eine gefühlte Stunde, dann holte er den Ring aus der Wand. Er war zwar angekettet, aber frei. Er konnte gehen. Die Stalltür war unverriegelt. Auf dem Innenhof entschloss sich Konrad, nach hinten, an der Scheune entlang, zu laufen und über die halb eingestürzte Mauer zu klettern, um ins freie Feld zu gelangen. Bald hatte er, nachdem er sich durch den halbhohen Weizen gekämpft hatte, einen Weg erreicht. Er erkannte im Mondlicht die aufstrebende Sophienhöhe und in einiger Entfernung von sich eine Ansammlung von Lichtern. Dort würde ein Dorf sein.

Als er dort ankam, war die Straßenbeleuchtung inzwischen abgeschaltet worden. ›Hasselsweiler‹ hatte er auf dem Ortseingangsschild gelesen. Nie gehört, sagte er sich. Hasselsweiler, Gemeinde Titz. Willkommen in der Zivilisation, flachste Konrad, als er durch die menschenleeren Straßen lief. Die Häuser wirkten unbewohnt, nirgendwo brannte ein Licht. Selbst die Kneipe hatte geschlossen. Hier schlief man den Schlaf der Gerechten. Sein Blick fiel auf einen Stapel von Zeitungen, der in einem Hauseingang abgelegt worden war. Die Blätter warteten offensichtlich auf eine Auslieferung.

Konrad griff nach der Zeitung. Er hielt das Werbeblättchen ›Super Sonntag‹ in der Hand.

Ich laufe also in den Sonntagsmorgen hinein, überlegte er. Warum er bei seinem Marsch durch die Nacht an Luise

Seibold und Holger Franken dachte, konnte er sich nicht erklären. Vielleicht lag es daran, dass sie die letzten Menschen waren, mit denen er zusammengewohnt hatte.

Ob sie noch lebten?

51. KAPITEL

Böhnke konnte sich das Schmunzeln nicht verkneifen, als er Susannes Stromer vor dem Tor von Bauers Bauernhof erkannte. Sie hatte offenbar in Huppenbroich eine neue Heimat gefunden. Dann konnte er ihr sagen, wo und wann Helma und Selma abzuholen waren.

Ausgesprochen erfreut und strahlend ließ ihn der Landwirt ein. »Geh gleich in die Stube. Es gibt was zu feiern.«

Böhnke wähnte sich im falschen Film, als er im vertrauten Kreise von Bauers Familie neben Karls Ehefrau und Schwiegermutter auch Konrad erkannte, der Händchen haltend neben Susanne auf dem Sofa saß.

»Was machst du denn hier?«, entfuhr es ihm überrascht, obwohl er sich freute. Erschrocken betrachtete er das ausgemergelte Gesicht.

Konrad wirkte ermattet, erschöpft, kraftlos. Die Kleidung hing ihm, als sei sie zwei Nummern zu groß, am

Körper. Die hohlen Wangen und die tief in den Augenhöhlen liegenden glanzlosen Augen, die gänzlich aus der Form geratene Frisur und der müde Blick machten deutlich, dass Konrad nicht gerade aus einem erholsamen Urlaub zurückgekehrt war, sondern aus einem unwirtlichen Aufenthalt.

»Ich bin froh, dass ich lebe«, flüsterte Konrad. Seine Kraftlosigkeit war unverkennbar. »Ich habe eine Tortur hinter mir.« Mit zitternden Händen griff er nach dem Wasserglas auf dem Wohnzimmertisch. Das Schlucken fiel ihm schwer. »Ich hatte schon gedacht, ich komme nicht mehr lebendig aus der Sache raus.«

»Das wird wieder, mein Schatz.« Liebevoll tätschelte Susanne seinen dünn gewordenen Arm. »Du wirst wieder fit.«

Böhnke fühlte sich in dieser Familienidylle fehl am Platz, dennoch wollte er bleiben und erfahren, was mit Konrad geschehen war.

»Ich schlage vor, ich berichte dir«, meldete sich Susanne wieder zu Wort. »Konrad kann dann ja ergänzen, wenn ich etwas auslasse oder falsch wiedergebe, was er mir gesagt hat.«

Nach ihrer Schilderung war Konrad nach seiner Festnahme von zwei Vermummten bewacht und versorgt worden. Bei einem der beiden handelte es sich vermutlich um seinen früheren Mitbewohner in Immerath, Holger Franken.

»Konrad nahm an, dass man ihn so lange festhalten wollte, bis man ihn irgendwann einmal töten würde. Dann ist er in einer Nacht von Samstag auf Sonntag geflüchtet.« Susanne schaute Böhnke nachdenklich an. »Das war übrigens das Wochenende, am dem die junge Frau am Indemann sterben musste.«

Als Konrad erkannte hatte, wo er sich befand, habe er sich zum Hambacher Forst durchgeschlagen. »Dort kennt er sich bestens aus.« Sie lächelte. »Er hat ja lange genug dort Baumbesetzer gespielt. Und er kennt auch die Höhlengänge, die die Protestler gegen den Tagebau Hambach dort angelegt haben.«

Zur Frage, die er stellen wollte, kam Böhnke erst gar nicht. Susanne kam ihm mit der Antwort zuvor. »Nach Hause wollte Konrad nicht aus Sorge, seine Eltern könnten in die Sache hineingezogen werden. Dabei wusste er selbst nicht, worum es überhaupt ging. Er vermutet, dass es etwas mit seinem Engagement im Kampf gegen die Braunkohle zu tun hat, weil er sich keinen anderen Grund vorstellen kann. Dafür spricht nach seiner Meinung auch, dass Mertens und Bettenbauer ermordet wurden und er vielleicht sogar als mutmaßlicher Täter aufgebaut werden sollte, falls Scheller es schaffen sollte, seine Unschuld zu beweisen.«

Böhnke hörte interessiert zu und beobachtete dabei Konrad, der immer wieder kopfnickend Zustimmung zu Susannes Schilderung signalisierte.

Hustend unterbrach der junge Bauer seine Freundin. »Ich kann mir nicht vorstellen, dass Wolfgang dahinter steckt«, krächzte er.

»Während er festgehalten wurde, haben die Unbekannten seinen Rechner dazu verwendet, die Drohungen gegen mich loszulassen. Die wollten Konrad unbedingt zum Bösewicht stempeln und vermutlich verhindern, dass ich mich auf seine Seite schlage.« Susanne lächelte grimmig. »Dann tauchte Konrad plötzlich bei mir auf, nachdem im

Hambacher Forst die nächste Aufräumaktion gegen die Protestcamps begonnen hatte. Auf einmal stand er bei mir vor der Haustür. Ich habe ihn dann bei mir aufgenommen. Und ausgerechnet da rufst du mich an, Rudolf-Günther. Da habe ich wohl ein wenig überreagiert.«

Ein wenig war wohl maßlos übertrieben, dachte sich Böhnke. Aber er nahm Susannes nochmalige Entschuldigung gerne an.

»Jetzt habe ich Konrad doch nach Huppenbroich gebracht. Hier passen alle gut auf ihn auf. Hier wird er aufgepäppelt, und hier ist er auf jeden Fall besser aufgehoben als bei mir in Aachen.« Geradezu liebevoll strahlte die junge Frau Konrad an. »Ich habe keine Zeit, um ihm die Pflege zu geben, die er jetzt braucht.«

»Vielleicht kann er ja auch zwei Wachhunde ganz gut gebrauchen«, meinte Böhnke schmunzelnd. »Wir wär's, wenn ihr Helma und Selma schnellstmöglich nach hier holt? Dann kann Konrad sich um sie und sie können sich um Konrad kümmern.«

Eine Sache interessierte ihn noch. »Bist du die ganze Zeit mit der Kette rumgelaufen?«

»Bis nach Hambach schon. Dann habe ich im Camp das richtige Werkzeug gefunden. Dort gibt es alles, was man fürs Überleben braucht.«

Helma und Selma lagen ruhig zu Susannes Füßen. Sie registrierten jede Bewegung der jungen Frau und schauten sie treuherzig an.

»Das sind meine beiden Babys, solange ich keine eigenen Kinder habe«, sagte sie schmunzelnd. Die flapsige Bemerkung von Grundler ob des Errötens von Konrad blieb zu Böhnkes Erstaunen aus. Sie saßen auf der

Terrasse vor dem Hühnerstall und genossen bei Kaffee und Kuchen die angenehme Wärme der Frühlingssonne. Das Drama um die Ermordung der beiden Studenten, von Franken und dessen Freundin Luise sowie die Entführung von Konrad ließen sie nicht los und würden sie wohl nicht loslassen, bis sie alle offenen Fragen restlos geklärt hatten. Scheller als überführten Mörder anzusehen, das war ihnen trotz allen erdrückenden Beweisen zu billig.

»Die Verbrechen passen einfach nicht zu dem Typen«, hatten Grundler und Konrad versichert, und Susanne und Böhnke stimmten ihnen zu.

»Wer steckt denn hinter den Verbrechen?« Die von Böhnke gestellte Frage bereitete ihnen Kopfzerbrechen.

»Wem nützen sie?« Zwei Studenten, die wissenschaftliche Arbeiten gegen den Braunkohlenabbau schreiben wollten, waren ermordet, ein dritter, Konrad, war entführt worden.

»Warum?« Weil sie Scheller mit ihren Ergebnissen in die Quere gekommen waren? Ein Ablenkungsmanöver, um Konrad als Mörder darzustellen, wenn Scheller nicht überführt werden konnte? War Konrad ein Faustpfand gewesen? Sollte er das Opfer sein, das zum krönenden Abschluss eines verbrecherischen Tuns werden sollte? Wer weiß, was für bescheuerte Ideen im Kopf eines Schwachmaten herumirrten.

Grundler fluchte. »Das ist alles Scheiße.«

Böhnke blieb gelassen. Er wiederholte sich: »Wem nützen die Verbrechen?«

»Konrad, weil er der einzige Überlebende ist«, antwortete Susanne sachlich. »Aber das schließe ich bei meinem Leben aus.«

»Scheller, weil er alle Opponenten aus dem Weg geräumt hat, die seiner Dissertation gefährlich werden könnten«, bemerkte Grundler. »Aber dagegen spricht, dass er selbst zu der Erkenntnis gelangt ist, sein Thema zu ändern nach den neuesten politischen Überlegungen und den neuesten bedrohlichen Ergebnissen zur globalen Klimaerwärmung durch die Verbrennung fossiler Stoffe.« Politik und Wirtschaft könne man ohnehin ausschließen. »Die haben genug Mittel, um ihre Ziele legal durchzusetzen.« Das demonstrative Reiben von Daumen und Zeigefinger machte deutlich, was er meinte.

Böhnke nickte zustimmend. »Warum mussten Mertens und Bettenbauer sterben?«

»Weil sie die Kreise von Schwachmaten störten.« Grundler hatte sich auf diese Bezeichnung für die Verbrecher festgelegt.

»Was verbindet sie?«

»Der Kampf gegen die Bagger.«

»Was sie mit Konrad gemeinsam haben.« Böhnke schien zufrieden. »Und gemeinsam haben alle drei ihre Position vertreten. Auch in Anwesenheit von Scheller. Nicht wahr?«

Seine Zuhörer nickten.

»Und wo?«

»Du willst damit doch nicht sagen, dass Bruch dahinter steckt?« Grundler konnte seine Verblüffung nicht verbergen.

»Habe ich nicht gesagt, Tobias«, belehrte ihn Böhnke. »Die drei Studenten haben alles daran gesetzt, dass Bruch standhaft bleibt und nicht umsiedelt. Er würde dadurch auf viel Geld verzichten.«

»Was ihm nichts nützt, wenn er jetzt stirbt«, fiel ihm

Grundler ins Wort. Die Prognose aus dem Krankenhaus ließ das Schlimmste befürchten, wie Susanne wenige Stunden zuvor bei einem Telefonat mit dem Mann erfahren hatte.

»Wenn er nicht verkauft, wird sein Eigentum vererbt.« Böhnke ließ sich nicht beirren. »Wenn Bruch jetzt das attraktive Angebot annimmt, freut sich sein Erbe ebenso, wie der sich über die Erbschaft in Form des Betriebes freuen würde, den er zu Geld machen könnte.«

»Wer würde denn erben?«, fragte Susanne atemlos. »Helma und Selma etwa?«

Grundler verschluckte sich prompt an seinem Kaffee und bedankte sich für die herzhaften Hiebe auf seinen Rücken, mit denen Konrad sein Husten unterband.

»Normalerweise kommen Bruchs Bruder und sein Neffe infrage. Andere Anverwandte gibt es nicht«, antwortete Böhnke. »Ich habe mit Bruch im Krankenhaus quasi beiläufig über seine Verwandtschaft und über die Besitzverhältnisse gesprochen. Er ist alleiniger Eigentümer von Grund und Boden und einziger Betreiber des Unternehmens. Sein Bruder hat auf alle Anteile verzichtet. Und jetzt kommt's.« Böhnke genoss die Spannung, die er aufbauen konnte und die ihn in erstaunt fragende Gesichter blicken ließ. »Er hat ein Testament verfasst. Darin vermacht er nicht seinem Neffen, sondern den Umweltschützern sein Vermögen.«

»Dann steckt der Neffe dahinter«, entfuhr es Susanne spontan. »Der geht leer aus.«

»Theoretisch vielleicht.« Böhnke blieb zurückhaltend. »Aber warum sollte er zum Mörder werden, wenn er davon ausgehen konnte, dass er ohnehin erbt?«

»Vielleicht hat er gewusst, dass sein Onkel nicht ihn, sondern die Tagebaugegner als Erben bedenkt?«

»Woher sollte er das wissen? Der war doch gar nicht im Lande, weder zu den möglichen Tatzeiten noch zum Zeitpunkt, an dem sein Onkel ins Krankenhaus ging. Der lebt im Allgäu.«

»Sekunde.« Susanne blickte nachdenklich in die Runde. Dann winkte sie ab und griff zu ihrem Tablet, das sie mit einem Griff aus ihrer überdimensionalen Handtasche gezogen hatte.

»So stimmt das nicht, Herr Böhnke«, meldete sich Konrad zu Wort. »Als Mertens und Bettenbauer getötet wurden, war der Neffe im Lande. Ich habe mehrmals mit ihm in Borschemich gesprochen. Und er war auch manchmal bei den Diskussionen mit Wolfgang Scheller dabei. Der hat zwar nie was gesagt, aber er war als Zuhörer dabei.«

»Das sind doch keine Beweise«, stöhnte Grundler. »Mit einer möglichen Anwesenheit im großflächigen Bereich der Tatorte kann ich doch keinen Mörder überführen. Außerdem, wie sollte der Junge an die Adressen kommen und Dokumente verschicken und wer weiß was noch alles?«

»Sekunde«, wieder meldete sich Susanne, ohne ihren Blick vom Tablet zu nehmen. »Der Scheller war auch bei der ominösen Versammlung in Köln. Der hat dort eine enorme Menge Genussscheine gekauft und hat mit hohen Kreditsummen bezahlt. Als Sicherheit für die Kredite hat er den Betrieb seines Onkels hinterlegt.«

»Woher weißt du das?«, fragte Konrad verblüfft.

»Das Internet weiß alles, mein Lieber.« Susanne lächelte. »Ich habe beste Beziehungen zu der Privatbank, die federführend für die Finanzierung der Geschäfte mit diesen Genussscheinen war. Wie die aussehen, sage ich dir aber nicht. Sonst siehst du mich nur noch als lukrative Geldquelle an und nicht mehr als deine Liebste.«

Grundler räusperte sich. »Sie wissen, dass das illegal ist und wir die Informationen nicht verwenden können.«

»Sie haben ja so recht«, flötete Susanne scheinbar verlegen. »Aber wir wissen jetzt, dass sich der Neffe finanziell völlig überhoben hat und seine Kredite nicht zurückzahlen kann. Er braucht das Geld seines Onkels.«

»Aber er war nicht im Lande, beispielsweise als Konrad entführt und festgehalten wurde.« Böhnke hatte zu den Unterlagen gegriffen, die ihm Grundler gegeben hatte. »Hier.« Er deutete auf ein Blatt mit den Kennzeichen der an der Autobahnblitze auf der A 44 registrierten Raser. OA stehe ja wohl für Oberallgäu und WB für Wolfgang Bruch. »Der Mann ist nachweislich am Tag vor Konrads Entführung in Richtung Süden unterwegs gewesen.«

»Und vielleicht an der nächsten Ausfahrt umgekehrt«, sagte Grundler frech und winkte dann ab. »Der Punkt geht an Bruch.«

Sinnierend tätschelte Susanne die beiden Bernhardiner, die die Liebkosung gerne über sich ergehen ließen. »Okay, da kann man nichts machen.«

Böhnke musste lachen. »Das sind genau die Worte, die mir Bruch geschrieben hat, als ich ihm mitgeteilt habe, dass ich Helma und Selma nicht nehmen kann.«

»Das hat er mir auch so geschrieben«, bestätigte Susanne.

»Wann?«, fragte Grundler schnell.

»Wie wann?«

Der Anwalt stöhnte. »Haben Sie ein akustisches oder ein Verständnisproblem, Frau Doktor Brettschneider? Wann haben Sie die Antwort von Bruch erhalten?«

»Sofort. Nachdem ich ihm am Morgen abgesagt habe. Die Re-Mail kam nur kurze Zeit später. Aber ich kann es Ihnen auf die Minute genau sagen, wenn Sie es unbedingt wissen wollen. Ich habe die Mail noch in meinem Postfach.« Flink rutschten ihre Finger über das Tablet.

»Hier ist die Mail von Bruch: ›Okay, da kann man nichts machen‹. Abgesendet und angekommen um 11.52 Uhr.«

»Kann nicht sein.« Sofort spürte Böhnke die Anspannung in sich.

»Kann wohl sein. Die Uhrzeit stimmt und hat sogar Rechtskraft«, widersprach Susanne.

»Wenn die Zeit stimmt, kann die Mail nicht von Bruch sein. Denn da lag er schon längst im Erkelenzer Krankenhaus.«

»Von wem soll die denn sonst sein?« Susanne war irritiert.

Grundler horchte interessiert auf.

»Sie wurde von jemandem geschrieben, der Zugang zum Computer von Bruch hatte und der über alle Geschehnisse im Bilde war. Und das kann nur einer sein: Wolfgang Bruch.« Böhnke hievte sich entschlossen aus seinem Gartenstuhl. »Ich muss mal telefonieren.«

Nach wenigen Minuten kehrte er zu seinen nachdenklichen Gästen zurück. »Ich habe Palmen im PP informiert. Der soll übernehmen.«

»Warum Palmen?«, fragte Grundler.

»Weil ich ihm auf seine alten Tage noch einen Erfolg gönnen möchte, der ihm vielleicht noch einen Bonus bei einer Beförderung bringen könnte. Das ist ein guter Mann, der immer ein wenig unterschätzt und daher übergangen wurde.«

Er griff nach seinem Geschirr. »Jetzt wird abgeräumt. Und dann geht's ab ins Bett. Junge Leute brauchen viel

Schlaf.« Das Erröten von Susanne und Konrad nahm er schmunzelnd zur Kenntnis.

52. KAPITEL

Der Wortschatz von Palmen schien eingeschränkt, wie Böhnke dachte, als sich der Kollege wieder mit einem »Volltreffer!« am Telefon meldete.

»Chef, ich glaube, wir haben ihn überführt. Es muss Wolfgang Bruch sein, der hinter den Morden steckt. Der Typ hat sein Studium geschmissen und leitet an der VHS im Allgäu für ein kleines Honorar ein Philosophieseminar. Der hat Schulden ohne Ende und streitet mit seinem Vater, der ihn nicht mehr unterstützen will. Aber die Kollegen da unten können Bruch nicht finden. Er ist untergetaucht. Auch in Borschemich ist er nicht. Wir haben dort mehrfach kontrolliert. In dem Wohnmobil auf dem Bauernhof haben wir zwar Spuren von ihm gefunden, aber auch dort hat er sich offenbar nicht mehr blicken lassen.«

»Weiß Bruch, dass nach ihm gefahndet wird?«

»Wahrscheinlich nicht. Bisher ist es ja noch nicht zu einer Vernehmung gekommen.«

»Er kann also davon ausgehen, dass ihm noch niemand auf die Schliche gekommen ist.« Böhnke dachte laut. »Es gibt im Prinzip nur zwei Menschen, die ihm tatsächlich gefährlich werden können. Das ist zum einen Konrad, an den er sich wohl zunächst nicht mehr herantraut, und da ist zum anderen sein Onkel, der mehr tot als lebendig im Erkelenzer Krankenhaus liegt.«

»So wird es wohl sein, Chef.« Palmen schien nicht auf dem Wissensstand von Böhnke, oder er hatte noch nicht alle Fakten sortiert.

»Wissen Sie schon, dass Karl Bauer den Verdächtigen als denjenigen erkannt hat, der in Huppenbroich nach Konrad gefragt hat?«

»Woher soll ich das wissen?«, fragte Palmen zurück. »Sie haben bestimmt versehentlich versäumt, mich darüber zu informieren.« Wenn die Bemerkung eine Kritik an Böhnke sein sollte, hatte er sie gut verpackt.

Bruch hatte Böhnke per Mail eine Fotodatei seines Neffen geschickt. Bauer hatte den Mann sofort wiedererkannt.

Wo konnte der Typ bloß stecken?

»Chef, ich habe gerade eine Info bekommen.« Palmen beendete die Denkpause. »Heute Morgen ist ein Auto mit dem Kennzeichen von Bruch auf der Autobahn bei Jackerath geblitzt worden. Der Typ ist wohl im Lande.«

Aber wo war er und was wollte er? Böhnke hatte einen ungeheuerlichen Verdacht.

»Holen Sie mich bitte sofort ab. Ich muss mit Ihnen nach Erkelenz. Und alarmieren Sie die dortigen Kollegen!«

Schneller als gedacht war Palmen in Huppenbroich aufgekreuzt. Ehe sich Böhnke versah, waren sie schon auf der Autobahn in Richtung Düsseldorf unterwegs. Zielsicher steuerte Palmen den erkennbar unbewirtschafteten Betrieb in Borschemich an. Menschenleer lag er vor ihnen.

»Da ist niemand«, bemerkte Palmen.

»Hier war jemand«, entgegnete Böhnke energisch nach einem Rundblick über den Hof. Er deutete auf die offen stehende Haustür. »Jemand, der es sehr eilig hatte.« Zielstrebig schritt er in das zwangsbelüftete Haus und blieb nach einer kurzen Suche in mehreren Zimmern vor einem Schreibtisch stehen. Kurz flackerte ein triumphierendes Lächeln in seinem Gesicht auf, als er die aufgebrochene Schublade entdeckte.

»Wer sagt's denn? Hier hat sich jemand zu schaffen gemacht und hat etwas gesucht, aber garantiert nicht gefunden.«

»Was denn, Chef?«

»Ein Testament.«

»Glauben Sie, wir können Bruch schnappen?«

»Ja«, hatte Böhnke auf Palmens Frage geantwortet. »Ich hoffe nur, wir sind schnell genug, um einen weiteren Mord zu verhindern.«

Palmen kannte sich anscheinend bestens aus. Ohne Schwierigkeiten fuhr er bis zum Haupteingang des Hermann-Josef-Krankenhauses in Erkelenz vor. Er musste sich sputen, um Böhnke einzuholen, der schnellen Schrittes durch die Flure hastete. Erst kurz vor dem Krankenzimmer von Bruch hatte er ihn eingeholt.

Nein, es gebe keine besonderen Vorkommnisse, berichtete ihnen ein in Zivil gekleideter Mann, der scheinbar zufällig vor dem Zimmer auf und ab schlenderte. Momentan sei ein Arzt zu einem Gespräch bei dem Patienten.

Heftig riss Böhnke die Tür auf.

Erschrocken blickte ihn ein junger Mann in einem

Arztkittel an. Seine Hände hatten ein Kissen gepackt, das er auf Bruchs Kopf drückte. Hatte er den wehrlosen Mann schon erstickt oder konnten sie ihn noch retten?

Böhnke schnappte nach dem Kissen. Palmen zerrte resolut den Mann am Arm in eine Ecke.

Aufatmend erkannte Böhnke, dass Bruch atmete, zwar nur schwach, aber immerhin.

Ohne zu zaudern, öffnete er die Lade des Beistellschränkchens.

»Das wollten sie bestimmt mitnehmen, Herr Bruch«, sagte er höflich, als er das Testament herauszog. »Wollten Sie es vernichten?«

Der junge Mann schwieg störrisch, Böhnke schüttelte betrübt den Kopf.

»Wie viele Morde haben Sie bei Ihrem Irrweg auf dem Gewissen? Es sind vier.«

Wolfgang Bruch sah ihn emotionslos an. »Da wäre es auf einen fünften auch nicht mehr angekommen.«

Die Wut in Palmens Gesichtsausdruck konnte Böhnke nachvollziehen. Aber Palmen würde sich zurückhalten, allein schon aus dem Grund, um nicht einen Fehler zu begehen, der bei einem Strafprozess Bruch einen Vorteil verschaffen würde. Er musste sich an Gesetz und Ordnung halten, anders als Böhnke, der auf die rechtlichen Zwänge nicht Rücksicht nehmen musste.

»Sie sind ein Spinner«, fauchte er Bruch ins Gesicht. »Ein Spinner, der hoffentlich für alle Zeiten hinter Gittern verschwindet. Und warum das Ganze?« Er sah den jungen Mann verächtlich an. »Warum, frage ich Sie? Weil Sie zu gierig sind. Die Kohle Ihres Onkels ist Ihnen wichtiger als das Leben von Menschen. Aber Sie werden sie nie bekommen. Sie werden mittellos in einem Knast vermodern.« Er winkte verächtlich ab. »Mehr haben Sie auch nicht verdient.«

Palmen beließ es bei seiner Zuhörerrolle. Er war gespannt, was sein ehemaliger Chef aus dem Mörder herauskitzeln würde.

»Ich kann Ihnen sagen, warum Sie zum Mörder geworden sind«, fuhr Böhnke fort. »Weil Sie Angst hatten, Mertens und Bettenbauer würden Sie anschwärzen wegen Ihrer Schulden.«

»Blödsinn«, sagte Bruch schnell.

Wie Böhnke erwartet hatte, sprang er auf die in den Raum geworfene Vermutung an. Selbst in dieser ausweglosen Situation wollte der Täter noch zeigen, dass er besser war als die tumben Polizisten, die keine Ahnung hatten. Dass Böhnke mit ihm spielte, bekam er nicht mit.

»Blöd sind Sie«, erwiderte Böhnke. »So blöd, dass man Sie geschnappt hat. Und jetzt sind Sie noch zu blöd, meine These zu widerlegen. Denn Blödsinn zu sagen, ist kein Argument.«

Bruch glotzte ihn an, dann verzog er sein Gesicht zu einer Grimasse, die Verachtung ausdrücken sollte. »Der Typ da«, er zeigte auf seinen Onkel, »der Typ da ließ sich von den beiden vollkommen einlullen, und ist voll auf die abgefahren in ihrer Argumentation gegen den Tagebau. Und dann kam noch der Bauer dazu. Die drei haben meinen Onkel überzeugt, nicht zu verkaufen und gegen den Tagebau zu kämpfen. Der hat gar nicht mitgekriegt, dass die ihn instrumentalisiert haben.«

»Aber Sie«, unterbrach ihn Böhnke heftig, »Ihnen ging es nur um das Wohl Ihres Onkels. Das glaubt Ihnen keiner. Ihnen ging es um den Betrieb und den Erlös bei einem Verkauf. Sie brauchten den Betrieb, den Sie als Sicherheit für Ihre Kredite einbrachten. Da waren Ihnen die Studenten im Weg. Sie mussten sterben. Und dann meinten Sie, besonders clever zu sein, als Sie versuchten, die Morde an Bettenbauer und Mertens dem armen Scheller unterzujubeln und zugleich Konrad Bauer als Geisel zu nehmen, um ihn quasi als Joker in der Hinterhand zu halten.« Böhnke lachte auf. »Der hat Ihnen und Franken aber etwas geschissen.« Neugierig achtete er auf die Reaktion von Bruch bei der Nennung von Konrads Namen.

Bruchs Augen zuckten für einen Moment. Er war irritiert. Mit dieser Bemerkung über Bauer hatte er nicht gerechnet.

Für Böhnke reichte dieser Augenblick. Er wusste, er lag richtig. Den Rest würden die Kollegen erledigen.

»Zwei Morde, eine Entführung, die Vortäuschung einer Straftat und einen versuchten Mord hätten wir damit geklärt, da bleiben noch die Morde an Luise Seibold alias Petra Bündner und an Holger Franken. Warum mussten die beiden sterben? Verraten Sie es mir oder soll ich Ihnen meine Vermutung sagen, die dann doch wieder falsch ist?« Böhnke gab sich mit einem Mal versöhnlich, fast schon kumpelhaft. Sollte Bruch ruhig glauben, er sei schlauer als der Kommissar.

»Die dumme Kuh fing an, damit zu prahlen, was sie und ihr Freund alles erlebt hätten. Das fehlte noch, dass sie sich verplappert.«

»War sie denn immer dabei, wenn Sie und Franken unterwegs waren, etwa um Autos zu stehlen, Bauers Wohnung oder Mertens' Studentenbude zu durchstöbern oder um den Stromer abzufackeln?«

Sie habe im Auto gesessen und gewartet, antwortete Bruch. Franken wollte sie dabei haben.

»Schön blöd«, kommentierte Böhnke. »Da haben Sie sich eine Mitwisserin geradezu herangezüchtet.«

»Eben. Und deshalb musste sie sterben.«

»Am Indemann«, ergänzte Böhnke. »Und danach war Franken an der Reihe, nicht wahr?«

»Der Idiot wollte auf einmal mehr Geld haben, als abgesprochen. Der wollte die Hälfte meines Erbes oder des Verkaufs.«

»Da haben Sie kurzen Prozess gemacht.«

»Ja«, bekannte Bruch freimütig. »Wir sind vom Indemann zur Sophienhöhe gefahren. Dort wollten wir bei einem Spaziergang darüber sprechen.«

»Und dann haben Sie ihn kurzerhand erschossen?«

»Ja. Der Kerl hätte mich ruiniert.«

Böhnke hatte genug gehört. Die Weichen waren gestellt. Palmen würde bei den Verhören die richtigen Fragen stellen können, um der Staatsanwaltschaft eine wasserdichte Anklage gegen Bruch zu ermöglichen.

Seine Arbeit war getan.

Böhnke fühlte sich erschöpft. Er wollte seine Ruhe haben. Bei seinem Spaziergang durch den Ort und die Natur würde er sie finden.

Trotz aller Verbrechen, das Leben würde weitergehen. Es ging immer weiter, immer weiter.

So wie bei der Diskussion über die Braunkohleproblematik. Er hatte die neuesten sich widersprechenden Artikel gelesen mit gegensätzlichen politischen Aussagen und unterschiedlichen wirtschaftlichen Aspekten und konnte immer noch nicht zu einer Meinung kommen.

Er hatte verständnislos registriert, dass die Braunkohle riesige Rabatte bei der Ökostrom-Umlage bekam.

2012 waren es nach einem Zeitungsbericht 43,5 Millionen Euro gewesen, 2013 sogar 67,6 Millionen.

Er wusste nicht, wie er die Besetzungsaktionen bewerten sollten, bei denen Aktivisten die Arbeit der Bagger im Tagebau Garzweiler II unterbrachen.

Er hatte die neue Leitentscheidung der nordrhein-westfälischen Landesregierung, die eine Verkleinerung des Tagebaus Garzweiler II vorsah, ebenso zur Kenntnis genommen wie den Protest wegen des Verlustes von angeblich Zigtausenden von Arbeitsplätzen durch den Verzicht auf Braunkohle.

Geärgert hatte er sich ein wenig über seine Aachener Zeitung, die nach seiner Ansicht einseitig Partei ergriffen hatte. Es müsse ein Aufschrei durch die Region gehen wegen des möglichen Verlustes von Tausenden Arbeitsplätzen, hatte ein Kommentator geschrieben, ohne zu erwähnen, dass die erneuerbaren Energien neue Arbeitsplätze brachten.

Richtig oder falsch?

Er wusste es nicht. Aber er hatte sich für eine Richtung entschieden, und er freute sich über die Windräder am Horizont sowie über die Rotoren und die Solaranlagen auf den Dächern in Huppenbroich.

Siehste, es geht auch ohne Kohle, sagte Böhnke sich.

Nur allzu gerne zitierte er ein Sprichwort, das angeblich indianischen Ursprung haben sollte:

»Erst wenn der letzte Baum gerodet, der letzte Fluss vergiftet, der letzte Fisch gefangen ist, werdet ihr merken, dass man Geld nicht essen kann.«

KURT LEHMKUHL
Fundsachen

978-3-8392-1677-4 (Paperback)
978-3-8392-4631-3 (pdf)
978-3-8392-4630-6 (epub)

»Ein massives Fundstück von enormen Wert bringt den Finder in die Bredouille.«

Rudolf-Günther Böhnke findet keine Ruhe in dem idyllischen Eifelort Huppenbroich. Nachdem der pensionierte Kriminalhauptkommissar den verzweifelten Walter Frosch vor einem Selbstmord bewahrt hat, sieht er es als seine Pflicht an, ihm zu helfen: Frosch wird um 500.000 Euro erpresst. Zeitgleich droht Böhnke von anderer Seite Ärger. Ein Kölner hat ein Grundstück in Huppenbroich geerbt und will es mit Thuyas bepflanzen statt mit Buchen. Nachdem erste Anpflanzungen zerstört wurden, beauftragt er Böhnke, die Täter zu ermitteln. Jedenfalls glauben das die Bewohner …

GMEINER SPANNUNG

WWW.GMEINER-VERLAG.DE
Wir machen's spannend

KURT LEHMKUHL
Printenprinz

978-3-8392-1432-9 (Paperback)
978-3-8392-4177-6 (pdf)
978-3-8392-4176-9 (epub)

»Ein routiniert geschriebener Kriminalroman mit einem interessanten Ermittlerduo.«
Trierischer Volksfreund

Der pensionierte Kommissar Rudolf-Günther Böhnke muss sein beschauliches Eifeldorf Huppenbroich verlassen, um den an Mord Peter von Sybar aufzuklären, einem betuchten Printenproduzent aus Aachen, der Prinz der klammen Jecken in Köln werden sollte. Ist der Mörder im karnevalistischen, beruflichen oder privaten Umfeld zu suchen? Böhnke ermittelt im Trubel der fünften Jahreszeit und erhält dabei erstaunliche Einblicke hinter die Kulissen des närrischen Brauchtums …